全新譯校　經典新版世界名著 30

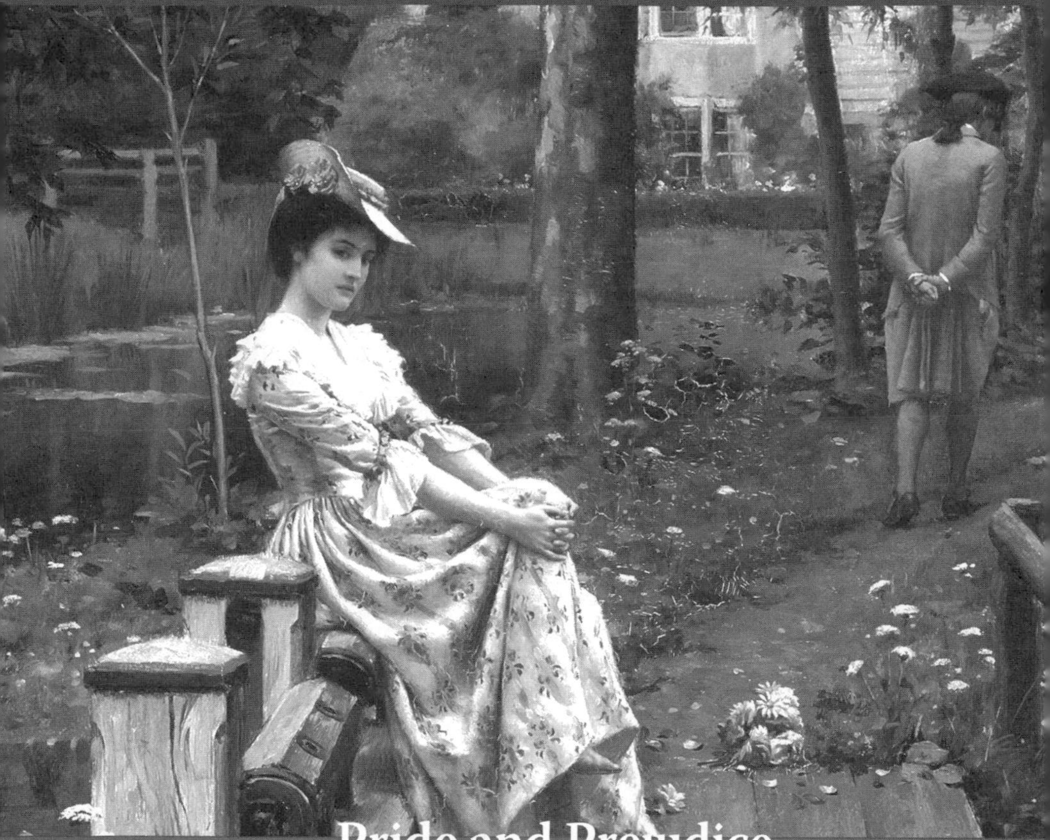

Pride and Prejudice

傲慢與偏見

〔英〕珍・奧斯汀 著
翁璭璭 譯

經典新版　世界名著

閱讀經典名著確實是不一樣的宴饗。人們對於經典名著，不會只說「我讀過」，而是說「我又讀了」。事實上，我每次去讀它，都會讀出新的東西，新的精神。

——當代義大利名作家、後設小說大師卡爾維諾（Italo Calvino）

真正的光明，絕不是永遠沒有黑暗的時候，只是永不被黑暗掩沒罷了。真正的英雄，絕不是永遠沒有卑下的情欲，只是永不被卑下的情欲所征服罷了。閱讀經典名著，永遠可以使人自我昇華，不陷於猥瑣。

——法國名作家、諾貝爾文學獎得主羅曼羅蘭（Romain Rolland）

閱讀文學經典、世界名著，能夠滋潤現代人的心靈，使人對世事、愛情與人性重新有一番體悟。

——美國現代名作家、諾貝爾文學獎得主海明威（Ernest Hemingway）

台灣曾出版的世界名著與文學經典可謂汗牛充棟，然而，細察譯文品質與內容，大多是三十至五十年代大陸譯者的手筆，其行文用語的方式與風格，早已與當代讀者的閱讀習慣、閱讀趣味脫節，以致不再能喚起讀者的關注。這一套「經典新版　世界名著」是全新譯本，行文清晰、流暢、優雅，用語力求充分符合當代人的品味。故而，是「後真相時代」中尋求心靈滋養者最適切的選擇。

譯者序　珍・奧斯汀最膾炙人口的小說

《傲慢與偏見》是英國著名女作家珍・奧斯汀（Jane Austen，一七七五至一八一七年）的代表作。

珍・奧斯汀出生在英國漢普斯蒂文頓鎮一個牧師家庭。她從沒有正式上過學，然而奧斯汀卻有著非常良好的家庭教育，她的啟蒙教育更多得之於她的父親。她的父親是斯蒂文頓的牧師，博學多才，擁有大量藏書。她的父親喬治・奧斯汀十分重視教育，對他的女兒們也不例外。奧斯汀作為姐姐的陪讀上了幾年學，然後在家裡學習，在父親的指導下，閱讀了大量父親的藏書。

奧斯汀二十歲左右開始寫作。她創作的作品，大多經過長時間反覆的修訂改寫。一八一一年，奧斯汀出版了她的第一部小說《理智與情感》。《傲慢與偏見》（一八一三）是她的第二部作品。這兩部作品，還有她去世後出版的《諾桑覺寺》（又名《諾桑覺修道院》）（一八一八），都寫於十八世紀九十年代，通常被看做是她的早期作品。而《曼斯菲爾德莊園》（一八一四）、《愛瑪》（一八一六）與《勸導》（一八一八）寫於十九世紀，則被看做是後期作品。

從某種程度來說，《傲慢與偏見》是奧斯汀最成熟的作品之一，通常被看做是她最受歡迎的作品，也是她本人最喜歡的一部作品。小說情節曲折，富有戲劇性，語言清新流暢，充滿機智。剛出版時，奧斯汀的作品並沒有獲得很高的聲譽，但是沃爾特・司科特爵士對她評價很高：「這位年輕的女士很擅長描寫日常生活中的情感和人物，是我所見之中最高妙的。」用珍・奧斯汀自己的話說，她擅長在「二吋象牙」上「細細地刻畫」，刻畫那鄉村生活的一幅幅場景：聊天、跳舞、喝茶、會客，富有濃郁的生活氣息。她的小說描寫的是富有喜劇色彩的姻緣。在《傲慢與偏見》中，奧斯汀以女性特有的敏銳和細膩地觀察，描繪了有錢、有閒階級恬靜舒適的田園生活以及紳士淑女的愛情與婚姻，以高超的藝術技巧反映了十八世紀英國鄉鎮日常生活情景。有評論者認為這「給當時小說創作吹進了樸素的現實主義之風，在英國小說史上起著承上啟下的作用。」更有評論家把這位著名女作家與莎士比亞放在平起平坐的位置上。

在《傲慢與偏見》中，奧斯汀在對婚姻的問題上展現了三種不同的態度和觀點。第一種，是純粹的利益追求，結婚只是為了財富、金錢和社會地位。賓利小姐為此而追求達西，凱瑟琳夫人為此極力想促成她女兒與達西的婚事，夏洛蒂為此而嫁給柯林斯先生。在這裡，奧斯汀把富人們的勢利虛榮和窮鄉紳女性的功利心理刻畫得入木三分。

第二種，是根本不顧對方的人品和其他條件，只是一味追求漂亮的容貌和短暫的激情，即所謂的「一見鍾情」。班內特夫婦的婚姻在作品中就是一個非常典型的例子，班內特太太雖然長得很漂亮，但頭腦十分簡單。另一個典型就是他們的女兒莉蒂亞與有著英俊外表但人品不佳且身無分文的威克。這類婚姻的後果在班內特家族兩代人的婚姻裡體現得非常明顯。

最後一種代表著理想的婚姻模式，兼顧愛情、人品和經濟基礎。這種完美的幸福在達西和伊麗莎白以及賓利和珍的婚姻中得以實現，儘管這種個人和經濟條件俱佳的情況實在是有點過於理想化。奧斯汀在作品中用很大的篇幅描寫男女主人公達西和伊麗莎白，對這對由男主人公傲慢引發女主人公偏見的兩位主角青睞有加，並從出身名門，責任心強，知書達理，對愛情也專一的達西和美麗善良，聰明活潑，才貌雙全的伊麗莎白這兩個人之間曲折而具有反諷意味的愛情經歷入手，為戲劇化的情節發展到最後有情人終成眷屬的結局做了層層鋪墊。

奧斯汀在這部小說中還成功地運用了反諷的手法。在情節的展開以及人物的刻畫上，諷刺的手法都起到了決定性的作用。言語反諷、情景反諷或戲劇反諷都很值得一提。通過對話中蘊含的反諷，讀者可以清晰透視出班內特太太的愚蠢，以及伊麗莎白對達西的傲慢態度的嘲諷。以情節來看，整個故事似乎都是由反諷構成的。

故事伊始，達西和伊麗莎白相互對立，讀者焦急地觀察著二者愛情的緩慢進展。經歷了一個接一個具有諷刺意味的事件後，二者的相互排斥逐漸變成了相互吸引，爭吵變成了認錯，故意躲避變成了不期而遇，傲慢的達西變得很謙遜，而一直對達西有很深偏見的伊麗莎白為自己的偏見心生懊悔。反諷的手法同樣用在其他人物的描寫上：柯林斯先生向伊麗莎白求婚，卻娶了夏洛蒂；賓利小姐想通過誹謗貶低她的對手贏得達西的心，卻適得其反；威克的謊言最終暴露了他的真實本性；凱瑟琳夫人對伊麗莎白和達西關係加以挑撥，卻不想促成了二者最終的結合。反諷使讀者領略到情節跌宕的樂趣，也讓作者對人物性格缺陷的批評一目了然。

奧斯汀非常擅長刻畫人物。她筆下的人物，個個都被刻畫得栩栩如生，呼之欲出。在《傲慢與偏見》中，伊麗莎白和達西、珍和賓利、夏洛蒂和柯林斯以及莉蒂亞和威克，每個人物都個性分明。伊麗莎白重視愛情，夏洛蒂雖然聰明卻因家中沒有財產而遲遲沒有結婚，莉蒂亞是個輕狂的女子，衝動之下和威克私奔。達西先生讓人感覺拒人千里，大家都極想去接近他，但是又都害怕他，這就使得男主角在人們眼中特定的傲慢形象得以形成；而女主角伊麗莎白，作者對她的描寫是從對達西的感覺開始的，從而讓讀者感受到她的偏見。

《傲慢與偏見》看似只是作者對一連串事件的簡單記錄，但是在小說中，主要情節和次要情節交織在一起，結構上的複雜精巧則得益於小說中多重線索的使用。同時，奧斯汀在對話藝術上講究使用幽默、諷刺，語言也是經過精細雕琢，而人物的性格特徵也常常借助於其語言的詼諧風趣烘托出來。

《簡明不列顛百科全書》對奧斯汀做出了如是評價：珍・奧斯汀是「第一個現實地描繪日常平凡生活中平凡人物的小說家。她的作品反映了當時英國中產階級生活的喜劇，顯示了家庭文學的可能性。她多次探索青年女主角從戀愛到結婚中自我發現的過程。這種著力分析人物性格以及女主角和社會之間緊張關係的做法，使她的小說擺脫十八世紀的傳統而接近於現代的生活。正是這種現代性，加上她的機智和風趣，她的現實主義和同情心，她的優雅的散文和巧妙的故事結構，使她的小說能長期吸引讀者。當時（十九世紀初）流行誇張戲劇性的浪漫小說，已使人們所厭倦，奧斯汀樸素的現實主義啟清新之風，受到讀者的歡迎。到二十世紀，人們才認識到她是英國攝政王時期（一八一〇～一八二〇）最敏銳的觀察者，她嚴肅地分析了當時社會的性質和文化的質量，記錄了舊社會向現代社會的轉變。現代評論家也讚佩奧斯汀小說高超的組織結構，以及她能於平凡而狹窄有限的情節中揭示生活的悲喜劇的精湛技巧。」

讓我們來看看奧斯汀的這部經典作品：

班內特是一個小鄉紳，有五個女兒還未出嫁，班內特太太整天為女兒能物色到稱心如意的丈夫而忙前忙後。一個有錢的單身漢賓利（Bingley)搬來做了他們的新鄰居，他立即成了班內特太太眼中追獵的目標。在一次舞會上，賓利對班內特家的大女兒珍（Jane）一見鍾情，班內特太太為此喜出望外。

舞會上還有賓利的好友達西（Darcy）。他非常富有，儀表軒昂，許多女孩都紛紛向他投去愛慕的目光；但他非常驕傲，認為她們都不配做他的舞伴，這也包括珍的妹妹伊麗莎白（Elizabeth）。達西對賓利說，她（伊麗莎白）長得可以「容忍」，但還沒到能引起他興趣的程度。這句話恰巧被伊麗莎白聽到，伊麗莎白自尊心很強，決定不去理睬這個傲慢的傢伙。可是沒過多久，達西對她活潑可愛的舉止產生了好感，在另一次舞會上主動請她跳舞，遭到伊麗莎白的拒絕，但達西對伊麗莎白的好感有增無減。

賓利的妹妹卡洛琳（Caroline）也在追求達西，但達西並沒把她放在心上。她發現達西對伊麗莎白有意後，非常妒忌，決意從中阻撓。達西雖然喜愛伊麗莎白，但卻無法忍受她的母親以及妹妹們粗俗、無禮的舉止。在妹妹和好友達西的勸說下，賓利不辭而別，去了倫敦，但珍對他的一片深情未改。

班內特夫婦沒有兒子，依據當時的法律規定，只有男性可以繼承財產，因此他的家產將由遠親柯林斯（Collins）繼承。柯林斯古板平庸又善於諂媚奉承，依靠權勢當上了牧師。他向伊麗莎白求婚，遭拒絕後，立刻和伊麗莎白的好友夏洛蒂（Charlotte）結了婚，伊麗莎白為此感到很煩惱。

附近小鎮的民團裡有個英俊瀟洒的青年軍官威克（Wickham），人見人愛，伊麗莎白竟也對他產生了好感。一天，他對伊麗莎白說，他父親是達西家的管家，達西的父親曾在遺囑中建議達西給他一筆財產，從而體面地成為一名神職人員，而這筆財產卻被達西吞沒了。伊麗莎白得此消息，更增加了對達西的反感。

伊麗莎白受邀到柯林斯夫婦家作客，在那裡遇到達西的姨母凱瑟琳（Catherine）・德伯格夫人，並且被邀去她的山莊做客。不久，又見到了來那裡過復活節的達西。達西無法抑制自己對伊麗莎白的愛慕之情，向她求婚，但態度還是那麼傲慢，本來伊麗莎白對他有嚴重偏見，便堅決地謝絕了他的求婚。

這一打擊使達西第一次認識到驕傲自負所帶來的惡果，他痛苦地離開了她，臨走前留下一封長信作了幾點解釋：他承認賓利不辭而別是因為他的促使，原因是他不滿班內特太太和班內特小姐們的輕浮的鄙俗（不包括珍和伊麗莎白），只是看上了賓利每年五千磅的收入與房產，並且認為珍並沒有真正鍾情於賓利；威克說的卻全是謊言，事實是威克自己把那筆遺產揮霍殆盡，還企圖勾引達西的妹妹私奔。伊麗莎白看到信後十分後悔，既對錯怪達西感到內疚，又為母親和妹妹的行為羞愧。至於姐姐珍，之所以很少在舞會上表現出對賓利熾熱的愛慕，伊麗莎白知道這的確是因為姐姐確實不善於表達自己內心的情感。

轉年的夏天，伊麗莎白隨舅父母來到達西的彭貝利莊園，從管家那裡了解到達西在當地很受人們尊敬，而且對他妹妹疼愛有加。伊麗莎白在樹林中偶遇剛到家的達西，發現他的態度大大改觀，對她的舅父母彬彬有禮，漸漸地消除了她對他的偏見。就在此時，伊麗莎白接到家裡來信，說妹妹莉蒂亞隨身負累累賭債的威克私奔了。伊麗莎白為此等家醜感到非常難堪，以為達西會更瞧不起自己。但事實出乎她的意料，達西得知上述消息以後，不僅替威克還清賭債，還給了他一筆巨款，讓他與莉蒂亞完婚，為班內特一家保全了尊嚴。這件事讓伊麗莎白和達西前嫌盡釋，賓利和珍也重修舊好。到此，皆大歡喜，有情人終成眷屬。

奧斯汀當時處在一個階級等級分明的社會。家族與財富是劃分階級的主要因素。奧斯汀在她的作品中經常把對英國上層階級的自負和偏見作為批評對象。她注意區分與人的個人品德聯繫在一起的內在價值以及與地位和財產聯繫在一起的外在價值。奧斯汀經常把卑微的勢利小人作為諷刺對象，對那些出身低微的人缺乏教養和不當舉止也給予嘲笑。她筆下描繪的英國是一個有著強烈的階級意識並且缺少變化的社會。當時的社會期待男性在政治、軍事、宗教、法律等方面獲得成就。而對於女性而言，想要改變生存狀態的主要方式就是獲取財富，而達到這一目標的唯一方式就是成功的婚姻。而社會對兩性的行為舉止是否恰當有著固定的看法，這在奧斯汀的作品中也有所反映。從這個角度也詮釋了為什麼婚姻成為奧斯汀作品中一個普遍的追求目標和擺不脫的談話主題。

儘管奧斯汀的小說在題材上比較狹窄，故事情節也略顯平淡，但是她善於在日常看似平凡的事物中塑造鮮明生動的人物形象，無論是主要人物伊麗莎白、達西這類作者認為值得肯定的人物，還是威克、柯林斯那種遭到諷刺挖苦的次要人物，都寫得真實動人。

《傲慢與偏見》在內容上，不同於當時英國社會流行的傷感小說，在寫作手法上擯棄了矯揉造作，以日常生活為素材，生動描繪了十八世紀末到十九世紀初處於保守和閉塞狀態下的英國鄉鎮生活和世態人情。時至今日，這部社會風情畫一樣的小說，帶給讀者的仍然是獨特清新的藝術享受。

作為傳世之作，《傲慢與偏見》已經被世界各國的讀者廣泛接受，中文譯本也有多種，並多為大家之作。筆者踩在巨人的肩膀，借鑒了前人的研究成果，在忠實原作的基礎上，翻譯力求流暢自然。但是「翻譯無止境」，誠摯地懇請廣大讀者及專家、學者批評斧正。

目錄
Contents

chapter

第二部　肯特郡

目錄

Contents

chapter

第三部　彭貝利莊園

第一部

哈福德郡

chapter 1

班內特太太的心思

有錢的單身男子都想娶妻室，這是舉世公認的真理。

這種單身男人，每當搬到一個新地方，鄰居們就算對他的性情完全不瞭解，也會馬上把他看成是自己某一位女兒理應得到的一筆財產。這條真理早在人們心裡紮了根。

「親愛的班內特先生，」有一天班內特太太對丈夫說，「你聽說了嗎？內瑟菲爾德莊園到底還是租了出去。」

班內特先生回答說他還沒有聽說這件事。

「可確實租出去了，」她繼續說，「朗太太剛剛來過，她跟我說了這件事。」

班內特先生沒有回話。

「嗨，難道你不想知道是誰租的嗎？」班內特太太急得嚷了起來。

「既然你想講，我不妨聽一下。」

這話可足以鼓勵太太接著往下說。

「我說，親愛的，你可要知道，朗太太說，內瑟菲爾德莊園是被一個英格蘭北部的小夥子租走的，他家境富裕，星期一那天，他是坐著俊馬大轎車來看房子的，十分中意，馬上就和莫里斯先生談妥了。他要在『米迦勒節』[1]以前搬進那所房子。他的幾個僕人下個週末先住過來。」

「這小夥子叫什麼？」

「賓利。」

「結婚了，還是單身？」

「他還沒有結婚，親愛的，確實是個單身漢！一個有錢的單身漢，每年大約有四五千鎊的收入！這對咱們的女兒來說是何等好事呀！」

「這怎麼講？關女兒們什麼事？」

「親愛的班內特先生，」太太回答說，「你簡直太遲鈍了，難道連這點也沒有想到？我正琢磨著他說不定會挑中我們的哪個女兒當太太呢。」

「他住進這裡來，是這樣打算的嗎？」

「打算？真可笑！你說的什麼話？但是，或許他會相中我們的某個女兒，所以他一來你就要趕緊拜訪他。」

「我覺得沒那個必要。你帶著女兒們去就行了，要不你就讓她們自己去，那也許更好一些，因為你這樣漂亮動人，一點兒都不比她們中的任何一個差，要是一塊兒去，賓利先生說不定會挑中你而看不上她們呢。」

1米迦勒節是英國傳統的四個結帳日之一，為九月廿九日，英國習慣於此日雇用傭人、履行租約。

「親愛的，你把我捧得太高了。我確實美麗動人過，但現在我可不敢說有什麼出眾的地方了。一個女人，有了五個長大成年的女兒，就不應當再為自己的美貌費心思了。」

「如你所言，年長的女人並不為自己的美貌多費心思的。」

「但是，親愛的，賓利先生搬來後，你應當去拜訪他。」

「老實告訴你，我不太同意這件事情。」

「可是你得顧慮一下咱們的女兒啊，哪怕只是稍微想一下，無論她們中的哪個，要是跟這樣一戶人家結親，那有多好啊！威廉爵士夫婦決定要去拜訪他，完全是為的這個。你知道，他們一般是不會拜訪新鄰居的。無論如何你必須去，要是你不去，我們母女怎麼去見他呢？」

「你真是太守規矩了。賓利先生會非常高興見到你的，我可以寫一封短信讓你帶去，就說不管他挑中了我的哪個女兒，我都會很高興地答應他。當然，我在信中應當特別誇讚小麗琪[2]幾句。」

「我希望你不要這麼做。麗琪沒有勝過其他女兒的地方，我覺得，論美麗，她連珍的一半都比不上；論脾氣，她不如莉蒂亞。但你一向都偏向她。」

「她們誰都沒有值得誇獎的，」他說，「她們和別人家的女兒一樣，又傻又蠢；倒是麗琪與她其他幾個姐妹比起來還算聰明點兒。」

「我說先生，你怎麼能講出這種侮辱自己親生女兒的話來呢？你故意讓我生氣，好叫你取

2 麗琪為伊莉莎白的暱稱。

樂。你一點兒都不關心神經衰弱的我。」

「你錯怪我了，親愛的。我非常尊重你的神經，它們是我的老朋友，至少也有二十年了，我總是聽見你一本正經地提到它們。」

「哎！你根本不知道我有多痛苦！」

「但是我真心地希望你好好保護自己的神經，那樣的話，你就可以跟年收入四千鎊的闊少爺當鄰居了。」

「要是你不想去拜訪他們，就算有二十個闊少爺搬來，對我們而言又有什麼用！」

「不用擔心，親愛的，等來了二十個，我肯定都會去拜訪。」

班內特先生簡直是個古怪的人，尖酸、冷淡，卻也愛插科打諢；聰明、靈敏，不過也變幻莫測，即使跟他結婚二十三年的太太，仍然摸不透他古怪的性格。但這位太太的腦子倒是輕而易舉就能參透的。她這人智力平庸、不學無術、喜怒無常，遇上不順心的事情就絮叨，而且神經衰弱。她生平的大事就是把自己的女兒們一一嫁出去。訪友拜客、打聽新聞，是她一生當中最大的快樂。

chapter 2 拜訪新鄰居

儘管當著自己妻子的面，班內特先生自始至終都不願意去拜訪賓利先生，但事實上他一直都有心登門拜訪，而且還是第一批去拜訪他的。直到他拜訪後的那天夜裡，他的妻子才知道這件事。拜訪的消息是這麼透露出來的——他看到自己的二女兒在裝飾帽子，突然對她說：「我希望賓利先生會喜歡你的帽子。」

當母親的很生氣地說：「既然不去拜訪賓利先生，我們怎麼知道賓利先生喜歡什麼。」

「可是你不要忘了，媽媽，」伊莉莎白說，「我們可以在舞會上碰見他的，朗太太不是已經同意把他引薦給我們嗎？」

「我不信朗太太會這麼做。她自己有兩個親侄女。她是一個既自私又假惺惺的女人，我對她沒什麼好說的。」

「我也沒有，」班內特先生說，「看上去你根本就不指望她為你效勞，我很高興聽你這麼說。」

班內特太太不願意理他，可抑制不住心中怒火，就對著一個女兒嚷起來：

「基蒂，看在老天的份兒上，不要那麼不住地咳嗽！請可憐可憐我的神經吧。你簡直要把我的神經震裂啦！」

「基蒂真是太不小心，」當父親的說，「咳嗽也得看時候。」

「我又不是故意咳嗽的。」基蒂喊道。

「你們打算在什麼時候開舞會，麗琪？」

「從明天起，還需要再過兩個星期。」

「啊，原來這樣，」當母親的喊道，「朗太太得到開舞會的前一天才能趕回來。要是那樣，她就沒時間把他引見給你們啦，她自己還沒有時間和他認識呢。」

「那麼，我的太太，你恰好可以占你朋友的上風，反過來替她引見這位貴人。」

「不會的，我的先生，沒有的事兒，我根本就不認得他，你怎麼這樣嘲笑人呢？」

「本人對你的深思熟慮深表欽佩。兩周的時間肯定談不上什麼，誰也不可能非常瞭解僅僅相處兩周的人。但是，如果我們不去嘗試一下，其他人就會去了。我敢發誓，朗太太和她的侄女兒肯定會去的。要是你不願意操心這件事情，我就自己來辦好了，再說，朗太太會覺得這是我們對她的一片好心。」

女兒們都瞪大眼睛注視著父親，班內特太太隨口說了句：「可笑！真可笑！」

「你有什麼大驚小怪的？」班內特先生高聲喊道，「你覺得給人做介紹這套禮節，還有強調這些禮節是可笑的嗎？我可不贊成你這種說法！你說呢，瑪麗？我知道，你是一個有獨特見解的女孩，看的書都是大部頭的，而且還做了札記。」

瑪麗確實想說幾句得體的話，可又不知怎樣說才好。

「趁瑪麗思考的工夫，我們不妨回頭來談談賓利先生吧。」班內特先生繼續說。

「我不喜歡賓利先生。」班內特太太嚷了起來。

「聽你這樣說我可真懊悔，你怎麼不早點兒說呢？要是今天早晨就對我說，我肯定不會去拜訪他的。我可是糟糕透了，但是既然已拜訪過了，咱們就不能跟人家斷絕交往了啊！」

正如班內特先生所料，母女們都吃了一驚——尤其是班內特太太。但就在驚喜之後，她卻言道，此事早已在她的預料之中。

「你簡直太好了，親愛的班內特先生！但是我早就知道我肯定會把你說服的。你那麼喜歡自己的女兒，當然不會不把這樣一位朋友放在心上。我真是高興極了！你這個玩笑真絕，早上就去拜訪了人家，竟然到這個時候還隻字不提。」

「好了，基蒂，現在你想咳嗽多久就多久。」班內特先生邊說邊離開了屋子，太太的得意忘形使他有點兒反感了。

「女兒們，你們的爸爸太好了！」房門剛剛關好，班內特太太就說，「我不知道你們怎樣才能報答他對你們的好心，或是為這事報答我一番呢。老實告訴你們，活到我們這把年紀，對於每天去結交新朋友，已經沒有任何興趣了，但是為了你們，我們什麼事情都肯做。莉蒂亞，親愛的，雖然說你年紀最小，但是在舞會上賓利先生也許偏偏要跟你跳呢。」

「喏！」莉蒂亞一點兒都不在乎地說，「我可用不著擔心。儘管我年紀最小，可我個兒最高。」

接下來，她們一會兒猜測那位有錢人什麼時候來回訪父親，時而又琢磨著他來到以後在什麼時候請他吃飯，很快一個晚上就在閒聊中過去了。

chapter 3 偏見的起源

儘管班內特太太有了五個女兒幫腔，企圖從丈夫那兒打聽一些有關賓利先生的事情，不過卻聽不見一點兒令她滿意的答覆。母女們想盡辦法對付他——厚著臉皮地盤問，費盡心機地打探，轉彎抹角地逼迫，什麼辦法都用上了，然而他卻沒有進入她們的圈套。萬不得已，她們不得不從鄰居盧卡斯夫人那兒獲得二手情報。她對賓利先生非常讚賞。聽說威廉爵士十分喜歡他。他非常年輕，長相俊朗並且謙遜溫和，最重要的一點是，他打算邀請很多的客人來參加下次的舞會。這件事情簡直太令人驚喜了！喜歡跳舞可是讓人墜入愛河的一個步驟，大夥兒都迫切地盼望能夠贏得賓利先生的那顆心。

「假如我能夠看見有哪個女兒在內瑟菲爾德莊園裡幸福地安了家，」班內特太太對她的丈夫說，「要是另外幾個女兒也嫁給好人家，我這一輩子也就無所求了。」

過了幾天，賓利先生登門回訪了班內特先生，兩人在書房內坐了差不多十分鐘。他原本希望能夠見見小姐們，因為他早就聽說了她們都很美麗動人，誰知卻只看到了她們的父親。幾位小姐卻比他好得多，她們所處的環境很優越，從樓上的窗子可以看得一清二楚，他身穿一件藍色外套，騎的是一匹黑馬。

邀請賓利先生吃飯的請帖很快就發出去了。班內特太太早已做好了各道拿手好菜，好顯示一下自己持家的本領。但事情太不巧了，賓利先生的回信讓整個宴請的事情只好推遲了。原來，他已經定好第二天到城裡去，所以難以接受他們的一番盛情。

班內特太太極其不安，她無法想像賓利先生剛來哈福德郡[3]又要進城，到底有什麼重要的事情。她開始擔心了：難道他要經常跑來跑去，根本就不在內瑟菲爾德莊園安定下來？多虧盧卡斯夫人想到他到倫敦去只是想請一些人前來參加舞會，這才稍稍減除了她的一些憂慮。

接著很快就有消息傳來，說是賓利先生將會帶著十二位女士和七位先生前來參加舞會。女孩們聽到有這麼多女客要來，非常擔心。舞會開始的前一天，又聽到他只帶來六位女士——他的五個姐妹和一個表姐妹——這個消息才讓女孩們放下了心。後來賓利先生一隊人進入舞廳的時候，總共只有五個人——賓利先生本人，他的兩個姐妹，他的姐夫，還有另外一個年輕人。

賓利先生儀表堂堂，笑容可掬，舉止大方而又得體，紳士氣派十足，而且沒有一點矯揉造作的習氣。他的兩個姐妹全都是優雅的女性，態度非常大方。他姐夫赫斯特先生看起來只像個一般的紳士，但是他那個朋友達西先生立刻就引起了所有人的注意。他身材魁梧，相貌俊朗，風度翩翩。他進場不足五分鐘，全舞廳就紛紛傳說——他每年有一萬英鎊的收入。先生們全都讚賞他外表出眾，女士們都說他要比賓利先生俊美瀟灑得多。

3 位於英國內陸，以玫瑰花園而聞名，一四五五年、一四六一年和一四七一年的「玫瑰戰爭」即在此郡內進行，另有英國著名的培根、蘭姆等人出生於此郡內。

幾乎有半個晚上，大夥兒都用愛慕的眼光望著他，最後人們才發現他的言行十分討人嫌，使他那盛極一時的場面黯然失色。原來，客人們都發現他自以為是，看不起人，高攀不上。就憑著他滿臉自命清高、使人厭惡的表情，無論如何都不能與他的朋友賓利先生相提並論，就算他在德比郡有大量的錢財，都不管用。

賓利先生很快就熟悉了舞廳裡所有的重要人物。他生氣勃勃，瀟灑直率，每場舞都要跳。他不過他因舞會散得太早而不高興。然後他提到他自己將在內瑟菲爾德莊園再舉行一次舞會。他這樣可愛可親的品性使別人對他產生了好感，他和他的朋友可真是天壤之別！達西先生只和赫斯特太太跳了一次舞，和賓利小姐跳了一次舞，之後就在室內來回走，有時找和他一起來的人談談，其他人給他介紹別的小姐和他跳舞，他都謝絕。大夥兒都斷然地說他是世上最驕傲、最使人厭煩的人，希望他下次別來參加舞會。其中對他反感最強烈的是班內特太太，她不喜歡他的舉止言行，而且這種厭煩愈來愈強烈，後來竟然變成了一股莫名其妙的氣憤，這是因為他得罪了她的一個女兒。

因為男賓不多，伊莉莎白・班內特有兩支舞曲都只好孤坐一旁。達西先生當時就站在她身邊，賓利先生離開舞場幾分鐘，走到他的朋友跟前，非得讓他去跳舞，二人的談話恰好被她聽見了。

「來吧，達西，」賓利道，「我必須讓你跳。我可不想看見你一個人傻呆呆地站在這裡，還是去跳吧。」

「我堅決不跳。你知道我一向都不喜歡跳舞——除非和熟人跳。在這樣的舞會上跳舞，我實在無法忍受。你的姐妹們都在和其他人跳，除去她們兩個，叫我和其他的女人跳，無論是誰都是讓我活受罪。」

「我可不樂意像你這麼挑剔，」賓利高聲說，「不管怎麼說，我沒有感到任何不愉快！我敢保證，我有生以來還未曾像今晚這樣見過這麼多漂亮的女子呢。你瞧，她們中的幾位簡直太美麗了。」

「當然啦，舞廳裡唯一一位漂亮女子在和你跳舞！」達西先生一邊說，一邊望著場上的一位女子，那是班內特家的大女兒。

「哦！她確實是我見過最美麗的女子！並且她還有個妹妹也在這兒，就坐在你背後，她也特別美麗，而且我敢保證，她同樣非常討人喜歡。讓我的舞伴給你們兩個介紹一下吧。」

「你說的是哪一位？」他轉過身來，朝著伊莉莎白看去，直到他們目光相遇，他才收回自己的目光，不屑一顧地說：「她還可以，不過還沒有美到讓我動心，眼下我可沒有心思去抬舉那些遭受冷遇的小姐。你最好還是返回你的舞伴身邊去欣賞她的笑臉吧，不要在我這浪費時間了。」

賓利先生聽完達西先生的話以後就返回舞場內，接著達西也走開了。伊莉莎白依舊坐在那裡，對達西先生實在沒有任何好感。不過她卻興致勃勃地把這番偷聽見的話告訴給了她的朋友，因為她性格活潑調皮，喜歡開玩笑，碰到任何可笑的事都會感到有趣。

班內特全家整個晚上都過得非常愉快。班內特太太親眼看到了：內瑟菲爾德那些人對她的大女兒極其讚賞。賓利先生邀她跳了兩場舞，他的姐妹們也對她刮目相看。和母親一樣，珍的心裡也覺得非常高興，只不過表現得很含蓄。瑪麗親耳聽到有人在賓利小姐跟前說她是附近一帶最有才幹的女子。凱薩琳[4]和莉蒂亞運氣最好，她們在舞會上一直都有舞伴，她們也只學會了關心此事。所以，母女幾個非常快樂地返回了那個她們所住的朗博恩村，她們算是這個村子裡的旺族。

到家的時候，她們看到班內特先生還沒睡覺。他這個人平日裡只要拿著一本書就忘記晨昏，況且這又是一個使人嚮往的美好夜晚。他好奇心特別強，極想知道大家在舞會上發生的一些事情。他原以為太太會對那位新搬進來的鄰居非常失望，可是他聽到的卻不是這麼回事。

「哦！親愛的班內特先生，」班內特太太一走入房間就這樣說，「今天晚上我們過得很高興，舞會辦得太棒了，你沒去真是遺憾。珍那麼受歡迎，真是難以形容。所有的人都說她長得漂亮。賓利先生認為她非常美麗，一個人邀她跳了兩場舞。哦，你想想，親愛的，跳了兩場舞啊！全場的女賓這麼多，只有她一人接到他第二次邀請。開始，他請盧卡斯小姐跳，看到他和盧卡斯小姐站在一起，我心中禁不住有點兒生氣！但是，賓利先生對她一點兒意思都沒有。事實上，任何人都不會選中她的。珍走下舞場時，賓利先生好像立即被吸引住了。然後就打聽她是什麼人，請人給他介紹，接著就請珍跳了兩曲，然後又和金小姐跳了兩曲，還和瑪麗亞・盧卡斯跳了兩曲，第五輪又和珍跳了兩曲，後來還和麗琪跳了兩曲。跳布朗熱舞的時候——」

「如果他能夠稍微體諒我一些，」她丈夫不耐煩地喊起來，「就不應當跳這麼多！連一半都不行！天哪，不要再說他那些舞伴啦！哎，要是他跳頭一場舞就把腳踝扭傷該多好！」

4 凱薩琳即是基蒂，基蒂為昵稱。

「啊！親愛的，」班內特太太繼續說，「我很喜歡他。他簡直太英俊了！他的兩個姐妹也非常招人喜歡，她們的穿著非常優雅，這是我從來沒有看到過的。赫斯特太太衣服上的花邊，我敢說——」

她剛說到這裡又被打斷了。班內特先生不喜歡聽她談論服飾。所以她不得不找其他的話題，接著就非常尖酸刻薄並且帶有幾分誇張地談到了達西先生那目中無人的傲慢。

「不過你大可放心，」她又說，「麗琪儘管沒有被他選中，但這並沒有什麼好遺憾的。他是一個可惡、可憎的人，完全不值得別人去奉承他。那麼驕傲，那麼自以為是，實在叫人難以忍受！一會兒走到這裡，一會兒走到那裡，好像自己多了不起似的！看他那副樣子，還嫌人家和他跳舞不夠資格呢！親愛的，如果你在場就好了，可以狠狠地教訓他一番！那個人可真討厭。」

chapter 4 愛慕之心

珍一向謹慎，沒有輕易讚賞賓利先生，但是當她和伊莉莎白兩個人在一塊兒的時候，卻禁不住向妹妹傾訴自己是多麼地愛慕他。

「年輕人應有的樣子他都有，」珍說，「有見識有魅力，脾氣溫和，人又活潑，我還從來沒有看到過像他那種讓人稱讚的舉止！——那麼大方，那麼有教養！」

「他有氣度，」伊莉莎白說，「只要有可能，青年男子就應該這樣。他可以稱得上是一個完美的人。」

「他第二次又邀我跳舞時，我感到無比榮幸。我確實沒有想到會受到如此禮遇。」

「你沒有想到？但我卻替你想到了。不過，這正是我與你完全不同的地方。你一遇到其他人的敬重就受寵若驚，但我卻不然。他再次來邀你跳舞，這是再自然不過的事兒嘛！與舞場裡所有其他的女子相比，你要比她們美麗不知多少倍，他肯定能夠看得出。他向你大獻殷勤，你又何必感激他呢。其實，他確實討人喜歡，你儘管去喜歡得了。你過去不也喜歡過更蠢的傢伙嗎。」

「我親愛的麗琪！」

「哦！你知道，你往往容易對別人產生好感，從來都看不見別人的缺點。在你眼中，所有人都是好人，都十分可愛。我有生以來還沒有聽見你說過哪個人的壞話呢。」

「我只是不想輕易指責某個人，不過我從來都是心中怎麼想就怎麼說。」

「我知道你這是這樣的，我對你感到奇怪的也正是這點。你是這樣聰明，為什麼居然會厚道得看不出某些人的蠢笨和無聊！你走遍世界，任何地方都能夠碰見假裝坦率的人。但是——坦率得沒有一絲保留，一點心眼兒也不用，只說人家的長處，並且還把他人的長處多誇獎幾分，卻隻字不提別人的缺點——這些也只有你才能做到。這樣說來，你是不是喜歡賓利先生的姐妹們？她們的風度可無法與他相比呀。」

「初看起來——是無法跟他相比。不過，和她們談話的時候，就會發現她們同樣都是一些討人喜歡的女人。聽說賓利準備和她們在一塊兒居住，叫她們替他料理家務。我想，她們一定是不錯的鄰居。」

伊莉莎白聽著，一言不發，但心裡卻不信服。一般而言，她認為那姐妹兩個在舞會上的言行，一點兒都沒有討好別人的意思。伊莉莎白的洞察力要比姐姐靈敏得多，性格也不像姐姐那樣溫順。她有主見，並且絕不會因為其他人獻殷勤而輕易地放棄，所以她絕對不會輕易稱讚那姐妹二人。事實上，她們兩個都能夠稱得上相當不錯的小姐，有人迎合的時候也對人隨和；如果願意，也會得到別人的喜歡，但就是過於傲慢和自以為是。她們長得都很標緻，在倫敦的上等私立女子中學受過教育，有著兩萬英鎊的家產；她們花錢的時候常常很揮霍，喜歡跟有身分的人打交道，自視甚高，不把其他人放在眼裡。她們時刻記著自己出生於英格蘭北部一個高貴家族，與其他幾個憑著做生意掙錢的兄弟姐妹比起來，她們有一種天然的優越感。

賓利先生從自己的父親那兒得到了一筆將近十萬英鎊的財產。父親生前本準備用此購置莊園，遺憾的是，沒來得及辦就離開了人世。賓利先生同樣有這個想法，有的時候就連去哪個郡購置的念頭都有。但是眼前既然有人給他提供了這樣一所很好的房屋，並且還有一個任他使用的莊園，於是那些對他性格瞭解得很清楚的人都猜想，他向來都是一個在任何環境中都能夠滿足的人，說不定能在內瑟菲爾德度過下半輩子，而把購置產業的事留給下一代去辦。

賓利先生的姐妹們卻始終希望他早些有一份屬於自己的產業。但是，雖然他如今僅僅是以租戶的名義在此定居，賓利小姐仍然非常願意來為他操持家務。因為那位赫斯特太太有一個只有派頭而沒有錢財的丈夫，所以只要有機會也願意把弟弟的居所看成自己的家。那時，賓利先生成人之後還不足兩年，一次有人偶然地推薦他去瞧瞧內瑟菲爾德莊院，就真的動了心，到這裡來看了，他從裡到外認真看了半個小時，周圍的環境和住宅裡的主房間都非常滿意，另外加上房主對那所住宅好好地稱讚了一番，使他越聽越高興，所以當場就定下租約。

他和達西儘管性格迥異，卻是莫逆之交。達西很喜歡賓利的隨和和溫柔，雖然這和他本人的性格正好相反，但他也從來都不為自己的脾氣懊惱。賓利則對達西非常尊重，對他的見聞知識也極其愛慕。達西在智力方面勝賓利一籌。這並非說賓利愚蠢呆鈍，而是達西真的是聰明過人。達西驕傲、冷淡、喜歡吹毛求疵。他雖然教養有素，卻讓人避而遠之。在這點上，他的朋友卻遠比他高明，賓利不管走到什麼地方，都招人喜歡，達西卻經常得罪人，惹人厭煩。

從他們兩個談布萊頓舞會時的表情上看，就足以說明二人性格迥異。賓利說，他有生以來從來都不曾見過其他地方的人比這裡的人更溫和可親，也未曾碰見過其他地方的女子比這裡的女子更漂亮可愛；他覺得，在這兒人人都非常友善，熱情，不拘禮節，非常和氣，他覺得一下子就同會場裡的每一個人都認識了。說起班內特小姐，他簡直無法想像世界上會有比她還要漂亮的天使。但是達西，他覺得自己所看見的這些人既不美麗，也不能算得上有風度，他對誰都沒有興趣，也沒有誰向他獻殷勤，討他喜歡；他不否認班內特小姐的美麗，但就是笑得太多。

赫斯特太太姐妹兩個都同意他這種看法——但是她們依舊羨慕她、喜歡她，說她是一個甜妞兒，她們很喜歡和她這麼一位小姐交朋友。班內特小姐[5]就這樣成為一個甜妞兒，賓利先生聽完她們讚美的話，就覺得以後他任何時候都會記起她的。

5 英國習俗中將大小姐直接以姓氏稱某某小姐，本書中所稱班內特小姐除少數特別指出之外，均指珍・班內特。

chapter 5 傲慢的達西

離朗博恩不遠的地方，有一戶人家。班內特一家和他們相當親密。威廉·盧卡斯爵士過去在布萊頓做生意時，發了不大不小的財；以前擔任市長時上書國王，榮獲了爵士頭銜。或許他過於注重這個尊貴身分，從那以後就停了生意，告別了小鎮，領著自己的家人遷到距離布萊頓差不多一英里路的一所房屋裡住了下來，從那以後就把那兒叫盧卡斯寓。他能在這裡自得其樂，以官高權大自居，而且既然不再做買賣了，他完全可以一心進行社交活動。雖然他對於自己在社會上的身分非常得意，不過並沒有目空一切，恰恰相反，他對每一個人都招待得十分周到。他生來就不與人結怨，而且友善誠懇，親切溫和，自聖詹姆士覲見以來更禮貌周到。

盧卡斯夫人是一個好心腸的女人，並不特別機靈，這倒使她成了班內特太太一位難得的鄰居。他們夫婦二人有好幾個孩子。大女兒是一個聰明懂事的女子，年紀大約二十六七歲，她是伊莉莎白最要好的朋友。

說是盧卡斯家幾位小姐和班內特家幾位小姐這次非要見一面，說一下這場舞會上的事情。因此在舉辦舞會之後的第二天早上，盧卡斯家的幾位小姐來到朗博恩和班內特家的幾位小姐交換自己的意見。

班內特太太看見盧卡斯小姐，彬彬有禮地說：「昨晚上的舞會，多虧你開場開得好，你做了賓利先生第一個選中的人。」

「不錯——但是他似乎更喜歡第二位。」

「噢，你說的也許是珍吧，因為他和她跳了兩場舞。這樣說來，他確實喜歡上她了，我相信他決不是假的，但是我仍然弄不明白到底是怎麼回事，因為我聽見了一些關於魯賓孫先生[6]的話。」

「或許你說的是我無意中聽見他和魯賓孫先生之間的談話吧。我難道沒跟你講過嗎？魯賓孫先生問他對布萊頓舉辦的這次舞會抱著怎樣的想法，問他是不是覺得在場的許多女賓都非常漂亮，問他認為誰最美麗？他立即對最後這個問題做出了回答：『無疑，是班內特家的大女兒最美麗。除此以外，別無其他的看法啊。』」

「不錯！說起來，那確實是真的——看上去真像是——不過，即使如此，你知道，或許會全部落空呢。」

「我無意中聽到的談話比你聽見的更有意思，伊萊莎[7]，」夏洛蒂[8]說，「達西先生的話並沒有他朋友的話那麼招人喜歡，的確是這麼回事，不幸的伊莉莎白！他只是覺得她還算可以！」

「我請求你別把這件事告訴麗琪，以免她又生起氣來。他是一個不討人喜歡的人，被他看

6暗指達西先生。
7伊萊莎是伊莉莎白的愛稱。
8夏洛蒂・盧卡斯，即盧卡斯小姐。

上了那才倒楣呢！朗太太對我說，昨天夜裡他在她身旁坐了半個鐘頭，但是一直都不說話。」

「你的話可靠嗎，媽媽？句句都是真的？」珍問，「我分明看到達西先生和她談過話呢。」

「那是因為後來朗太太問他認為內瑟菲爾德怎樣，他這才不得已應付幾句。但是，朗太太說他似乎不高興，彷彿怪她不應該和他講話一樣。」

「賓利小姐對我說，」珍說，「他從來話不多，除非跟很要好的朋友在一塊兒。他對他們還是非常溫和親切的。」

「我才不信這種話呢，親愛的。如果他確實那麼溫和親切，他早就會和朗太太說話了。不過我能夠想出這是怎麼回事。大家都說他十分傲慢；我敢說，不管怎樣他都有可能聽到過，朗太太連馬車都沒有，是雇車來參加舞會的。」

「他是否和朗太太講話，與我何干？」盧卡斯小姐說，「我倒認為，如果他跟伊萊莎跳過舞，那該多好。」

「下一回，麗琪，」當母親的說，「如果我是你，我就不跟他跳。」

「這我信，媽媽。我可以毫不含糊地向你發誓，決不和他跳舞。」

「他的傲慢卻沒有使我通常見到的驕傲那樣生氣，」盧卡斯小姐說，「因為他的驕傲是情有可原的。一個這樣出色的年輕人，門第，財產，樣樣都優越於他人，傲慢些也沒有什麼值得奇怪的，按我說，他有資本高傲。」

「這倒是真的，」伊莉莎白回答，「要是他沒傷害我的自尊，我就會寬恕他的那份傲氣。」

「驕傲，」一向以有主見自視的瑪麗發表高見了，「我覺得驕傲是一般人的通病，根據我所看過的書來看，我確信它很普遍。人性很容易就會傾向於這點，可以說每一個人都會因為自己的某些品質，或者自我感覺具有一些品質而把自己看得與眾不同。虛榮與驕傲是兩碼事——儘管這兩個詞總是被混為一談。一個人可能驕傲但不虛榮。驕傲多數情況下無非是我們對自己的看法，但虛榮卻指的是我們過於看重其他人對我們的評價。」

盧卡斯小姐家的一個小弟弟忽然說：「要是我也像達西先生那樣有錢，我簡直不知道會驕傲到什麼地步呢。我會養很多獵犬，還要每天喝上一瓶美酒。」

班內特太太說：「要是那樣的話，你喝得也太過分了，要是被我看到了，我會馬上把你的酒瓶子拿走。」

小夥子抗議說，她不應該那樣。可她還是一個勁兒地說她會那樣做。直到客人們告別的時候，這場爭論才結束。

chapter 6

拒絕

朗博恩的幾位小姐很快就去拜訪了內瑟菲爾德的太太小姐。禮尚往來，那二位小姐也回訪了她們。班內特小姐那討人喜歡的舉止，使赫斯特太太和賓利小姐對她越來越有好感。雖然班內特家的老太太讓人難以忍受，幾個妹妹平庸，但是兩位賓利小姐很願意和這位小姐進一步結交，珍特別高興地領受了這份誠意。但是伊莉莎白發現她們兩個依舊對所有的人非常高傲，就連對珍都不例外，因此她十分討厭她們；她們之所以這樣友好地對待珍，看來多半還是因為她們的兄弟喜歡她。要是你看到他們倆在一塊兒，你能夠發現他確實是喜歡她的。

伊莉莎白又清清楚楚地看到珍從剛開始就對賓利先生產生了好感，如今已經情不自禁地愛上了他，墜入愛河。她快樂地暗自思忖著，多虧性情沉靜，仍舊保持著過去的和藹可親來掩飾內心洶湧的感情，這麼一來，就避免了那些說話不經大腦的人產生疑心，他們兩個的心意也就不會被別人發現了。伊莉莎白曾跟自己的朋友盧卡斯小姐提起過這點。

夏洛蒂那時說：「這種事情想要瞞過大家，還確實挺有意思的，不過瞞得如此嚴實，有時反而不好。要是一個女人在自己喜歡的人面前，也這樣遮遮掩掩，不讓他知道她喜歡他，那她或許就會失去抓住他的機會；而那時還拿反正世人都一樣蒙在鼓裡而自我安慰，若如此也真夠可憐的。男女相愛大都免不了有施恩圖報或者貪慕虛榮的成分，所以任其自然是很難促成好事的。戀愛剛開始的時候都是很隨便的——誰對誰產生點兒好感，本來是非常自然的事兒；但是，少之又少的是沒有得到對方鼓勵就急迫去追逐的人。十之八九的情況下，女人表現於外的愛最好比她從對方感受的愛要多一些。毫無疑問，賓利喜歡你姐姐，但是如果她不給他點暗示，他也許永遠只是喜歡她罷了。」

「但她的確是極力幫過他呀。就她的性格來說，她已經盡其所能了。如果連我都能夠看出她對他有好感，但他自己卻沒有看出來，那他也未免太蠢了。」

「不要忘了，伊萊莎，他可不像你那樣瞭解珍的心思呀。」

「要是某個女人對某個男人有好感，並且又不去刻意遮掩，那這個男人肯定能看出來。」

「或許他會看出來——要是他們相處的機會夠多的話。不過，雖然賓利和珍還算經常見面，不過從來沒有一起待上幾個小時。況且他們總是在很大的聚會上見面，客人那麼多，所以他們不可能每時每刻用來盡情地交談。所以珍必須得抓住機會引起他的注意，千萬不能錯過任何一個機會。等到對他有了十足的把握，再從容不迫地去談戀愛還為時不晚。」

「你這個主意確實很好，」伊莉莎白說道，「如果只是一味地要嫁一個非常富有的丈夫，或是隨便找個丈夫，也許會按你說的方法去做，遺憾的是，珍不會這麼做的。她並沒有耍什麼心眼兒。到現在為止，她不知自己究竟喜歡他到了何種程度，仍在琢磨這份感情是否合情合理。他們相識不過兩個星期，在布萊頓跟他跳過四場舞，去他家裡拜訪過一次，從那以後和他一起吃過四次飯。只有這麼一點兒往來，怎麼能叫她知道他的性格呢？」

「我覺得也不一定像你講的那樣。假如他們僅僅是在一塊兒吃晚飯，她或許只會看出他胃口如何。但是千萬別忘了，他們還在一塊兒待過四個晚上呢——四個晚上可是有著很大的作用呢。」

「不錯。那四個晚上使他們兩個相互之間摸透了在牌戲方面的喜好，兩人都愛玩二十一點，而不愛玩康默斯。[9]要說其他性格脾氣，依我看，他們相互之間瞭解得非常少。」

「噢，」夏洛蒂說，「我真心希望珍能夠成功。我覺得就算她明天就和他結婚，她所能獲得的快樂，不會比她花上一年工夫瞭解他的脾性所能夠得到的少。婚姻幸福多靠機緣。即使彼此在結婚前就十分熟悉彼此的性情，或者性情非常相似，也根本不能保證他們兩個就會快樂。他們經常弄到後來距離漸漸變遠，彼此煩惱。你既然決定和這個人永遠生活在一起，最好儘量少瞭解他的缺點。」

「這真是太有趣了，夏洛蒂。但是這麼說未必就合情合理。你原本就知道這話沒道理，所以你自己才不肯那麼做。」

伊莉莎白心裡只想著觀察賓利先生對她姐姐的情意，卻一點兒都沒有想到她自己已成為賓利那位好朋友的心上人。提起達西先生，他起初根本不覺得她多麼漂亮，他在舞會上看她時，並沒有帶著一點兒喜歡的意思；後來再次相見時，他對她注目只是為了挑刺兒。但是，他儘管

9 從法國傳來的一種撲克遊戲。每個人下注後可得到三張牌，根據玩牌人的需要，可以置換其中的一張，有人先換到大牌則贏，通常三張相同的牌最大，然後是同花順子。

在朋友面前，在自己心裡，說她長得一無可取，但突然間，他就發現她那對顧盼生輝的烏黑雙眼顯得聰穎無比。緊接著又發現同樣令他慚愧的地方。他帶著吹毛求疵的眼光，發現她的身段這裡不勻稱，那裡也有缺陷，但是他最後不能否認她身姿輕盈，討人喜歡；他儘管曾經肯定地說她缺乏上等社會的風度，但是她那特別大方的喜歡開玩笑的性格，又讓他非常著迷。伊莉莎白根本就不明白這種種情況，她只是覺得達西是一個到處不受人歡迎的男子，況且他過去覺得她不夠漂亮，沒有資格跟他跳舞。

達西開始盼著與她深交。他希望跟她談話的時間長一點兒，因此她同其他人講話的時候，他始終都很留神地去聽。所以，有一次維勒・盧卡斯爵士邀請了許多人做客，他的做法當時就引起了她的留意。「你看，達西先生是什麼意思呢？」伊莉莎白問夏洛蒂，「我同福斯特上校談話的時候，他為什麼在那裡聽？」

「這一問題只有達西先生自己才能夠做出回答。」

「如果他還這樣做，我肯定會讓他明白的。他嘲弄人的本事非常高明，如果我不先給他點兒顏色瞧瞧，過不了多長時間我就會怕他了。」

很快，達西就走過來了，儘管他外表上根本就沒有要跟她們談話的意思，但盧卡斯小姐仍然鼓勵伊莉莎白，讓她把這件事情對他直截了當地說出來。伊莉莎白被她這樣一激，馬上回頭對達西說：

「達西先生，我剛才請求福斯特上校為我們在布萊頓開一次舞會，你不認為我講的話非常有趣嗎？」

「確實非常有趣——但是這原本就是一件讓小姐們感興趣的事情嘛。」

「你說這話可真刻薄。」

「很快就有人過來纏著她啦。」盧卡斯小姐說，「伊萊莎，我馬上去打開琴，至於下面應當怎麼做，我覺得你自己心裡應該明白。」

「像你這個做朋友的可真奇怪！——無論當著誰的面，總是讓我彈琴唱歌。如果我有意要在音樂方面出風頭，我確實要對你感激不盡。但是，這兒的人們都是聽慣了第一流的演奏，我在他們跟前演奏真的很難為情。」不過經不住盧卡斯小姐的一再請求，她不得不又說：「那好。既然非得獻醜，也就只好獻一次了。」她一邊說著，一邊陰沉著臉看了看達西先生，「有一句古話說得好——在場的人們肯定也都知道這句話：『何必多費口舌，省口氣力去把粥吹涼。』那我就留口氣力把歌唱好吧。」

她的演奏儘管不能算作奇妙無比，不過頗為娓娓動聽。唱過一兩首歌之後，大夥兒都讓她再唱幾首，誰知她還未來得及回答，她妹妹瑪麗早已坐在了鋼琴前面，接替了她。原來幾個姐妹當中只有瑪麗長得不漂亮，所以她拚了命練習才藝，經常迫不及待地想炫耀一下自己的本事。

瑪麗既無天資，又乏風趣。儘管虛榮心使得她刻苦努力，不過同樣也造就了她那種書呆子氣和自以為是的習慣，即使她的功夫比現在更好，也會大煞風景。伊莉莎白卻不同，她常常自然大方，毫無矯揉造作之氣，儘管琴彈得遠不如瑪麗好，然而大夥兒聽起來就高興多了。提到這個瑪麗，在奏完了一首很長的協奏曲以後，聽到兩個妹妹讓她再奏幾支蘇格蘭和愛爾蘭小調，就愉快地照做了，目的就是要贏得人家的讚賞和感謝。此時那兩個妹妹和盧卡斯家的幾個孩子已經迫不及待地和兩三個軍官一起，在舞廳的另一頭跳起舞來了。

達西先生就站在離她們很近的地方。他看見整個晚上她們都不給他談話的時機，心裡一直很生氣。他滿腹心事，威廉・盧卡斯爵士就站在他身旁，他也絲毫沒有發覺，後來他才聽見爵士對他這樣說：「達西，我的好朋友，跳舞對年輕人來說是何等快樂的消遣啊！依我看，跳舞是最愉快的事情，我覺得這是上等社會中最出色的才藝。」

「不錯，先生——而且好就好在跳舞在下層社會中也非常流行，就連野蠻人也喜歡跳舞。」

威廉爵士微微一笑沒有作聲。後來他看到賓利先生在跳舞，就對達西這樣說：「你的朋友跳得非常好，想必你對跳舞也很精通吧，達西先生。」

「你或許在布萊頓看見過我跳舞吧，先生。」

「看見過，是的，我非常喜歡你的舞蹈。你總是去宮中跳舞嗎？」

「從來都沒有，先生。」

「你連在宮裡都不肯賞臉嗎？」

「不管在哪兒，我都不想這麼做，能免就免。」

「你在城裡肯定有住宅吧？」

達西先生躬了一下身子。

「我本來打算在城裡定居，因為我喜歡上流社會，但是我可不敢保證倫敦的空氣是不是對盧卡斯夫人有益。」

他停了片刻，等待對方做出回答，但是對方一點兒想要回答的意思都沒有。此時，伊莉莎白向他們這邊走過來，他突然一想，打算乘這個時機獻獻殷勤，於是招呼她：

「親愛的伊莉莎白小姐，你怎麼不去跳舞呀？——達西先生，請准許我向你引見這位小姐，她是一個最理想的舞伴。有這麼一位漂亮的小姐當你的舞伴，我相信你總不會不跳了吧？」他抓著伊莉莎白的手，打算拉到達西面前，達西儘管十分奇怪，卻非常樂意接過那隻漂亮的手，沒想到伊莉莎白馬上把手縮了回去，稍有幾分慌張地對威廉爵士說：

「先生，我的確一點兒都不想跳舞。你千萬不要以為我是跑到這兒來找舞伴的。」

達西先生彬彬有禮地要求她賞臉，和他跳個舞，然而不管他怎麼請求，她仍然堅決不答理他，不管威廉爵士怎樣勸說都沒用。

「伊莉莎白小姐，你的舞跳得那樣好，但是卻不願意叫我一飽眼福，這未免太不近人情了吧。話又說回來，達西先生儘管在通常情況下不喜歡這樣的消遣，但是讓他賞我們半個小時的臉，他決不會不答應的。」

伊莉莎白笑著說：「達西先生也太客氣了。」

「他確實如此。我親愛的伊莉莎白小姐，達西先生這樣請求你，你該不會責怪他無禮吧。誰會拒絕一個像他這樣的舞伴呢？」

伊莉莎白調皮地瞧了瞧他們就回過頭去，離開了。她的拒絕並沒使達西感到不高興，這時他正十分愉快地想念著她，就在此時賓利小姐走過來招呼他：

「我已經猜出你現在為何事出神。」

「我想你可猜不到。」

「你此刻在想：就這樣和這群人度過許多個夜晚，簡直讓人無法忍受！我和你的感受一樣，從未如此煩悶過！不僅一點兒樂趣都沒有，還不停地喧鬧，空虛無聊。並且這群人個個都自命不凡！要是我能聽你責怪他們幾句，那該多好！」

「說實在的，你都猜錯了。我心中想的事比你猜的要妙得多。我正在想：一個美麗小姐的漂亮雙眼居然能使人感到這樣快樂。」

賓利小姐馬上用眼睛看著他的臉，讓他說出哪位小姐竟然有這般魅力，讓他這樣浮想聯翩。達西先生毫不畏懼回答說：

「伊莉莎白・班內特小姐。」

「伊莉莎白・班內特小姐！」賓利小姐又說了一次，「這實在太奇怪了。你看上她多長時間了？而且，我什麼時候可以向你們道喜啊？」

「我料到你會問這樣的問題。女人的想像太敏銳了，從喜歡一下就跳到愛情，又從愛情躍到結婚，似乎只是一轉眼的事。我知道你會向我道喜的。」

「嗯，既然你說得這般正經，我當然覺得問題已經完全解決了。你將會有一位很有趣的岳母，並且當然啦，她會永遠和你一起住在彭貝利嘍。」

她故意這樣滔滔不絕，說得那麼神氣，達西則毫不介意地聽著。她看到達西這樣平靜，就完全放心了，這張嘴也就越發如江水般滔滔不絕了。

chapter 7 母親的妙計

班內特先生的所有財產差不多都在一宗房地產上，每年有兩千鎊的收益。提到這宗產業，實在是他幾個女兒的不幸。因為他沒有兒子，這宗產業必須由一個遠親來繼承，要說她們母親的私人財產，在這種人家，原本也能稱得上是一筆不小的數目，實際上難以彌補他的損失。班內特太太的父親以前在布萊頓做過律師，遺留給她四千鎊的財產。

她有個妹妹，和她爸爸的辦事員菲力浦斯結了婚，妹夫最後就繼承了她爸爸的行業；她還有一個兄弟，在倫敦居住，買賣做得非常大。

朗博恩村離布萊頓不足一英里，這樣的距離對那幾個年輕小姐來說極其方便，她們每個星期都要去那裡三四次，一來孝敬姨媽，也可順路逛一下那兒一家專賣女人帽子的商店。兩個小妹妹凱薩琳和莉蒂亞對這些非常熱心，她們的心事不如幾個姐姐的多，每逢沒有娛樂方法的時候，就肯定去布萊頓走一趟，消磨消磨美好的清晨時光，而且晚上也就有了可談的話題。雖然這個村子中一般沒有什麼消息可以打聽，她們仍然想方設法地從她們姨媽那裡打聽到一些。附近一帶近來開到了一團民兵，以後她們的消息來源就非常廣泛了，這讓她們非常興奮。這個民兵團整個冬天都駐紮在這裡，司令部設在布萊頓。

從那往後她們每回拜訪菲力浦斯太太都能夠得到最有趣的消息。她們每天都能打聽到幾位軍官的姓名和他們的親戚。那些軍官的住宅很快就不再是秘密，再以後小姐們就直接和他們交談。菲力浦斯先生一一拜訪了軍官們，這實在是給他的姨侄女兒們開闢了一條無法想像的快樂之路。如今她們聊天時的內容已經少不了那些軍官了。在這以前，只要說到賓利先生的巨大財產，她們的母親都會極其興奮，如今和軍官們的帶有軍銜的制服相比，在她們眼裡簡直分文不值。

一天早晨，班內特先生聽見她們喋喋不休地談論這個問題，禁不住地冷言道：「看你們講話時的樣子，你們倆是這兒的頭號傻丫頭。過去我還有點兒疑心，如今我確信無疑了。」

凱薩琳頓時忐忑不安，默不作聲，莉蒂亞卻根本沒把父親說的話放在心上，依然不停地說著她如何愛慕卡特上尉，而且希望能在當天和他相見，因為他明天早上就要去倫敦。

班內特太太對自己的丈夫說：「我真弄不明白，親愛的，你總是抱怨我們的孩子傻。假如我想瞧不起什麼人的孩子，那絕不會是自家孩子。」

「如果自己的孩子真的很蠢，我就希望有點兒自知之明。」

「你講得一點兒不錯，但實際上，她們個個都非常機靈。」

「我覺得也只有這方面上——我算是自我安慰吧——我們不一致。我本來希望你和我在每個方面的意見都能夠一致，但是要說我們的兩個小女兒的確很蠢；在這方面，我不敢同意你的想法。」

「親愛的，你千萬不能指望我們的女兒都和她們父母一樣有見地呀。等她們到了我們這般歲數，我敢保證她們會和我們一樣，不會再想什麼軍官了。我記得過去有一段時期，我也非常喜歡『紅大衣』[10]——當然，現在我仍然喜歡。要是有位英俊的年輕上校，每年收入五六千鎊，隨便向我的哪個女兒求婚，我都會同意的。那天晚上在威廉爵士家裡，看到福斯特上校身穿軍服，看著很合適！」

「媽媽，」莉蒂亞高聲喊道，「姨媽說，福斯特上校同卡特中尉到沃森小姐家去的次數，不像剛開始來的時候那樣勤了。她最近經常看到他們站在克拉克圖書館那兒等人。」

班內特太太剛想說話，一個男僕走進來了，他拿著一封內瑟菲爾德給班內特小姐的一封信。那個僕人在旁邊等待小姐的回話。班內特太太興奮得兩眼直放光，女兒正在讀信，她急切地喊道：

「哦，珍，誰來的信？信上都說了些什麼？是怎麼說的呀？哦，珍，快告訴我們吧！快點兒，寶貝。」

「是賓利小姐寫的。」珍說，然後就大聲念了起來：

我親愛的朋友：

如果你不願意賞光來陪我與路易莎一起吃晚餐，我們就要有結下一生怨仇的危險了。

10 指軍人，當時英國軍隊著紅色制服。

因為兩個女人整天待在一起嘰咕，到頭來沒有不吵架的。收到信以後，希望儘快趕來。我哥哥同他的幾個朋友都要出去和軍官們一起吃飯。

你永遠的朋友
卡洛琳・賓利謹呈

「到軍官們那裡去啊！」莉蒂亞喊道，「太奇怪了，姨媽怎麼沒有把這件事情告訴我們呀。」

「出去吃飯，」班內特太太說，「簡直太晦氣了。」

「我能坐馬車去嗎？」珍問。

「不行，我親愛的，你還是騎馬去的好，因為天似乎要下雨。這麼一來，你就得在那裡過一夜了。」

「這想法倒很好，」伊莉莎白說，「如果你能確定他們不會把她送回來的話。」

「嗯！賓利先生的馬車得把他的幾位朋友送到布萊頓去，赫斯特夫婦又沒有馬來拉他們的車。」

「我倒想乘馬車去。」

「但是，親愛的，你爸爸肯定抽不出幾匹馬來拉車。農莊裡得用馬，不是嗎？班內特先生。」

「農莊上總是要用馬，遺憾的是，被我抓到手的時候非常少。」

「假如你今天抓住不想鬆手的話，」伊莉莎白說，「那媽媽的目的也就達到了。」

最後，她終於逼迫父親承認，馬都在幹活兒。所以珍只好騎著馬去。母親把她送到門外，歡喜地說了很多預言天氣要變壞的話。她真的如願了。珍還沒有走多遠，就下起大雨來。幾個妹妹都為她擔心，可當母親的卻很高興。雨接連不斷地下了整整一夜，珍肯定不能回來了。

班內特太太一遍又一遍地說：「這是我的一條妙計！」似乎天上下雨是她一手造成的。但是，她的這個錦囊妙計究竟帶來了多少福氣，等到第二天早晨她才知道。還沒有用完早餐，內瑟菲爾德花園那兒就派一個僕人給伊莉莎白送來這樣一封信：

我親愛的麗琪：

今天早晨我覺得身體不適，也許是前一天挨雨淋的緣故。承蒙這裡好朋友的關心，非讓我身體好轉再回去。朋友們再三要讓鍾斯醫生來為我看病，因此，要是你們聽說他到這裡來過一趟，請不必驚訝。我不過是有些嗓子疼和頭疼，除此以外並沒有什麼大不了的事。

——你的姐姐

伊莉莎白念完信後，班內特先生說：「現在好了，我的太太，如果你女兒病得很嚴重——要是她有什麼不測——倒也值得安慰呢，因為她是奉了你的命令才去追求賓利先生的。」

「唔！我才不怕她有什麼不測呢！哪有一點兒傷風感冒就會死的。人家肯定會把她護理得好好的。如果她待在那兒，保準一切平安無事。要是能弄到車子，我倒想去看看她。」

真正著急的卻是伊莉莎白，雖然弄不到馬車，她也決定去看她。她不會騎馬，唯一的辦法就是步行。她把自己的想法告訴了大家。

她母親喊道：「你怎麼能這樣傻！路上這麼泥濘，居然想要這麼走！你到了那兒，就沒法見人了。」

「我見見珍總可以吧。」

「麗琪，你這是提醒了我，」她父親說，「要我讓人備馬嗎？」

「我真的沒這麼想。走路算不了什麼，如果真想去，這點兒路就不在話下了。不過三英里路，晚飯前就能趕回來了。」

瑪麗說：「你的仁義友愛之舉，我很佩服，不過你千萬別感情用事，要理智點兒，而且我覺得致力於一件事，總要看是不是得體。」

凱薩琳和莉蒂亞齊聲說：「我們跟你一起到布萊頓去。」伊莉莎白答應讓她們做伴，於是三位年輕的小姐就一道出發了。

「要是我們走快點兒，」莉蒂亞一面走一面說，「或許還能在卡特上尉離開以前見他一面。」

她們三人到了布萊頓就分開了。兩位妹妹到一個軍官太太家裡去，伊莉莎白則一個人接著繼續步行。她急匆匆地穿過一片片田野，翻過一道道籬牆，跳過一個個水坑，最後總算看到了那個大房子。她此時才感到雙腳已經痠軟，襪子上到處都沾著泥漿，臉也紅彤彤的。

她被引進早餐廳，他們全家人都在那兒，唯獨珍不在場。

伊莉莎白的露面，使大夥兒驚奇不已。這麼一大清早，路上又這樣泥濘，她居然一個人步行了三英里路趕到這裡來，在赫斯特太太和賓利小姐們看來幾乎難以置信。

伊莉莎白斷定，她們一定看不起她這樣的行動。但是，不管怎樣，她們仍然很有禮貌地招待了她。賓利先生很客氣，而且和藹可親，和顏悅色。達西先生不大愛說話，赫斯特先生更是片言不發。達西先生心裡被兩種感情搞得七上八下：既對伊莉莎白因為步行之後容光煥發而心生愛慕，又擔心她是否隻身一人遠道而來。那個赫斯特先生只專注於吃他的早飯。

伊莉莎白問起姐姐的病情怎樣，得到的回答令人擔憂。班內特小姐夜裡一直沒睡好，儘管此刻已經起床，不過仍然在發燒，所以不能走出屋門。

令伊莉莎白感到高興的是，他們立即就把她領到姐姐那兒去。珍開始只是不願意讓家裡人著急和麻煩，才沒有在信裡透露她多麼希望有親人來看她，看到伊莉莎白進入房間，禁不住滿心歡喜。但是，她現在還不能說很多話，所以賓利小姐離開以後，當房間裡只剩下她們兩個時，她除了對伊莉莎白的到來表示感謝之外，沒有再想說什麼。

伊莉莎白一聲不響地服侍著她。

賓利家的姐妹吃過早飯後也來陪伴她們。伊莉莎白看到她們對珍那樣情真意切，那樣關懷備至，也禁不住慢慢喜歡上了她們。

醫生來到以後，檢查了病人的症狀，果然不出大家所料，她得的是重傷風，又叮囑大夥兒必須極力照顧，讓她好轉，又囑咐珍上床去睡覺，並且給她開了幾劑藥。她們聽從醫生的囑咐一一照著做了，但是發燒卻在加劇，頭痛得也相當厲害。

伊莉莎白時時刻刻守在姐姐的身邊，另外二位小姐也很少離開，實際上她們去別處也無事可做，幾位先生都出去了。

三點整的時候，伊莉莎白認為自己必須離開了，只好勉強地向主人家道別。賓利小姐提出派馬車把她送回家，伊莉莎白也打算稍許推辭一下就接受主人的盛情，但是珍此時忽然說她不希望妹妹離開她，賓利小姐不得不改變請她坐馬車回去的打算，轉而邀請她暫時在內瑟菲爾德住一夜。伊莉莎白十分感謝，同意留下來。主人馬上派人去朗博恩村告訴她家裡一聲，並且帶幾件衣服過來。

chapter 8 背後議論

到了五點鐘的時候，賓利家兩姐妹回自己房間裡更衣。六點半的時候，伊莉莎白被請去用晚餐。大夥兒都彬彬有禮，紛紛來打聽珍的病情，特別是賓利先生問得非常關切，這使伊莉莎白覺得十分喜悅，但是珍的病絲毫不見好轉，因此她不能給人家一個滿意的回答。

那姐妹兩個聽完這話就幾次三番地說她們是多麼難過，說得了重傷風又是多麼可怕，然後說她們自己是多麼害怕得病——這話說完以後就把這件事情拋到腦後了。伊莉莎白看到她們當珍不在她們面前的時候就這樣漠不關心，原來對她們的反感又回來了。

的確是這樣，這家人唯一能夠讓伊莉莎白感到高興的是她們的兄弟。你一眼就可以看出他確實在替珍著急，並且他對於伊莉莎白也殷勤和悅。

伊莉莎白本來覺得其他人會把她看成一個闖進門來的不速之客，但是他的熱情使她不再多想別人的看法。除去賓利以外，其他人都不怎麼理她。賓利小姐的全部心思都在達西先生身上，赫斯特太太差不多也沒有什麼兩樣，要說赫斯特先生，在伊莉莎白身旁坐著，是一個懶骨頭，活在世上就是為了吃、喝、玩牌，他看到伊莉莎白只吃點兒清淡的菜餚而不喜歡吃濃味的蔬菜燉肉，就和她談不上什麼話了。

伊莉莎白剛剛用完晚餐就返回珍那裡去。她一走出餐廳，賓利小姐就對她惡語中傷，把她的作風說得壞透了，說她既驕傲又粗野，不懂得和其他人交談，沒有風度，缺乏風趣，並且長得難看。赫斯特太太贊成她的看法，而且還添了幾句：

「總而言之，她除去可以稱得上一個走路的能手以外，沒有一樣別的優點。我一輩子都不會忘記她早上那副模樣，看上去真像一個瘋子。」

「她確實像個瘋子，路易莎，我差點兒憋不住笑出聲來。她跑到這兒來真是胡鬧！姐姐生了點兒小病，她為什麼這樣大驚小怪地在野地裡亂跑？——把頭髮給弄得那樣凌亂，那樣邋遢！」

「是啊，還有她的那條襯裙；我想你一定看到她那條襯裙了。我敢肯定有六英寸長都沾上了泥巴；她還把外邊的裙子放低一點兒想要遮掩，卻沒遮住。」

賓利先生說：「你形容得並沒有過火之處，路易莎，可是這對我毫無影響。我倒覺得伊莉莎白・班內特小姐今天早上進來的時候，那種神情風度出奇地好。我並未顧得上看到她的什麼襯裙。」

「你一定看見了，達西先生，」賓利小姐說，「我想，你肯定不想看見你的姐妹出這種洋相吧。」

「那還用說。」

「步行那麼三英里路、四英里路、五英里路，不管它有多少吧，泥漿深到腳脖子，而且還是孤零零的一個人！她這樣做究竟是什麼意思？在我看來，這充分顯示出了一種毫無教養的模樣，完全是鄉下人不懂規矩的作風。」

賓利先生說：「那恰恰證明了她對姐姐的情真意切，值得讚賞。」

「達西先生，」賓利小姐半似耳語地說，「我倒擔心，她這種冒失勁兒，會讓你對她那雙美麗眼睛的愛慕多少有點兒影響吧？」

「絲毫沒有，」達西回答說，「走了這麼一段路以後，她那雙眼更加明亮美麗了。」講完這句話，房間裡稍許安靜了片刻，然後赫斯特太太又講起來：

「我十分敬愛珍，她確實是一位非常甜美可愛的女孩，我真心盼望她能結一門好親。只可惜遇到那樣的父母，還有那些低微的親戚，我擔心她沒有那個緣分了。」

「我不是聽你說過，她有一個姨父在布萊頓做律師嗎？」

「不錯，並且她們還有一個舅舅，住在奇卜賽德當街[11]附近的某個地方。」

「那真是妙極了！」妹妹添了一句，接著姐妹兩個就開懷大笑起來。

「就算她們的姨父和舅舅多得很，能夠把奇卜賽德當街全都塞滿，」賓利高聲叫道，「那也不會讓她們的人緣減少一分。」

「不過那樣一來，她們如果想和有身分的男人喜結良緣，機會可就大大減少了。」達西說。

賓利沒有對這句話做出回答，但他的姐妹們卻聽得非常得意，而且毫不顧忌地拿她們那位好朋友的一些粗鄙的親戚開了一陣子玩笑。

11倫敦的一條街道，因為珠寶商和綢緞商而著名，但也因為商人聚集而為當時的上流社會所不齒。

不過，她們一離開餐廳，又重新擺出含情脈脈的模樣，到了珍的屋裡，一直陪到有人來請她們到樓下去喝咖啡的時候。珍的病依舊沒有起色，伊莉莎白一刻都不離開她，直到黃昏，看到姐姐睡著了，她這才放下心來。此時，雖然她心裡並不喜歡，不過仍然到樓下去看了一下。她一進客廳就看到大家正在玩祿牌，他們也請她參加。但她怕他們賭得太大，就不肯參加，於是以姐姐為藉口，一會兒就得上樓，找本書看看算了。赫斯特先生大惑不解地望著她。

「你寧願讀書也不喜歡玩牌嗎？」他說，「這太奇怪了。」

賓利小姐說：「伊萊莎・班內特小姐瞧不起玩牌，她是一個了不起的讀書人，對其他的任何事情都沒有興趣。」

「這是讚揚也好，責備也罷，我都不敢當，」伊莉莎白高聲說著，「我並非什麼了不起的讀書人，再說我對很多事情都感興趣。」

「我斷定你很喜歡照料你的姐姐，」賓利先生說，「希望她能夠快點兒恢復健康，那樣你會很高興。」

伊莉莎白由衷地感謝他，接著來到一張擺了幾本書的桌子面前。賓利趕緊提出要去另外拿些書來給她，把他書房中所有的書都拿來。

「我都認為如果有更多的藏書就好了，既可為你所用，也可為我增光。但我是一個懶人，藏書很少，看過的也就更少了。」

伊莉莎白對他說，有屋裡的這些書，她就滿意了。

「我很納悶，」賓利小姐說，「父親怎麼只留下這麼一點點藏書，達西先生，你在彭貝利的那個書房簡直太好了！」

「應該說是不錯的，」他回答說，「那是好幾代人不斷努力的成果啊。」

「並且你自己還添了不少書，你總是在不斷地買書。」

「生在當今時代，我不知怎能疏忽家裡的藏書室。」

「疏忽！我想凡能為你的富麗堂皇的地方增色的事，你一點兒都不曾疏忽過。查理斯[12]，以後你修建自己的房屋的時候，希望能有彭貝利的一半那麼討人喜歡就好了。」

「但願這樣。」

「但是我還想竭力勸你就在離那裡很近的地方購買房產，而且以彭貝利作為樣例。整個英國已經沒有哪個郡能夠比德比郡[13]更好了。」

「我很高興那麼做。我想把彭貝利買下來，如果達西願意賣的話。」

「我是在談有可能的事，查理斯。」

「卡洛琳，我敢保證，買下彭貝利比仿照彭貝利重建一座更有可能。」

伊莉莎白被這番話弄得出了神，沒有多少心思去讀書了，乾脆把書放到一邊，走到牌桌跟前，坐在賓利先生和他的妹妹當中，看他們玩牌。

此時賓利小姐正在和達西說話：「從春天到現在，達西小姐又長高了很多吧？她以後會長到我這麼高嗎？」

12即賓利先生，查理斯為名。

13位於英格蘭中北部，以風景秀美而聞名，擁有諸多古代寺院、教堂，且蘊藏大量金屬礦藏，採礦業發達。

「我相信她會的。她現在也許有伊莉莎白・班內特小姐那麼高了，或許更高一點兒。」

「我多想再見到她啊！我還沒有遇見過這樣讓我喜歡的人，容貌如此之好，舉止如此禮貌，小小年紀就那樣才華橫溢，她的鋼琴彈得簡直棒極了！」

賓利先生說：「這真讓我覺得驚奇，年輕小姐們怎麼能有那麼大的耐心把自己鍛煉得這樣才藝雙全。」

「年輕的小姐們一個個都是才藝雙全！親愛的查理斯，你是什麼意思呀？」

「我相信她們都是這樣的：她們都會裝飾桌子，點綴屏幔，織錢袋。我幾乎沒有看到過有哪個小姐不會做這些，而且每次聽人介紹一位年輕小姐的時候，沒有哪次不聽說她是才藝雙全。」

達西說：「你這一套非常普通的所謂才藝，一點兒都不錯。許多女人也只是會織錢袋，點綴屏風，就給安上了這個美名。這是你對大多數小姐的總體看法，我的觀點與你不一樣。我只覺得，在我認識的很多小姐中間，真正能夠算作才藝雙全的人很少。」

「不錯，我也是這樣想的。」賓利小姐說。

伊莉莎白在一邊說：「這麼說，在你的想像中，一個才藝雙全的小姐一定是綜合了許多方面啦。」

「是的，我確實綜合諸多方面。」

「噢，當然啦，」達西忠實的助手[14]喊道，「如果她不能夠超越常人，就不能算作才藝雙全。一個能夠稱做才藝雙全的女人，一定得對音樂欣賞、歌唱、繪畫、舞蹈還有現代語言各方面非常精通，除此之外，她的儀表和步態應當有高雅的氣質，說話應當有風趣，就連談吐和表情，都必須有特殊的地方，要不然，也不過才達到一半而已。」

「除去上面你所提到的這些以外，」達西繼續說，「還必須具有真才實學，這就應當多讀書，長見識。」

「怪不得你只認識六位多才多藝的女性。如今我幾乎懷疑你連一位都不認識！」

「你為什麼對女性這樣苛求，居然疑心她們不可能具備這些？」

「總之我從來都不曾看到過這種女人。我從來都不曾看到過誰能夠像你講的那樣，才識過人，情趣高雅，勤奮好學，風姿優雅。」

赫斯特太太和賓利小姐都嚷了起來，說她懷疑此事有欠公正，兩人一致反駁說，她們親眼見過很多夠得上這些條件的女性。此時赫斯特先生叫她們別嚷嚷，狠狠責備她們不應當對打牌的事這樣不專心，她們才住口，一場爭論總算終止，伊莉莎白沒過多久就離開了。

賓利小姐等她走出屋子，剛一關上門，就說：「有的女人為了抬高自己的身價，時常在男士跟前不惜貶低自己，伊莉莎白・班內特正是這樣一個女人，這一招用在男人身上非常有效，但是我覺得這是一種卑劣的做法，極其無恥的伎倆。」

14指賓利小姐。

達西聽得出她這些話是故意講給他聽的，所以就趕緊回答說：「毋庸置疑，女人們想勾引男子，不惜採用各種手段，使用巧計，這的確很卑劣。如果她們的做法帶著奸詐狡猾的成分，都是卑鄙的。」

賓利小姐不太滿意他的這個回答，所以也就沒有繼續談下去。

伊莉莎白又到他們這裡來了一趟，是來告訴大夥兒：姐姐的病越發厲害了，所以她不能離開姐姐，賓利一再堅持馬上請鍾斯大夫來，他的幾個姐妹卻都覺得鄉下醫生的意見不管用，建議趕快去城裡請一位最好的醫生來。伊莉莎白不同意這麼做，不過她倒想接受她們兄弟的一番盛意，所以大夥兒商量出了一個辦法：要是班內特小姐第二天早上仍舊不見起色，就馬上去把鍾斯大夫請來。賓利先生心中非常不安，他的幾個姐妹也極力表示非常難過。吃過晚飯以後，她們兩個就表演了幾曲二重唱，以此來排解她們的擔憂，但賓利先生因為想不出好辦法來安慰自己，就只有囑咐他那女管家盡心照顧好生病的小姐和她的妹妹。

chapter 9 病情好轉

伊莉莎白那天晚上的大多數時間都是在姐姐的房間裡度過的。一大早，賓利先生就派了一個女僕來詢問病情。過了一會兒，賓利的姐妹們也打發了兩個很有禮貌的侍女前來探病，伊莉莎白終於能夠坦然對她們說，姐姐的病情已經有好轉了。但是，儘管她放心了一些，卻仍然要求他們家派人把一封信送到朗博恩去，叫母親來看一下珍，親自判斷一下她的病情。信立即就被送去了，信上所提到的事也馬上照辦了。班內特太太帶著兩個小女兒到了內瑟菲爾德莊園，此時他們家剛剛吃完早飯。

要是班內特太太發現珍的病真有什麼危險，一定會非常難過。但是一看見珍病得並不怎麼厲害，她就放心了，但她反倒不盼著女兒立即康復，因為她要是身體好了，就肯定會從內瑟菲爾德被接走。所以，她沒有答應女兒的請求，不願意帶她一起回去，何況那個幾乎和她一起到的醫生也認為，回家的想法連有都不要有。班內特太太陪著女兒坐了一會兒，賓利小姐就進來請大家去吃早飯，接著她就領著三個女兒一塊兒到餐廳去。賓利先生迎上前來，說是希望班內特太太看到小姐的病情以後，會認為她的病不如想像中那麼厲害。

「我倒沒有想到會這樣厲害，先生，」班內特太太回答說，「她病得太嚴重了，無法把她接走。鍾斯先生也說，決不能考慮把她接走。我們不得不再打攪你們幾天了。」

「把她接走！」賓利喊著，「絕對不行！我想，我的妹妹們也不會願意讓她離開的。」

「請您相信吧，夫人，」賓利小姐態度冰冷但又很有禮貌地說，「班內特小姐待在我們這裡，我們會竭盡全力照顧好她的。」

班內特太太於是連聲道謝。

「真的，要不是你們這些好朋友的照料，」她繼續說，「我簡直無法想像她會變成什麼樣兒呢。因為她病得確實太厲害，受了多大罪啊，不過她有極強的忍耐力，她從來都是那樣的，性子一向溫和，我有生以來還沒有看見過第二個。我總是對其他幾個女兒說，與她比起來，她們實在相差太遠了。賓利先生，你這房子真叫人喜歡，從那條用鵝卵石鋪成的小道看上去，那景色也很迷人。我不知道在這個村莊裡還有哪個地方能夠比上內瑟菲爾德。儘管說你的租期特別短，我希望你一定不要急急忙忙地搬走。」

「我這個人是個急性子，說做就做。」賓利先生回答說，「如果我下定決心想搬出內瑟菲爾德，可能五分鐘以內我就離開了。但是眼下，我認為我在這裡算是住定了。」

「我早就猜到你會這樣。」伊莉莎白說。

「你開始瞭解我了，是不是？」他高聲說著，然後回轉過身向伊莉莎白走去。

「唔，不錯——我非常瞭解你。」

「但願你說的話是在誇獎我，但是，這麼容易被人琢磨透，未免也太可憐了吧。」

「那得看是什麼情況了。一個深沉複雜的人，也不見得比你這樣的人更叫人無法琢磨。」

她的母親趕緊說：「麗琪，不要忘記你是在什麼地方，你在家裡嬌縱慣了，不過千萬不能到人家這兒來瞎鬧。」

「我過去倒不知道你還會研究人的性格，」賓利又繼續說下去，「這種研究很有意思吧。」

「不錯，但是最有意思的是複雜的性格。他們起碼還有那麼一種好處。」

達西說：「通常情況下，鄉下人可以作為這類研究對象的不多。因為在鄉下，人們生活的環境是十分閉塞和一成不變的。」

「但是人們本身的變化很大呀，從他們身上永遠都能觀察到某種新的東西。」

班內特太太聽見達西正用此種語調提起鄉下，禁不住心生不快，就高聲嚷道：「這話說得不對，我告訴你，鄉下可以作為研究對象的根本不比城裡少。」

大家都吃驚得厲害。達西先生望了她一會兒就悄悄地離開了。班內特太太自以為壓倒了他，就越發得意地繼續往下說：

「依我看，倫敦除了商店和公共場所以外，沒有任何了不起的地方。鄉下比城裡要舒適得多，難道不是嗎，賓利先生？」

「我到了鄉下就不願意離開，」他答道，「住在城裡時，情況也差不多一樣。它們都有自己的好處，不管住在什麼地方我都覺得很高興。」

「噢，那是因為你性格好。但是那位先生，」她一邊說著，一邊看了看達西先生，「好像把鄉下看得不值一文。」

「媽媽，你誤解了，」伊莉莎白說，她為母親感到難為情，「你完全誤解了達西先生的話。他只不過是說，鄉下碰不到像城裡那麼多各種各樣的人，對這個事實你得承認吧。」

「那是當然了，親愛的——任何人都沒那麼說過。如果說在鄉下見不著很多人，我想比我們這兒更大的也沒有幾個。據我所知，以往和我們打交道的人家起碼也有二十四戶呀。」

賓利如果不是為了顧及伊莉莎白的臉面，幾乎忍不住笑出聲來。他的妹妹卻沒有他那樣體諒周全的胸懷，她帶著富有表情的笑容看著達西先生。伊莉莎白準備說點兒什麼轉移母親的話題，就問母親自從她離開以後夏洛蒂・盧卡斯是否去過朗博恩村。

「去過，她是昨天和她父親一起去的。威廉爵士那個人真是和氣，你說對嗎，賓利先生？那麼時髦！那麼有教養！還那麼平易近人！他不管碰見什麼人都會說幾句。我覺得那才是我所說的良好的教養。那些自高自大、金口難開的人，那簡直是天大的錯誤。」

「夏洛蒂陪你吃飯了嗎？」

「沒有，她非要回去。我想也許是她家裡在等著她回家做肉餅吧。至於我嘛，賓利先生，我向來雇用能勝任的傭人。我的女兒們受的教養和他們家比起來大不相同。但是，每個人都要自己去做出判斷，說實在的，盧卡斯家的女兒其實也都是很好的女孩。遺憾的是，長得並不好看！並非我覺得夏洛蒂長得很一般——可她怎麼說也是我們要好的朋友。」

「她看上去是一位很可愛的小姐。」賓利說。

「對呀，不過你得承認，她長得的確很平常。盧卡斯夫人自己也總是那樣說，她還羨慕我女兒珍長得漂亮呢。我不愛吹捧自己的孩子，但是說句實在話，提起珍——像她這樣漂亮的女孩可真不多見。誰都那麼說。我剛開始還覺得是自己有偏見呢。還在她十五歲那年，在我城裡的弟弟加德納家中，有個先生對她非常喜歡，我弟妹料定那個先生一定會在離開以前向她求婚。不過，他最後並沒有這樣做，或許他覺得珍太年輕了吧。然而，他為她寫了很多詩，並且寫得很有意韻。」

「他的這段感情就這樣結束了，」伊莉莎白聽得沒有了耐心，說，「我相信，有很多有情人就是以相同的辦法被制服的。詩居然有這種效果——能夠把愛情趕走，也不知道誰是始作俑者！」

「我從來都認為，詩是愛情的食糧。[15]」達西說。

「那必須是一種美好、忠貞、健康的愛情才行。本身強健了，吃什麼東西都能夠得到滋補。要是本來就是一點點淡薄的傾慕，我懷疑，一首還算可以的十四行詩就能把它淹沒掉。」

達西只是笑了一下，然後大家都沉默不語，此時伊莉莎白十分擔心，唯恐母親再出醜。她特別想開口說點兒什麼，但又想不出什麼可說的。片刻沉默之後，班內特太太再次感謝賓利先生，說多虧了他對珍的關心照顧，然後又對他道歉說，麗琪也來打攪了他。賓利先生回答得彬彬有禮、毫不做作，弄得他妹妹不得不講禮貌，說了一些得體的話。她那副講話的表情不是很自然，但也足夠讓班內特太太感到心滿意足了。片刻工夫，班內特太太就吩咐備好馬車。見到如此的情形，最小的女兒立即挺身上前。原來自從她們母女來到這兒，兩個女兒就始終在交頭接耳，商量的結果是：由最小的女兒來提醒賓利先生履行他初來鄉下的時候許下的承諾，在內

15此句典出莎士比亞《第十二夜》開場：「如果音樂是愛情的糧食，繼續演奏吧。」

瑟菲爾德莊園舉辦一次舞會。

莉蒂亞剛剛十五歲，就已經是個身體豐滿、發育完全的女孩了，皮膚白皙，笑顏常開，是母親的寶貝女兒。因為母親嬌養專寵，從小就被帶進了社交界。她生性好動，天生有點兒不知分寸，另外加上那些軍官，很喜歡她姨父家裡的美酒佳餚，並且她自己又以輕佻的舉動送上門去，所以對她產生了好感，便使她愈加膽大妄為。所以她毫無顧忌地向賓利先生提起舉行舞會的事，還粗野無禮地提醒賓利別忘記自己先前的諾言，說如果他不遵守諾言，那就是世界上最丟人的事。賓利對這個突然襲擊所做出的回答，讓那位母親聽後歡欣大悅。

「我可以向你保證，我十分願意遵守自己的諾言，只要等你姐姐身體好了，由你隨便指定一個日期就行。你總不會想在姐姐生病時跳舞吧。」

莉蒂亞表示非常滿意，「哦！你說得很對——等到珍病好了以後再舉行舞會，那真是好極了。並且到那時，卡特中尉也許又返回布萊頓來了。等你開過這次舞會之後，」她加了一句，「我就堅持讓他們也舉行一次。我要對福斯特上校說，要是他不舉行，那就夠丟臉的了。」

接著，班內特太太帶著兩個女兒離開了。伊莉莎白馬上回到珍身旁，也不管那二位小姐與達西先生在背地裡怎樣對她及她的家人發表議論。但是，任由賓利小姐怎樣妙語連珠，怎樣拿她美麗的雙眼打趣逗樂，達西先生也不願意和她們一道來貶低她。

chapter 10 刻意討好

這一天過得和昨天差不多。赫斯特太太和賓利小姐上午用了幾個鐘頭陪伴病人，病人的病情雖然好得很慢，卻在不斷地好轉。晚上，伊莉莎白和她們一塊兒待在客廳裡。但是這回卻沒有看到大家玩「祿牌」[16]。達西先生在那兒寫信，賓利小姐靠近他坐著，看著他往下寫，而且纏著讓他附筆向他妹妹致意。赫斯特先生和賓利先生在打「皮克牌」[17]，赫斯特太太在一邊看他們玩。

伊莉莎白拿起了針線活兒，一面留神地聽達西先生和賓利小姐之間的談話。賓利小姐在不停地說著討好的話，一會兒誇獎他字寫得好，一會兒說他的字跡很整齊，或者是誇他寫的信很認真，不過對方卻始終無動於衷，愛理不理。這兩人你問我答，構成了一場絕妙的對話。照這樣看來，他們的表現和伊莉莎白對他們的印象正好相符。

「達西小姐接到這樣一封信以後，將會多麼快樂啊！」

16 源於法國的一種有賭注的撲克遊戲，每個玩家可得到三至五張牌，五張牌以梅花J為最大，三張牌，則大小與「惠斯脫」相同。

17 兩人參與的撲克遊戲，一般會拿掉六以下的牌再進行遊戲。

他沒回答。

「你寫信好快啊，真不簡單。」

「你說得可不對，我寫得很慢。」

「一年中你要寫多少封信啊。還要寫公函，我看這夠討厭的吧！」

「這樣說來，這些信多虧是落在我身上，而並非你身上。」

「請告訴令妹，我非常想見到她。」

「我早已遵命告訴她了。」

「你的那支筆只怕不怎麼管用了吧，讓我來替你削一下，我削筆可好了。」

「謝謝你，但是我一直都是自己削。」

「你怎麼能寫得這麼整齊呀！」

他默不作聲。

「請告訴令妹，得知她的豎琴彈得有進步，真為她高興。還要請你對她說，她寄給我的那個裝飾桌子的小花樣太美麗了，我喜歡得很，我覺得與格戈蘭特利小姐的那個比起來，不知道要好多少呢！」

「是否可以允許我把你的喜歡推遲一下，等到下次寫信的時候再對她說——現在，沒有空白可以把這些都寫上了。」

「哦，沒關係的。一個月後我就會見到她了。但是，你經常寫這樣優美感人的長信給她嗎，達西先生？」

「信通常寫得很長，但不是每一封都寫得優美動人，那可不是我說了算的。」

「但是我總認為有個規律，凡是寫信時揮灑自如的人，不管怎樣都會寫得不賴。」

「你拿這種話來討好達西，真是不怎麼合適，卡洛琳，」她的哥哥喊起來，「因為他並不能夠揮灑自如，他得在那些文縐縐的字上仔細推敲。是不是這樣，達西？」

「我寫信的風格和你大不一樣。」

「噢！」賓利小姐叫了起來，「查理斯寫信粗心得讓人難以想像。他經常是漏掉一半字，塗掉一半字。」

「這是因為我的想法轉得太快了，幾乎沒有時間寫出來——所以，收信人看了我的信，總是覺得不知所云。」

「賓利先生，你這麼謙遜，」伊莉莎白說，「實在讓人家沒法子再責備你了。」

「再也沒有什麼比假裝謙遜更能欺騙人了，」達西說，「那往往只是在表達意見的時候含糊其辭，有時候幾乎就是拐彎抹角的炫耀。」

「那在你眼中，我方才的那點兒謙虛到底應該是哪種呢？」

「要算是拐彎抹角的炫耀——你事實上是在為自己寫信的種種不足而洋洋得意，你覺得這些不足的來源是思維敏捷和書寫馬虎。你認為自己這些方面就算不值得誇讚，起碼也沒有什麼不妥之處。做事迅速的人經常以這種能力引以為榮，一點兒都不想事情做出來以後是不是完美。你今天早上對班內特太太說，如果你準備從內瑟菲爾德搬走，五分鐘以內就能夠離開，你那些話就是在吹噓和誇獎自己——但是，這種急躁脾氣會誤事的，會導致該做的事沒做成，它的結果總是對人對己毫無益處，究竟有什麼可以稱道的呢？」

「算了吧，」賓利先生喊道，「這未免有點過分了吧，晚上居然還記得早晨說的蠢話。但是，我敢保證我在早晨講的那些話都是真的，從那時候到現在我始終都是這樣想的。這足以證明，我起碼並非只想在小姐們跟前賣弄自己，就顯出那種沒有必要的急躁輕率的樣子。」

「我敢保證，你是這樣想的，但我絕不認為你會走得如此快，我知道你也和別人一樣，總是見機行事。就像你剛跨上馬要走時，忽然有一個朋友跟你說：『賓利，你最好等到下星期再離開吧。』你或許聽見他這麼說，就會不走了，假如他再對你說句什麼話，你也許會再待上一個月。」

伊莉莎白高聲說：「你的這番話正好證明了賓利先生並沒有憑著他自己的性格要做什麼就做什麼。你這樣一說，比他自誇要厲害得多。」

賓利說：「我真是高興極了，我朋友責備的話，讓你這樣一說明，反而變成稱讚我的話了。但是，我只怕你這種說法有違那位先生的本意，因為要是我真碰到此事，我會斷然拒絕他，盡可能快地策馬而去，那他肯定會對我有更高的評價。」

「那麼，達西先生是否會覺得，你先前的打算不管多麼輕率莽撞，如果固執己見一意孤行，也就一筆勾銷了呢？」

「說實在的，此事我可講不清，那需要由達西自己來說明。」

「你們把那些意見硬說成是我的，我可從來都沒有承認過。不過，班內特小姐，就算是你講的那樣吧，可你不要忘了這一點：那位朋友是希望叫他回到屋裡去，讓他別那麼衝動，說做就做。不過，那不過是這位朋友有那麼一種願望，提出了一種請求，而並沒有必須讓他那麼做不可。」

「那就是說非常爽快、毫無為難神色地就輕易聽從一個朋友的勸告，在你看來不是什麼優點嘍。」

「不問青紅皂白就隨隨便便順從，恐怕說服與被說服的雙方的智力都不值得稱道。」

「達西先生，在我眼中，你似乎不同意友情和感情會對一個人有影響。你知道，一個人要是尊重別人提出的請求，總是用不著對方說服自己，就會爽快地順從。我並不是在詳細談論你所提起的有關賓利先生的那件事情。或許我們可以等到確實有這種事情發生時，再來談論他處理事情是不是謹慎。但是，通常情況下，相處的朋友要是碰上一件無足輕重的事情，一方試圖改變另外一方的主意，被要求的人沒等到對方加以說服，就順從了，你覺得他這樣做不好嗎？」

「在我們討論這個問題前，先來準確地判斷一下這個請求的重要性如何，他們之間的友情又到底有多深，隨後再看這個意見是否可取？」

「太好了，」賓利高聲說，「那你就具體地講一下吧，別忘了比較他們個子的高矮。因為，班內特小姐，你一定想像不到討論這個問題的時候，這一點是多麼有分量。實話告訴你，達西跟我相比，如果不是身體高大，休想讓我那樣尊敬他。我是說：在某種場合，某個地方，達西是一個再討厭不過的人，尤其是星期天晚上他在家中無所事事的時候。」

達西先生微微笑了笑，但伊莉莎白感到他似乎有點兒惱怒，就忍住沒有笑出聲來。賓利小姐看到別人拿達西開玩笑，不禁滿腔憤慨，就告誡哥哥不要這般胡言亂語。

達西說：「我看得出你的鬼主意，賓利，不愛辯論的你，想把它壓下去。」

「或許是這樣。爭論太像吵架了。要是你和班內特小姐能夠稍等一下，在我離開以後再爭論，我會非常感謝。等我離開以後，你們願意怎麼說都可以。」

伊莉莎白說：「你要這麼做，對我沒有一點不好，達西先生還是繼續寫信吧。」

達西先生接受了她的意見，繼續把那封信寫完。

他把此事辦完後，就請求賓利小姐和伊莉莎白小姐賞光，讓大家聽聽音樂。賓利小姐敏捷地走到鋼琴前面，彬彬有禮地讓伊莉莎白先彈，伊莉莎白也同樣彬彬有禮而且更加誠懇地辭謝了，所以賓利小姐就在琴旁坐了下來。

赫斯特太太給她妹妹伴唱。當這姐妹兩個彈奏演唱的時候，伊莉莎白翻閱擱在鋼琴上面的幾本樂譜，此時她發現達西先生那雙眼睛老是盯著她看。如果說，像他這麼了不起的人物是出於喜歡才這樣看她，她不敢想像，但是，要是說達西先生是由於厭惡才看著她，那就更說不通了。所以，她最後只能這樣猜測：她之所以引起了達西的注意，或許是因為達西先生覺得她與在場的其他人比起來，更讓人覺得討厭。她做出這個假想以後，並沒有讓她感到難過，因為她根本就不喜歡他，對他的讚賞毫不在意。

賓利小姐彈奏了幾首義大利歌曲以後，變換曲調，改彈一首輕快活潑的蘇格蘭小調。沒過一會兒，達西先生就走到伊莉莎白面前，對她說：

「班內特小姐，難道你不願意借這個機會，跳一支瑞樂舞？」

她微微笑了笑，沒有做出回答。達西看她一聲不響，於是又問了一次。

「哦！」伊莉莎白說，「方才你所講的話我聽見了，不過我不能馬上回答你。我知道，你肯定希望我說『願意』，你會蔑視我的低級趣味，以便得意一番，但我總愛拆穿人家的這種詭計，要弄一下存心要蔑視我的人。所以我已經決定對你說：『我根本就不喜歡跳瑞樂舞』。行啦，這一下，看你還敢不敢蔑視我。」

「我可真沒那個膽量。」

伊莉莎白本來準備挖苦他一番，沒料到他現在居然這般順從，不禁有點兒奇怪。事實上，她的神態儘管倨傲而又不客氣，但為人卻從來都是溫柔中透著調皮，就算她故意想挖苦什麼人，也往往很難如願。而達西又被她迷住了，他從來都不曾對任何女人這樣癡迷。他禁不住認真地想到，要不是她出身低微貧賤，那他就難免處於危險的境地了。

賓利小姐親眼目睹，內心猜疑著達西對伊莉莎白的感情，滿是妒意。因為想攆走伊莉莎白，她倒希望珍儘快康復。

她總是說三道四，議論達西先生和伊莉莎白喜結良緣的可能性，設想這樁婚姻會帶來多大的幸福，以挑撥達西討厭這位客人。

第二天賓利小姐和達西先生在灌木叢中一起散步的時候，賓利小姐說：「但願在你們的喜事如願以前，你能奉勸你那位岳母說話要謹慎點兒，要是你力所能及的話，必須治一下你那兩位小姨子醉心於追求軍官的毛病。還有一件事情，我覺得無法說出口：就是尊夫人有點兒小脾氣，似乎是狂妄自大和急躁魯莽，又好像是不懂禮貌，你也要盡力幫她改一改。」

「有關舍下的家庭幸福，你還有何高見？」

「唔，有。必須要把你姨丈人、姨丈母的畫像掛在彭貝利畫廊裡，就掛到那位法官也正是你伯祖父大人的遺像一邊。您知道他們是同行，只不過級別不一樣罷了。至於您那位伊莉莎白的畫像，就用不著費心找其他人去畫了，因為哪個畫家能把她那雙漂亮的眼睛逼真地描繪出來呢。」

「那兩隻眼睛的神氣確實非凡，但眼睛的形狀和顏色，還有那眼睫毛，儘管那麼美麗，總還是能夠描繪出來的。」

談興正濃時，他們遇見了從另一條道上向這邊走來的赫斯特太太與伊莉莎白。

賓利小姐趕緊招呼她們說：「我不知道你們也來散步。」她這麼說的時候，心裡有點兒不安，因為她恐怕她們聽見了方才的那番話。

「你們待我們簡直太不好了，」赫斯特太太回答道，「也不告訴我們一聲，就自己跑出來了。」她一邊說著，一邊挽住達西先生空著的那隻胳膊，讓伊莉莎白一個人走。這條道路正好只能容下三個人並肩走，達西先生感到她們粗鄙無禮，就趕緊說：

「這條道太窄，不能讓我們大家一起並肩而行，我們最好還是去大路上吧。」

伊莉莎白再也不願意跟他們待在一塊兒了，聽見這句話就笑著回答說：

「不用啦，不用啦，你們還是走這條路吧。你們三個人這麼並肩走著，看起來很好，真的很特別。加上第四個人畫面就被糟蹋了，再見。」

她說著就輕盈地跑開了，她一面散步，一面想起可能在一兩天之內就回家了，心中覺得十分欣喜。珍已好多了，當天晚上就想去屋子外面玩它兩三個小時。

chapter 11 缺點

太太小姐們吃完正餐就離開了餐廳，伊莉莎白趕緊去樓上姐姐那裡，看到她穿戴好了，以免受涼，就陪著她到客廳裡來。主人家的兩位朋友看見她，都高興地表示歡迎。在男客們沒有來的那一個小時裡，這姐妹兩個是那樣的和顏悅色，這是伊莉莎白從來沒有看見過的。她們的健談本領真是嚇人，能把一個舞會場面描述得分毫不差，說起故事來妙趣橫生，譏笑起一個朋友來也是維妙維肖。

但是男士們一走進來，她們的心裡最關注的就不是珍了。達西剛剛進門，賓利小姐的目光馬上轉向他，急於和他講話。但達西卻直接向班內特小姐問好，而且很有禮貌地祝賀她身體康復。赫斯特先生也對她稍稍鞠了一躬，說是看見她「十分快樂」，不過說起語氣溫和，熱情親切，是無法和賓利先生那幾聲問候相比的。賓利先生才能夠稱得上是殷勤有禮，喜悅之情溢於言表。頭半個小時完全消磨在往爐子裡添柴上面，免得病人會因為換了屋子而受不了。珍按照賓利的請求，挪坐到壁爐的另外一邊，這樣就距離門口遠了點兒，以免受涼。賓利坐在班內特小姐身旁，一心和她交談，沒時間答理其他人。伊莉莎白正在對面的角落裡做活計，看此情景，心裡很是高興。

喝過茶以後，赫斯特先生提醒他的小姨子把牌桌預備好，可是沒成功。她早已打探知道達西先生不願意打牌，因此過了一會兒赫斯特先生公然要求打牌也遭到拒絕。她告訴他，誰都不想打牌，對這件事在場的人全都一言不發，看來她的確說得很對。所以，赫斯特先生就無所事事，不得不躺在沙發上打個盹。達西拿出一本書來，賓利小姐也是如此。赫斯特太太專心地玩弄自己的手鐲與戒指，有時在她弟弟和班內特小姐的談話中插上幾句。

賓利小姐一邊看書，一邊觀察達西先生，她在這兩件事上分配的注意力可謂平衡。她不停地問他問題，或者看他讀到哪一頁了。但是，她到底沒有辦法讓他和她談話，達西只是應付一下她的問題，答完以後就繼續看書。賓利小姐之所以要挑那本書讀，只因為它是達西所讀的那本書的第二卷，她本想從那本書中找到一些樂趣，不料這時已經筋疲力盡了，最後只好打了一個大哈欠，說：「就這樣度過一個晚上，真是太愉快了！按我說，什麼事都不像讀書這樣使人快樂。不管幹什麼事，經常是很快就會使人覺得厭煩，只有讀書不同！等我有了自己的家，要是沒有一個很好的書房，我會難受死的。」

誰都不理會她，於是她又打了一個哈欠，拋開書本，把整個屋子都看了一遍，想找什麼東西娛樂一下，聽到她的哥哥正在和班內特小姐談論將要舉行舞會的事情，趕緊轉身對他說：

「這樣說，查理斯，你確實打算在內瑟菲爾德莊園舉辦一次舞會嗎？我勸你，最好徵求一下在座諸位的意見再做出決定。對我們當中某些人而言，會覺得跳舞是受罪而並非樂趣，要是沒有這樣的人，那我就猜錯了。」

「要是你說的是達西，」她的哥哥高聲說，「如果他願意，他隨時都能夠上床睡覺——但是舞會已經決定了就必須開，等尼科爾斯把白湯都備足，我就馬上發請帖。」

「如果舞會換個方式開，」賓利小姐回答說，「那我就更加快樂了。以往那種舞會程序，真是讓人討厭。要是那些節目是相互交談而不是跳舞，那肯定更有趣。」

「或許更有趣，但是我親愛的卡洛琳，那就不像舞會了。」

賓利小姐沒有答話，很快她就站起身來在房間裡走來走去。她身材窈窕、步伐矯健，但達西依然埋頭讀書，心無旁騖，對她的這些舉動毫無反應。賓利小姐只落得白費心機，感到毫無希望，打算重新努力一次，所以就回過頭去對伊莉莎白說：

「伊莉莎白・班內特小姐，我建議你也學我的樣子在屋子裡轉一圈——用一種姿勢坐那麼長時間，起身活動活動，可以讓你的精神抖擻。」

伊莉莎白非常詫異，不過仍然馬上同意了。賓利小姐這樣獻殷勤的真正目的達到了。達西先生真的抬起了頭，原來達西也與伊莉莎白一樣，感到這件事情很奇怪，就不知不覺地把書合上了。很快，兩位小姐請他一起走一走，但他婉言謝絕了，還說，他想像得出，她們在房間中一起走來走去，不外乎有兩個目的，而不管出於哪個動機，他一加入就給攪和了。「他這是什麼意思？」賓利小姐很想知道他說這話到底有什麼用意，就問伊莉莎白能不能理解。

「我一點兒都不理解。」伊莉莎白回答說，「但是，他一定是故意要跟我們擺架子。我們叫他失望一下，最好的方法就是不加理會。」

可惜賓利小姐不管遇到什麼事情都不想叫達西先生失望，所以一味地堅持，必須讓他把他所說的兩個目的解釋清楚不可。

等她一住嘴，達西就馬上說：「我非常願意解釋一下。這件事情無非是這樣的：你們是心腹之交，所以選擇這樣的方式來度過這個晚上，又要談談私事。否則就是你們自以為散起步來，最能顯露你們的好身材。假如是出於第一個目的，我夾到你們當中就會妨礙你們；但假如是出於第二個目的，那麼，我坐到火爐旁邊倒可以更好地欣賞你們。」

「哎呀，真是嚇死人了！」賓利小姐叫著，「我從來都沒有聽見過這樣讓人厭惡的話。虧他說得出來，應當怎麼罰他呀？」

「要是你存心想懲罰他，這還不容易，」伊莉莎白說，「我們都可以互相懲罰，互相折磨。捉弄捉弄他，譏笑譏笑他。你們既然這樣親近，你應當知道怎麼對付他呀。」

「對天發誓，我真不知道。不瞞你說，雖然我們很親近，但是要懂得怎麼對付他，還差得遠呢。想要去捉弄一個大腦清醒、性格沉穩的人，談何容易！不行，不行，我相信我們是鬥不過他的。至於說譏笑，對不起，我們可不能隨便譏笑別人，否則會搬石頭砸了自己的腳。還是叫達西先生去自鳴得意吧。」

「原來達西先生是譏笑不得的呀！」伊莉莎白高聲說，「這倒是異乎尋常的長處，希望他還會繼續這樣下去。這樣的朋友要是多了，對我而言損失可就大啦。我是非常愛開玩笑的。」

「賓利小姐剛才對我過獎了，」達西說，「要是一個人把開玩笑看成是人生的第一目的，這樣一來，最睿智最優秀的人——不，最睿智最優秀的行動，也會變成荒謬可笑的了。」

「毋庸置疑，」伊莉莎白答道，「的確有這種人，不過我希望我不是其中一個。希望我不管在什麼情況下都不會嘲弄聰明和良好的行為。愚蠢笨拙，胡言亂語，胡思亂想，錯誤百出，這確實叫我開心，我自個兒承認，只要有可能，我都會嘲弄一番。但是我覺得這些缺點正是你身上所不具備的。」

「也許任何人都不可能有這些缺點，否則真是糟透了，最聰明的人也將受人嘲弄了。我一生都在研究應當怎樣避開這些缺點。」

「比如虛榮和驕傲之類的缺點。」

「是的，虛榮確實是一個缺點。但是驕傲——如果你真的頭腦機靈勝人一籌——你就會驕傲得比較適度而有所節制。」

伊莉莎白掉過頭去，暗自生笑。

「你對達西先生的考察應該完了吧？」賓利小姐道，「請問結果怎麼樣？」

「我完全承認達西先生沒有絲毫不好的地方。他自己也直言不諱地承認了這點。」

「不，」達西說，「我根本就沒有那麼自以為是。我的毛病很多，但是這與頭腦根本不相干。有關我的性格，我就不敢擔保。我覺得我的脾氣太執拗，不肯妥協，在處世方面太不肯讓步。對其他人的無知和過失，我本應當極力忘記，卻無法做到，要是人家得罪了我，我也不能忘懷。我的一些壞情緒並非很容易就能煙消雲散的，也可以說是很愛發脾氣。我對一個人如果失去了好感，就會難以恢復。」

「這倒確實是一個缺點！」伊莉莎白高聲說，「跟人家怨恨不解，的確是個性上的一個陰影。但是，你有自知之明，我的確不能再譏笑它了。你用不著擔心了。」

「我想，不管一個人是什麼樣的脾氣，都難免會有不足之處，這是一種天生的缺陷，就算接受最好的教育，也仍然無法克服。」

「但你的缺點就是對任何人都覺得討厭。」

「你的缺點呢，」達西微笑著回答說，「就是有意去誤解他人。」

「我們來聽點音樂吧，」賓利小姐發現這場談話沒有她說話的份，不禁心生厭倦，所以高聲叫道，「路易莎，我相信你不會在乎我把赫斯特先生吵醒吧。」

她的姐姐毫不反對，所以鋼琴馬上就打開了。達西想了一會兒，覺得這倒不錯。他開始感覺到對伊莉莎白獻太多殷勤難免危險。

chapter 12 平安返家

班內特姐妹商量好了以後，第二天早晨伊莉莎白就給母親寫信，讓母親當天打發馬車來把她們接回。但班內特太太早就打算讓兩個女兒住到下個星期二再回家，以便讓珍恰好能夠住滿一星期，因此不大願意接她們提早回家，所以她的回信並不讓人高興，起碼使伊莉莎白非常不滿，因為她想儘快回去。

班內特太太在信裡說，星期二以前她們別指望有馬車。她寫完以後，又加了幾句，說是假如賓利先生兄妹堅決挽留她們多住幾天，她完全同意叫她們待下去。不過伊莉莎白不願意繼續待下去，她回去的決心已定，也不怎麼指望他們挽留她們，她反而怕人家覺得她們這兩個不速之客待得太久。所以她讓珍馬上去向賓利借馬車。後來，她們準備向主人家說明，她們那天上午就打算離開內瑟菲爾德莊園，然後提出借車。

這個意思一說出來，大家紛紛表示關懷，並一再挽留她們，希望她們起碼要待到第二天再離開，珍被他們勸服了，姐妹兩個回去的事情就推遲到第二天。原本這個建議是賓利小姐提出來的，但此刻她又有點兒後悔挽留她們，因為她對這兩姐妹中的妹妹所懷的嫉妒和討厭，已經大大地超出了對其姐姐的友愛之情。

這家的主人聽到她們這麼快就要離開，心中不快，就再三勸班內特小姐，馬上離開不妥當——說她還沒有完全復原。但珍不管做什麼事情，如果她覺得自己的觀點不錯，就堅定不移。

對達西先生而言，這卻是一個不錯的消息——伊莉莎白在內瑟菲爾德住的時間已經夠久了。他沒想到會被她弄得這般心醉——另外還有，賓利小姐對她非常無禮，而且愈來愈喜歡拿他開玩笑。他頭腦精明，所以當機立斷，目前特別要當心，絕對不能流露一點兒喜歡她的意思，加強她的指望，就此想影響他自己一輩子的幸福。他認為，如果她的確有這樣的想法，那麼肯定是他昨天對她的舉止行為起了舉足輕重的作用：不是讓她對他更具好感，就是對他越發討厭。他這樣拿定了主意，星期六整整一天，他幾乎沒有和她說過幾句話，雖然有半個鐘頭的時間，是他們兩個單獨在一塊兒的，他只是聚精會神地埋頭讀書，連瞧也沒瞧她一眼。

星期天，晨禱過後，兩姐妹馬上和大家告別了，令每一個人都覺得極其高興。賓利小姐對伊莉莎白頓時變得有禮貌起來，對珍也變得更加親切了。分手的時候，她告訴珍，特別盼望以後能夠有機會在朗博恩村或是內瑟菲爾德和她重逢，然後就非常親切地同她擁抱，後來，她甚至還和伊莉莎白握了一下手。伊莉莎白愉快地同大夥兒告別。

她們返回家以後，並沒有受到母親熱情真誠的歡迎。班內特太太奇怪她們兩個怎麼竟提早回家，覺得她們為家裡造成那麼多的麻煩不成體統，還說珍一定又會著涼。看見兩個女兒回家來了，她們的父親嘴上儘管沒有說什麼欣喜的話，心裡卻是非常快樂。他早就體會到，這兩個女兒在家中的地位是多麼重要。吃過晚飯家人聚在一塊兒閒聊的時候，要是珍和伊莉莎白都不在，談話就沒意思，幾乎完全失去了意義。

她們看到瑪麗仍然和過去一樣，埋頭研究和聲學以及關於人性的問題，她拿出了一些新的札記可供鑒賞，然後又把她對陳腐道德的新論述講給她們聽。凱薩琳和莉蒂亞也告訴了她們一些新聞，但是性質完全變了。聽她們說，從上星期三以來民兵團又發生了很多事情，加了很多傳說：有幾個軍官最近同她們的姨父一起吃過飯；一個士兵挨了鞭打，還聽人說福斯特上校馬上就要結婚了。

chapter 13

限制繼承法

第二天吃早餐時，班內特先生對自己的妻子說：「親愛的，但願你今天能夠預備一頓像樣的晚餐，因為我預料今天會來一位客人。」

「你覺得會是什麼人呢，親愛的？我絲毫不知道有什麼人會來，除非夏洛蒂小姐碰巧來看望一下。我相信拿我們平常的飯菜招待她就足夠了。這種飯菜，我不認為她在家裡能夠經常吃到。」

「我說的那個人是位先生，並且還是一位生客。」

班內特太太聽後眼睛亮了起來：「是位先生，還是一位生客！那一定是賓利先生！哎，珍——這件事你一點兒口風都不漏！噢，珍！快要看見賓利先生了，我簡直快樂極了。但是——天哪！運氣真不好！今天一點兒魚都沒有買到。莉蒂亞，親愛的，快點代我按一按鈴，我立即吩咐西奧一聲。」

「這個人並非賓利先生。」丈夫趕緊說，「是一個我這一生還沒有看到過的人。」

這句話讓所有的人都大為驚訝，他馬上受到了妻子與五個女兒迫切地追問，弄得他好不得意。

看到她們這麼好奇，他感到非常有趣。過了一會兒，他才一五一十地說：「差不多一個月以前，我就接到了這封信，信是兩個星期以前回的，這是一件有點兒棘手的事情，我必須趁早注意。信是我的表侄柯林斯先生寫給我的。我死以後，只要這個人願意，任何時候都可以把你們趕出這座房子。」

「噢，天哪！」班內特太太叫起來了，「聽你提起這件事情我就難以忍受。請你不要談那個讓人厭煩的人吧。孩子們無法繼承你的產業，卻要讓人家來繼承，這是天底下最冷酷無情的事啊。如果我是你，一定早就想方設法處理這件事了。」

珍和伊莉莎白努力把限制繼承法的性質跟她解釋了一下。事實上她們一直都盡力向她解釋，但是這一點對她是講不明白的。她無休止地破口大罵，說是自己的產業不能讓五個親生女兒繼承，卻白白送給一個毫無關係的人，這簡直是太不可理喻了。

「這確實是一件很不公平的事，」班內特先生說，「朗博恩的產業由柯林斯先生繼承，這個罪名他是無論如何都洗刷不清的。但是，要是你聽一下他信裡所說的話，你的情緒或許會緩和一點兒，因為他這番表明自己心跡的話還算不錯。」

「不，我相信我是不會的。我覺得他寫信給你真是魯莽無禮，又虛偽透頂。我恨這種虛情假意的朋友。他怎麼不和你吵得不可開交呢？就像他父親過去一樣。」

「哦，真的，他對這一問題，表現得似乎遲疑不定，或許是有些為了顧全孝道，還是先聽一下信裡是怎樣說的吧。」

尊敬的長者：

過去你與我尊敬的先父之間有點兒不快，這始終使我非常不安。自從先父不幸謝世以來，我經常想要彌補這個裂痕，然而常常猶豫不定，怕的是他生前既然對閣下非常仇視，而我如今卻來與閣下修好，有辱其在天之靈，是以裹足未前。（「留意聽啊，班內特太太！」）不過現在我已經拿定主意要這麼做，因為我已經在復活節那天受了聖職。多蒙路易斯・德・德伯格的遺孀凱薩琳・德・德伯格夫人寵愛有加，因為她的大力推薦，我有幸被提拔擔任該牧區的牧師。為報夫人大恩大德，我肯定會竭盡全力，奉行英國教會所規定的一切禮儀。另外，以一個牧師的身分而言，我當恪職守分，使家家戶戶得以幸福和友好。

據此種種，我相信這番好心肯定會受到您的珍視，並且關於我繼承朗博恩村產權一事，希望能夠獲得您仁慈的體諒，而且請笑納我這次奉獻上的一根橄欖枝[18]。我為侵犯了您幾位愛女的利益而深感不安，萬分抱歉，並願向您保證，我極願竭盡所能補償她們——這件事情容日後再議。要是您答應我登門拜訪，我會在十一月十八日星期一下午四點拜望您和您的全家。我可能麻煩府上直至下個星期六。這對我沒有任何不方便的地方，因為我禮拜天偶有缺席，只要有另外一個牧師代行當日禮拜就行了，凱薩琳夫人一點兒都不反對。親愛的先生，敬向尊夫人和幾位愛女致意。

衷心祝福您的朋友維勒・柯林斯上

18 根據《聖經・創世記》的記載，諾亞見到鴿子銜來的橄欖枝，便知洪水已退，此後橄欖枝成為和平的象徵。此處柯林斯先生的意思是請求建立友好關係。

十月十五日寫於肯特郡
韋斯特勒姆附近的哈福德村

「這麼說，四點鐘的時候，我們就要見這位前來修好的先生了，」班內特先生一面折好信一面說，「他倒是像一個非常有良心、講禮貌的年輕人。我想他肯定會成為一個難得的朋友，要是凱薩琳夫人能夠慷慨允許，叫他以後再到我們這裡來，那更好了。」

「他講到幾個女兒的那番話，說得也還有些道理。如果他真準備設法補償，我很贊成。」珍說：「他說為我們做出補償，儘管我們猜不出他到底是什麼意思，不過他有這個願望，也的確難得。」

伊莉莎白聽到他對凱薩琳夫人敬重得出奇，還有他那善良的心意，時常為他自己那個教區中的居民們主持洗禮、婚禮和喪禮，覺得異常驚訝。

「我覺得他是個古怪的人，」她說，「我實在弄不懂他。他的文筆好像有點兒浮誇。對繼承父親的產業而感到萬分抱歉，他說這話是什麼意思呢？就算這件事情可以取消，我們也別希望他肯取消，他是一個明白事理的人嗎，父親？」

「噢，我的女兒，我想他不會是的。我覺得他大有可能恰恰相反。這能夠從他的信裡那種既謙卑又妄自尊大的口氣上看出來。我還確實想趕快見見他。」

瑪麗說：「就措辭來說，他的信倒似乎寫得沒有什麼毛病。橄欖枝這個說法儘管並不怎麼新穎，但是我覺得用得卻非常恰當。」

但對凱薩琳與莉蒂亞而言，無論是那封信也好，或者是寫那封信的人也罷，她們都絲毫不感興趣。因為她們認為她們的表兄肯定不會身穿「紅制服」前來，而這幾個星期以來，身穿別的顏色衣服的人，她們都不喜歡與之結交。提起班內特太太，原來的怨氣已經被柯林斯先生的一封信打消了很多，她還打算以頗為泰然自若的態度去見他，這叫班內特先生和幾位小姐都感到驚訝。

柯林斯先生準時到達，受到了全家人的熱情招待。班內特先生沒有講幾句話，但女士們卻都非常樂意和他交談。而柯林斯先生自己好像既不需要其他人鼓勵他開口，也不是一個喜歡保持沉默的人。他是個二十五歲的年輕人，身材高大，看上去些許遲鈍，又很拘泥禮節，神情嚴肅。他剛一坐下，就馬上誇班內特太太的福氣好，有這麼多出眾的女兒，而且說有關她們漂亮的容貌，他早就聽說了，今天親眼目睹，才知道她們的容貌遠遠地超過了她們的名聲。他繼續說，他毫不懷疑班內特太太肯定會看見她們結下美滿良緣。他這樣大獻殷勤，並非所有的人都喜歡聽，只有對奉承話百聽不厭的班內特太太，才十分樂意搭話：

「我相信你是一個心地善良的人，先生。我一心一意希望，事情能如你所講的那樣。要不她們就要受苦了。如今的事情都辦得稀奇古怪的。」

「你大概是說這份產業的依法繼承問題吧？」

「唉，不錯，先生。這對於我不幸的女兒們而言確實是一件痛苦的事情。我根本不想怪罪你，因為我也知道，如今這世道，這種事完全靠命運。一說起產業要依法繼承，也不知道會落在誰的手中。」

「夫人，我深知這件事苦了我幾位可愛的表姐妹——在這個問題上有很多話要說，然而卻不敢唐突魯莽。但是，我敢對幾位年輕小姐說，我來這就是要向她們表達我的仰慕之情。目前我也不準備多說，或許等到以後我們相處得更加熟悉的時候……」

他的話被就餐邀請打斷了，幾位女孩彼此相視而笑。柯林斯先生所愛慕的，不光是她們。正廳、飯廳還有房間裡所有的傢俱，他也一一仔細看過，讚美過。他對這些東西的稱讚，使得班內特太太非常高興，但想起所有這些東西將歸他所有，未免有點兒傷心。晚餐也被柯林斯先生稱讚不已，他詢問如此精湛的廚藝到底出自哪位表妹之手。

班內特太太聽見這句話馬上就指責了他一番，聲色俱厲地告訴他，她們家雇一個出色的廚子還是綽綽有餘的，完全用不著自己的女兒過問廚房裡的事情。柯林斯先生看到她生氣了，趕緊懇求她的原諒。班內特太太這才用緩和的語氣說，她絲毫沒有生氣，但是柯林斯先生仍然一次次地道歉，折騰了大約一刻鐘。

chapter 14 自命不凡的客人

吃飯的時候，班內特先生幾乎一言不發，但是當傭人們都走開之後，他就暗想道，這時應該和客人談一談了。

他預料到，話只要一開頭就提起凱薩琳夫人，這位尊貴的客人一定會笑顏逐開的，所以他就拿這個話題當開場白，說柯林斯先生碰上那樣一位女施主，簡直太走運了，然後說凱薩琳・德・德伯格夫人對他那麼言聽計從，而且細心周到地關懷和照料他的日常生活，簡直太難得了。

班內特先生這個話題選得實在是太好了。柯林斯先生立刻滔滔不絕地讚美起那位夫人來。一談起這個問題，他原有的那種異常莊嚴肅穆的態度就愈發顯得莊嚴了，他帶著自命不凡的神氣說道：他這一生從沒有見到過任何有地位有身分的人這樣為人處世——像他本人從凱薩琳夫人那裡親身體驗到的謙虛親切，樂於降貴紆尊。他曾在她跟前說過兩次話，蒙夫人垂愛，對他那兩次談話讚不絕口。曾經兩次邀請他去羅辛斯用餐，就是在上個星期六晚上，還讓人請他去她家裡玩過四十張[19]。

19 十八世紀初流行的一種四人撲克遊戲。

據他所知，許多人都認為凱薩琳夫人為人傲慢，但是他卻覺得她很和藹。她平常和他交談時，一直把他當成一位有身分的人對待。她一點兒都不反對他和教區的鄰居們交往，也贊成他偶爾離開教區一兩個星期，出去拜訪親友。多蒙她體恤下情，曾親自提醒他早日成婚，並讓他慎重地選擇對象。夫人還曾親自來過他的家裡一次，對於他住宅裡所有經過他整修過的地方都很贊成，而且還親自指點，讓他在樓上的壁櫥上添幾層隔板。

班內特太太說：「這一切的確都做得非常禮貌和得體，看樣子她的確是一位和藹可親的女人，怪不得別的貴夫人都不如她。她居住的地方離你家遠嗎，先生？」

「寒舍的那個花園和凱薩琳夫人居住的羅辛斯花園，只隔著一條小路。」

「您曾說過她是一個寡婦吧，先生？她有其他親屬嗎？」

「她只有一個女兒——也就是羅辛斯花園的女繼承人，會繼承一筆相當豐厚的財產呢。」

「哎喲，」班內特太太聽見這些叫起來，搖搖頭說，「看樣子，她比其他許多女孩闊綽了。這位小姐是一個什麼樣的人呢？長得漂亮嗎？」

「她的確是一位非常可愛的女子。凱薩琳夫人自己也曾說過，要講到真正的漂亮，德伯格小姐要賽過天底下最美麗的女子。因為她眉清目秀，氣質出眾，一看就知道生在富貴人家。她本可以多才多藝，只可惜體弱多病，沒法去進修，不然的話她一定會琴棋書畫樣樣精通的，這些都是她的女教師告訴我的，這名女教師現在還和她們母女兩人住在一塊兒。德伯格小姐非常和藹，時常不拘名分，坐著她的那輛雙馬四輪馬車光臨寒舍。」

「她見過國王嗎？在進出王宮的仕女當中，我好像沒有聽到過她的名字。」

「不幸的是她體弱多病，不能到京城，就像我那天和凱薩琳夫人所講的，這的確讓英國的宮廷中失去了一顆裝扮它的最絢麗的明珠。她老人家好像對我的觀點很滿意。你們可以想像得出，不管在什麼地方，我都喜歡講幾句巧妙的奉承話，讓很多太太小姐們聽了開心。我對凱薩琳夫人講過很多次，她的美麗的小姐天生就是一位公爵夫人，將來不論嫁給哪位公爵，不論那位公爵地位有多麼高，不僅不會給小姐增加榮耀，反倒因為有了小姐而增加更多的光彩。凱薩琳夫人很愛聽這種話，我覺得我一定要在這方面格外獻獻殷勤。」

「你的看法相當好，」班內特先生說，「你太幸運了，有這樣巧妙恭維別人的本事。我能否請教一下：你這些讓人愛聽的恭維話，是臨時想出來的呢，還是早已琢磨而胸有成竹呢？」

「大多數是靈機一動想出來的。儘管說偶爾我也喜歡想並且準備好所有適合於一般場合的娓娓動聽的奉承話，可是我總是要盡可能地裝出好像脫口而出的模樣。」

班內特先生的預料果真沒錯。他這個表侄的確像他想像的那樣荒唐，他聽他講話感到非常有趣，不過裝出一本正經、沉著鎮靜的神情，他並不需要別人來分享他這份樂趣，只是偶爾向伊莉莎白露個眼色而已。

但是，到吃茶時，此鬧劇終於結束了。

班內特先生高興地把客人再次帶到客廳裡，當茶喝完以後，又興致勃勃地請他朗讀一點兒什麼給女士們聽。柯林斯先生欣然從命，於是她們就取來一本書籍給他。

柯林斯先生接過書來一瞧，這很明顯是從流動圖書館裡借來的，立刻驚訝地向後一退，然後急忙連聲解釋，他從來不看小說[20]，並請她們寬恕。基蒂睜大了兩隻眼睛望著他，莉蒂亞喊了起來。於是她們又重新拿了幾本書遞給他，柯林斯先生認真考慮了一下，然後選了一本《福代斯講道集》[21]。他剛剛打開那本書，莉蒂亞就打起了哈欠，於是還沒有等他用枯燥乏味而又鄭重其事的語調念完三頁，她就急忙打岔開來，說：

「媽，你是否知道，菲力浦斯姨父說要把理查趕走。假如真的這樣，福斯特上校就會雇他。姨媽星期六那天親自對我說的。我明天準備到布萊頓去一趟，詢問一下有沒有其他的情況，順便打聽一下，丹尼先生什麼時候從城裡回來。」

兩位大姐姐急忙讓莉蒂亞閉嘴。柯林斯先生看起來很不高興，把書一丟，說：

「我發現，年輕的小姐們對正經書沒什麼興趣，雖然這些書實際上是為了她們而寫。說真的，這的確讓我感到很驚訝。毋庸置疑，再也沒有比聖賢的教誨對她們來說更有好處了！但是，我也用不著再勉強我這位漂亮的表妹了。」

於是他轉過身提出要和班內特先生玩十五子棋[22]，班內特先生接受了他的挑戰，而且說這的

20 英國在十七世紀資產階級革命後，小說才逐漸興起，直到十八世紀才成為流行。而在資產階級革命之前，流行的則是一種迎合封建統治階級製造幻想、粉飾現實、鞏固統治的傳奇文學。而革命之後十八世紀的現實主義文學則是隨著封建統治的解體，迎合新興資產階級趣味而誕生的，因此十八世紀早期，封建貴族都很反感這種現實主義的小說，此處寫柯林斯拒絕讀小說也是為了反映他身上的封建思想。而在第八章達西論及女子才學時所說的：「……應當多讀書，長見識。」其中讀書則是指讀小說，反映出了新興資產階級的思想。

21 福代斯，又名弗迪斯，是一名蘇格蘭牧師。《福代斯講道集》指他所著的《對青年婦女的講道集》，其內容為向青年婦女宣揚封建道德。

22 一種擲骰子的遊戲。

確是一個好辦法，就讓這些小姐們去玩她們自己的小玩意兒吧。班內特太太同幾個女兒極有禮貌地向他表示歉意，請他寬恕莉蒂亞打擾了他朗讀聖書；還說，他要是繼續看那本書，她保證肯定不會發生剛才的事情了。柯林斯先生說他一點兒都沒有責怪表妹，請她們別放在心上，他決不會以為她冒犯了他而對她懷恨在心。他解釋完以後，就和班內特先生在另一張桌子旁邊坐下來，準備玩「十五子棋」。

chapter 15

相遇的神情

柯林斯先生並非是個很通情達理的人，他受過的良好教育和社會影響並未彌補先天的不足。他生來大部分日子是在他那位無知的守財奴式的父親的教導下度過的。他也曾讀過幾所大學[23]，可事實上只是混夠幾個學期罷了，而且沒有結識一個對他有益的朋友。他父親對他的管教嚴厲，所以他一向謙卑恭順，但是他原本就是個笨蛋，現在又過上了自由自在的清閒生活，難免得意非凡，而且他年齡不大就得到了一筆意外的財產，這使得其謙卑恭順大打折扣。

正在哈福德教區有個牧師職位空缺的時候，柯林斯時來運轉，得到了凱薩琳・德・德伯格夫人的青睞和提拔。他敬仰凱薩琳夫人高貴的門第，銘記自己女恩主的知遇之恩，同時又自命不凡，自認為做上了教士，應該有一定的權威。作為一名教區的主管牧師，這些彙集於一身，因此他具有自視清高而又謙卑順從的雙重性格。

他如今有了寬大漂亮的房屋，一筆豐厚的收入，就想結婚了。所以，他想著這時應該和朗

23 此處的大學指牛津大學或劍橋大學。

博恩一家人和好，這樣就可以在朗府找一個太太。假如朗博恩家的幾位女孩真的像大家所傳聞的那樣美麗動人，他想從中選一個。所謂的贖罪計畫，就是為了以後繼承她們父親遺產的時候可以問心無愧。他感覺這的確是一個上佳的辦法，既妥當得體，又慷慨無私。

他看到那幾位表妹以後，並沒有改變當初的計畫。恰恰相反，珍那美麗可愛的面孔更加堅定了他的想法，而且也更確定了他以長幼為序的非常嚴格的思想，認為一切應該先從最大的那位小姐開始。第一個晚上，他就選中了她。但是，第二天早晨，他又改變了看法。緣由是，早飯以前，他和班內特太太親密地交談了一刻鐘，最先談起的是他的那幢牧師住宅，然後就自然而然地說出了他的願望——打算在朗博恩村給那幢牧師住宅尋找一位女主人。班內特太太聽了以後笑顏逐開，不停地鼓舞柯林斯先生在她的女兒當中找一位，但是又提醒他千萬不能挑中珍——「談到我的幾個小女兒，我沒有任何意見，當然我也不能做出肯定的回答。但是我還沒有聽說她們有什麼對象。至於大女兒嘛，我倒想說一說，而且我認為自己有責任提醒你一下，她也許不久就要訂婚了。」

柯林斯先生只好把精力從珍身上轉移到伊莉莎白身上——並且一下子就換過來了——班內特太太當然不住地在一邊鼓動。伊莉莎白，不管是年齡還是相貌，都和珍差不多，當然第二個就該輪到她了。

班內特太太得到這個暗示以後，猶如發現了寶藏，她相信很快就有兩個女兒要出嫁了。昨天一談起就使她討厭的人，這時卻讓她非常重視了。

莉蒂亞原本打算去布萊頓，如今這個想法還沒有消除。除去瑪麗以外，別的姐姐們都願意和她一起去。為了將她們的表兄趕走，好使自己可以在書房裡安靜一下，班內特先生就請他也陪她們一起去。原本柯林斯先生用過早餐以後，就和他一塊兒去書房裡了，一直到現在還沒有走，手裡不停地翻看著他收藏的那本最大的對開本書籍，並且口若懸河地向班內特先生誇耀自己在哈福德的房子和花園，使得班內特先生極其厭煩。他大多數時候待在書房就是圖個安靜。他曾對伊莉莎白說，他願意在任何一間屋子裡接待愚昧自大的傢伙們，但就是不想在書房中看到他們。因此，他立刻很客氣地邀請柯林斯先生陪他的女兒們一起前去，而且柯林斯先生原本就適合當個步行家，讀書對他來說倒是一件很難做到的事，所以他很高興地放下書本離開了。

他一路上口若懸河卻言之無物，那些表妹們無可奈何而有禮貌地應和著，就這樣把路上的時間都消磨掉了。很快就來到了布萊頓，幾位年輕的小姐就再也不理睬他了。她們的眼睛早就對著街頭看來看去了，搜索著那些軍官，除這些以外就只有商店櫥窗中時髦的女帽，或是花樣鮮豔的布料，才能吸引住她們。

但是一會兒，小姐們就都把注意力轉向了大家未曾見過的年輕人身上，他很富有紳士氣派，正同一名軍官在街道那邊散步。那名軍官就是丹尼先生，莉蒂亞這次來的目的就是想問一下他是否從倫敦回來了。她們從那裡經過的時候，他鞠了一個躬。姐妹們都被這位年輕人的氣派深深地吸引了，都在琢磨此人到底是誰。

基蒂和莉蒂亞下定決心要設法打聽清楚，於是就走在前邊，一塊兒朝街對面走去，佯裝要到對面商店裡買點東西，剛剛走到人行道時，運氣好的她們正好和返回來的兩位先生相遇。丹尼先生立刻走上前去和她們打招呼，並懇請准許他介紹他的朋友威克先生，說他昨天剛剛和他一塊兒從京城回來，並且更使人快樂的是，他已經接受委任，被派到民兵團來。這簡直太好了，因為這年輕人身穿一套軍裝肯定會是一位真正英俊的青年。他相貌堂堂，可以說沒有一處長得不漂亮：眉目清秀，身材高大，並且談吐悅耳。介紹完以後，他大大方方地交談起來——既大方懇切，又很得體，毫不做作。正當大家站在原來的地方，談得很投機的時候，忽然馬蹄聲傳來，只見達西和賓利先生騎著馬沿街道走過來了。他們兩人認出人堆中的幾位小姐以後，直接向她們走去，依禮互相問候。

帶頭講話的主要是賓利先生，而他大部分的話又主要是對班內特小姐講的。他說他正想去朗博恩村拜訪她，達西先生點了點頭，證明賓利講的都是事實。達西正想把眼睛由伊莉莎白的身上轉移，這個時候忽然看見了那個陌生人，就在他們兩個人互相對視時，伊莉莎白恰好看見了兩人偶然相遇的神情，不禁感到非常驚訝。她發現兩個人的臉色都與先前不一樣了，一個慘白，一個緋紅。又過了不久，威克摸了摸帽子——達西先生則勉勉強強地行了個禮。這到底是怎麼回事？真讓人無法想像，可是又很想搞清楚。

賓利先生好像沒有注意到剛才的情景，又過了片刻，便同大家辭別，縱身上馬和朋友一起走了。

丹尼先生和威克先生陪著幾位年輕的小姐一直走到菲力浦斯先生的家門口，莉蒂亞小姐非讓他們進去玩一會兒，但是他們卻鞠了一躬告辭而去，甚至不顧菲力浦斯太太打開陽台的窗戶，又一次高聲邀請他們。

菲力浦斯太太一向很高興看到她的外甥女兒們，兩位大小姐近來不經常見面，因此特別受歡迎。她誠懇地說，聽說她們姐妹兩個忽然回到家裡，她感到非常驚異，如果不是碰巧在大街上遇到鍾斯醫生的藥店裡那個小夥計對她說，班內特家的那兩位大小姐都已回家來了，用不著再為內瑟菲爾德莊園送藥了，那她至今還不知道這件事呢，因為沒有看到她們家派馬車去接她們。她們閒談的時候，珍向她介紹柯林斯先生。她非常有禮貌地和他寒暄了幾句，極其客氣地表示歡迎他來做客，他也加倍客氣地應酬她，說他和太太素昧平生，不應該冒昧攪擾，然後表示他感到極其榮幸，不管怎麼說他和給他作介紹的那幾位年輕的小姐有這種親戚關係，所以他的不請自來也是情有可原的。

菲力浦斯太太因為他過分周全的禮貌心生敬畏。她正在仔細端詳這位生客的時候，她們姐妹二人接著將另外一位先生的情況，出乎意料地提出來向她問長問短，她忙碌著回答她們的問題，但是她對外甥女兒們說的，無外乎是她們早就知道了的一些事情。

她說那位生客是丹尼先生，剛從倫敦帶過來，他即將在某個郡民兵團擔任起一個中尉的職責。她說，一個小時前他們在街上蹓躂的時候，她一直注意看著他們，假如這個時候威克先生經過這兒，基蒂和莉蒂亞肯定也會這樣打量他一陣；但可惜的是，這個時候除去幾名軍官之外，幾乎沒有一個人從窗前經過，然而這些軍官們和威克比起來，幾乎變成了一些「既愚蠢又厭惡的傢伙」。明天有好幾名軍官要到菲力浦斯家中來吃飯。姨母說道，如果班內特家明天下午能從朗博恩趕來，那樣她就打算叫她的丈夫去看看威克先生，請他也一起過來。大夥兒立即同意了。

菲力浦斯太太說，明天一定要盡情地來一場又有趣又巧妙的摸彩票的活動，玩過以後吃一點熱乎乎的晚餐。

想到明天的這個快樂場景，真讓人欣喜若狂，因此大家道別的時候都很愉快。柯林斯先生離開房間的時候，再一次表示感謝，主人也謙虛有禮地請他不必那麼客氣。

在回家的路上，伊莉莎白將她親眼看到的那兩位先生之間所發生的一幕對珍講述了一番。儘管珍認為他們的確有什麼宿怨，也一定要為其中的一人或者兩個人辯解幾句，可惜的是她現在也和妹妹一樣，不清楚到底怎麼回事。

柯林斯一回來就對菲力浦斯太太的禮貌周到、熱情待客大大地稱讚了一番，班內特太太聽後感到很滿意。柯林斯先生還十分肯定地說，除了凱薩琳夫人和她的女兒以外，他還從來沒見過比她更高雅的女人。菲力浦斯太太不但禮貌地款待了他，竟然還請他第二天一起用晚餐，儘管雙方素昧平生。他想，這可能跟自己和班內特一家是親戚或多或少有點兒關係，但是他有生以來從未受到過那樣熱情周到的招待。

chapter 16 軍官威克先生

幾位年輕小姐和姨媽的約會人們都很贊成。柯林斯本來有些顧慮，自己到這裡來做客，反倒把班內特先生和太太扔在家裡，後來這些顧慮都被他們打消了。於是，他和五位年輕的表妹按時乘著馬車來到了布萊頓。剛一走入客廳，幾位年輕的女孩們就欣喜地聽說：威克先生接受了她們姨父的邀請，並且人已經來了。

大家聽到這件事情以後，都坐下來。柯林斯先生悠然自得地向四周望著，一會兒看看這兒，一會望望那兒，寬敞的房子和精美的傢俱讓他非常羨慕。他不停地說就像進入凱薩琳夫人位於羅辛斯的那間消夏的小飯廳一樣。菲力浦斯太太剛開始對這個對比並不怎麼滿意，後來知道了小飯廳是什麼樣的一個地方，它的主人是誰，又聽見他對凱薩琳夫人的一間會客間情形的介紹，得知一個壁爐架就值八百英鎊，她這才體會到他那個譬喻實在太奉承她了，即使把她家裡和羅辛斯的僕人的屋子比起來，她也不會有什麼不平了。

柯林斯向菲力浦斯夫人講凱薩琳夫人的公館金碧輝煌的時候，有時還要插上幾句來誇耀自己的房子，說他的房子正在裝修改善等等，他說得很生動，口若懸河，直至男客人進來為止。

他察覺出菲力浦斯太太聽得非常認真，她越聽越覺得他非同小可，並決定只要有空閒就要把他講的這一套在鄰里面前描述一番。可是那幾位小姐，卻開始煩躁起來，她們等的時間太長了，並且又不喜歡聽表兄那枯燥無味的話題，彈琴也不行，只好照著壁爐架上那些陶器的樣子，心不在焉地畫些小玩意兒來消遣。不過總算過去了。

男賓們總算來了。威克先生走進客廳的那一剎那，伊莉莎白立刻覺得，不管是上次看到他時，還是從那以後想起他的時候，她從未產生半點不合情理的愛慕。某郡的軍官一般來說是可敬可佩的具有紳士風度的人物，參加此次宴會的更是他們當中的精英。威克先生不管在風度、相貌、人品、身分上都要遠遠地超過他們，就像他們遠遠地勝過那位肥嘟嘟、無精打采、滿口酒味的姨父一樣，嘴裡正噴著酒味的姨父此時跟在他們後面也進了客廳。

這一天晚上最幸福的男客當數威克先生，幾乎每一位女士的眼睛都被他深深地吸引了，而伊莉莎白則是那天最得意的女士，威克最後在她身旁坐了下來，並立即和顏悅色地同她聊了起來，儘管只是聊一些關於那天晚上將要下雨或者雨季也許很快就要到來了等諸如此類的話題，但是他談話時面帶微笑，致使她認為就算最平凡、最乏味、最陳舊的話，只要說話的人有風趣，也可以變得趣味盎然。

說到要贏得女士的重視，柯林斯先生遇到了像威克先生同那些軍官們這種敵手，也就變得無足輕重了。在那些年輕女士們眼裡他實在一文不值，幸好偶爾他還能和菲力浦斯太太說上幾句，而且幸虧她好心地聽他講話，對他格外關照，總是不停地給他倒咖啡、拿點心。

一張張牌桌準備好以後，柯林斯先生終於找到了一個報答她那一片好心的時機，就坐下來一塊兒玩惠斯特[24]。他說：「我對這東西幾乎一點兒也不懂，但我很願意學習，以我這種身分來說——」菲力浦斯太太非常感激他的好意，可等不及讓他說出理由。

威克先生並沒有打惠斯特，而是快速走到了另外一張桌子跟前，伊莉莎白和莉蒂亞與高采烈地請他坐在她們兩人中間。剛開始，莉蒂亞好像大有獨攬威克之勢，因為她是一個十足的健談家。幸虧她也一樣喜歡摸獎遊戲，並且對那玩意兒大感興趣，她太喜歡下注和得獎以後大喊大叫了，所以來不及注意其他任何人的事情了。這麼一來，威克先生就可以一面敷衍著和大家摸牌，一面鎮定自若地和伊莉莎白講話。伊莉莎白很喜歡聽他講話，但是她的心中更想瞭解的是他和達西先生交情的歷史，可她又不奢望他會對她講。她甚至沒勇氣提出那位先生的名字。可是出人意料，她的好奇心得到了滿足。因為威克先生居然主動提到了那個問題。他向他打聽內瑟菲爾德距離布萊頓大約有多少路程，等她做了回答以後，又支支吾吾地問到達西先生在那兒居住了多久。

「大概有一個月了吧。」伊莉莎白回答說。她可不願意讓這個話題白白跑掉，然後又急忙加了一句，「據我所知，他在德比郡有很大一筆財產呢。」

「是的，」威克回答說，「他在那兒的財產的確很可觀，一年有一萬英鎊的淨收入。假如你想知道這位大人物的一些情況，找我可算找對人了——我從小時候起就和他家有一種特殊的關係。」

伊莉莎白不由自主地感到驚訝。

24 一種四個人參與的撲克遊戲。

「班內特小姐，你前一天也許看見我們相見的時候那副冷若冰霜的態度了吧，難怪你聽到我的話以後會感到那麼驚詫。你和達西先生很熟嗎？」

「我和他熟到這種程度就行了，」伊莉莎白生氣地喊道，「我和他在一塊兒待過幾天，可是他使我感到厭惡。」

威克說道：「至於他惹人喜歡還是招人討厭，我可沒有權利說出我的看法。我不便發表什麼意見。我和他相識很久了，和他也很熟，因此很難公道地評價他。我雖然盡可能地不存在偏見，但是我仍然認為，你對他的評價使人很驚訝，可能在別的地方你決不會說得那麼過火吧，這畢竟是在你的親戚家裡呀。」

「老實說，除去內瑟菲爾德莊園之外，我在這一帶任何一個人家都會這麼說的。哈福德郡根本沒有人喜歡他。他那種自高自大的氣派，每一個人都覺得很厭惡。你一定不會聽見其他人講他一句好話的。」伊莉莎白說道。

緘默了片刻，威克說道：「他，或者任何人，都不應當接受其他人過分的誇獎。但是像他這樣的人，情況不太一樣。世人被他的財勢蒙住了視聽，他那目空一切、態度高傲的氣派又嚇住了大家，以至於讓別人如何看他，別人就如何看他。」

「雖然我還不十分瞭解他，可是我覺得他是一個脾氣很壞的人。」伊莉莎白說道。威克聽了只是搖了搖頭。

過了會兒他又繼續說：「我不知道他是不是會在這個村子裡住很久。」

「我完全不知道。不過，我在內瑟菲爾德花園的那些日子裡，並沒有聽說他要離開。看樣子你願意待在本郡，打算在這兒工作，希望你不會因他在附近而受到影響並且改變原來的計畫。」

「噢，肯定不會的。我是不會被達西先生攆走的。假如他不想看見我，那就讓他走吧。我們兩個人合不來，每次見到他總是讓我難受，但是我沒有緣由要躲開他，只是應該讓大夥兒知道他是怎麼虐待了我，他那自高自大的態度怎麼讓我心痛。班內特小姐，他父親，已去世的達西先生，是世界上最善良的人，也是我這輩子最真誠的朋友。每當我和他的兒子在一塊兒的時候，總是難免懷念舊情，痛苦不已。儘管他對我一直都是誹謗中傷，但是，我真誠地相信我還是能諒解他的，但就是無法原諒他辜負了他父親的種種厚望，玷污他父親的好名聲。」

對於此事伊莉莎白越來越感到很有趣，因此很認真地聽著，但是這件事很蹊蹺，她不好再進一步追問下去。

威克先生又說了一些一般的話題，像布萊頓、周圍的村子、社交界，看樣子他對看到的一切都很滿意，尤其說到社交問題的時候，他的言談溫文爾雅中又明顯流露出向女人獻殷勤的味道。

「我之所以喜歡待在某郡民兵團裡，」他繼續說下去，「主要是想在這裡結交一些朋友，他們都是些上等人物，又非常講交情。我也知道這支部隊很可敬、很可親。我的好朋友丹尼為了鼓動我到這裡來，又對我說起了他們的營房是多麼的舒服，說起了布萊頓人對他們細緻周到的照顧，而且他們在布萊頓認識了很多朋友。我不得不承認，社交生活對我來說是必不可少的。我一直以來都是一個不如意的人，在精神方面再也無法忍受孤單。我總是想有點兒事做並且和人來往。行伍生涯儘管不是我所希望的，可是由於環境逼迫，能夠參軍也還算不錯了。我原本應該當一位牧師——我從小時候起就受了這方面的教導和培養，假如我們剛才談到的那位先生願意的話，這時候我早就有一份豐厚的薪俸了。」

「天底下居然有這等事！」

「怎麼沒有——已經去世的達西先生在世時寫下的遺囑中說，等牧師這一職位空缺了，就把它賜予我。他是我的教父，很疼我。他對我的好意我幾乎難以描述。他原本想讓我衣食無憂，而且他已做到了這一點，但當牧師一職空缺出來時，卻落入了他人的名下。」

「我的天哪！」伊莉莎白高聲說道，「怎麼會有這種事呢？——怎麼能不執行他的遺囑呢？你為什麼不依靠法律討個公道呢？」

「因為遺囑上說到遺產這一方面的時候，寫得含糊不清，所以我不見得可以依法討個公道。只要是一個講究信譽的人，就決不會懷疑這種意圖，但是達西先生卻不這樣——也可以說他偏偏要把它當成一個有條件的推薦，非說我已徹底失去了獲得這個職位的一切權利，因為我生活揮霍無度，胡作非為，總而言之都是無中生有，的確是各種壞話都說盡了。兩年以前那個職位竟然真的空出來了，而我那時也恰好到了應該掌握那份薪俸的年紀，但卻給了別人。說真的，我問心無愧，因為我並沒有做過什麼不配此聖職的壞事。我這人急躁易怒，心無城府，可能在某些時候心直口快，在別人面前說出我對他的意見，也許當著他的面冒犯過他，除此之外，我想不出我還做過什麼事。不過明顯的是：我們是完全不一樣的兩種人，而且他恨我。」

「這簡直是聳人聽聞！真應當讓他在公眾面前出醜。」

「他早晚會有那麼一天的——但是我絕對不會去非難他。除非我對我的教父忘恩負義，不然的話我決不能和他作對或者當眾揭露他。」

伊莉莎白很佩服他這種胸襟，並且在他說出了自己的看法以後，覺得他更俊美了。

停了片刻，她繼續說道：「但是他這樣做為何用意？為什麼要這樣作踐人呢？」

「無非痛恨我罷了，我只能把他這種仇恨歸於某種程度的妒忌。如果他的父親待我很差，或許達西先生會和我相處得不錯。我敢保證就是因為他的父親對我太好了，因此他從小就對我感到氣惱。他心胸狹窄，容不下我和他爭，容不下我比他有本事。」

「我真沒有想到達西先生竟這麼壞。儘管說我一向對他沒什麼好感，可也不一定厭惡。我總認為他瞧不起人，可是萬萬沒有想到他居然這麼無恥——居然有那麼狠毒的報復心理，那麼不講人情，沒有人道！」

她思考了片刻，就繼續說道：「我的確記得，有一天他在內瑟菲爾德莊園中自鳴得意地說起，他和別人結下了怨恨無法消除，他生來就喜歡記恨。他的性格一定很可怕。」

威克回答說：「在這件事上，我不能自以為是，我對他難以做到公正無私。」

伊莉莎白又思考了片刻，然後高聲道：「他的父親是你的教父、朋友，並且你是他父親信賴的朋友，他怎麼會這麼對你呢！」她險些脫口而出：「而且你是這樣一位有俊美的容貌和親切的態度的年輕人。」但是，她終歸還是說出了另外幾句話：「況且你們從小就是夥伴，並且正如你所說的，又很親密。」

「我們出生在同一個牧區同一個莊園，兒時的大多數時光是在一塊兒度過的，在一起遊玩，受到同一個父親的疼愛。我父親從事的職業，就是你的姨父菲力浦斯先生現在正做的有很大成就的律師行業——但是他為了給已經去世的達西先生效力，把自己的全部身心都用在了管理彭貝利的財產上。達西先生對他非常器重，我的父親把他當成莫逆之交。達西先生自己也經常說，我的父親治家有方，讓他收益頗多。所以，在先父快要去世時，達西先生首先提出要承擔我今後所有的生活費用。我相信，他之所以這樣做既是出於對我的疼愛，更是對先父的感恩。」

「好奇怪呀！」伊莉莎白高聲喊道，「好可惡！我實在弄不明白，這位達西先生既然這麼有自尊心，又怎麼能不公正地對待你！——如果沒有其他的因素，只不過是因為自傲，他就不應該這麼陰險。我不得不說這是陰險！」

「這確實很使人感到驚訝，」威克回答說，「總而言之幾乎他的所作所為都出於傲慢，而且傲慢一直是他的好友。按說傲慢比任何其他的情緒更應該講求道德。但是，人總難免有前後矛盾的時候，所以他對我的態度，就是意氣用事甚於傲慢。」

「像他這樣的令人討厭的傲慢對他能有什麼益處呢？」

「有的。傲慢經常使他明朗，慷慨——大方施捨錢財，熱情好客，資助雇農，救濟窮人。他之所以這樣做，既是出於對門第祖先的尊敬，也是因其為人而感到自豪。不願玷污家聲失去人心，不願辜負眾望，這就是他強大的動力。除此以外，他還有做兄長的驕傲，而且還有手足之情，這讓他成為妹妹最親密最仁愛的保護人。你或許聽說了，大家都一致讚美他是最細心最周到的好哥哥。」

「達西小姐是一位什麼樣的女孩呢？」

威克搖了搖頭：「希望我道她一聲可愛，說達西家人的壞話，叫我感到痛心。她和她的哥哥簡直太像了——非常傲慢。她兒時親切惹人愛，尤其喜歡我。我經常連續好幾個鐘頭陪著她玩耍。可是如今她對我來說已經無所謂了。她是一位很標緻的女孩，大概十五六歲，據說還很有才華。她父親逝世之後，她一直住在倫敦。有位太太同她住在一塊兒，負責教育她。」

他們扯了一些其他的話題，過了不久，伊莉莎白不禁又扯到原先那個話題上，她說：

「真不可思議，他怎麼和賓利先生這樣親密。賓利先生的脾氣很隨和，而且待人也和藹可親，他們之間怎能有這麼深的交情呢？他們應該怎樣相處呢？你認識賓利先生嗎？」

「不認識。」

「他確實是一個和藹可親的人。他也許不知道達西先生是一個什麼樣的人。」

「也許不知道，但是達西先生想討好誰時，肯定有他自己的辦法，他在這一方面的手腕很高明，只要他認為值得交談的人，他就會做優秀的交談夥伴。他在那些地位和他相等的人中間，在那些處境不如他的人中間，完全判若兩人。他極其傲慢，但與有錢有勢的人在一起時，他總表現得寬宏大量、正直無私、彬彬有禮，這一切都取決於對方的社會地位和財產。」

過了不久，惠斯特牌戲就散了，打牌的人又聚到了另外一張桌子跟前。柯林斯先生站在他的表妹伊莉莎白同菲力浦斯太太中間。菲力浦斯太太像往常一樣問他是否贏了。他不僅沒有贏，還把錢都輸光了。可是，當菲力浦斯太太對此表示可惜時，他又非常嚴肅地對她說，區區小事何必放在心上呢，這點兒錢他毫不在乎，並且請她千萬不要感到難過。

「我很清楚，夫人，」他說，「人只要一坐上牌桌，所有的一切就都要看自己在這件事上的運氣了。幸好我的境況還不算太差，根本不把五先令當回事兒。當然了，有許多人並不這樣認為，也多虧了凱薩琳‧德‧德伯格夫人，有了她，我就用不著再為這點兒小數目而難過了。」

這番話立即引起了威克先生的留意，他仔細地觀察了柯林斯先生一會兒，就輕聲問伊莉莎白，她這位親戚和德‧德伯格家熟不熟。

「凱薩琳‧德‧德伯格夫人，」她回答說，「近來送給了他一個牧師的職位。我真不明白柯林斯先生是怎樣受到夫人青睞的，但是可以確定，他們兩人認識還不算久。」

「我想你肯定知道，凱薩琳‧德‧德伯格夫人與安妮‧達西夫人是兩姐妹，所以，凱薩琳夫人正是現在這位達西先生的姨媽。」

「不，我確實不知，一點兒都不知道凱薩琳夫人都有哪些親戚，直至前天，我才知道有她這個人。」

「她的女兒德‧德伯格小姐以後將會繼承相當大一筆財產。人們都認為，她和她的姨表兄以後會把兩份財產合併起來的。」

伊莉莎白聽到這些話不由得在心裡笑起來，因為她想起了不幸的賓利小姐。假如已經有另外一位小姐成了達西先生的意中人，這麼一來，賓利小姐的百般殷勤都是徒勞，她對達西妹妹的關懷和對達西先生的稱讚也是徒勞了。

「柯林斯先生對凱薩琳夫人以及她的女兒都誇讚不已，但是聽他說到那位夫人的時候，我懷疑他是否說得有點兒太過分了，對她的恩惠是不是著迷了。那位夫人雖然有恩於他，卻一點兒也沒有變，她依然是一個傲慢自負的女人。」

「我相信她在這兩方面達到了非常糟糕的地步了，」威克說，「我已經許多年沒有看到過她了，但是我一直都不喜歡她，她為人處世既蠻橫又沒有禮貌。儘管人們都說她很明白事理，但是我總覺得人們之所以誇讚她有本事，那是因為她有財有勢，同時是由於她傲慢自負的態度，再加上她有一位驕傲自大的外甥，達西先生覺得只要是他的親戚，聰明才智都是過人的。」

伊莉莎白承認他這番話講得也有幾分道理。於是兩個人繼續談下去，談得很投機，直到打牌散場開始用晚餐時，別的太太小姐們才有幸享受一點兒威克先生的熱情。菲力浦斯太太請來的這些客人都在高聲喧嘩，簡直叫人無法談話，幸虧他的舉止得到每個人的稱讚。他的一言一行都十分得體、高雅。伊莉莎白離開的時候，滿腦子都是威克先生。她在回家的路上心裡只想著他，想著他告訴她的事情，但是莉蒂亞和柯林斯先生在路上不斷地談話，因此她連說他名字的機會都沒有。莉蒂亞滔滔不絕地說摸彩票，說她哪把贏了哪把輸了；柯林斯先生盡說菲力浦斯先生和菲力浦斯太太的熱情款待，又說打「惠斯特」輸點兒錢無所謂，然後又挨著背出晚餐的菜餚，並一而再再而三地說擔心自己擠了表妹們。他還有許多話沒有說完，馬車便已到達朗博恩的家門口了。

chapter 17 柯林斯先生的選擇

第二天，伊莉莎白將她同威克先生的交談全部對珍說了。珍聽得既驚奇又關切。她幾乎不敢相信達西先生居然這樣不被威克先生尊敬。但是，像威克這種英俊的青年，她真的無從懷疑他講的話是不是真的，並且這又不合乎她的性格。可能他確實遭到了達西先生那樣無情的對待，只要想起這一點，她難免心生同情。所以，無可奈何的她只好把兩個人都往好處想，為兩個人的所作所為辯護了一番，把所有難以解釋清楚的事情都歸咎為意外或者誤會。

「他們兩人，」她說，「說不定都被別人騙了，至於哪種欺騙，我們局外人無從知道。可能是和這些有關的人從中挑撥離間。總而言之，我們如果非得去猜測究竟是什麼緣由、什麼事情驅使他們變得不和睦，最後註定是要責怪其中一方的。」

「說得對啊。那麼，親愛的珍，這麼一來你要用哪些話來替那個和此事也許有牽連的人辯白呢？請你一定要為他辯白，否則，我們就不得不責怪某人了。」

「你愛怎麼笑話就怎麼笑話吧，但是不管你如何取笑，我不會放棄我的看法的。親愛的麗琪，你暫且思考一下：這樣對待自己父親在世時萬般疼愛的人——一個他父親在世時許諾要撫養的人，達西先生怎會那麼卑鄙呢？這是絕不可能的。稍微有點兒人道之心的人，略微尊重自己人格的人，也決不會這樣幹。他如果是這種人，難道他最知心的朋友都被他騙得這麼厲害？噢，決不會的！」

「我倒寧可相信是賓利先生受到了他的蒙蔽，而不想相信威克先生昨晚對我編造了一些他們兩人之間的事。一個個人的名字和一件件事實，件件有根有據，沒有一點虛假的嫌疑。事實若非如此，那就叫達西先生自己來辯白好啦。何況，你瞧瞧威克先生的那副神情，便知他講的是真話。」

「這也確實不好說——真叫人難受，真讓人不知道應該怎樣想才好。」

「請別介意——誰都想確切地知道應該怎麼想。」

不過，只有一樁事情珍猜對了，那就是說，要是賓利先生的確受到了他的蒙蔽，當事情真相大白之時，他一定會感到痛苦的。

兩位年輕小姐正在低矮的樹林裡談著這一切，忽然有個人讓她們回去，因為家裡有客人拜訪——來的恰恰是剛才談起的那幾位。原來，賓利先生和他的幾位姐妹特意來邀請她們去參加下週二在內瑟菲爾德莊園舉辦的舞會。那兩位小姐與要好的朋友見了面顯得十分高興。她們說自上次分手以來好久沒見面了，而且反覆問珍最近在幹些什麼。她們對班內特府上其餘的人極少理睬。她們盡可能地迴避班內特太太，也很少跟伊莉莎白談話，除班內特家以外的人，那就根本一句話都不說了。剛待一會兒她們便告辭了，而且使她們的兄弟賓利先生意想不到的是，姐妹二人一齊站起來，抬腳就向外走，好像急著避開班內特太太令人厭煩的禮貌一樣。

在內瑟菲爾德莊園舉辦舞會，班內特太太和年輕的小姐們欣喜若狂。班內特太太認為這一場舞會是專為大女兒舉辦的，而且是由賓利先生自己上門邀請，而並不是出於禮貌發一張請帖，這使她更加興奮了；珍只是在心裡想像著，到晚上，就可以和兩位好朋友促膝談心了，又可以受到賓利先生的熱情招待；伊莉莎白則高興地想到又可以和威克先生跳許多次舞了，同時還可以從達西先生的神態動作上把事情的底細看個真真切切。對凱薩琳和莉蒂亞而言，她們並沒有把心思放在某一件事或者某一個人的身上，儘管她們也像伊莉莎白一樣，只是想和威克先生多跳幾次舞，可是他並不是她們唯一中意的舞伴，舉辦舞會到底是件高興的事，因此連瑪麗也對家裡人說，她對這次舞會很感興趣。

瑪麗說：「只要每天上午的時間都讓我自己來安排就好了。我認為有時參加一下晚上的晚會對我來說並無害處。大家都應該有社交生活。我認為，適當的消遣或者娛樂是任何人都少不了的。」

這時伊莉莎白簡直高興極了，儘管她平時若沒必要就不和柯林斯先生說話，但是這個時候她還是禁不住問他是否願意去賓利先生家做客，假如願意的話，那麼參加晚會是不是合適。沒想到，完全出乎她的意料，柯林斯先生對此事沒有一點兒遲疑，一點兒都沒有擔心大主教或者凱薩琳・德・德伯格夫人的責備。

「請相信，」他說，「這種舞會，主人是一位品德端正的年輕人，賓客也都是些品格高尚的人，我決不認為有什麼不好的傾向。我不僅很贊成自己跳舞，並且更希望當晚能極其榮幸地抓著五位美麗表妹的小手，共度一個愉快的夜晚。伊莉莎白小姐，我自己請求你賞臉陪我跳前兩支舞，我相信珍表妹一定不會責怪我對她有所怠慢吧。」

伊莉莎白只感覺自己徹底受了騙，她本來一心只希望威克先生和她跳開始兩場的，沒想到柯林斯先生從中作梗！她立即覺得很失望，但是，事到如今已經沒有辦法彌補了。威克先生的幸福和她自己的幸福，只能暫時擱置一旁了。於是，她儘量和藹可親地答應了柯林斯先生的請求。可是想到此番殷勤也許有其他的意圖，她反而不太樂意了。

她如今才突然想到，柯林斯先生肯定是從她幾個姐妹當中看中了自己，覺得她有資格做哈福德牧師家裡未來的女主人，並且當羅辛斯底沒有更適當的賓客的時候，她可以夠格湊上去玩四十張。她的這種想法立刻就得到了驗證，後來她注意到，柯林斯先生對自己愈來愈殷勤，他甚至三番五次誇讚她聰明、開朗。見到自己的魅力招來了這場風波，她不僅沒有感到高興，反而滿懷驚訝，可是母親很快就想辦法跟她說，假如他們倆有希望結婚的話，做母親的肯定會感到很高興的。伊莉莎白心中很明白，只要和她搭起腔來，就免不了要大鬧一場，所以對於母親的話，她只當沒聽到。而且，柯林斯先生可能還沒有到求婚的地步。既然他還沒有向自己明確提出，又何必要為他去鬧矛盾呢。

這個時候，如果不是有一個內瑟菲爾德舞會可以當她們談話的主題，而且要為它做準備，班內特家幾位年紀小的小姐不然會可憐到什麼程度呢。因為，從舞會發出邀請的那一天直到舉行，雨就一直不斷地下著，弄得她們無法去布萊頓。姨媽和軍官都看不到，新鮮事更是無法打聽——甚至連去內瑟菲爾德跳舞穿的舞鞋上的玫瑰花也是請別人買的。幾乎連伊莉莎白也對這糟糕的天氣厭惡透了，它弄得她和威克先生的友情沒有一點兒進展。總算星期二有個舞會，否則基蒂和莉蒂亞的這個星期五、星期六、星期天、星期一應該怎樣熬過去啊。

chapter 18

達西的邀請

伊莉莎白走進內瑟菲爾德莊園的客廳裡，在一群身穿「紅制服」的人們裡面搜尋著威克先生，但總是找不著；直到此時她才懷疑他也許沒來。想起以前的種種，儘管不能提醒她這非常有道理，但是她依然相信自己能夠看見他，她比平常更著重地裝扮了一下，滿心喜悅地盤算如何完全得到他那顆心。她相信在今晚的舞會上，她肯定能獲得成功。但是過了片刻，她產生了一個可怕的疑慮：可能為了使達西感到滿意，賓利請那些軍官的時候存心沒有請威克。雖然事情並不是這樣的，可是他缺席今天晚上的舞會已經是擺在眼前的事實了，這是他的朋友丹尼告訴大家的。這是因為莉蒂亞迫不及待地詢問丹尼，所以他就對大家說，威克昨天進城辦事去了，到現在還沒來得及趕回來，然後微笑著，意味深長地加了幾句話：

「真沒想到他偏偏在這個時候進城辦事，難道是想躲避這兒的某位先生。」

這個消息，儘管莉蒂亞沒聽見，但是伊莉莎白卻聽得清清楚楚。她斷定，對於威克沒有來的原因，她一開始的猜測儘管不對，但仍然是達西一手造成的。她這樣猜測著，突如其來的掃興又使她對達西所有的不快變成了反感，致使隨後當達西走過來向她問好的時候，她甚至不能好聲好氣地說話——你要知道，對達西的殷勤、容忍和忍受，也就等於對威克的傷害。她拿定主意不和他說一句話，悶悶不樂地轉過頭去離開了，就連和賓利先生講話的時候也克制不住那股怒氣，因為賓利對達西的盲目偏愛已經使她氣憤了。

但是，伊莉莎白畢竟生來不愛發火。儘管她今天晚上很失望，可是這樣的情緒並沒有維持多久。她把心裡的愁苦都告訴了一個星期沒有相見的夏洛蒂以後，又談到了她表哥的各種奇怪的情形，還特意把他指出來讓夏洛蒂看。但是，那頭兩場舞曲再次讓她覺得苦惱。這哪兒是跳舞呀，幾乎就是受罪。柯林斯先生跳舞的時候又呆又笨，而且還裝腔作勢，稍不小心就會把步子走錯，只知道不住地道歉，於是常常把腳步弄錯了，自己竟然還不知道，只跳了兩場就使得伊莉莎白把臉丟盡了，受盡了折磨，這真是一個不折不扣的讓人生厭的舞伴。所以，當她從他的手裡解脫出來時，伊莉莎白幾乎欣喜欲狂。

她接下來和另一位軍官跳舞，和他談到了威克的事情，她聽說他是個招人喜歡的人，不禁感到心情舒暢多了。兩支舞過後，她又走到夏洛蒂的身旁，正和她交談著，突然聽到達西先生在喊她，出其不意地請她跳舞，她驚訝不已，一時不知怎麼才好，居然不由自主地同意了。達西先生跳過以後就立刻離開了，留下她一人站在那裡直怨自己的頭腦竟然這樣笨。夏洛蒂則竭力勸慰她：

「你以後肯定會發現他是很討人喜歡的。」

「絕不可能！那才是天大的不幸呢，你拿定了主意要去怨恨一個人，到最後卻發覺他很討人喜歡！——我不希望自己會如此糟糕。」

在舞曲再次開始的時候，達西又來到她跟前請她跳支舞時，夏洛蒂不禁叮囑她，提醒她不要幹傻事，別為了喜歡威克，而得罪了比威克身分地位高很多的人。伊莉莎白什麼都沒說就進了舞池，她真沒想到他居然會如此高貴，和達西先生面對面跳舞，她看到別人也同樣流露出驚訝的眼神。他們兩人一句話也不說，只顧著跳舞。她心裡想，也許這兩場舞曲一直要沉默到底，起初只想保持這種緘默，到後來忽然認為假如逼迫她的舞伴不得不講幾句話，可能是對他更大的懲罰，所以她隨便講了幾句有關舞會的事。他回答了她幾句，然後又不說話了。過了一會兒，她又一次和他交談起來：

「如今該輪到你談了，達西先生。我既然說到了舞會，你就應該對舞池的面積或者舞伴的多少發表一下你的看法。」

他笑容滿面地保證，她想要他說什麼他就說什麼。

「好極了，這個回答還算說得過去。可能過一會兒我就會說到私人跳舞會比公共場合中的跳舞更有趣，這樣我們就可以不用說話了。」

「那麼說來，你在跳舞時要按規矩講上幾句嗎？」

「只是偶爾。兩個人總是要彼此說話的，你知道的，一連半個小時一聲不吭，那會有多難受呀。但是如果說有些人不想交談，為了替這些人著想，交談就應該安排得適當一點，儘量少說。」

「從現在的情況來看，你覺得你是在考慮自己的心情呢，還是在照顧我的呢？」

「兩者都有，」伊莉莎白故弄玄虛地回答，「因為我總感覺你和我之間有許多一樣的地方。就說你和我的性格吧，都不太願意和他人交往，也不願意多說話，不輕易開口，除非想講幾句語驚四座的話，讓其他人當成格言來流傳千古。」

他說：「我覺得你的個性不像你所講的那樣，我的個性是不是這種，我也不敢說。你肯定覺得你自己形容得很恰當吧。」

「我不能妄下評語。」

達西沒有回答，他倆又不說話了，直至又走入舞池跳第二支舞時，達西這才開口詢問她是否經常和姐妹們到布萊頓去散步。她回答他說經常去，說到這裡，她真是忍不住了，就繼續說道：「你那天在那兒遇到我們的時候，我們剛認識了一個新朋友。」

這句話立即引起了反應，他的臉上立刻罩上了更加傲慢的陰影，可是他沒有說話，伊莉莎白總是怪自己太軟弱，但卻無法繼續講下去了。達西總算開了口，很侷促不安地說：

「幸運的威克先生天生歡快相，交起朋友來輕鬆自如——可是和他們長期交往下去那就不好說了。」

「他太不幸了，居然失去了你的友誼，」伊莉莎白加重了語氣回答道，「並且那麼一來他恐怕一生都要痛苦了。」

達西沒有回答，他好像很想說別的話題。正在這個時候，維勒・盧卡斯爵士正好走到他們身旁，他原本想穿過舞池到屋子的另一邊去，可是當他看到達西先生的時候，就停住了腳步，恭恭敬敬地向他行了個禮，並且對他跳的舞和舞伴大大稱讚了一番。

「我簡直太高興了，親愛的先生，這樣優美高超的舞姿可真是少見喲。顯然你是屬於第一流的水準。但請你容許我說一句話，你漂亮的舞伴也的確跟你很相配，我真希望像這樣常飽眼福，特別是在慶賀什麼好事的時候，親愛的伊莉莎小姐到那個時候將會有怎樣熱鬧的賀喜場面啊！我想請求達西先生——但是我還是不打擾你了吧，先生——耽擱了你和這位令人著迷的小姐的談話，你是決不會感謝我的。看她那兩隻炯炯有神的大眼睛也在責備我了。」

這最後一句話達西幾乎沒有聽到。但是威廉爵士提起他的朋友的時候，不免讓他極其驚訝，於是他神情莊重地看著那正在歡快跳舞的賓利和珍。但是，他立刻鎮靜下來，轉過身來對自己的舞伴說：

「被威廉爵士這樣一打斷，我倒忘記我們剛才說到哪裡了。」

「我覺得我們根本就沒有說什麼。在這屋子裡，不管哪兩位都比我們兩人說得多，所以威廉爵士並沒打斷我們。我們已嘗試著換過兩三個話題了，可是始終話不投機，至於下面應該談些什麼，我就實在想不出了。」

「談談書本怎麼樣？」他微笑著說道。

「書本！噢，不，我相信我們看的並非同一種書，所以決不會有一樣的體會。」

「很抱歉，你會這麼想；若真是那樣，那就不應該缺少話題。我們也可以比較我們不同的看法。」

「這不行，我不能在舞場裡談論書本。我頭腦裡總是別的事兒。」

「目前的場景對你的吸引力太大了，是不是？」他帶著猶疑的眼光問道。

「是的，總是這樣。」她漫不經心地回答說，並不知道自己在講些什麼，她的思想早就跑到別處了，因為她忽然脫口而出這樣一句話：

「達西先生，記得有一次你曾對我說過，你從不原諒別人——你和別人只要結下了怨，就永遠也消除不掉。我想，你在與別人結怨的時候總是很謹慎的吧？」

「是的。」達西先生堅決地說道。

「從來不會受到偏見的蒙蔽嗎？」

「我想不會。」

「對於那些堅持己見的人而言，在確定自己的主張是對的時候，應當提前認真想想。」

「請問一下，你問這句話是什麼意思？」

「只不過是想找一點例子來證實一下你的個性而已，」她極力裝出一副若無其事的模樣回答說，「我倒真想把你的個性弄清楚。」

「那麼你究竟弄清楚了沒有？」

伊莉莎白搖了搖頭：「根本就搞不清楚。我聽到別人對你的看法，簡直天壤之別，我實在不知道相信哪種才好。」

「我堅信，」達西一本正經地回答道，「關於我的傳言確實不太一樣。我倒希望，班內特小姐，你暫時先別弄清楚我的個性，因為我擔心這麼做對你我二人沒有好處。」

「不過，假如我現在不搞清楚，可能就再也沒有這種好機會了。」

「我絕對不會打斷你的興頭。」達西冷冰冰地說道。伊莉莎白沒有再繼續往下說。他們倆就這樣沉默著跳完了另一支舞曲，然後就默不作聲地分開了。兩個人都悶悶不樂，只是程度不一樣罷了。達西對她很著迷，所以他不久便原諒了她，而把滿腔怒火轉移給別人了。

他們兩人分手不久，賓利小姐就走到伊莉莎白跟前，用一種輕視卻又有些禮貌的神情對她說：

「哎，伊莉莎白小姐，我聽別人說你對喬治•威克很有好感！你的姐姐始終在和我說他，問了我一大堆問題。我發現那位青年人雖然把所有的事情都對你說了，卻唯獨沒有對你說他是達西先生的管家老威克的兒子。他說達西先生待他不好，那簡直是胡說。站在朋友的立場，我勸告你，別盲目地相信他的話。達西先生向來對他很好，而喬治•威克卻用卑鄙下流的方法對待達西先生。詳細情況我不清楚，不過這事我完全知道，一點兒都不應該怪罪達西先生。達西先生即使聽見人家一提起喬治•威克的名字，心中就很難受。這次我哥哥邀請那些軍官時，本來想不請威克會不妥當，沒有想到他自己知趣地找個原因沒有來，我哥哥很開心。他跑到這個村落裡來真是太荒謬了，我真弄不懂他竟然敢這麼做。伊莉莎白小姐，我向你道歉，揭穿了你意中人的錯誤。但是實際上你只要看看他那種身分，你還能希望他會做出點兒什麼好事來呢。」

伊莉莎白生氣地說：「照你那麼說，他的錯誤和出身好像是一回事啦，因為除了聽到你責備他是管家的兒子以外，並沒聽你說他還有什麼別的不是，並且請你不要擔心，有關這一點他自己早就對我說過了。」

「很抱歉，請原諒我多管閒事，可我是出於一片好心。」賓利小姐回答完，冷冷地笑了笑，就走了。

「蠻橫的女人！」伊莉莎白暗暗地說，「你認為這樣卑鄙無恥地襲擊他人，就能夠改變我對威克先生的看法嗎？那你錯了，正好相反，反而讓我看透了你自己的頑固愚蠢和達西先生的陰險。」她轉過身來就去找她姐姐，因為姐姐也曾向賓利打聽過這件事情。只見珍滿面笑容，容光煥發，這足能說明今晚舞會上的一切讓她多麼地稱心如意。伊莉莎白立刻看出了她的感情，於是頃刻間她就把自己對威克的關心、對於他仇人們的怨恨，還有其他一些苦惱，全都打消了，一心只盼望她的姐姐能順利地踏上幸福快樂的大道。

她也像她姐姐一樣滿臉堆笑地說道：「我想問一下，你有沒有聽說過關於威克先生的事情？可能你玩得太高興了，根本沒有想到第三個人的事情吧，假如真是那樣，我一定會原諒你的。」

「沒有的事，」珍回答說，「我並沒有忘掉他，但是我可沒有任何使你高興的情況告訴你。賓利先生並不知道他的全部歷史，更不知道他因為什麼而得罪了達西先生。可是他可以保證達西先生品行良好，為人正直。他還堅信，達西先生對待威克非常好。我很抱歉地告訴你，從賓利以及他妹妹的話看來，威克先生根本就不是一個品德高尚的青年。他確實太魯莽無禮了，難怪達西先生不再重視他，他是自作自受。」

「難道賓利先生自己不認得威克先生？」

「不認得，那天上午在布萊頓他們是第一次見面。」

「那麼說來，他的那些話都是從達西先生那裡聽來的了。我太高興了。但是，有關牧師職位的事情他是怎麼解釋的呢？」

「具體情況他不記得了，他只不過是聽達西先生說過幾次。可是他相信那份薪俸會傳給威克先生肯定是有前提的。」

「我完全相信賓利先生的誠實真誠，」伊莉莎白興奮地說，「可是請原諒，只靠這幾句話我是決不會信的。賓利先生替他朋友的狡辯可能很有力。不過，既然他對此事的具體情況都不是很瞭解，知道的一點兒皮毛也都是從他朋友自己那裡聽到的，那我不得不依然堅持自己原先對兩位先生的看法了。」

於是她重新換了話題，讓兩個人都能聊得高興。她們兩人在這一方面的看法是完全一樣的。伊莉莎白高興地聽珍說，儘管她在賓利先生的身上不敢抱太大的希望，可是帶著一點兒幸福的嚮往。伊莉莎白竭盡全力說了很多鼓舞的話來使姐姐提高自信。這個時候，賓利先生朝她們這兒走來，伊莉莎白急忙來到盧卡斯小姐的身邊。盧卡斯小姐詢問她方才和那個舞伴跳得是否高興，她沒來得及回答，就看到柯林斯先生走上前來，欣喜若狂地告訴她們，他簡直太幸運了，發現了一件非常重要的事情。

「出於偶然的機會，」他說，「我居然發現這個房間裡的人當中有一位是我女施主的近親。那位先生正和主人的那位小姐提起他表妹德．德伯格小姐同她母親凱薩琳夫人。這簡直太巧了！沒料到我會在今晚的舞會上遇見凱薩琳．德．德伯格夫人的外甥！謝天謝地，我這個發現簡直太及時了，還有時間向他致敬，我現在就得過去，相信他肯定會原諒我沒能提早那樣做。我原本並不知道有這位親戚，應當還能求得諒解吧。」

「你該不會是打算去向達西先生來個自我介紹吧？」

「當然了。我請求他原諒我沒能早點去。我猜想他就是凱薩琳夫人的外甥吧。應當告訴他叫他安心，上個星期我曾看到過她老人家，她身體好得很。」

伊莉莎白竭力想勸他別那樣做，她說道，如果未經別人的介紹就去和達西先生攀談，達西先生一定會覺得他冒昧唐突，絕對不會認為他這是對他姨媽的敬重，又說雙方根本不用有這種繁文縟節，就算有這個必要，也應該由身分高貴的達西先生先來和他結識。柯林斯先生聽到她這些話，就顯出一副胸有成竹的神氣，一副堅決要依照自己的意思不可的模樣，當她說完了，他回答說：

「親愛的伊莉莎白小姐，你在自己的理解範圍內對於一切問題都很有見解，我很敬佩，可是恕我直言，世俗社會通行的禮節和教士的禮節大不相同。因為，請允許我這樣說——我覺得教職按尊卑來講，並不比王國最高的職位低，前提是要做到舉止謙虛得體。所以在現在這種場合，你必須准許我依照自己良心的指示辦事，原諒我不能接受你的教育。在其他的任何事情上，你的教育會是我時刻遵守的行為準則。對於當前這個問題，我認為，憑藉我讀書明理和對習俗的研究，讓我自己來決定比由這麼一位年輕的小姐來決定更合適一點兒。」說罷，他就恭恭敬敬地鞠了一躬，離開了伊莉莎白，去尋找達西先生了。

伊莉莎白迫不及待地想知道達西先生是怎樣對待這種冒失行為的。很明顯，達西先生看到有人這樣和他講話，大為驚詫。她表兄首先恭恭敬敬地鞠了一躬，然後就不停地和他說話。儘管伊莉莎白一句話都沒有聽到，可是她感覺到好像所有的話她都聽清楚了，她從他嘴唇的動作上看出了「歉疚」、「哈福德」、「凱薩琳・德伯格夫人」之類的話。她看見表兄在這種人跟前出醜很惱怒。達西先生則以毫不遮掩的驚奇目光端詳著他，當柯林斯先生總算給了他張嘴講話的機會時，他才用一種敬而遠之的神情回答了他幾句。但是柯林斯先生並沒有灰心，並且繼續講下去。這一次，他愈說，達西先生輕蔑的神情越顯得明顯。最後，達西先生只是隨便欠了一下身子，便轉過臉去離開了。柯林斯先生不得不重新回到了伊莉莎白跟前。

「請你放心，受到這種對待，」他說道，「我沒有任何理由對此感到不滿。達西先生看到我殷勤地問候他，好像很開心。他極其客氣地回答了我的問候，甚至還誇讚了我一陣，說他欽佩凱薩琳夫人的鑒別能力，沒有看錯人。這確實是一個明智的想法。總而言之，我對他很滿意。」

伊莉莎白再也沒有什麼感興趣的事情值得去追尋，於是就把注意力全都轉移到她的姐姐和賓利先生身上去了。面前的情景，她瞧在眼睛裡，一串串心情舒暢的想法不知不覺地發生，她幾乎和珍一樣快樂。她想像著姐姐是賓利先生的新娘，在這所房屋裡，夫婦兩人恩恩愛愛，幸福無邊。她想假如真有那麼一天，即使是賓利先生的兩位姐妹，她也會盡可能地喜歡她們。她看見母親也抱有此想法，因此便下定決心不冒險到母親面前去，免得她絮叨個不停。所以大家坐下吃晚飯的時候，母親和她正好隔得不遠，她覺得那簡直是活受罪。

只見母親始終和盧卡斯夫人沒遮沒攔地閒聊，一點兒忌諱都沒有，而且總是說些她多麼希望珍馬上和賓利先生結婚之類的話，使得伊莉莎白愈發惱怒。她們說到這件事的時候越談越帶勁，班內特太太一個勁兒地重複著這門姻緣的諸多益處。賓利先生是一個多麼有風度的年輕人，又那麼有錢，兩家離得又很近，只有三英里路，這一切條件都使人感到很滿意。其次，他的兩個姐妹都非常喜歡珍，一定也像她一樣希望能夠結親，這些太使人欣慰了。除此之外，既然珍攀上了這樣稱心如意的一門婚事，這也為她那幾個小妹妹帶來美好前程，這完全可以託付給自己的大女兒操心，不必她自己再露面為了她們而不得不去交際應酬，不管怎樣說，這是一件值得高興的事，可事實上班內特太太生平就不喜歡待在家裡。她又不住地預祝盧卡斯夫人馬上也會有這種好運氣，而心裡卻得意洋洋地猜想她肯定沒有這個福氣。

伊莉莎白想方設法制止母親口若懸河的講話，或勸她小點兒聲訴說她的高興。讓她惱怒的是，她發現達西先生正和自己相對而坐，母親的話，大多數都被他聽到了。誰想到她只是徒勞，母親反而罵她瞎說：「我倒想請問你，達西先生和我又有什麼干係，我為什麼要害怕他？我們沒有理由要對他那麼講究禮貌，講話還非得看看他愛聽不愛聽！」

「看在上天的分兒上，母親，輕點兒說吧。得罪達西先生對你沒啥好處，你這樣做，他那些朋友決不會瞧得起你的。」

不過，不管她怎樣說都無濟於事，母親非要高聲發表意見。伊莉莎白既害羞又氣惱，弄得臉一會兒紅一會兒白。她忍不住時不時地瞥一眼達西先生，雖然每瞧一下就愈發證明了自己的疑惑，達西先生儘管沒有總是盯著她的母親看，可她堅信，他始終都把注意力放在她母親的身上。他臉上的表情先是顯得氣惱和輕蔑，漸漸地變得平靜，安詳持重。

後來，班內特太太的話總算說完了，盧卡斯夫人聽她談得那麼得意，可是又與己無關，早就呵欠連連了，現在終於可以安靜地吃一些冷雞肉和涼火腿了。伊莉莎白此刻終於可以鬆一口氣了。但是安靜的時刻並沒有太久，因為晚飯一吃完，大家就說到要唱歌，而且瑪麗稍微受大家鼓動，就急忙答應了大家的要求，使人感到很難受。伊莉莎白曾經頻頻向瑪麗使眼色，又再三無聲無息地勸她，竭力制止她別這樣討好其他人，可惜這都是枉費心機，瑪麗毫不理會她的阻止。這種出風頭的機會怎能白白地放過呢，她立刻開始唱起來。伊莉莎白望著她，極其苦惱，焦躁煩亂地聽著她唱了幾節，等她唱完，仍然沒有放下心來，因為瑪麗聽見了大夥兒對她的讚揚，並模模糊糊聽出有人表示讓她再賞一次臉給他們唱一段，休息了半分鐘以後，就又唱起了另外一首歌。瑪麗的才華根本不適宜這樣的表演，她嗓子微細，表情不自然。伊莉莎白急得要命。她看了看珍，想瞧瞧她是怎麼忍受的，只見珍正在安安靜靜地和賓利先生談天。她又看到賓利先生的兩位姐妹正彼此擠眉弄眼，表示嘲弄，與此同時對達西打著手勢，而達西先生仍然面孔呆板。她最後無可奈何地向自己的父親暗示出來阻攔一下，免得瑪麗通宵唱下去。父親領悟了她的意思，等瑪麗唱完第二首歌的時候，就連忙大聲說道：「你已經唱得好極了，孩子，你讓我們大家聽得很開心。還是留點兒時間讓別的小姐們表演吧。」

瑪麗雖然假裝沒有聽到，可多少有些不知所措。伊莉莎白為她感到難過，也為父親的那些話感到難過，害怕自己的一片苦心白費。多虧在這個時候大家又請其他的人來唱了。

這個時候只聽柯林斯先生說：「假如我有唱歌的天賦，那我會很願意為大家獻上一曲，因為我認為音樂是一種崇高的娛樂，完全適合於教士的職業。不過我並不是說，我們由此就能夠在音樂上多花時間，因為的確還有很多其他的事情要做。一位牧區的主管牧師有很多的事要做。第一，他得根據十一稅[25]稅則有益於自己，又不得罪他的施主。他還必須親自編著講道辭；這樣剩下不多的時間，恰好來履行對教區裡的職責，收拾和裝修自己的房屋——房屋必須要盡可能弄得舒適一點兒。我認為還有一點也非常重要：他應當親切和藹地對待每一個人，特別是那些曾經提拔過他的人。我認為這是他義不容辭的責任。而且，和施主家的親戚相逢，凡應當表示

25舊時英國教會要求教區民眾繳納牲畜、農作物等作為賦稅，因為稅率約為年收入的十分之一，所以叫做十一稅。

敬意的地方就應當表示，不然的話就顯得太不像話了。」講到這兒，他向達西先生深深地鞠了一個躬，算是結束了這次講話。他這一番話講的音調很高，半個房間裡的人都聽到了。許多人瞠目結舌，許多人笑容滿面，可是沒有一個人看起來像班內特先生聽得那樣有趣，此時他的太太正鄭重其事地誇讚柯林斯先生的話說得合情合理，她湊近盧卡斯夫人說，他的確是一個非常聰明的年輕人。

伊莉莎白認為，她的家人似乎約定今天晚上要在舞會上盡情現醜似的，要不也不可能表現得如此淋漓盡致和精神抖擻，他們從來都沒有這樣成功。她覺得賓利和姐姐真幸運，有的洋相場面賓利並沒有看到，有的可笑情節儘管說他一定注意到了，可是從他的表情上來看，好像並沒有感到很難受。但是，賓利的兩個姐妹同達西先生反而有了充分的理由來譏笑她的家裡人，這可真是糟糕透頂。她說不清楚，那位先生無聲的輕蔑和兩位女士無禮的譏笑，哪一個更讓人難以忍受。

晚上剩下的時間也沒有給她帶來任何樂趣。柯林斯先生一直糾纏著她，攪得她心煩，儘管不能讓她再和他跳一支舞，可她也不能和其他人跳了。伊莉莎白懇求他和其他的什麼人去跳一支，還主動提出讓他和晚會上的一位小姐認識一下，但枉費心機。柯林斯先生對她說，他對跳舞一點兒興趣都沒有，他的主要任務是用細微周到的熱情贏得她的歡心，所以他下定決心整個晚上留在她身旁。對他這種打算無可爭辯，伊莉莎白唯一感到快樂的是，她的朋友盧卡斯小姐經常過來幫她解圍，恰如其分地將柯林斯先生的話題轉移到自己的身上。

但是達西先生不再來惹她生氣了，儘管他經常站得距她非常近，身旁也沒有其他的人，可一直沒有走過來和她說話。她認為這可能是她屢次提到威克先生的原因，因此不由得暗暗自喜。

朗博恩村一家人是所有來賓中最後走的。原來班內特太太還耍了點兒花招，說自己等馬車，一直等大家全都走了，他們又多待了一刻鐘，這又讓他們在這一段時間裡看清楚，到底這家裡的哪些人非常盼望他們趕快走。

赫斯特太太和妹妹喊著太累了極少說話，顯然，她們是著急開始下逐客令了。班內特太太三番五次想和她們交談，都被她們拒絕了，使得大家都無精打采的。雖然柯林斯先生在口若懸河地發表冗長的見解，不住地誇讚賓利先生一家人的宴席準備得如何精美，他們待客都那麼熱情有禮，可是一點兒也不能使大家增加什麼生氣。

達西根本一言不發，班內特先生也是不作聲，站在那兒袖手旁觀。賓利先生和珍站在一起，離大家遠一點兒，兩人只顧親密地談話。伊莉莎白也像赫斯特太太同賓利小姐一樣，不管發生了什麼事，始終不說話。連莉蒂亞也覺得疲乏了，只是說不上什麼時候突然叫幾聲「天哪，我太疲倦了！」接著張嘴就打一個大大的哈欠。

最後他們站起身告辭時，班內特太太非常誠懇地客氣了一陣，說是她盼望在最短的時間裡能在朗博恩村再次看到賓利一家人，特別對賓利說道，要是哪天，他能到他們家去吃一頓便飯，他們真是太榮幸了。賓利既激動又欣喜，於是答應說，從倫敦回來以後他只要有機會肯定去拜望她。原來，他明天要出發去倫敦，待段時間才能回來。

班內特太太很高興，和主人家道別以後，一路上打著如意算盤，不消三四個月，她就可以看見女兒嫁到內瑟菲爾德莊園了，她只需要著手解決婚姻財產授受問題，準備新馬車和出嫁衣裳。她同樣相信另外一個女兒也將嫁給柯林斯先生，儘管這樁婚事聽上去沒有那樁婚事那麼開心，但是也很高興。所有的女兒當中，她最不喜歡伊莉莎白。儘管對她而言能找到這個男人，也算是很不錯的了，可是和賓利先生以及內瑟菲爾德莊園相比，就顯得稍遜一籌了。

chapter 19

哭笑不得的心情

第二天，朗博恩又發生了一件新事情：柯林斯先生已經正式提出結婚了。他的假期到下個星期六，所以下定決心不再拖延，況且他仍然沒有因缺乏自信而感到煩惱，於是就從容不迫地開始進行起來，只要是他認為不可或缺的正常步驟，他都一一照辦。吃過早飯以後，看到班內特太太、伊莉莎白和一個小妹妹在一塊兒，他就對那位做母親的這麼說：

「夫人，今天早上我想請令愛伊莉莎白小姐賞臉，和我單獨談話，您贊成嗎？」

伊莉莎白驚奇得漲紅了臉，還沒有來得及表示什麼，班內特太太連忙回答說：

「噢，天哪！可以，當然可以。麗琪肯定也很願意的，我相信她會同意的——哎，基蒂，跟我上樓去。」她收拾起針線，正要匆匆忙忙地離開，這時只聽伊莉莎白叫了起來：

「媽媽，請您不要走，請您別走。柯林斯先生一定會寬恕我的。他沒有什麼只能對我說而別人不能聽的話。我也要走了。」

「不，你別胡扯，麗琪。你應當待在這兒。」看到伊莉莎白又窘又為難，好像想逃走的模樣，她又繼續說道，「你必須待在這兒聽柯林斯先生講話不可。」

伊莉莎白不再違背母親的命令。她想了片刻，覺得最聰明的辦法是悄悄地把事情解決掉，於是她再次坐下來，手中不斷地做著針線活兒，想借此來掩飾哭笑不得的心情。班內特太太和基蒂離開了，她們剛走，柯林斯先生就急忙講起來：

「說實在的，親愛的伊莉莎白小姐，你害羞不僅對你沒有一點兒損害，而且還會使你更加完美。要是不這樣稍微推諉一下，你在我眼中反倒不會有那麼可愛呢！可是，請允許我向你保證，我是在得到令堂大人的准許以後才來和你講這些話的，你肯定會明白我講話的意思，可能你天性羞怯，喜歡掩飾你的真情，但是我的百般殷勤早就非常明顯了，你決不會沒有看出來吧。我幾乎剛踏入這個屋子，就選中你做我將來生活的伴侶。但是趁我此刻還能克制住自己的感情，我最好還是先談談我想結婚的理由——而且要說說我為什麼要到哈福德郡來擇偶，因為我確實是那樣想的。」

柯林斯先生從容不迫、一本正經的模樣，竟然還會克制不住自己的感情，這讓伊莉莎白覺得很好笑，所以也就沒有來得及在他停了片刻的時間裡制止他往下說，於是他繼續說道：

「我結婚有這樣幾個理由：第一，我覺得只要是像我這樣生活寬裕的牧師都應當為牧區居民在婚姻方面帶頭起模範作用。第二，我堅信結婚會大大地促進我個人的幸福。第三，可能這一點我應當早點兒提出來，這也恰恰是我有幸稱為恩主的貴夫人曾再三建議和囑咐我要辦的事。她曾經兩次主動和我說起，就在我離開哈福德的那個週六的晚上——借著打牌的間歇，在詹金森太太為德．德伯格小姐放腳凳時——她對我說：『柯林斯先生，你該結婚了，像你這樣一位牧師一定得結婚。認真地去挑選一個吧。為了我的緣故你一定要挑選一個好人家的小姐；當然為了你自己的緣故，要挑選一個勤奮、開朗、會辦事的人，出身不必太高貴，可是必須要學會靠一筆很小的收入就能把家裡安排得舒舒服服。這就是我的勸告，趕緊找一個這種女人，帶著她來哈福德，我肯定會看望她的。』

「好表妹，請讓我順便講一句，凱薩琳・德・德伯格夫人的垂顧厚愛可算是至關重要的。你有一天肯定會看到的，她的為人我真的無法形容。你的聰明和開朗，我想她肯定會很喜歡的，而且，在她那樣身分高貴的人面前，你會不自覺變得更加穩重端莊，那樣她便會更喜歡你。這就是我為什麼要結婚的理由。

「說到我為什麼看中了朗博恩村，而沒有選中自己的村莊（請相信，那兒有很多年輕可愛的小姐），其中的緣由請聽我慢慢講來。我就是這樣想的：既然令尊大人過世以後（當然，他還能長命百歲的）將由我繼承他的全部財產，我若是不從他的女兒當中挑選一個做妻子，心中的確過意不去。假如我那樣做了，萬一不愉快的事情發生──當然，正如我方才說過的，這種事也許會到好多年以後才有可能發生的──你們的損失也許會減輕一些。我的好表妹，我的動機就是這樣，我唐突地講一句，你不會為此就瞧不起我吧。如今我再沒也沒有什麼話想說了，只想用最激動的言語向你訴說我內心熾熱的感情。

「說到財產，我是完全不以為意的，也絕不會向你的父親提出什麼要求，因為我清楚依他的能力即使提了也做不到。你所能得到的所有財產，一共只有一筆年息百分之四的一千英鎊存款，而且還必須等你母親死後才能歸你所得，所以關於這個我將一聲不響。你儘量不要擔心，當我們結婚之後，我絕對不會有一句斤斤計較的小氣話。」

現在應當是立即打斷他接著說下去的時候了。

「你太心急了吧，先生，」伊莉莎白高聲叫道，「你忘記了我根本沒有答覆你呢。別再白白地浪費時間了，就叫我來回答你吧，多謝你對我的誇獎，你的求婚使我感到榮幸之至，但我除了謝絕之外別無他念。」

柯林斯先生鄭重其事地擺了擺手回答道：「對於男人的第一次求婚，年輕女子口頭上總是拒絕的，即使心裡願意，有時候這種拒絕會有兩三次。這樣看來，你剛才所說的話絕對不會讓我灰心，我希望不久能牽著你的手到聖壇[26]之前。」

伊莉莎白喊起來：「不瞞你說，先生，我既然說出了自己的想法，你還心存指望，這太離奇了。請你相信，假如世上的確有那樣勇敢的年輕小姐，居然拿自己一生的幸福去做賭注，等著人家第二次來求婚，我也並非這樣的人。我的謝絕是很嚴肅的。你不會使我幸福，我也相信，我也絕對不會讓你幸福。噢，要是你的朋友凱薩琳夫人認識了我的話，我相信她一定會覺得，無論從哪個方面我都不適合當你的妻子。」

柯林斯先生嚴肅地說：「即使凱薩琳夫人會這樣想，可是夫人絕不會不贊成你的。請你放心好了，等我下次有幸再看到她時，我肯定會在她面前好好地誇獎你的文雅、樸素，還有其他各種優點都誇讚一番。」

「但是，柯林斯先生，不管你如何誇讚我都是白費口舌。你應該讓我自己做主，請你賞臉

---

26 西俗結婚時夫婦二人須手牽手到聖壇前接受神父的認證，此處柯林斯先生暗示二人會結婚。

相信我講的是真的，我就很開心了。我祝福你永遠幸福富有。我在此拒絕你的求婚，就是因為免得你發生什麼意外。對於你，已向我提過求婚的事情，這麼一來，對於我家裡財產的事，你也就絕不會再感到有什麼難為情了，一旦將來朗博恩莊園落入你的手中，那你取之無愧。這事就這樣說定了。」她一面說著，一面站起來，要不是柯林斯先生向她講出下邊的話，她早就跑出房間了。

「我希望下次有幸再對你提起這件事情的時候，能夠得到比這次更滿意的回答。我並不責備你這次冷酷無情，因為我知道，年輕女子們對於男人第一次求婚，照例總是拒絕，你剛才所講的一番話，也許正合乎女人們巧妙的性格，反倒更加鼓勵我繼續追求下去。」

「說真的，柯林斯先生，」伊莉莎白不免有些氣惱地叫起來，「你真弄得我不知所措了。我把話都已經講到這個份兒上了，要是你還認為這是鼓勵你的話，那我可真的不知道應當怎樣謝絕你，才能使你死心。」

「親愛的表妹，你得允許我說一句自負的話，我相信你拒絕我的求婚，只是口頭說說罷了。我之所以相信這一點，簡單地說有這樣幾個理由：我不認為自己的求婚不值得你去接受，我也決不認為我的財產你會不屑一顧。我的社會地位，我和德・德伯格府上的友誼，還有我和你們府上的親戚關係，全都是非常優越的條件。你的確應當再謹慎地想一下，雖然你有很多迷人的地方，但並不表示肯定會有人再來向你求婚。你的財產太少了，這大部分會把你可愛的地方同你優越的條件抵消掉。因此我定會得出這樣的結論：你拒絕我，並不是一本正經的，只是模仿一般高貴女性的通病，要一點兒手段想增加我對你的愛而已。」

「我切切實實地向你保證，先生，我絕沒有假裝你說的那種所謂的風雅，存心捉弄一位有身分的紳士。但願你願意相信我說的是真話。你向我求婚我深感榮幸，感激萬分，但假如讓我接受是絕對辦不到的。我在感情方面怎麼也做不到。難道我說得還不夠明白嗎？請不要再把我當做一個想故意捉弄你的高貴女士了，我只是一個通情達理的平凡女人，說的每一句話都是真心的。」

「你一直都是那麼迷人！」柯林斯先生高聲說道，那神情熱切中帶著尷尬，「我相信，當你的令尊令堂大人答應時，你就絕對不會拒絕了。」

對於這種執拗的、頑固不化的、自欺欺人的人，伊莉莎白不屑再去理他，不聲不響地離開了。她打定了主意，如果他硬是將她幾次三番的拒絕當成故意討他的好，她就只好去請求父親果斷地回絕他。起碼，父親的拒絕不會再被誤解成高貴女士的裝模作樣和賣弄風騷了吧。

chapter 20

收回求婚

柯林斯先生自己一個人靜靜地在憧憬著這樁美滿的婚姻，但是時間並不長，因為班內特太太始終在走廊裡待著打發時間，想聽見他們倆交談的結果，現在看到伊莉莎白打開了門，匆匆忙忙從她身邊走過，跑上樓梯，她立即走入飯廳，熱烈地祝賀柯林斯先生，並祝賀她自己，說是他們從今往後大有親上加親的美好希望。柯林斯先生同樣高興地接受了她的祝福，並且同時向她祝賀了一番，接著就把他和伊莉莎白剛才那番談話的結果，一五一十地說了出來，說自己有充分的理由相信，這次談話的結果很令人滿意，儘管他的表妹一直堅定地拒絕他，但是這種拒絕，當然是她那害羞淑靜和溫柔靦腆的性格的自然流露。

這個消息可把班內特太太嚇了一跳。沒錯，假如她的女兒的確是嘴上拒絕他的求婚，而心裡實際上是在鼓舞他，那當然是一件值得快樂的事，但是她卻不敢斷定，就禁不住照直說了出來。

她說道：「柯林斯先生，請你不要擔心，我會叫麗琪懂事一些的。我立刻親自去和她談一談。她是一個固執倔強的蠢丫頭，不知好歹，不過我會叫她知道的。」

「請原諒我冒昧打斷你的話，夫人，」柯林斯先生高聲喊道，「如果她真的又固執又愚蠢，那我可就不知道她是不是有資格做我理想的妻子了。往往像我這種地位的人，結婚為求幸福。所以，假如她確實要拒絕我的求婚，那或許別強迫她接受我為好。或者，她脾氣上的這些毛病，絕不會為我帶來什麼幸福的。」

「先生，你完全誤會我了，」班內特太太驚恐地說，「麗琪只不過在這種事情上有點兒固執。在其他的事情上，她的性子可最好不過了。我立刻去找班內特先生，我們馬上就會和她把這件事情談好的，我相信。」她沒等對方回答，就急忙找她丈夫去了，剛走入書房，就喊道：

「哦！班內特先生，趕緊出來，我們家都鬧翻天了。你趕緊去勸勸麗琪嫁給柯林斯先生吧，因為她賭咒發誓說不嫁給他。你如果不趕快打個圓場，他可就要改變主意反過來不要她了。」

班內特先生看到她走進來，就從書本上把眼睛抬起來，若無其事又毫不關心地看著她的面孔，對她的話完全不動聲色。

待她把話講完了，他回答說：「很抱歉，我聽不懂你講些什麼？」

「有關柯林斯先生同麗琪的事情。麗琪說不嫁給柯林斯先生，柯林斯先生也開始說他不想要麗琪了。」

「既然都這樣了，我還有什麼辦法呢？——看起來這件事已經毫無希望了。」

「你去找麗琪說說看，就說你堅持讓她嫁給他。」

「去叫她下樓來，讓我來和她談談。」

班內特太太拉了一下鈴，伊莉莎白小姐被喊進了書房。

父親剛看到她，就高聲說道：「到這兒來，孩子，我叫你來為的是重要的事。據說柯林斯先生已經向你求婚了，真的有這回事？」伊莉莎白回答道，的確有這回事。「好極了，這件婚事被你拒絕了嗎？」

「我拒絕了，父親。」

「很好，我們現在就來談談這個話題。你的母親非讓你答應這門婚事不可，是不是，班內特夫人？」

「是的，不然的話我就不再要她這個女兒了。」

「一個很不幸的抉擇擺在你的眼前，你必須自己去選擇，伊莉莎白。從此刻起，你要麼和父親成為陌生人，要麼就和母親成為陌生人。假如你不要柯林斯先生，你母親就絕對不會再認你這個女兒；假如你嫁給他，我就永遠不再認你了。」

伊莉莎白聽見這種開始和這種結尾，不禁笑了笑。可是，這可把班內特太太害苦了，她原以為丈夫會照著自己的意思來對待這件事情的，誰知卻使她大失所望：

「你這樣說到底是什麼意思，親愛的？你事前答應過我，堅持要她嫁給他呀！」

「我的好夫人，」丈夫說，「請你准許我先做兩件事。第一，請你准許我自由運用我個人的理解來處理這件事；第二，請你准許我自由使用我個人的書房。我真巴不得儘早在自己的書房中圖個清閒自在。」

儘管班內特太太碰了一鼻子灰，但是並沒有就此甘休。她一遍又一遍地勸說伊莉莎白，又是哄騙，又是恫嚇。她還想盡辦法讓珍也來幫忙，但是珍用非常婉轉的話拒絕參與此事，不想多管閒事。伊莉莎白應付得極其巧妙，一會兒情懇意切，一會兒頑皮逗樂，儘管態度變化多端，可是決心卻始終毫不動搖。

這時，柯林斯先生正獨自琢磨方才的一幕。他自視清高，居然弄不明白表妹為何要拒絕他。儘管他的自尊心被傷害了，可是在其他方面並不感到痛苦。他喜歡表妹主要是憑空想像，他又覺得她的母親肯定會責備她，所以心中就不感到有什麼難過了，因為她被她母親批評是她活該，用不著為她感到難過。可能她的確像她母親所講的一樣既愚蠢又固執，想到這些，他也就感覺沒什麼遺憾了。

正當這一家子鬧得亂哄哄的時候，夏洛蒂・盧卡斯又到她們這裡來串門了。莉蒂亞立刻奔到大門口，靠近她，小聲向她喊道：「你來了我很高興，我們家可好玩了！你猜今天早上發生了什麼事——柯林斯先生向麗琪求婚，但她偏偏拒絕了他。」

夏洛蒂還沒有來得及答話，沒想到基蒂也走到她們跟前來了，報告同樣的事情。走入早餐廳的時候，只有班內特太太一人待在那裡，看到她們，她立即又談到了此事，讓盧卡斯小姐同情她，請求她說服她的朋友麗琪順從一家人的願望。「我求你了，親愛的盧卡斯小姐。」她用悽楚動人的口氣繼續說道，「因為誰也不肯站在我這一邊，誰都不願幫助我說服她。大家都故意捉弄我，誰都不體諒我這不幸的神經。」

正在此時，珍和伊莉莎白走了進來，所以夏洛蒂沒有來得及答話。

「噢，她來了，」班內特太太繼續說道，「看她那副若無其事的樣子，完全不把我們放在心上，如果由著她的性子，好像我們這些人都不存在一樣——但是你給我仔細聽好了，麗琪小姐，如果你再這樣衝動，只要有人來向你求婚就拒絕人家，你這一生就甭想找到一個丈夫了——等你爸爸過世，看還有誰來養活你！我可是養不活你——我先提醒你。從今天開始，我就和你一刀兩斷。你也知道，我已在書房說過了，我肯定不會再和你說話了，我可是一言九鼎的。說真的我可不想和不孝順的女兒說話。實際上，和誰說話我都不高興。像我這樣神經有毛病的人，是不大喜歡多說話的。沒有人知道我的苦衷！——但是，天下的事往往都是這樣的，一個人如果從不傾訴自己的苦衷，就沒有人會同情她。」

她那幾個女兒一言不發地聽著她無休無止的抱怨。她們都明白，假如你道出自己的觀點，或者是撫慰她，那她肯定會更加惱怒。她嘮嘮叨叨地講著，女兒們誰都不來打岔。最後，柯林斯先生走進來了，臉上的神情比往常看起來更加嚴肅。班內特太太見到他，就對孩子們說：

「好了，統統給我把嘴巴閉上，讓柯林斯先生和我談一會兒。」

伊莉莎白悄悄地走出房間，珍和基蒂也跟著她走了出去，但是莉蒂亞卻站在那裡不動，特想聽他們談些什麼。夏洛蒂也沒有走，起初是因為柯林斯先生熱情地問候她以及她的家庭，所以不便立即就走，也為滿足自己的好奇心，於是就走到窗口，假裝沒聽到他們的談話。只聽到班內特太太開始怨聲怨氣地把提前準備好的一番話都倒了出來：「哎，柯林斯先生。」

「親愛的夫人，」柯林斯先生說道，「此事我們就永遠別再提了吧。憎恨令愛，我是做不到的。」他講這句話的時候，帶著十分不悅的語氣，「我們大夥兒有的時候得忍讓，像我這樣一個少年得志，小小年紀就受到了別人青睞的人，更是應該這樣，我覺得一切都應該聽從上天的安排。即使伊莉莎白小姐賞臉答應了我的求婚，也許我仍然不免要懷疑，難道這樣會得到真正的幸福嗎？因此我從來都認為，幸福一經被拒絕，就不值得我們再去看重它了。碰上這樣的事情，逆來順受就是完美無缺的辦法。親愛的夫人，我在此收回對您女兒的求婚，希望別把這看成是對您老人家和班內特先生不恭敬的表示，也別責備我沒向你們請求援助。只不過我並不是遭到您的拒絕，而是遭到伊莉莎白小姐的拒絕，恐怕有點不妥。但是每個人都無法避免陰錯陽差的時候。我在此事上一直是真心實意。我的目的本來是想找一位可愛的侶伴，而且也適當地考慮了府上的利益；如果我的做法有什麼地方應該受到批評的話，我在此深深表示歉意。」

chapter 21

賓利先生的突然離去

有關柯林斯先生求婚問題談論得差不多要告一段落了。只是伊莉莎白需要承受此事給她帶來的苦惱也是難免的，有時還要聽聽母親憤怒地埋怨兩句。而說到那位先生本人，只見他哭喪著臉，一聲不吭，可並不顯得怎麼困窘或失望，他也並沒有故意躲避伊莉莎白。他幾乎不和她說話，而原來那種固執的熱情後來全部轉移到盧卡斯小姐的身上去了。

盧卡斯小姐聽他說話時恭恭敬敬，這使所有的人都鬆了一口氣，特別是她的朋友。

第二天，班內特太太的心情不見一點兒好轉，身體也沒有康復。柯林斯先生依然擺著一副又憤怒又高傲的神情。伊莉莎白原本希望他的憤怒會使他早日離開這裡，但是他的計畫好像並沒有因此受到絲毫的影響。他原本定在星期六才離開，如今看來依然要等到星期六。

吃完早飯，小姐們到布萊頓去打聽威克先生有沒有回來，同時對他沒能參加內瑟菲爾德莊園的舞會而表示遺憾。她們剛剛來到鎮上就遇上了他，於是他陪同她們一塊兒到她們的姨媽家去，在她們的姨媽家裡，他口若懸河地說了一通他的後悔和煩惱，還有她們對他的關懷和掛念。但是他卻在伊莉莎白面前主動說明，那次舞會他是故意沒去參加的。

他說：「就當舞會快到的時候，我心裡思忖道，最好還是別碰到達西先生。我覺得要和他待在同一個屋子裡，在同一個舞會上，待上好幾個小時，是讓我無法忍受的，並且在某些場合，也許會弄出點兒笑話來，使得不僅我一個人不高興。」

她非常讚揚他的寬容大度。在威克和另外一位軍官送她們一起回朗博恩時，他一路上總想和她走在一塊兒，因此他們有足夠的空閒來原原本本地談論此事，並且還很有禮貌地彼此奉承了一番。

威克陪她們回去，是為了兩個好處：第一是讓伊莉莎白喜歡上他；第二可以借這個好機會，去認識一下她的父母。

她到家不久，珍就接到了一封來自內瑟菲爾德莊園的信，她立刻打開，信中裝著一張精緻小巧、被壓得很平滑的信紙，上邊寫滿了漂亮流利的字。伊莉莎白看到姐姐看信的時候突然臉色大變，還看見她專心琢磨其中幾段文字。珍很快又鎮靜下來，把信放在一邊，像往常一樣高興地和大夥兒一塊兒談天；可是伊莉莎白仍為此事擔心，因此，顧不得注意威克先生了。威克同那位軍官剛離開，珍就朝她遞了一個眼色，讓她和她上樓去。當來到她們自己的臥室裡時，珍就拿出信來，對伊莉莎白說：

「這是卡洛琳・賓利寫來的，信上的話使我很驚訝。她們全家人現在已離開內瑟菲爾德莊園去了城裡，而且再也不想回來了。你看看她是怎樣寫的吧。」

於是她讀了第一句話，說的是她們已經決定，立刻跟隨她們的兄弟到城裡去，而且打算當天到格羅維諾街[27]吃飯，原來赫斯特先生就住在那條大街上。接下去是這樣寫的：

我最親愛的朋友，離開哈福德郡，除再不能相見外，我真是毫無牽掛，但是，希望我們以後的某個時期，還能像以前一樣快樂地來往，而且往後請經常通信，無話不說，以減輕離愁。臨筆不勝企盼。

伊莉莎白對這些浮話奢詞，態度冷漠，疑心得很。她感覺驚訝的是她們忽然遷走，但是她並不覺得真有什麼值得可惜的地方。她們離開了內瑟菲爾德莊園，可是不見得賓利先生也不住在那裡了，從而停止了和她們的來往，她相信珍只要能經常和賓利先生在一塊兒，別的就都不在乎了。停了一會兒，伊莉莎白說：「真不走運，你的朋友臨走之前，你都沒來得及去探望她們一下。但是，賓利小姐既然說以後還有團聚的快樂，難道我們就不能盼望這一天比她預料來得更早一點兒嗎？以後成為姑嫂，豈不是更好？賓利先生不會讓她們長期留在倫敦的。」

「卡洛琳說得很肯定，今年冬季他們一家子誰都不會來哈福德郡了。讓我讀給你聽一聽。」

珍接著讀道：

家兄昨日同我們分別的時候，說他此次到倫敦辦事可在三四天內完成，可是我們覺得

27 位於倫敦的一條街道，靠近海德公園，是一個著名的住宅區，擁有各式建築。

這一定做不到，同時我們堅信，查理斯只要到了城裡，是肯定不會馬上匆忙離開的。因此我們打算追隨他前往，以免他辦事之餘孤獨一人在旅館中度過枯燥乏味的日子。我有許多朋友都到倫敦去過冬了。我最親愛的朋友，如果他們聽見你也想進城的消息，都會很高興的。但是，我對此並不抱什麼希望。真心地希望你能在哈福德郡愉快地度過耶誕節，而且結識更多的英俊男友，以免我們三人一離開，你就覺得難受。

「這分明是在說，」珍繼續說道，「賓利先生今年冬天不會再回來了。」

「這只是說賓利小姐不願叫他回來而已。」

「你為什麼會這樣想？這肯定是他自己的意思。他向來可以自己做主。但是你並不知道其中詳情，我這就把特別使我難受的一段讀給你聽，對你我完全不必隱瞞——」

達西先生急不可耐地去看他妹妹。說真的，我們也同樣迫切盼望和她重逢。我覺得，喬治安娜・達西的容貌、舉止和才藝都舉世無雙。路易莎和我自己都不由自主地對她產生了情意，並且還大膽地希望她將來能當我們的嫂嫂，這種感情將變得更加使人不能忽視。不知我過去有沒有和你說過我對此事的看法，總之我是沒有辦法把它們藏在心中的，你不會認為這不合情理吧？我的哥哥早已對達西小姐極為愛慕，如今他又能經常去探望她，和她親熱地約會了。她的親屬也同哥哥的親屬一樣，都希望他們早日結婚。並不是我這個做妹妹的偏心眼兒，我覺得查理斯最善於贏得每一個女人的歡心了。既然所有的情況都在促成這樁姻緣，並且又沒有任何阻礙，那麼我最親愛的珍，我衷心地希望這件使多數人得到幸福的事情能夠早日實現，這也不能說是癡心妄想吧？

「你對這句話如何看，親愛的麗琪？」珍讀完信以後問，「這難道說得還不夠清楚嗎？——卡洛琳既不期待也不希望我當她的嫂子，她堅信她哥哥對我無所謂，假如她懷疑我對她哥哥的感情，說這些話豈不是有意勸我要小心一點兒嗎。這封信清清楚楚敘述的不就是這個意思嗎？難道還能有其他的說法嗎？」

「當然有別的說法，我有截然不同的解釋。願意聽一聽嗎？」

「是的，非常願意。」

「只要三言兩語地說一下就明白了。賓利小姐看出她的哥哥對你有了好感，但是她卻希望他和達西小姐結婚。她和他一塊兒進城，目的是想把他留在那兒，並借此想說服你，她哥哥對你並沒有什麼好感。」

珍搖了搖頭。

「珍，你的確應當相信我。誰看到你們倆在一塊兒，都不會懷疑他對你的情意。我相信賓利小姐也不會懷疑，她是一個聰明人。假如她看見達西先生對她的愛有這樣的一半，她就要定做結婚禮服了。但是實際上是這個樣子的：從她們家裡看來，我們還不算很有錢，也不算很有勢力，她那麼急著想讓達西小姐嫁給她哥哥，實際上還另有目的，那就是，假如這樁親事成了之後，她和達西先生再來個親上加親就不麻煩了。這事真有點兒別出心裁，但是，如果不是德・德伯格小姐從中作梗的話，事情一定會辦成的。可是，我最親愛的珍，你千萬別因為賓利小姐告訴你，她的哥哥很喜歡達西小姐，你就覺得賓利先生自從星期二與你分別以後，對你的那些長處會感到絲毫淡漠，也不要認為她確實有本事叫她的哥哥不喜歡你，而去愛她那位女朋友。」

「如果你和我對賓利小姐的看法一樣，」珍說，「那麼，你所有的想法可能會使我放心的。但是你這樣的想法我覺得是不公正的。卡洛琳決不會故意欺騙任何人，在這件事上，我只有一個希望，是她自己受騙了。」

「這話說得不錯。既然我的想法無法讓你寬慰，你自己居然能有這種好念頭，真讓人快樂，你就相信是她自己想錯了吧。如今你終於對她盡了你的情義，就別再煩了。」

「但是，我親愛的伊莉莎白，就算往最好的方面想，我們這樁親事結成了，但卻不是他的姐妹和親友們全都希望他娶的那個人，那麼我還會幸福嗎？」

「那就得看你自己的主張了，」伊莉莎白說，「假如你經過深思熟慮之後，依然認為得罪了他的姐妹們而招來痛苦，大過做他太太的幸福，那麼，我奉勸你索性拒絕他算了。」

「你怎麼能這麼說呢？」珍微微一笑說，「你應當知道，儘管她們的反對會讓我感到很難過，但我是決不會遲疑的。」

「我也沒有說你會遲疑，這麼說來，我就完全可以不再替你擔憂了。」

「如果他今年冬天不回來，我就不必做抉擇了。六個月裡將會有很多事情在不停地變化呢。」

伊莉莎白並不認為賓利先生決不會再回來了，她認為這只是卡洛琳自私的願望，而且這些願望不管是直率地說出來，還是委婉地說的，不會對一個完全獨立的年輕人產生一絲一毫的影響。

她把對這個問題的看法解釋給她姐姐聽，盡可能使她十分信服，果真立刻就得到了極好的效果。珍原本就不是那種容易意志消沉的性格，現在聽了妹妹的那些話，就慢慢地有了一線希望，儘管對這個希望偶爾因缺乏自信而懷疑過，可是畢竟還是覺得賓利先生肯定會回到內瑟菲爾德來了卻她一樁心願的。

最後姐妹倆決定，只告訴班內特太太這一家子走了，而不談那位先生行動的實情，免得她又要擔驚受怕。可是就連這一點零星的消息也弄得她牽腸掛肚，當母親的聽了以後依然是深感不安，一直抱怨自己不幸，大夥兒剛熟悉，兩位小姐偏偏又走了。但是，難過一陣後，又不禁自我安慰地想到：賓利先生很快就會回來的，而且要到朗博恩村來用餐。最後，她快樂地對大家說，儘管只是請他來吃一頓便飯，她還是得用心做兩道大菜。

chapter 22 有意的逗引

這天，班內特一家人都被請去盧卡斯府上用餐，又承蒙盧卡斯小姐一片好心，整天陪著柯林斯先生談天。

伊莉莎白找了一個機會感謝她。她說：「你這麼做讓他心情愉快，我對你真是感激不盡。」夏洛蒂說很樂意替朋友效力，儘管花了一點兒時間，卻得到很大的報酬。可是夏洛蒂的好意，伊莉莎白是沒有預料到的：原來夏洛蒂是有意逗引柯林斯先生和她交談的，免得他再向伊莉莎白大獻殷勤。

她這個詭計看起來進行得十分順利。所以到了晚上人們分手時，夏洛蒂幾乎穩操勝券地感覺到，假如不是柯林斯先生很快就要離開哈福德郡，事情一定能夠成功。但是她這麼想，不免也太小看了他那火熱熾烈、獨斷獨行的性格。因為第二天清晨，柯林斯就悄悄地離開了朗博恩，趕到盧卡斯的公寓投身於她的石榴裙下。他提心吊膽地生怕被幾個表妹發現，他認為，如果被她們發現他離開了，那就肯定會猜到他的打算，而他在沒有等到事情十拿九穩的時候，是不想公之於眾的。儘管在交談時他就看出了夏洛蒂對他有好感，所以認為這件事情十拿九穩可以成功，但是自從星期三那次冒險行動以來，他的確不敢太莽撞了。不過他受到的接待卻令人得意非凡。盧卡斯小姐在樓上由窗口看到他朝自己家裡走來，就立即到那條小路上去迎接他，裝作萍水相逢的樣子。她萬沒想到柯林斯這一次居然對她傾訴不盡情意。

不過在柯林斯先生說完了他的愛情宣言的短暫時刻裡，兩人立刻把一切都講妥了。剛進屋，他就請求她選擇吉日，好使他成為世界上最幸福的人，儘管這樣的請求應當先暫時置之不理，可是這位小姐絲毫不想輕視她的幸福。他天生一副呆相，向她求起愛來沒有一點兒魅力，女人碰到他求愛，總會讓他碰一鼻子灰。盧卡斯小姐之所以答應他，完全是考慮到了財產，至於多快可以得到那些財產，她倒無所謂。

他們兩人立即去請求威廉爵士和盧卡斯夫人的允許，夫婦倆當然歡欣雀躍地答應了。他們原本就沒有什麼嫁妝可以送給女兒，從柯林斯先生現在的情況來看，這門親事對女兒而言真是太合適了，而且柯林斯先生以後也許要發很大一筆財。盧卡斯夫人立刻帶著空前沒有過的濃厚興趣，計算起班內特先生大約還有多少年的活頭兒。威廉爵士立刻提出他決定性的意見，等柯林斯先生一旦得到了朗博恩村的財產，他夫婦倆就有去覲見皇上的希望了。

總而言之，一家人對此事都欣喜若狂。小女兒們心中盤算著，或許能提前一兩年踏入社會了；兒子們心中也踏實下來，再也不用擔心夏洛蒂待在家裡做一輩子老小姐了。夏洛蒂自己倒很鎮定。她現在已得到了初步的成功，還有時間去仔細考慮這件事。她前思後想，總的說來感到很滿意。當然了，柯林斯先生既不明事理也不招人喜歡，和他來往實在是厭煩，他對她的愛慕肯定也是虛無縹緲的，儘管這樣，他還是可以做她的丈夫。不管對方是什麼樣的人，還是今後的夫妻生活，她都並不太看重，婚姻卻一直是她的目標。對於儘管受過教育可是沒有多少財產的年輕女子來講，[28]結婚是唯一一條體面的出路，雖然可能不見得能使人得到幸福，但畢竟是免於貧窮的最可靠的保險箱。現在，盧卡斯小姐終於得到了這個保險箱。從年齡上說，她已經二十七歲了；從容貌上來說，她人長得也不標緻，所以她感到很幸運。唯一使人不快的是，這件事一定會使伊莉莎白大吃一驚，而盧卡斯小姐向來又把和她的交情看得比任何人的交情都重。伊莉莎白一定想不明白，也許還會得罪她呢。

雖然說她的決定不會因為伊莉莎白的責怪而有所動搖，可是她的心中肯定會為此而感到難過。她打算親自將這件事情告訴伊莉莎白，於是叮囑柯林斯先生到朗博恩村去用餐時，千萬守住秘密。別在任何人面前透露一點兒風聲。柯林斯先生當然唯命是聽，答應嚴格保守秘密，但是真要保密沒那麼容易。他外出太久，引起了大夥兒的好奇心，所以他剛剛踏進家門，大夥兒就紛紛針對這個問題開門見山地提出很多疑問，他要想遮掩過去的確需要費點心思。同時，他只是一門心思地努力抑制自己，因為他很想把這番情場得意的情況馬上告訴大家。

因為柯林斯先生翌日清晨便要離開這裡，來不及同大家告別，於是辭行儀式就定在女士們回屋就寢的時候舉行了。班內特太太格外禮貌又誠懇地對他說，以後不管什麼時候，只要方便就到朗博恩村來做客，她們會很榮幸。

「親愛的夫人，」柯林斯先生回答說，「蒙您盛情相約，我不勝感激。請放心，我會儘快前

28此處奧斯汀通過夏洛蒂暗示當時女性的可悲命運，作為女子即便受過教育，也無法獲得獨立人格和地位，只能將結婚視為自己唯一的出路和歸宿。

來府上拜訪。」

人們都感到很詫異，特別是班內特先生，因為他根本不希望他立刻又來，就連忙說：

「先生，你不怕凱薩琳夫人會反對嗎？親戚之間的來往沒關係，沒有必要冒那麼大的險，得罪了你的女施主。」

「親愛的先生，」柯林斯先生回答說，「非常感謝你如此友善地提醒我，但是請放心，這樣重大的事情，在得不到夫人的贊成之前，我肯定不會冒昧從事的。」

「多加小心一點兒，保證沒壞處。冒什麼險都不怕，但就是別讓夫人生氣。假如你想來我們這兒，而她卻不高興——我認為這是極有可能的，那樣你就應當克制住自己，別再來了，你放心，我們一定不會因此而怪罪你的。」

「請相信我，親愛的先生，承蒙你這樣關心，使我不勝感激。請放心好了，你很快就會接到我的一封感謝信，不但感謝你對我的關懷，而且也會感謝我在哈福德郡停留這段時間裡獲得的種種照顧。至於我的各位好表妹，儘管我離開不會很久，似乎不必拘於禮節，可是我依然想冒昧祝福她們健康和幸福，其中包括伊莉莎白表妹。」

女士們禮貌地祝福一番以後就起身回自己房間了。大家聽說他準備不久就回來，全都感到驚訝不已。班內特太太自以為他是打算來向某一個小女兒求婚，或許能說服瑪麗接受他。這幾個姐妹，就數她最重視柯林斯先生的能力了。她經常發現，儘管他不如自己聰明，可是思考問題踏實穩重，只要鼓舞他多看些書，多以她這樣的人為榜樣，相信他肯定能成為一個稱心如意的伴侶。沒想到第二天早上，這些希望就全部破滅了。盧卡斯小姐剛吃過早飯就來拜訪她們，私下裡把昨天發生的事情如實告訴了伊莉莎白。

在前一兩天，伊莉莎白曾經想過，柯林斯先生可能想入非非並自以為喜歡上了她這位朋友。可是又一想夏洛蒂慫恿他，正如她自己慫恿他一樣，簡直是沒有影兒的事，所以當她聽說此事，吃驚得一時居然忘記了禮數，禁不住大聲喊了起來：「和柯林斯先生訂婚！親愛的夏洛蒂，這不可能！」

聽到她這樣心直口快地責備，盧卡斯小姐方才說這件事的時候那種從容不迫的神情立刻不見了，一時間慌張起來，但是幸虧這也是她早就想到的事，所以立刻恢復了常態，鎮定自若地說：「你幹嗎這樣驚訝，親愛的伊萊莎。難道你覺得無法理解嗎？難道柯林斯先生沒有能得到你的賞識，就不能得到其他女人的好感嗎？」

此時伊莉莎白已經鎮定了下來，她竭力抑制住自己，用非常肯定的語調預祝他們倆以後婚姻美滿，幸福快樂。

「我明白你的心情。」夏洛蒂說，「你肯定感到奇怪，並且十分驚訝，因為柯林斯先生剛剛還在想和你結婚呢。但是，只要你有空把這事從頭到尾考慮一下，你就會同意我這麼做的。我並非是一個浪漫的人，我從來就不是那種人。我只希望有一個舒適的家。論柯林斯先生的性情、社會關係和身分地位，我覺得和他結婚，是能夠得到幸福的，絕對不遜於一般人結婚的時候所誇耀的那種幸福。」

伊莉莎白心平氣和地回答說：「確實如此。」她們倆彼此尷尬地在一塊兒待了片刻，誰也沒有說話，就回到大夥兒中間去了。夏洛蒂沒過多久就離開了，伊莉莎白又把剛才兩人的談話好好地想了一下。這樣不合適的親事，讓她感到很不高興。而柯林斯先生在三天裡居然求了兩次婚，這已經夠奇怪的了，更奇怪的是如今竟會有人接受他。她一直都覺得，夏洛蒂關於婚姻問題的見解，和她並不一致，卻沒有想到付諸實踐的時候，她居然會完全不顧美好的感情，來附和一些世俗的利益。夏洛蒂居然答應做柯林斯的妻子，這是一件多麼丟人現眼的事情！對這樣一位自取其辱、自貶身價的朋友，她不但感到難受，並且她還非常痛心地斷定，她這位朋友做出這種選擇，是不會給她自己帶來幸福的。

chapter 23 令人驚訝的婚姻

伊莉莎白正同母親和姐妹們坐在一塊兒，正在想剛才夏洛蒂對她講的那件事，想著能不能把它告訴大夥兒，就在這時，威廉・盧卡斯爵士自己來了。他受女兒委託，來到班內特家宣佈她訂婚的事情。他把這件事兒告訴大夥兒的時候，還大大地奉承了太太和小姐們一陣，表示兩家聯姻，他真的感到非常高興。班內特府上的人聽到後很驚異，而且不相信這是真的。班內特太太已經顧不得什麼禮儀，一口咬定他搞錯了。莉蒂亞一向固執和撒野，這時更是聲嘶力竭地喊起來：

「我的天哪！威廉爵士，你怎麼會編出這番話來呢？難道你不知道柯林斯先生想娶麗琪嗎？」

遇到這樣的情形，只要不是那種極其阿諛奉承的諂媚小人，誰聽見別人對自己說這樣的話都會火冒三丈。好在威廉爵士畢竟頗有涵養，壓住內心的感情忍一忍也就不當回事兒了。他一面要求大夥兒相信他講的這件事情的確是真的，一面又以極大的耐心，極其禮貌地聽她們亂扯一陣。

伊莉莎白認為自己此時此刻有責任幫助威廉爵士打破這種尷尬的局面，於是挺身而出，證明威廉爵士剛才講的消息是真的。說夏洛蒂已經把這件事情親自對她說了，為了不讓母親同自己的幾個妹妹再大驚小怪，她立刻誠懇地向威廉爵士表示衷心的祝賀，珍大方地欣然賀喜，連聲稱讚這門婚姻一定會很幸福，柯林斯先生品質有多麼高尚，哈福德距離倫敦不遠，往返便利等好話。

班內特太太確實給壓垮了，在威廉爵士面前她不便多講什麼，可是他剛離開，她滿肚子的牢騷剎那間就發洩出來了。首先，她硬是不信有這麼回事；其次，她一口咬定柯林斯先生是上了別人的當；第三，她確信他們在一塊兒肯定不會幸福的；第四，這樁婚姻可能會很快破裂。但是，她從這整個事件中清楚地總結出了兩條結論：一是伊莉莎白是這場笑話中的真正禍根；二是她自己受盡了大家的欺侮和殘酷的對待。在那整整一天裡，她對這兩條始終說個不停。不管怎樣都無法安慰她，什麼都無法使她平靜下來，那天過去以後，她的滿腔怨恨卻依然沒有消下去。過了一星期，她才不再一看到伊莉莎白就罵個不停；一個月以後，她和威廉爵士以及盧卡斯夫人講話的時候，才不有意甕聲甕氣；直至很多個月過去以後，她總算寬恕了他們的那個女兒。

班內特先生，聽見此事後心情平靜多了，他揚言，這次所經歷的所有一切，真讓他感到精神上的舒暢。他說，原本他以為夏洛蒂小姐很懂事，哪知道她幾乎和他的太太一樣愚蠢，和他的女兒比起來就更加愚蠢了，這一發現使他欣喜若狂！

珍承認自己對這樁婚姻有點兒驚訝，但是並沒有說出來，卻誠懇地祝賀他們倆幸福美滿。雖然伊莉莎白反反覆覆剖析給她聽，她卻總是覺得這樁婚姻不見得就會不幸福。基蒂和莉蒂亞一點兒也不羨慕盧卡斯小姐，因為柯林斯先生只不過是一位傳教士而已，這件事對她們來說根本就沒有什麼影響，也只能說是一則新聞，帶到布萊頓去散佈一下罷了。

再說到盧卡斯夫人，不禁感到非常滿意，因為可以借此機會對班內特太太回報一下了。所以她比以前更加頻繁地造訪朗博恩，不停地說自己如今是多麼高興，但是班內特太太那些尖酸刻薄的話，那副酸相，也足以使她失望了。

因為這件事伊莉莎白和夏洛蒂之間也產生了一層模糊不清的隔膜，彼此都對此事緘口不言。伊莉莎白斷定她們兩人已不可能再像以前那樣推心置腹了。她對夏洛蒂不再抱什麼希望了，於是她把關心的情感一起都轉移到自己的姐姐身上。她真誠地相信姐姐為人正派不俗，真誠溫順，這樣的觀點絕對不會動搖的。她日益為姐姐將來的幸福擔心起來，因為賓利先生已走了一個星期，到現在仍然沒有聽見絲毫有關他將返回的消息。

珍很早給卡洛琳寫了回信，如今數著日子，看看還需多久才能收到她的回信。柯林斯先生曾答應過要給她寫的那封感謝信週二就接到了，信是寫給她父親班內特先生的，信中的言語熱情真誠，聽他那種未免太誇張的感謝之詞，寫出此封信就像是曾經在他們家待了一年一樣。他對此表示了深深的歉意，然而卻用了許多歡天喜地的詞句，對他們說，他已經非常榮幸地贏得了他們的芳鄰盧卡斯小姐的歡心了。他接下來又寫道，因為準備去探望心愛的情人，他順路可以來瞧瞧他們，以免他們久久地盼望，而且希望盡可能地在兩星期以後的星期一到達；他又寫著，凱薩琳夫人十分贊同他儘早結婚，並且希望愈快愈好，他認為他那心愛的夏洛蒂肯定會贊成提前擇定吉日，讓他成為這個世界上最幸福的人。

對班內特太太而言，柯林斯先生重返哈福德郡已經不再是好事了；恰恰相反，她也和丈夫同樣不停地埋怨——簡直太奇怪了，柯林斯先生不去盧卡斯寓，卻偏偏要去朗博恩村，這真是既不便利，又特別麻煩。她不喜歡在家裡接待客人，因為誰都不會體諒她的神經所能承受的壓力，並且談情說愛的男女又是最令人厭惡的了。班內特太太成天就這樣抱怨個不停，而且一想起賓利先生到現在仍然沒有回來就不禁感到痛苦萬分。珍和伊莉莎白都為此事感到不安。一天又一天過去了，卻不曾有關於他的任何消息傳來。只不過是前幾天，布萊頓上紛紛傳言說他這一整個冬季都決不會再回來了。這個傳言大大地惹火了班內特太太，她總是加以反駁，說這是造謠生事，誹謗中傷。

甚至連伊莉莎白也開始恐懼起來——倒不是怕賓利負心，而是擔心她的那些姐妹們的確把他給絆住了。她原本不想有這個念頭，因為這種念頭既對珍將來的幸福不利，而且對珍心愛的人的忠貞是一種侮辱，可是她卻經常不由自主地去這樣想。他有那兩個薄情寡義的姐妹和一個極具影響力的朋友聯手合作，再加上達西小姐的嫵媚動人，以及倫敦還有那麼多的聲色娛樂去享受，伊莉莎白害怕，即使他真的愛珍，也難以招架。

至於珍，她在疑雲重重的情形下，情緒比伊莉莎白還要壞，但是她並不想把自己的心事表現在外面，所以她和伊莉莎白始終沒有談論此事。而唯獨她的母親卻沒有用這份體貼來減輕她的悲痛，幾乎每個鐘頭都要提到賓利，抱怨賓利先生叫她等得心焦了，還硬讓珍自己承認——假如賓利老不回來，那她肯定會感覺自己遭受了薄情寡義的對待。幸好珍無論遇到任何事情都從容不迫，溫柔鎮靜，才平心靜氣地忍受了她這些非難。

柯林斯先生兩個星期以後的星期一按時抵達，但是朗博恩並沒有像他第一次來的時候那麼殷勤地接待他了。但是他樂不可支，並沒介意其他人對他的冷落。對主人家來說，這的確很幸運，多虧他的戀愛成功，免去了大量的陪客任務。他每天把大多數時間消耗在盧卡斯寓，直到盧卡斯家快要睡覺的時候，他才急急忙忙地趕到朗博恩，剛剛來得及在全家睡覺之前對自己的遲歸表示一下歉意，請大家原諒他。

班內特太太的處境實在可憐透頂。只要提起那樁婚事，她就大動肝火，悲痛不已，而且無論她走到哪裡，總能聽見別人談論此事。她只要看到盧卡斯小姐就感到非常厭惡。想起盧卡斯小姐以後的一天會接替她變成這所房屋的女主人，就感到更加嫉妒和厭惡了。每逢夏洛蒂來造訪她們，她總覺得她是前來探察情況，打聽還需要過多長時間才能搬進來居住；每當夏洛蒂和柯林斯先生輕聲嘀咕些什麼，她就覺得他們是在估算班內特家的財產，或是商量著等她丈夫死後就把她們母女趕出去。她難過地把這些傷心事統統說給她丈夫聽。

她說道：「親愛的丈夫，夏洛蒂早晚要成為這所房屋的女主人，我還必須眼睜睜地看著她來接替我的位置，真讓人受不了！」

「親愛的，別光想不好的事情了。我們可以往好的方面想，我們暫時這樣想來安慰一下自己，說不定我比你活的時間長呢。」

但是這些話依然不能安慰班內特太太，因此她不僅沒有回答，反倒像先前一樣把苦衷繼續講下去。

「一想起所有財產都要讓給他們，我幾乎無法忍受！假如不是因為有這個限定繼承權的事，我才無所謂呢。」

「什麼無所謂？」

「什麼都無所謂。」

「我們依然是我們，讓我們謝天謝地吧，幸好你還不至於那麼麻木。」

「親愛的，一說到繼承權，我決不會謝天謝地的。有哪一個人，肯昧著良心，不把財產遺留給自己的孩子們？真搞不懂！況且這些事情又都是為了柯林斯先生！為什麼非要讓他而不是別人得到呢？」

「你最好還是自己去好好想想吧。」班內特先生說。

第二部

肯特郡

chapter 24

不折不扣的大壞蛋

接到了賓利小姐的來信，人們的疑慮消失了。開頭就說，他們決定要在倫敦度過冬天，結尾還說，為哥哥在臨走以前沒有來得及向哈福德郡的各位朋友辭行深表歉意。

希望落空了，徹底落空了。珍把這封信徹頭徹尾讀完，也沒有找到一點兒安慰，有的只不過是寫信人那裝腔作勢的親切感。信中全是對達西小姐讚美的言辭，又一次把她的千嬌百媚具體地描述了一番。卡洛琳洋洋得意地炫耀說，他們倆之間日益親熱，並且大膽斷言，她上一封信中提過的願望極有可能快實現了。她還得意非凡地談到她哥哥如今就居住在達西先生的家裡，又興高采烈地寫著達西先生正在準備添置新傢俱。

珍馬上把這件事都一一對伊莉莎白講了，伊莉莎白聽到以後，氣得一句話都說不出來。她的確很傷心，第一是擔心自己的姐姐，第二是對那些人的怨恨。卡洛琳信裡說她哥哥喜歡達西小姐，伊莉莎白無論如何也不敢相信。她仍然像以前一樣，相信賓利先生真正喜歡的人是珍。伊莉莎白原本非常喜歡他，如今才瞭解他原來是一個這樣輕易相信而隨聲附和的人，缺乏應有的決斷，所以被他那幫耍弄詭計的朋友們牽制了，任憑他們捉弄，拿自己一生的幸福當犧牲品——只要想到這些，她不僅感到憤怒，甚至或多或少地有點輕蔑他。假如犧牲的只是他個人的幸福，那愛怎麼弄就怎麼弄，但是這直接牽涉她姐姐將來的幸福，對這一方面他應當明白。總而言之，這件事她當然全神貫注反覆斟酌過，但是並沒有理出個頭緒來。她別的可以不想，但還是得想究竟是賓利先生真的變心了呢，還是他那些朋友們的干預使得他無可奈何？他發現了珍對他的一片真心呢，還是壓根兒就沒有感覺出？儘管對她來講，她有充分的理由先分辨出其中的是與非，然後才能斷定他究竟是好還是壞，但是對她的姐姐來說，不管怎樣都一樣難過痛苦。

過了一兩天，珍終於鼓起勇氣，把自己內心深處的事情告訴了伊莉莎白。且說那天她們的母親又抓住機會批評起賓利先生和他的家人來，嘮嘮叨叨地說了大半天，最後終於走了。只有她們姐妹倆時，珍這才禁不住說道：

「哎，我親愛的母親要是能控制一下自己該多好！她應當知道老是提起他，會叫我多麼難過。但是我並不怨恨任何人。這事終究會過去的。他很快就會被我們忘記，我們會像以前一樣高興。」

伊莉莎白半信半疑又非常關心地注視著姐姐，一聲不吭。

「難道你不信我說的話？」珍高聲喊道，臉上有點發紅，「那你可真是沒有理由了。他會作為一位最親密最惹人愛的朋友留在我的記憶中，可是也不過這樣罷了。我既然沒有任何其他的奢望，也就沒有什麼可擔心的了，對於他也沒有什麼好責怪的地方，謝天謝地！我還沒有那種煩惱。用不了多久，我一定會讓自己慢慢好起來的。」

她接著就用更洪亮的聲音堅定地說：「這只是我喜歡胡思亂想的性格所犯下的過錯，除去我自己，幸好還沒有傷害到其他任何人，這樣想來，我也就感覺欣慰多了。」

「親愛的珍！」伊莉莎白連忙喊起來，「你簡直太好了。你那麼善良，處處替他人著想，幾乎和天使一樣。我真不知道應該對你說什麼。好像自己以前敬你敬得不夠，你比我想像的要可愛得多、偉大得多。」

班內特小姐急忙極力否認自己有什麼過人之處，倒讚美起妹妹的好心腸來。

「不要那麼講，那就太虧了，」伊莉莎白說道，「你始終是把世上的人想得都那麼值得尊敬，我若說了誰的不好，你心中就不好受。我要把你看做一個完美無缺的人，你卻不贊成我這樣說。你不必害怕我說得過分，會侵犯你的權利，不叫你把世界上的人都看做是可敬可愛的人。但是，我真正愛的人很少，我心裡的好人就更少了。我覺得在這個世界上經歷的事情越多，就越對世事感到不滿。我愈來愈相信：人的本性全都是變幻莫測的，外表上的優點或者見解基本上靠不住。我近一段時間裡遇到的兩件事，其中一件我不想說出來，另外一件就是夏洛蒂的婚姻問題。真是不可思議，不管怎樣想都是不可思議的。」

「親愛的麗琪，千萬不要這樣瞎想。那樣會毀壞你的幸福的。你並沒有周全地想到，人的處境和脾氣是不一樣的。想一想柯林斯先生的地位和身分，再想一想夏洛蒂小心沉穩的性格吧。你必須記住：她家的孩子多，而且她又是一個溫柔善良的女孩。從財產一方面來說，這的確是一門最合適的婚姻。看在大家的分兒上，你就只當她對我們的那位表兄的確有幾分愛慕幾分青睞算了。」

「看在你的份兒上，我幾乎可以相信任何事情，但是這對於許多人沒有好處。我如今只感覺夏洛蒂並不真正理解愛情。假如叫我相信她的確愛柯林斯，那我就覺得她幾乎毫無見識。我親愛的姐姐，柯林斯先生是一個自高自大、喜歡誇耀、斤斤計較的蠢笨透頂的傢伙，這一方面我們的看法是一樣的，只有頭腦不健全的女人才肯嫁給他。但是這個女人居然是夏洛蒂・盧卡斯，請你用不著為她狡辯。你決不能為了一個人而失去原則，破格遷就，也別想盡一切辦法來說服我，或者是說服自己去相信，自私自利就是小心，不怕危險就相當於幸福有了安全保證。」

「說到這兩個人，我不得不說你的話講得太過火了，」珍說道，「但願有朝一日看見他們兩人幸福生活的時候，你就會相信我說的話。這事就暫且到這裡吧，還是說說另外一件事吧。你方才不是說有兩件事情嗎？我決不會誤會你，但是，親愛的麗琪，我懇求你切不可把過錯全部歸咎於那個人，也別說你瞧不起他，那會使我感到很痛苦。我們不應當這樣隨隨便便地就認為他在故意傷害我們，不應當希望一個生機勃勃的年輕人始終會謹言慎行。我們常常會因為我們自己的虛榮心而欺騙自己。女人們通常對愛情這個玩意兒抱著太不符合現實的希望。」

「而男人們又煞費苦心使得她們那樣。」

「假如是有意那麼做，那當然是他們的錯；但是這個世界是不是真的像人們所想像的一樣，處處都是陰謀詭計，我可不知道。」

「我絕不是說賓利先生是有意這麼做的，」伊莉莎白說道，「但是，就算並不是故意幹壞事，換句話說，沒有故意讓他人倒楣，可是結果卻是這樣，仍然有可能帶來不幸！只要對其他人的感情不當回事，馬馬虎虎，視而不見，並且做事猶猶豫豫，最後都會造成那種結果。」

「你把這件事的原因歸於其中之一嗎？」

「不錯——歸於最後一種。但是，如果讓我再繼續往下說，講一講我對於你所器重的那些人有什麼看法，我可能會使你不高興。你最好還是趁現在不要再讓我講下去了吧。」

「那麼，你是堅持你的意見，斷定他的姐妹們控制了他？」

「是的，並且是和他那位朋友共同預謀的。」

「我不相信。她們為什麼要去控制他？她們應當盼望他幸福，假如他真的愛我，其他的女人將無從讓他幸福。」

「你的第一個觀點就錯了。她們除了希望他幸福以外，可能還有別的打算：她們可能盼望他更加有錢有勢；她們還盼望他和一位門第高貴、親友顯赫、富有錢財的小姐結婚。」

「毫無疑問，她們的確盼望他選中達西小姐，」珍說，「但是，說到這一點，她們可能是出於一片好意，而並非像你所講的那樣另有打算。她們之所以更愛她一些，是因為她們認識得比我早得多。但是，不管她們自己的願望如何，總不至於控制她們兄弟的心意吧！除非有什麼看不順眼的地方，哪個當姐妹的會這樣冒昧？假如她們堅信他愛的是我，她們一定不會想方設法拆散我們倆；假如她們認為他愛慕我，她們就是想拆散也是枉費心機。假如你也覺得他對我確實有這份情意，那麼，她們的這種行為，簡直是太不合情理了，並且居心不良，我也就更不幸了。不要用這樣的推理來讓我更加難過吧。我不想因為一時的錯誤而感到羞恥——如果感到羞恥也不是那麼嚴重，可是只要想起他或者他的那些姐妹們無情無義，我真的不知道要難過多少倍呢。就叫我往最好的那一面去想吧，這麼一來，或許就能想明白了。」

伊莉莎白不得不贊成她的這種心願，從那以後，她們兩人就再也沒有提到賓利先生的名字。班內特太太對賓利先生一去不復返仍然感到迷惑，依然在抱怨他。儘管伊莉莎白差不多每天都要對她清清楚楚地解釋一遍，但是一直沒有辦法讓她減少一點兒憂愁。當女兒的盡力安慰母親，盡可能地講一些甚至連她自己都不信的話，說賓利對珍的殷勤，只不過是人們常見的那種一時高興而已，只要她不在他面前了，感情也就了了。儘管班內特太太那時也覺得這個說法很有道理，可是每天照樣還得重述那個過去的故事。她最大的安慰是，賓利先生可能今年夏季還會再次來到鄉下。

班內特先生對這件事情所持的態度則截然不同。「麗琪，」一天他對伊莉莎白說，「我發現你姐姐戀愛受挫了。我恭喜她。一個女孩除去結婚以外，應該經常嘗嘗失戀的滋味，這不但讓她有點兒東西去回味，而且還會使她和同伴們有所區別。那麼幾時才能輪到你的頭上來啊？我認為你是不願意長期落在珍的後面的。如今你的機會終於到來啦，布萊頓的軍官到處都是，足以使這個村子裡每一位年輕女子失望一番。就讓威克當你的心上人吧，他是一個很討人喜歡的年輕人，而且會很漂亮地把你給甩了。」

「多謝，爸爸。但是，比他稍遜一籌的，我也會滿意的。我可不能指望能像珍一樣有那麼好的運氣。」

「那也不錯。」班內特先生說道，「但是使人快慰的是，你有如此仁慈的母親，無論交上什麼樣的運氣，她都會盡力而為的。」

因為朗博恩府上最近遇到了幾件有悖常理的事，許多人都情緒低落，幸虧有一位威克先生能夠和他們互相來往，消除了這陣悶氣。她們也常常看到他，誇獎他，誇他坦白直率。伊莉莎白早就聽到的那一套話——什麼達西先生多麼對不起他，他為達西先生吃了那麼多的苦——大家也都公認了，並且公開加以議論。每個人只要一想起自己在不知道此事以前，就已經非常討厭達西先生，就不禁暗自得意。

只有班內特小姐認為這件事裡面一定有些蹊蹺，她認為這件事還有情有可原的地方，哈福德郡的人們還沒有瞭解清楚。她性格溫柔、穩重又光明磊落，總是請求其他人考慮事情要留有餘地，認為這件事也許是誤會，可是人們卻都把達西先生看成了一個不折不扣的大壞蛋。

chapter 25 熱情招待

柯林斯先生這個星期都忙著談情說愛和籌畫幸福。轉瞬之間又到了星期六，他這才發覺離開可愛的夏洛蒂的時候到了。但是對他來說，既然已經做好了迎接新娘的準備，這離別的愁苦可能會減輕一點兒。他相信，下次再來哈福德郡的時候，就肯定能確定結婚的日期。他和朗博恩村的親友分別的時候，依然像過去那樣嚴肅、那樣莊重，祝福表妹們健康幸福，許諾給她們的父親再寄一封感謝信。

就在下個星期一，班內特太太高興地接待了弟弟和弟媳，他們像往常一樣，來朗博恩村是準備一起過耶誕節的。加德納先生通情達理，頗有紳士氣派，不管在個性上還是所接受的教育上都勝於他姐姐。如果內瑟菲爾德那兩位太太小姐看到了，一定不會相信的：一個做生意謀生，見識只限於自己貨鋪的人，居然會那麼討人喜歡，那麼有涵養。

加德納太太比班內特太太和菲力浦斯太太都要年輕好幾歲，是一個和藹可親、聰明伶俐、很優雅得體的女人，朗博恩村的外甥女們都很喜歡她，特別是兩個大外甥女同她格外親切。她們經常一起進城在她那裡待上一段時間。

加德納太太到以後的第一件事就是分發禮物，然後就是描述最流行的服裝樣式。在這件事情結束以後，她就坐在一邊充當傾聽者的角色，靜靜地傾聽班內特太太說話。班內特太太有很多抱怨要傾吐，又有很多苦頭要傾訴。自從前一年她弟弟夫婦二人離開以後，她在班內特家裡受到其他人的欺負。原本兩個女兒很快就要結婚了，可到最後只不過是一場空。

「我並不想責備珍，」她又繼續說，「因為珍假如要是能夠做得到，她就早嫁了。但是麗琪——哎，弟妹呀！如果不是她自己執拗，這時她已成了柯林斯先生的妻子了。那位先生就在這所房屋裡向她求婚的，但是她卻把他拒絕了。最後卻讓盧卡斯夫人比我提前嫁出去一個女兒，朗博恩的財產和以前一樣依然要別人來繼承。說實在的，盧卡斯一家子的手段也太厲害了，弟妹。班內特家的這筆財產才是他們的真正意圖。我原本並不想這樣編派他們，可是事實上確實是這樣的。我在家裡這段時間過得很不高興，又偏偏碰到這些只想著自己不考慮他人的鄰舍，把我的神經都給弄壞了，人也生了病。幸好你們來得正是時候，給了我極大的安慰，我很願意聽你說的那些……長袖子什麼的事情[29]。」

加德納太太以前和珍以及伊莉莎白通信時，已經大體瞭解了班內特家裡最近發生的這些事兒，出於對外甥女們的關心，因此就和班內特太太稍微談了幾句，把這個話題引開了。

後來只有她和伊莉莎白兩人在一塊兒時，又提到此事。「這對珍而言，倒的確是一門美滿幸福的婚姻，」她說道，「只可惜斷了線。但是，這樣的事情多得是！像你講的賓利先生這樣的

29班內特太太在氣急敗壞之下本想隨便說一句話敷衍自己的弟媳，但因為氣糊塗了所以前言不搭後語。

小夥子，通常過不了幾個星期就會喜歡上一位美麗的女子，一旦分離，又輕而易舉地把她忘記了，這樣移情別戀的事兒多得是。」

「你這麼說是出於一片好心，」伊莉莎白說，「可惜不能安慰我們。我們吃的苦頭並非出於偶然。一個經濟獨立的年輕人，居然經受不起親朋好友的幾句勸說，把幾天以前愛得發狂的女子忘得一乾二淨，這事倒是罕見。」

「但是，所謂的『愛得發狂』這種說法不免太迂腐、太籠統、太不明確了，我幾乎抓不住任何確切的概念。它常常用來表達一見鍾情的那種感觸，而且用來形容一種真正的、強烈的感情。請問，賓利先生的愛情之火到了哪種程度呢？」

「我從來沒有看到過有人像他那樣地傾心專注。他愈來愈不理會別人，把整個身心都投入在珍的身上了。他們每次見面，事情就越顯得明顯，更惹人注意。他在自己所舉行的一次跳舞會上，得罪了兩三位年輕小姐，因為他沒有邀請她們跳舞。我自己兩次同他講話，他連理都不理我。難道這還算不上盡心盡意嗎？難道說寧可為了一個人而怠慢大家不恰恰是愛情的最可貴之處嗎？」

「哦，原來如此！——他確實對她一往情深。不幸的珍！我真為她難受，因為按她那種個性，是決不會輕易忘記此事的。如果事情發生在你的身上倒還好一些，麗琪，你當然會一笑而過，馬上就能解脫出來。但是，你看能不能勸說她和我們一起回去稍住一段時間？改變一下生活環境，可能會好一些——而且，離開了家可能比什麼都有益。」

伊莉莎白非常贊同這個提議，心中覺得姐姐肯定會欣然接受。

加德納太太繼續說：「我希望她別因為看到這位小夥子而有所影響。雖然我們和賓利先生都居住在同一個城市裡，可是所居住的地區完全不一樣，彼此往來的人也截然不同。並且你也知道，我們很少出門，因此，除非他來家裡探望她，否則他們兩人見面的可能性是很小的。」

「那是絕對不可能的，因為他現在正被那位朋友所管制，達西先生絕對不會容忍他去倫敦那種地方去探望珍的！親愛的舅媽，你怎麼會想到這點呢？達西先生也許聽說過承恩寺街這個地方，但是，如果真的讓他去那兒走一趟，他會認為哪怕花費上一個月的工夫也洗不掉他身上沾來的污垢，這一點請您大可放心，他一定不會叫賓利先生單獨行動的。」

「那就更好了。希望他們根本不會見面。但是，珍難道再也不會和他的妹妹通信了嗎？賓利小姐可能要來看她呢。」

「她會和那家斷絕交情的。」

伊莉莎白雖然嘴上說得那麼堅決，認為賓利先生一定是被他的親朋好友操縱了，讓他無法和簡見面，聽上去實在滑稽，但是她仔細琢磨，總是覺得事情並非徹底絕望了。她甚至經常認為賓利先生或許對珍舊情復燃，他那些朋友們的影響可能敵不過珍的魅力所形成的天然影響。

班內特小姐高興地接受了舅媽的友好邀請，這時，她並沒有把賓利一家人放在心上，只不過是盼望卡洛琳不要和她的哥哥同住一房，這麼一來她還可以偶爾和卡洛琳在一起玩，而不會遇到她哥哥。

加德納夫婦在朗博恩村住了一個星期。這個星期裡，幾乎天天都去赴宴，他們有時和菲力浦斯一家，有時和盧卡斯一家，有時在軍官那兒打發時間。班內特太太對弟弟和弟媳熱情招待，沒叫他們夫婦二人吃過一頓便飯。家中有宴會的時候，總是邀請幾位軍官來陪伴，其中當然少不了威克先生。而每當這種場合，伊莉莎白也總是要熱烈地讚揚威克一番，加德納太太聽後感到很困惑，就仔仔細細觀察起他們兩人的舉動來。她發覺，他們兩個人並沒有真正地談戀愛，但很明顯，彼此之間懷有好感。這足以讓她不安。她暗暗下定決心，離開哈福德郡以前，必須和伊莉莎白談個明白，告訴她不能太魯莽，愛慕之情是要謹慎的。

在加德納太太跟前，威克倒有另外一套奉承的好辦法，與他平常吸引其他人的做法截然不同。遠在十一二年以前，加德納太太那時還沒有結婚，曾在威克所在的德比郡待過相當長的一段時間。因此他們有很多相同的朋友。儘管五年以前達西的父親逝世以來，威克不經常到那個地方去，可他依然能夠說出一些她老朋友的消息，而這些比她自己打聽來的更新鮮。

加德納太太曾親眼見過彭貝利，對已經去世的達西先生的美名也是十分熟悉，這就有了聊不完的話題。加德納太太把記憶裡的彭貝利和威克詳細描述的相互比較，並不時對彭貝利已經去世的老主人的品德稱讚一番。談話的人和傾聽的人都樂在其中。加德納太太聽他說起如今這個達西先生對威克的態度以後，就極力回想那位先生小時候的脾氣是不是和現在一致。最後，她總算確信無疑地想起了，以前就聽別人說起過費茨威廉・達西先生是一個驕傲自大、脾氣很差的孩子。

chapter 26

態度判若兩人

加德納太太一碰到單獨和伊莉莎白交談的機會，就好意地對她進行了一番勸告。她誠懇地講出了自己心裡所想的以後，繼續說道：

「麗琪，你是一位明白事理的好女孩，決不會因為其他人勸你談戀愛要小心，你就非要拚命鑽入情網。所以我也就開誠佈公地對你說了吧。說真的，我奉勸你一定要當心。沒有家產作基礎的愛情簡直太魯莽了。千萬不要費盡心思使你自己，也千萬不要唆使他陷進愛情的深淵。對他倒沒有什麼意見，他是一位很幽默的年輕人，如果他得到了應得的那份財產，那我覺得這樣再好不過了。但是事實並非如此，你根本用不著再對他抱有什麼想法了。你很懂事，我們都希望你仔細想一想。我知道，你父親信任你的處事果斷、品行端正。你千萬別讓他大失所望喲！」

「親愛的舅媽，你簡直太鄭重其事了。」

「不錯，因此我希望你也鄭重其事。」

「噢，你用不著焦急。我會好好照顧自己的，也會小心提防威克先生的。如果我能避免得了的話，我絕對不會讓他愛上我的。」

「伊莉莎白，你這句話可就不能算鄭重其事了。」

「請原諒。我再重申一遍，目前我可沒有愛上威克先生，這是事實。可在我所碰到的人裡，他的確是最和藹可親的男人，無與倫比，如果他確實愛上了我——我覺得他最好還是不要愛上我。我知道那樣做很魯莽。哎！達西先生簡直太討厭了！父親那麼器重我，我感到很榮幸，假如我讓他失望了，他內心會非常痛苦的。但是我的父親對威克也有成見。親愛的舅媽，總而言之，我絕對不想讓你們任何一個人為了我而感到不高興。但是，年輕人一旦愛上了某個人，就決不會因為眼下沒有錢財而在私訂終身上就肯罷手。假如我也愛上了別人，我又怎能保證我比別人更明智呢？我甚至都不知道拒絕到底是對還是錯？因此，我只能向你保證不魯莽行事。我絕對不會相信自己就是他的頭號心上人。儘管我和他來往，但是絕對沒有這種想法。總而言之，我會盡力而為的。」

「假如你不叫他老來這兒，也許會更好，至少你不應該提醒你母親邀請他。」

伊莉莎白羞答答地笑著說：「就像我那天一樣，確實，我最好還是別那麼做。但是你也別以為他是一直來得那麼頻繁。這個星期確實是為你才常常請他來。我母親的主意你也知道，她總覺得自己的親友必須要常有人陪伴才行。但是請你相信我好了，我會儘量不去做我覺得不明智的事情的；但願我這麼做你能高興。」

舅媽告訴她，她滿意了，伊莉莎白對舅媽善意的指點表示了一番謝意，她們就分手了——在這種問題上對其他人提出勸告而沒有受到埋怨，這可算是一個很好的例子。

加德納夫婦和珍剛剛一起離開這裡，隨後柯林斯先生就回來了。但是，這一次他居住在盧卡斯家，因此並沒有給班內特太太帶來很大的麻煩。他們的婚期很快臨近，事情既已如此，班內特太太也不得不死了那條心，只好承認這件事是不可避免的，甚至還再三用一種惡意的語調說：「希望他們會幸福美滿。」星期四就是他們結婚的大好日子，盧卡斯小姐星期三趕到府上來辭行。當她起身告辭的時候，一方面伊莉莎白為自己母親那不盡如人意、支支吾吾的祝福感到不好意思，另外一個方面自己也動了真情，便送她走出屋門。走下樓梯時，夏洛蒂說：

「我相信你肯定會經常給我寫信的，伊萊莎。」

「你放心好了。」

「我還想請求你一件事情。你願意經常來探望我嗎？」

「我盼望我們能常常在哈福德郡相見。」

「我也許暫時離不開肯特郡[30]，所以，還是答應我，來肯特郡吧。」

儘管伊莉莎白預料到她去那裡是決不會有什麼快樂可言的，但又不好拒絕。

夏洛蒂繼續說：「我的父母三月裡要到我那裡去，我誠懇地請求你能一起來。不騙你，伊萊莎，你會像他們一樣受到熱烈歡迎的。」

婚禮舉行了，新郎和新娘由教堂門口直接動身去了肯特郡，人們還是像以前一樣你一言我一語地講了許多話。伊莉莎白很快就接到了她朋友的消息，她們兩人之間依然像過去那樣頻繁

30位於英格蘭東南部的海濱，是一個歷史悠久的郡，有坎特伯雷大教堂等名勝古蹟。此郡為伊莉莎白女王、瑪麗女王的出生地，彼得大帝曾在此學習，此郡還是著名的文學家狄更斯的故鄉。

地通信，但是，要像以前那樣無所不談，毫無顧忌，那是絕對辦不到的。伊莉莎白每當拿起筆寫回信的時候，都難免會感覺到以前那種親密無間的快慰已經消失了。雖然她也拿定主意，通信絕不能偷懶，但是，這並不是為了如今的友誼，而是為了以往的那份交情。她對於夏洛蒂剛開始的那幾封信都急切地期盼著，那不過是出於好奇心，迫切地想知道夏洛蒂對自己的新家有何感受，她喜不喜歡凱薩琳夫人，以及覺得自己幸福不幸福，但是看過她那幾封信之後，伊莉莎白就發覺夏洛蒂信裡寫的話，每次都和她自己所預想到的完全一樣。她的信裡充滿了快樂的情調，每講一件事的時候都要讚美一句，彷彿她的確有說不完的歡快。房屋、傢俱、鄰居、道路，所有的一切都讓她滿意，凱薩琳夫人言談舉止很友善很誠懇。她只不過故意把柯林斯先生所描述的哈福德和羅辛斯的面貌，稍微講得婉轉一些而已；伊莉莎白覺得，必須要等她親自到那裡造訪時，才能瞭解真實情況。

珍早已經給伊莉莎白寫來了一封短信，信裡說，她已經平安到達倫敦，伊莉莎白盼望她再來信的時候能談點賓利家的事情。

第二封信使她等得真是心急火燎，總算盼到了。信裡說，她已經進城六七天，既沒有見到卡洛琳，也沒有接到她的信。她不得不認為她上次在朗博恩給她朋友寫的那封信，一定是在半路上因事丟失了。

她繼續寫著：

明天舅媽要去那個街區，我想借這個機會去格羅維諾街登門造訪一下。

珍拜訪過賓利小姐以後，又寫了一封信，說她見到賓利小姐了。

我覺得卡洛琳情緒欠佳，但是她見到我時很興奮，而且一直怨我來到倫敦也不提前通知她。這樣看來，我果真猜對了，她真的沒有接到我那封信。當然我也提到了她們的兄弟。聽說他近況不錯，只不過是和達西先生來往過於親密，她們很少有機會和他見面。據說達西小姐要到這裡來用晚餐，希望能和她見上一面。我拜訪的時間很短，因為那時卡洛琳和赫斯特太太正好有事準備出門，我很快就會在這兒見到她們的。

伊莉莎白讀著信，不禁搖了搖頭。她確信，除非有偶然的機會，賓利先生才會發現她的姐姐已經到了城裡。

四個星期過去了，珍依然沒有見到賓利的蹤影。她極力安慰自己，她並沒有難過，可是賓利小姐的冷漠無情再也不能視而不見了。她每天在家等待賓利小姐，每晚都編造一個理由欺騙自己。一直等了兩個星期，那位客人終於登門了。但是，她只坐了片刻工夫就告辭了，而且她的態度簡直和以前判若兩人。珍再也不能自欺，她把這次的情況寫信告訴妹妹，傾訴她內心的感受：

我最親愛的麗琪妹妹，如今我不得不承認自己被賓利小姐所表示出來的那份假情假意矇騙了，相信你肯定不會因為見解比我高明而幸災樂禍吧。但是，親愛的妹妹，儘管事實證實了你是對的，可我依然覺得，從她以前的態度來看，我對她的信任和你的疑心一樣都是合乎情理的，你可不要認為我頑固不化。我真不明白她當時為何對我那麼好，但是如果同樣的情況再次發生，我還會上當受騙。

卡洛琳直至前一天才來看我，在這以前她不曾給我寫過隻言片語。儘管她來看我了，可是一下子就能看出並非本意。她只是敷衍了幾句，說沒能早日看我，表示很過意不去，隻字未提想能再見到我。她在各種方面都簡直判若兩人，她將要告辭的時候，我已決定不再同她繼續來往了。但是我又可憐她，雖然我禁不住責怪她。實際上她原本就不應該選我當她的朋友，但她卻那樣做了。

我敢保證，我們之間的交情都是從她那一步一步發展起來的。但我同情她，是因為她一定感覺自己做得不對，並且最主要的是為哥哥著急擔心。我不必再替自己多做解釋了。儘管我們知道這樣的擔心完全沒必要，但是，如果她真那麼擔憂，那就足以說明她為什麼要那樣對待我了。既然當哥哥的的確值得妹妹去珍惜，不管她怎麼為他擔心都是符合情理、親切可愛的。

只不過是我難免感覺奇怪，她到現在居然還那麼擔心，因為，她的哥哥如果真愛我的話，早來見我了。

聽她的口氣，她哥哥一定知道我現在就在倫敦。但從她講話的神情來看，她也不敢肯定她的哥哥就確實傾心於達西小姐。我無法理解。要不是害怕說話刻薄，我真的禁不住要說，這一切都是在弄虛作假。但是，我會極力打消一切悲痛的想法，只想能讓自己快樂的事，比方說你的親切和親愛的舅舅、舅媽永恆的慈愛。請趕緊回信吧。賓利小姐還提起她哥哥再也不回內瑟菲爾德了，說他不想再租那所房屋了，但是從她說話的語氣上來看，也並不怎麼確定。我們最好別說這事了。你從哈福德那些朋友那兒聽到了那麼多使人高興的事，這讓我很愉快。請你一定要和威廉爵士以及瑪麗亞一塊兒去看望一下他們。我相信在那裡你肯定會過得很快樂的。

你的……

這封信使伊莉莎白感到有點兒難受；可只要想起珍往後決不會再受到賓利小姐欺騙，情緒又好起來了。她現在對賓利先生的所有希望完全覆滅。她甚至根本不希望他舊情復燃。她越想就越看不起他，反倒真的希望他早日和達西先生的妹妹完婚。用威克先生的話來說，達西的妹妹在今後的生活中是決不會叫他幸福的，這樣，他會懊悔當初不應該把原來的心上人甩掉，這一方面算是對他的懲罰，另外一方面或許有利於珍。

大概就在此時，加德納太太寫來一封信把上次伊莉莎白答應過怎樣對待威克的事情，又向伊莉莎白提醒了一下，讓她說一說近況怎樣，伊莉莎白回信上的話，儘管自己並不滿意，但是舅媽聽了以後卻感到很開心。原來他對她原先的好感已經消失了，他對她的熱情也已經不存在了——他愛上別人了。伊莉莎白很留心觀察，儘管她看得清楚，把這一方面也寫在了回信中，卻並沒有感到有什麼難過，她只是略微有所感觸。她想，如果她的財產不成問題的話，早已成為他唯一的意中人了——只要想到這裡，她的虛榮心也得到了滿足。就說他如今所喜歡的那位年輕小姐吧，她的最大的魅力就是能讓他得到一萬英鎊的巨額財產。但是伊莉莎白對自己這件事，卻不像上次對夏洛蒂的事那樣看得清楚，所以並沒有因為他自行其是而責備他。她反而以為這只是一件最平凡的事情。她可以想像，他一定經過幾場鬥爭才決定放棄她，最後覺得這對彼此是一種既明智又可行的辦法，於是她真心地祝願他幸福。

她把這些都對加德納太太說了。講述了這些事以後，她繼續這樣寫道：

親愛的舅媽，如今我深深地相信，我根本沒有陷入愛情的深淵，因為如果我真是有過那種純真而崇高的感情，現在就算提起他的名字都會覺得厭惡，希望他倒楣透頂，但我不僅對他感情真摯，甚至對金小姐沒有偏見。我根本沒有憎恨她的感覺，而且很願意把她看做是一位很善良的女子。由此可見我與他之間根本談不上愛情。我的留心防範也是很靈驗有效的。假如我瘋狂地愛戀著他，如今在所有的朋友眼中肯定會變成一個有意思的話柄，所以我敢保證，對目前這種不被青睞我並不感到後悔。被人青睞有時需要付出高昂的代價。對威克的見異思遷，基蒂和莉蒂亞比我要痛苦得多。她們年齡還太小，涉世不深，並且太幼稚，更別提要懂得這麼一個有傷體面的信條：英俊瀟灑的小夥子和相貌平凡的小夥子一樣，也必須有東西吃，有衣服穿。

chapter 27 夏季旅行

朗博恩的這一家除了這些事外，也沒發生什麼大事，即使換點花樣，除了偶爾去布萊頓走走以外，也就沒有別的事情可以做了。時而雨水泥濘、時而寒風刺骨的正月和二月，不久就這樣過去了。三月份伊莉莎白就要到肯特郡去了。剛開始她並非真心想去；可是她立即想到夏洛蒂對於過去的計畫寄予了很大的希望，所以她就帶著比較願意和比較肯定的心情來考慮這件事情了。

離別日益促進了她想和夏洛蒂見面的心願，也消除了她對柯林斯先生的討厭，這個計畫也有它的新鮮之處，而且因為有了這樣一位母親和使人厭惡的不大合得來的幾位妹妹，難以讓人感到舒服，換下環境倒也不錯。況且藉著這個機會也順便去看望一下珍。總而言之，隨著行期的臨近，她反倒擔憂有什麼事情推遲了。但是所有的事情都進展順利，最後都依照夏洛蒂原先的設想，她和威廉爵士以及他的第二個女兒一塊兒去做一次客。以後又對原先的計畫補充了一下，要在倫敦住一晚上，於是這個計畫就非常完美了。

唯一讓伊莉莎白難受的是離開她的父親，他一定會想念她的。而且直到最後離別的時候，父親還那麼不願意放她走，既然事情都已決定了，不得不讓她常常來信，而且答應要給她寫回信。

和威克先生道別的時候，彼此都十分友好，甚至威克先生比她更加友好。雖然他目前在追求別人，可他並沒有因此忘掉她，伊莉莎白是引起他注目並且值得他去注意的第一個女人，是聆聽他訴苦並且憐憫他的第一個女人，是博得他愛戀的第一個女人。他向她告別，預祝她一切快樂，並告訴她凱薩琳夫人是一個怎樣的人，他相信他們兩人對這位夫人的評價——甚至對每一個人的評價——始終都是不謀而合的。

伊莉莎白從他講這些話的神態當中看出了幾分掛念和關懷，所以她感覺，她永遠都不可能忘記他，永遠都要和他至誠相待。她堅信，他們分別以後，他孤身一人也好，結婚也好，在她心裡永遠都是一個極其溫柔、惹人愛的楷模。第二天和她一起去的那兩個人並不是那種使人心情舒暢的旅伴，所以並沒有使威克在她心底裡的印象發生改變。威廉・盧卡斯爵士同他的女兒，那個脾性很好頭腦卻像父親一樣空洞的瑪麗亞，根本連一句值得一聽的話都說不出來。聽他們父女倆交談，就像聽馬車的轆轆聲一樣乏味。伊莉莎白原本喜歡聽荒誕之談，但是威廉爵士講的那些事太熟悉了，她早就聽煩了。他說來說去都是那些覲見國王和受封爵士頭銜之類的怪事，實在找不到什麼新鮮事。他的各種禮貌舉止，也像他的見識一樣都是老掉牙的一套。

這段旅途只有二十四英里地[31]，他們一大早就動身了，想在中午前趕到承恩寺大街。馬車駛

31奧斯汀生活的時代裡，英國的交通仍然不發達，因為路面崎嶇，所以路程稍遠，旅行便會十分艱苦。

近加德納先生家門口時，珍早已站在客廳的窗口等待他們了。當他們走進過道時，珍正在那裡等著接她們。伊莉莎白焦急地望著她的面孔，看到她依然那麼健康可愛，那麼美麗優雅，心中感到很欣慰。樓梯上站著幾個小男孩和小女孩，他們急著想見表姐，就都奔出了客廳，因為足足一年沒有相見了，他們又有點兒羞怯，跑到樓下去感到難為情。大夥兒都興高采烈，親熱友愛。這天過得非常愉快，整個上午忙碌著上街買東西，晚上又到戲院裡去看戲。

伊莉莎白坐在舅媽身邊。她們兩人首先說起了姐姐的事情。她詳詳細細地問了很多情況，舅媽回答她說，儘管珍總是竭力提起精神，可是有時仍然情緒低落。她聽了以後並不感到很驚訝，卻很難受。但是有充分的理由相信，這樣的狀態持續不了多久。加德納太太又和伊莉莎白說到賓利小姐造訪承恩寺街的整個過程，又把珍和她很多次的交談再三講給她聽，從這些話裡看得出珍確實打算不再同賓利小姐繼續交往了。

然後加德納太太又說起威克移情別戀的事情，把她的外甥女兒笑話了一番，與此同時又讚美她的忍耐功夫。

她繼續說道：「但是，親愛的伊莉莎白，金小姐是一個怎樣的女子呢？我可不願意把我們的朋友看做一個唯利是圖的人。」

「請問，親愛的舅媽，在婚姻這個問題上，唯利是圖和小心謹慎這兩種動機有何區別？怎麼做才能算知禮，怎樣才算是貪婪？去年耶誕節你擔心我和他結婚，因為那是不謹慎的；而現在呢，他去追求一位只有一萬鎊財產的女子，你就要說他唯利是圖啦。」

「假如你告訴我，金小姐是一個怎麼樣的女子，我就知道怎樣去想了。」

「我想她可能是一位好女孩。我說不出她有什麼缺點。」

「可是威克原先根本看不上她，但是她的祖父一去世，她就變成了這筆財產的主人，威克就愛上她了呢？」

「不對，他為什麼要那樣做呢？假如他沒同我戀愛，就是因為我沒錢，那麼，他過去並沒有關心的一位女孩，一個同樣沒有財產的女孩，他沒有任何理由要和她談戀愛。」

「不過，她家中剛剛發生了這件變故，他就立即向她大獻殷勤，這總是顯得庸俗吧？」

「處境貧寒的人，哪能像有些人那樣，去注意那些高雅的禮儀。只要她不反對，我們為什麼要反對呢？」

「她不反感，並不說明他做得對。只不過是她自己有什麼缺陷，可能是見解方面有缺陷，或者是感情方面有缺陷。」

「噢，」伊莉莎白叫道，「你愛怎麼想就怎麼想吧，說他唯利是圖也好，說她傻也好。」

「不，麗琪，我可不願意這樣想。一個青年在德比郡生活了那麼久，我不忍心講他的壞話的。」

「哦，如果僅是這樣，那我看不起那些住在德比郡的青年人呢，他們居住在哈福德郡的那些知己朋友們，也好不了多少。我很討厭他們。謝天謝地！我明天就要到一個地方去，我將會在那裡見到一個一無可取的人，他不管在風度方面，還是在見解方面，都一無可取。說到頭來，只有那些傻瓜才值得去認識一下。」

「當心些，麗琪，這些話不免講得太消沉了一點兒。」

他們看完了戲剛要分別時，伊莉莎白接到了一個出乎意料的好消息，舅舅舅媽準備夏季旅行，請她一起去。

「我們還沒有決定此次旅行會走多遠，」加德納太太說道，「但是，可能去湖區[32]。」

伊莉莎白對這個計畫再滿意不過了，毫不遲疑又非常感激地接受了邀請。「我最最親愛的舅媽，」她興高采烈地叫起來，「我太高興了！我太幸福了！你給了我一個嶄新的生命。我再也不失望和憂鬱了。比起大石和高山，人算不了什麼！哦！我們會度過多麼愉快的旅行啊！等我們返回時，肯定不會像普通遊人那樣，連一件事情都講不清楚。我們肯定能牢牢地記住我們去過哪裡，我們一定能牢記看到過的景物。湖泊、群山、河流絕不會在我們的腦海裡亂七八糟地混作一談。而且，等我們嘗試著談某處風景的時候，我們也絕對不會因為弄不清確切位置而爭執不休。我們在講述觀感的時候，千萬不要像普通遊客一樣講得索然無味。」

32位於英國北部的著名風景區，因湖泊美景而得名，十九世紀英國著名的文學流派湖畔詩人華茲華斯、柯勒律治、騷塞就住在此處。

chapter 28 牧師住宅

第二天旅途的所見所聞，都使得伊莉莎白感到新奇有趣。她真是自在逍遙。因為姐姐的精神那樣好，再也不必為她的健康而擔心了，而且對北方旅行的嚮往還是一個永不枯竭的愉悅的源泉。

在他們離開了大路，走上了哈福德的小徑以後，每個人的眼睛都在留意搜尋著那座牧師住宅，每拐一個彎，都認為它會忽然顯現。他們沿著羅辛斯花園的圍欄向前走。伊莉莎白只要想到流傳過的這一家人的各種情形，就不由得笑了起來。

終於看到那座牧師住宅了。大路斜對面的花園、位於花園中央的房屋、綠色的圍柵和桂樹籬──每一樣東西都顯現出，他們到了。柯林斯先生和夏洛蒂站在門前，人們頻頻微笑，相互點著頭，馬車在一扇小門前面停住了，從這兒順著一條很短的鵝卵石通道，就來到了宅邸的門口。一轉眼工夫，大夥兒都下了車，賓主見面無限歡快。柯林斯太太笑容滿面地迎接了自己的朋友，伊莉莎白受到如此熱情的歡迎，愈發覺得不虛此行。她立刻發覺了她的表兄並沒因結婚而變好，他仍然像以往那樣拘泥於禮貌，在門口就向她一家問好，問候了好一會兒，聽見她一一回答完以後，他才算滿意。於是他就不再耽誤他們，只是不由得讓他們瞧瞧門口是多麼乾淨整齊，接著把客人們請進了屋裡。大夥剛進了客廳，他又對他們發出了第二次的歡迎，極其禮貌地說，這一次承蒙各位光臨寒舍，真是不勝榮幸，他的妻子請大家用點心，他也如此。

伊莉莎白早就想到他肯定會洋洋得意，因此當他炫耀那房屋優雅的造型、式樣和各種陳設時，她禁不住想到他是特地說給她聽的，似乎是讓她明白當初拒絕他是一個什麼樣的損失。雖然各種事物都十分整潔，她卻決不能表現出半點悔恨的跡象來讓他得意，她甚至用詫異的眼神看著夏洛蒂，她弄不明白夏洛蒂同這麼一個人朝夕相伴，為什麼神色還能那麼快活。柯林斯先生在談天時會說一些不得體的話，使他自己的太太聽到以後也不免感到不妥，而且這些話又常常吐露出來，每當此時，伊莉莎白就會禁不住地向夏洛蒂望一眼。

有幾次夏洛蒂被她看得有些臉紅，不過通常她非常機靈地假裝沒聽見。大家在屋子裡坐了好一會兒，觀看著家裡的每一件傢俱，一直從餐具櫃欣賞到壁爐架，又說了些途中的所見所聞和倫敦所發生的事，然後柯林斯先生邀請他們去花園中散步。花園很大，設計得也很好，一切都是由他一手經管的。他覺得管理花園是最高雅的愛好之一。

夏洛蒂說，這種操作有利於健康，她儘量鼓勵他這麼做；她講起這件事時，鎮定自若，真讓伊莉莎白欽佩。他帶著大夥兒走遍了花園裡的每一條曲折小路，看遍了每一個地方的景色。每看一個地方都要詳盡地說上一會兒，不過他並不費心誇讚，就算欣賞的人，稱讚上兩句，他也並不插嘴。他逐一列出每個方向有多少田地，而且連最遠的樹叢中有多少棵樹他都能說得上來，可是，不管他自己花園中的景物也好，還是這整個鄉村或者全國的名勝古蹟也罷，全都不能和羅辛斯花園的景色相比。羅辛斯花園正對著他的住宅，一片綠樹圍繞其間，通過樹林的縫隙能看到那座府第，那是一座漂亮的近代建築，聳立在一片高地上。

柯林斯先生本來想帶著他們穿過他的花園到兩塊草坪去看看，但是太太小姐們的鞋子都走不過那殘餘的白霜，於是都返回了，只剩下威廉爵士陪伴著他。夏洛蒂就帶上自己的妹妹及朋友參觀宅邸，也許是由於她能拋開丈夫的幫助，有機會露兩手，顯得非常興奮。房子很小，不過構造合理，也非常適用；一切都設計精巧，佈置協調，對於這些伊莉莎白都看成是夏洛蒂的功勞。只要柯林斯先生不露面，房間裡確實有一種溫馨的氣氛。

伊莉莎白發現夏洛蒂那麼自得其樂，就不由得想她平時肯定是經常不把柯林斯先生放在心上。伊莉莎白已經聽說了，凱薩琳夫人還住在鄉間。吃飯時，又談到了這件事，柯林斯先生馬上插嘴，說：「是的，伊莉莎白小姐。這個禮拜天，你將會在教堂榮幸地看到凱薩琳・德・德伯格夫人。不用說，你一定會很喜歡她的。她溫和親切不擺架子。我想，做完禮拜以後，你肯定會受到她的留意。我可以斷言，只要你待在這裡，只要她賞光請我們去吃飯，必定會一塊兒約你及我的妻妹一起去的。她待我親愛的夏洛蒂非常的好。我們每個星期都會到羅辛斯花園吃兩頓飯，她老人家從來不讓我們走路回家，總是命人用她的馬車把我們送回來。我應當說，是吩咐用她其中的一輛，因為她老人家有好幾部馬車！」

夏洛蒂繼續說：「凱薩琳夫人真的是一位通情達理、可欽可佩的女人，並且是一位最會體諒人的鄰居。」

「就是這樣，親愛的，你說到我心坎上了。像她這麼一位夫人，無論怎麼欽佩都不為過。」

那天晚上主要是在談哈福德郡的新聞中度過的，而且把寫信說過的重複一遍。大家散了之後，伊莉莎白孤單地坐在房間裡，不禁靜靜地思忖夏洛蒂對這種婚姻到底滿意到何種程度，又是怎樣駕馭丈夫的，又是怎樣來容忍丈夫的，最後也只能相信，所有的一切都佈置得很精妙。她不禁又想到這次拜訪將會怎樣度過，不過是一般的日常生活、柯林斯先生令人生厭的插嘴打岔、和羅辛斯那些人交往的好事。她把所有的事情都為對方想了想，就心中有數了。第二天正午，伊莉莎白正想到外面去走走，樓下突然傳來了一片喧嘩聲，整個宅子都忙亂起來，一會兒工夫，只聽見有人匆匆忙忙地跑上樓來，一面跑一面大聲叫她。她打開門後在樓梯口遇到了瑪麗亞，只見她激動得喘不過氣來，高聲喊道：

「哦！親愛的伊莉莎白，請你趕快去餐室廳，有了不起的情景哪！我先不告訴你那是怎麼回事。趕快，馬上下來！」

伊莉莎白問了幾個問題，卻沒有得到滿意的答覆。對這件事瑪麗亞任何話都不想多說，於是她們兩個人就直接跑到那間面對著大路的餐廳，四面環視起來。原來是兩位女士，坐著一輛矮矮的四輪馬車，停在花園門口。

伊莉莎白大聲嚷著：「就這點兒小事嗎？我還以為是豬玀闖入了花園呢，原來只不過是凱薩琳夫人和她的女兒啊。」

「哎，」瑪麗亞驚訝地叫道，「你認錯人了！瞧，親愛的，那並非凱薩琳夫人。那位夫人是詹金森太太，她是和她們在一起居住的；另外那位年輕的小姐是德・德伯格小姐。請你看看她那副模樣兒。她實在是一個可憐的小人兒。誰會想到她竟然這麼纖細，這麼瘦小！」

「她怎麼這麼不懂禮數，風這麼大，卻讓夏洛蒂在門口陪著她。她為什麼不進來？」

「唔，夏洛蒂以前說過，她一直都這樣。德・德伯格小姐要是能進來，那可是大為賞光了。」

「我喜歡她那種樣子，」伊莉莎白一面說，腦子裡一面產生了其他的念頭。「她看起來一副生病的模樣，脾氣又壞。她和他[33]相配真是太好了！她當他的妻子非常合適。」

柯林斯和夏洛蒂兩人都站在門口和太太小姐聊天。讓伊莉莎白感到最好笑的是，威廉爵士正畢恭畢敬地站在門前，注視著面前這位高貴的人，德・德伯格小姐即使向他這裡看一眼，他也趕緊點頭哈腰。

最後再也沒什麼可說的了，那兩位女士驅車走了，別人也都回到屋子裡。柯林斯一看到兩位女士，就馬上恭賀她們紅運連連；夏洛蒂則把他的話告訴給她們聽，原來羅辛斯的主人請他們明天去用餐。

33此處的「他」指達西先生。

chapter 29

羅辛斯府的凱薩琳夫人

由於受到這次邀請，柯林斯先生顯得非常得意。他原本就一直想要在這些好奇的賓客們面前顯示恩主家富麗堂皇的氣勢，讓他們看看老夫人對他和他的妻子是多麼禮貌周到，誰想這種機會居然來得這麼快。這足以說明凱薩琳夫人禮賢下士、屈尊降貴的氣度，這讓他不知道應當怎樣讚頌才是。

「說真的，」柯林斯先生說，「夫人請我們星期天到羅辛斯府去吃茶點而且玩一個晚上，我絲毫都沒覺得出乎意料。我知道她從來都待人熱情和善，我倒是想得到她會這麼做。可是誰想到她這一次會這樣隆重呢？誰能料到你們剛剛到來就會受到邀請呢？而且受到邀請的是所有的人！」

「對這樣的事我卻不感到稀罕，」威廉爵士回答說，「我懂得大人物真正的為人處世之道，像我這種身分的人，這並不算罕見。在宮廷裡，這種涵養高雅，禮貌好客的事情並不少見。」

這一整天，甚至第二天上午，大家所談的都是到羅辛斯府去拜訪的事，幾乎沒有別的。柯林斯先生提前認真地一一告訴賓客們去那裡將會看見些什麼東西，省得他們去了那裡看到那麼多豪華的房子，那麼眾多的僕人，那些豪華的宴席，會驚訝無比。

當女士們正想分頭去裝扮的時候，柯林斯先生又對伊莉莎白說：

「千萬別為了衣服發愁，親愛的表妹。凱薩琳夫人斷然不會要求我們服飾華麗，那是她本人和女兒的事。我建議你，只要選一件你上好的衣服就可以。凱薩琳夫人決不會因為你的穿戴簡單就看不起你的。她喜歡人們安分守己，有高低貴賤之分。」

女士們整裝時，他又去各個人的房門口走了兩三次，催促著她們快一點兒，因為凱薩琳夫人最煩的就是客人遲到。瑪麗亞・盧卡斯被那位夫人可怕的為人處世的方式嚇得慌亂不已，因為她素來不善交際。她想到要去羅辛斯拜訪，就心神不寧，和她父親當年進宮朝覲相差無幾。

這天天氣明朗，他們從花園中穿過，快樂地走了大約半英里的路。每一座莊園都各有千秋，伊莉莎白一路觀賞，感到心情愉悅。可是並不如柯林斯先生所料想的那樣，被眼前的這種景致陶醉得心醉神迷。雖然他一面數著房前一扇扇窗戶一面說，僅這上邊的玻璃，就曾經用掉了路易斯・德伯格爵士相當可觀的一筆錢，伊莉莎白聽後無動於衷。

他們踏上通向門廳的台階，瑪麗亞愈來愈覺得惶恐不安，就連威廉爵士都不能完全保持泰然自若。可是伊莉莎白卻並沒有感到害怕。不管是從哪一點，她都沒有聽說過凱薩琳夫人有什麼偉大之處足能令她感到敬畏，假如僅說財力，還不足以讓她看到以後就心驚肉跳。

進了門廳，柯林斯先生立即欣喜若狂，連連稱讚房子的豪華，接著他們由傭人帶出前廳，來到凱薩琳夫人母女和詹金森太太的房間。夫人非常親切地站了起來迎接他們。夏洛蒂在家裡的時候早就和她的丈夫商量好了，介紹賓主的事由她來辦，所以這一套禮節十分得當，柯林斯先生認為必不可少的那些道歉或者感謝之詞，都隻字沒提。

儘管威廉爵士當年進過詹姆士宮，可是看到周圍這樣富麗堂皇的氣勢，也不由得只有深深施禮的勇氣，悶聲不響地坐下了。再說他的女兒，幾乎嚇得喪魂失魄，只坐著椅子的一點兒邊，眼睛也不知道應當向哪裡看才好。伊莉莎白看到此情此景卻鎮定自若，她從從容容地仔細端詳著面前的三位女士。凱薩琳夫人身材高大，輪廓分明，濃眉大眼，可能年輕時很標緻。她的模樣，她待客的神氣，都不是很客氣，甚至讓客人不能忘卻自己卑微的身分。她令人覺得畏懼的地方倒不是一聲不吭，而是不管她說什麼，都是用一種自命不凡的口氣。這種盛氣凌人的氣勢讓伊莉莎白不禁想起了威克先生。通過這一天的觀察，她認為凱薩琳夫人和他所描述的一模一樣。

通過這番仔細地打量，伊莉莎白立刻看出，這位夫人的相貌和神態都和達西先生有點兒相似。然後她把目光轉到了她女兒身上，可看她那麼纖細瘦小，險些像瑪麗亞一樣尖叫起來。因為不管是外貌還是體形，母女倆沒有任何相像的地方。德・德伯格小姐臉色慘白，一臉病態，儘管五官算不上醜陋，但是確實不起眼。她不怎麼說話，偶爾和詹金森太太小聲嘀咕幾句。詹金森太太的長相毫無特別的地方，她只是聚精會神地聽著小姐講話，就像一個屏障一樣擋在那裡，使人不能看到小姐的相貌。

坐了幾分鐘後，他們被請到一扇窗觀賞外邊的景色。柯林斯先生陪伴著他們，逐一指點園裡的美麗景色。凱薩琳夫人則和藹地對大夥兒說，一到夏季，這兒的景色比現在還要美得多。

宴席確實頗為體面，眾多伺候的僕人和盛放酒菜的器具，也和柯林斯先生說過的完全一樣，並且正如先前所說，他按照夫人的願望，坐在餐桌的最後邊，看起來好像人生沒有比這更得意的事了。他邊吃，邊興致勃勃地稱讚。每道菜他都先稱讚一番，然後由威廉爵士加以誇獎，威廉爵士現在已經完全鎮定了，能當他女婿的「附和蟲」了。看到這兒，伊莉莎白不禁擔心，凱薩琳夫人怎麼能承受得住。可是凱薩琳夫人對這種過分的誇讚好像很得意，總是露著慈祥的笑容，特別是端上一道客人們說從來沒見過的菜的時候，她更是得意洋洋。賓主們卻相互沒什麼可說的，假如其他的人提起一個話題，伊莉莎白倒是樂意打開話匣子，遺憾的是她坐的位置不對頭，一邊是夏洛蒂，她正在用心地聽著凱薩琳夫人說話；另一邊是德伯格小姐，整個吃飯時間沒和她說一句話。詹金森太太主要注意著德伯格小姐，她看見小姐吃東西少，逼她再吃點別的菜，又怕她不受用。瑪麗亞本來就不願說話，男士們只是一邊吃一邊交口稱讚。

女士們回客廳後，沒做別的事，只是聽凱薩琳夫人說話。夫人喋喋不休地直到咖啡端上來才住嘴。不管說到什麼事，她都斬釘截鐵地說明自己的觀點，表現出不准其他人反對的模樣。她毫不留情地、不厭其煩地詢問著夏洛蒂的家事，還就怎樣料理家務為她提了很多意見，她對夏洛蒂說即使像她這樣小的家庭，也一樣照料得井井有條，還告訴她怎樣照顧母雞和家禽。伊莉莎白發覺，這位貴夫人絕不會放過指使別人的機會。她就在和柯林斯太太說話的時候，間或地詢問了瑪麗亞和伊莉莎白一些問題，並且大多是問伊莉莎白的。她不太瞭解伊莉莎白和她們的關係，但是她告訴柯林斯太太說她是一位文靜、漂亮的女孩。她幾次詢問起了伊莉莎白姐妹幾個；比她大還是小；是否有誰要出嫁了；她們長得漂亮與否；在什麼地方念書；她父親用的是哪種馬車；她母親還是小姐的時候叫什麼。伊莉莎白認為這一切問題提得太魯莽，不過仍然平心靜氣地逐一作了回答。於是凱薩琳夫人繼續說：

「你父親的財產得讓柯林斯先生來繼承，我認為是這樣的。替你考慮——」她轉過身對著夏洛蒂說，「我為這件事深感高興。否則，我實在看不出為什麼不把財產留給自己的女兒，反而給別人。路易斯・德・德伯格家族就認為不必這樣做。你會彈琴唱歌嗎，班內特小姐？」

「會一點兒。」

「哦！那——幾時我們倒樂意聽聽你的演奏。我們家裡的琴相當不錯，可能比——你什麼時候來彈彈試試吧。你的姐妹們都會彈琴唱歌嗎？」

「有一個會。」

「為什麼沒有全都學呢？你們每個人都應該學會的。韋伯家的小姐個個都會，她們的父親收入還不如你的父親多呢。你們會畫畫嗎？」

「不，根本不會。」

「怎麼，全都不會嗎？」

「誰都不會。」

「那真是太奇怪了。我想你們可能沒機會吧。你們的母親應當每年春天帶著你們到城裡來尋求名師才行。」

「我母親倒是想，但我父親不喜歡倫敦。」

「你們的家庭女教師離開你們了嗎？」

「我們一直都沒請家庭女教師。」

「沒請家庭女教師！家裡有五個女孩卻不請家庭女教師！我從沒聽說過有這等怪事。那你母親肯定像奴隸一樣拚命地教育你們了？」

伊莉莎白忍不住笑了起來，一邊對她說，根本不是那樣的。

「那，是誰指導你們的學習呢？是誰服侍你們呢？沒有家庭女教師，你們一定是沒有人照料嘍。」

「和有些人家比起來，我想的確如此。但是，假如真想學習就會有路子。家裡經常勉勵我們努力讀書，必需的教師我們全都有，誰成心偷懶當然也可以。」

「哦，那是無疑的，可請家庭女教師是為防止此事發生。如果我認識你們的母親，我一定會竭力說服她請一名。我總以為沒有井然有序的教導，教育就會沒有任何結果，而只有家庭女教師才能做到。說來奇怪，好多女家庭教師全是我推薦的。我一向喜歡讓一個年輕人謀一個好職位。詹金森太太的四位侄女兒全是由我推薦的，為她們謀到了滿意的工作；幾天前，我又推薦了一位女孩，她只是有人偶爾在我面前提起的，那家人非常喜歡她——柯林斯太太，我有沒有和你提起過，梅特卡夫夫人昨天特地來向我致謝的事？我覺得波普小姐是位不可多得的天才呢。她告訴我：『凱薩琳夫人，你給了我一個寶貝。』——你的妹妹們是不是都已經進入社交界了，班內特小姐？」

「是的，太太，全都進入社交界了。」

「全都進入社交界了！什麼，五個姐妹同時都出來交際？真怪！你只不過是老二！姐姐還沒有嫁人，別的妹妹就已經加入社交了！你的妹妹們年紀肯定很小吧？」

「是的，最小的才十六歲。可能她真的太小，不適於交際。但是，親愛的夫人，要是因為姐姐不能或者不想早嫁，當妹妹的就不允許參加社交和娛樂活動，這也真是太虧待她們了。最小的同最大的一樣都有享受青春的樂趣。怎麼能用這個理由把她們關在家裡呢！我認為那麼做就不會加深姐妹們的感情，也不會培養出美好的心境。」

「說實在的，」夫人說，「儘管你年紀這麼小，卻這麼有見解。請問你多大了？」

「我的三個妹妹都已經成人了，」伊莉莎白微笑著說，「夫人您總不至於再讓我說明歲數吧。」

凱薩琳夫人沒能得到直截了當的回答，感到很驚詫；有膽量用這種語氣和這麼富有的夫人講話，伊莉莎白心裡思忖，她可能是破天荒的第一個，敢於嘲弄這種威嚴出名而又粗鄙無禮的行徑。

「我相信，你不到二十歲，所以你也用不著瞞歲數了。」

「我超過了二十歲，但我沒到二十一。」

先生們吃完茶點後都到這裡來了，這裡已經放好了牌桌。凱薩琳夫人，威廉爵士，以及柯林斯夫婦，坐了下來玩四十張[34]。德伯格小姐非得要打「卡西諾」，所以兩位客人小姐就榮幸地幫著詹金森太太為她湊夠了人手。她們這一桌打得實在是沉悶，除去詹金森太太很為德伯格小姐的身子擔憂，時而怕她冷，時而怕她熱，時而問她燈光過亮還是過暗，然後就再也沒人說一點兒玩牌的題外話了。那一邊的桌上可就有聲有色得多了，凱薩琳夫人幾乎不斷地在講話——要

34 一種與二十一點相似的撲克遊戲。

麼指明另外那三人牌打錯的地方，要麼說自己有趣的事。柯林斯先生只管對夫人說的話隨聲應和，只要他贏了就會向她道歉。威廉爵士默然不語，他只顧得把一件件有趣的事和一個個尊貴的名字塞進腦子裡。

當凱薩琳夫人母女二人玩夠時，兩桌牌就都散了，凱薩琳夫人說要準備馬車送柯林斯全家回去，柯林斯太太很感激地接受了，於是馬上吩咐備車。大家接著就圍在火爐邊，聽著凱薩琳夫人斷言明天是什麼天氣。一會兒工夫馬車就備好了，讓他們去上車，他們這時候總算停止了受指教。柯林斯先生千恩萬謝一番，威廉爵士則是頻頻鞠躬，大夥兒這才告別。馬車剛駛離門口，柯林斯先生就要求伊莉莎白說一說她對羅辛斯的感想，她看在夏洛蒂的面子上，就頗為勉強地講了幾句恭維話。儘管她勉為其難地講了一些稱讚的話，卻並沒能讓柯林斯先生感到滿意，他馬上就不甘示弱，親自出馬，把凱薩琳好好地又誇讚了一番。

chapter 30

達西來訪

儘管威廉爵士在哈福德僅留了一個星期，可是這足以讓他相信，他女兒已經得到了一個安樂舒適的歸宿，她的丈夫和鄰居都是難得的。威廉爵士待在他家裡的時候，柯林斯先生總是每天上午和他共乘輕便雙輪馬車出去逛遊，欣賞田園風景。可是他剛走，家裡的日常生活就恢復原樣了。令伊莉莎白感到高興的是，威廉爵士走了以後，她們和表兄相處的時間並沒有由此而增多。因為，早飯和晚飯之間的大部分時間，他要麼在收拾花園，要麼就在書房裡讀書寫字，透窗眺望。他那個書房面對著公路，後面的一間是女士們的起居室。

伊莉莎白開始的時候很納悶，夏洛蒂為什麼不把餐廳同時當成起居室，那個房間比較大，而且向光性也較好。然而，她不久就發現，她的朋友之所以要這樣做自有她的道理：如果人們都坐在同樣舒服的房間裡，柯林斯先生待在書房裡的時間會非常少。她只能佩服夏洛蒂想得周全。

她們從會客室裡絲毫看不見外邊大路上的情況，幸虧只要有馬車路過的時候柯林斯先生總是通知她們；尤其是德・德伯格小姐的輕便小馬車，幾乎每天經過，而他總是適時地前來告訴她們，小姐也經常在牧師住處的門前停一會兒，和夏洛蒂閒聊幾分鐘，可是不管怎麼邀請，她卻從來都不肯下車進屋聊聊。

柯林斯先生幾乎每天都要到羅辛斯去一次，他的妻子也隔幾天就會去一趟。伊莉莎白總認為他們還有什麼別的應該得到的俸祿必須要解決，要不是如此，她就無法理解為什麼要犧牲這麼多的時間。偶爾夫人前來拜訪，到後房間裡的一切都逃不過她的眼睛。她問起他們的日常生活，察看他們的家務，建議他們用別的方法幹這種事，要不就是專門找碴，要麼說他們的傢俱擺放得不對，要麼責備他們的傭人在偷奸耍滑，要是她同意在這兒吃一些東西，那好像只是為了要看看柯林斯太太是不是持家節儉，是不是濫吃濫用。

伊莉莎白很快就發現，這位貴婦人雖然沒有擔任郡裡的司法要職，可是實際上她卻是她這個教區裡比法官還要活躍的治安推事，很多雞毛蒜皮的事都要柯林斯先生向她彙報。假如哪個村民喜歡吵架，牢騷滿腹，或是喊苦叫窮，她都親臨現場，平息怨恨，直到罵得居民們和睦相處、安居樂業才算終止。

羅辛斯差不多每個星期都要宴請他們，儘管沒有威廉爵士，而且只有一桌牌，不過這種宴席每一次都和第一次一樣。他們確實沒有別的宴會，因為鄰近一般人家的那種生活，柯林斯還望塵莫及。不過伊莉莎白從來都沒有覺得可惜，因為總的來說，她在這裡生活得夠舒服了：經常和夏洛蒂愉快地交談半個小時，而且這個季節天氣格外晴朗，可以不時地到外面去散散步。當有人來造訪凱薩琳太太的時候，她總是愛去花園一旁的那片小樹林裡解解悶，那兒有一條非常幽靜的林蔭小道，她覺得那裡只有她自己會欣賞，並且到了那兒，也令凱薩琳太太的好奇心鞭長莫及了。

她這次做客的前兩個星期就這樣平靜地溜走了。復活節很快就要到了，節前一個星期，羅辛斯府上要增加一個客人。在這麼小的範圍裡，這當然是一樁大事。伊莉莎白剛到那兒，便聽說達西先生在這幾個星期之內就要到這裡來了，雖然她覺得在她所認識的人當中，沒有一個比達西更讓人討厭，可是他來了卻可以讓羅辛斯的宴會上增加一個新鮮人物；另一點還可以從他對他表妹的言談舉止看出賓利小姐在他身上耍的花招是否完全落空，那就更讓人開心了。凱薩琳夫人顯然已經決定要把女兒許配他，一說他也要參加，就欣喜若狂，對他大加稱讚，可是一聽到盧卡斯小姐和伊莉莎白已經和他認識了，又常常見面，就有些惱怒了。

達西剛到，牧師住宅裡的人就馬上全部知道了，因為柯林斯先生整個上午都在哈福德路旁的門房旁邊走來走去，以便最早獲得確切的資訊。當馬車駛進了花園，他就深深地鞠了一躬，急速跑進屋裡，報告這個重大的消息。第二天上午，他急忙來到羅辛斯拜會。他需要拜謁凱薩琳太太的兩個姨侄，因為達西先生還帶來了一位名叫費茨威廉的上校，是達西的舅舅（某某爵士）的小兒子。柯林斯先生回來時，把那兩個貴客也帶來了，人們驚訝萬分。夏洛蒂從她丈夫的房間裡看見他們三人一塊兒從大路那一頭走來，就急忙跑到另一間屋子，告訴小姐們，一會兒就會有貴客光臨，她繼續說：

「這次的貴客大駕光臨，我得謝謝你呀，伊萊莎！否則，達西先生是不會忽然來拜訪我的。」

伊莉莎白聽了這些謙恭的話沒顧得上答謝，門鈴就響了。片刻之後，三位先生走進屋來，前面一位是費茨威廉上校。他三十歲左右，長相不能算俊美，可是不管氣度、舉止都算是地道的紳士。達西先生看起來和當初在哈福德郡時毫無變化，用一貫矜持的態度向柯林斯太太問好。他對伊莉莎白不管懷著何種感情，相見的時候神色鎮定。伊莉莎白只是給他行了一個屈膝禮，沒有說一句話。

費茨威廉上校像個頗有涵養的人，一到就爽朗而自然地交談起來。他講話滔滔不絕，並且非常幽默。但是他的那個表兄卻只是對柯林斯太太的住宅和花園略加欣賞，然後就獨自坐著，再也不對任何人說一句話了。最後，他出於禮貌，向伊莉莎白詢問她家裡人是否安好。她按照慣例搪塞了他幾句，稍停了片刻，她說道：

「我姐姐最近三個月一直住在城裡。你從來沒在那裡遇到過她嗎？」

事實上，她分明知道，他沒有遇到過珍，她只是想打探一下，看看他知不知道賓利一家和珍之間的關係。達西先生回答說他從未有幸遇到過班內特小姐，她感到，他說這句話的時候，神色有些慌張。這件事也就沒繼續談論下去，隨後不久，兩位先生便起身走了。

chapter 31 會客廳的談話

牧師家裡的那些人都稱讚費茨威廉優雅的言談舉止，女士們都覺得他會給羅辛斯的宴會平增一些樂趣。不過，他們已經有很多天沒受到羅辛斯那邊的邀請了，因為主人家裡有客人，沒顧得上他們，一直到復活節那天，也就是這兩個貴客到了一星期以後，他們才榮幸得到邀請，那也只是離開教堂時，主人才當面邀請他們下午去坐坐。在下一個星期，他們就沒見到凱薩琳母女二人。在這以前，費茨威廉去牧師家拜訪過很多次，可是達西先生他們只是在教堂裡才能見得著。

當然，他們都接受了邀請，準時到了凱薩琳夫人的會客廳。夫人非常有禮貌地招待了他們，不過事情很顯然，他們並不像沒請到別的客人時那樣受歡迎，而且夫人的心思幾乎全都放在了兩個姨侄的身上，只顧和他們交談，特別是和達西談的話比與房間裡任何人談的都要多。

費茨威廉上校看到他們顯得很開心：因為羅辛斯的日子的確是單調乏味，他希望有些調節，而且柯林斯夫人這個漂亮的朋友更是讓他想入非非。他坐到了她的身邊，繪聲繪色地談論肯特郡和哈福德郡，談論旅遊和家居，談論新書和音樂，直談得伊莉莎白感到在這個房間裡從來都沒有受到過這如此禮遇。他們兩個人談得那麼情投意合，以至於連凱薩琳夫人和達西先生都注意起來了。達西的一對眼睛立刻好奇地來回在他們兩人身上打轉兒。過了一會兒，夫人也同樣感到好奇，而且表現得更加明顯，她斷然叫道：

「你們談什麼，費茨威廉？你們在說些什麼？你和班內特小姐說什麼呢？告訴我聽一聽。」

「我們談音樂，姨母。」費茨威廉無可奈何地回答說。

「談音樂！那就請你們大聲談吧。我最喜歡音樂。要是你們談音樂，就得算我一份兒。我覺得，像我這樣真正愛好音樂的人，就算整個英國也沒幾個，也沒多少人能和我的天賦相比。如果我學了音樂，肯定早已成大家了。如果安妮身體健康的話，也肯定成為名家了。我相信她演奏起來肯定會優美動聽的。安娜眼下學得怎麼樣了，達西？」

達西先生非常真誠地讚揚了一番妹妹的才能。

「聽說她能彈得這麼棒，我真高興。」凱薩琳夫人說，「回去以後請你一定代我告訴她，如果她不努力練習，就不要盼著才華出眾。」

「您大可放心，夫人。」達西回答說，「她無須這樣的勸告。她一直都勤奮練習。」

「愈勤奮愈好。再多練習也不過分。下回給她寫信的時候，我還要囑咐她，不管怎樣都不准洩氣。我經常提醒年輕的小姐們，如果有心在音樂上出人頭地，只能不斷地練習。我告訴過班內特小姐很多次了，除非她努力練習，要不然是不會真正地彈好琴的。儘管柯林斯太太家裡沒有琴，可是歡迎她每天都來羅辛斯府，用詹金森太太屋子裡的那架大鋼琴彈一彈。你知道，她在那個房間裡彈琴，是不會礙誰的事的。」

達西先生為姨媽這一席沒有教養的話感到有點兒難堪，就沒答理她。

喝完咖啡後，費茨威廉上校提醒伊莉莎白說，她說過要為他彈鋼琴聽的。於是她馬上坐在鋼琴前。費茨威廉拉了把椅子坐在她身邊。凱薩琳夫人剛聽完半首曲子，就像以往一樣，和另一個外甥談了起來，一直到那個外甥終於躲開了她，邁著他平常那慢悠悠的步子走到了鋼琴邊，恰好能完全看到彈奏者漂亮的臉。伊莉莎白看到他站在跟前不走，明白了他的用意，彈奏完了一段，便轉過頭來對著他俏皮地一笑，說：

「你這種架勢過來聽我演琴，不會是想要嚇我吧，達西先生？不過我才不害怕呢！雖然你妹妹的確彈得不錯。我這個人本性執拗，絕對不會讓什麼人把我嚇倒。你愈是想嚇倒我，我的膽子往往就愈大。」

「我不想說你說得不對，」達西回答說，「因為你不會當真認為我存心來嚇你的。何況我有幸結識了你這麼長時間，足以知道你有時故意說點言不由衷的話，還覺得異常開心。」

伊莉莎白聽見達西這樣形容她，不禁開懷大笑起來，對費茨威廉說：「你表兄居然當著你的面把我說成一個壞人，你一句都別相信。我太不幸了，原本希望在這兒騙人，讓別人相信我起碼有些優點，不巧遇到了一個能看透我真正人品的人——說真的，達西先生，你把我在哈福德郡的許多情況全都說出來了，你太不給面子了——而且，請恕我直言，你這也太不聰明了——因為這樣一來，你會引起我的報復心的，我將會抖出那些事來，你的親戚會因此而震驚的。」

「我才不怕你呢。」達西微笑著說。

費茨威廉馬上叫道：「讓我聽聽他犯了什麼錯。我特別想知道他和陌生人在一起是怎麼為人處世的。」

「你馬上就會聽到的，請你先別驚訝。要知道，我第一次在哈福德郡與他相識，是在一個舞會上。你知道他在這個舞會上做了些什麼嗎？他自始至終只跳了四支舞！我真不想讓你聽後難過，不過事情的真相就是這樣的。雖然男士不多，他只跳了四支舞，並且我記得非常清楚，那時候舞場的女士裡，不止一個年輕小姐沒有舞伴——達西先生，這事你不能加以否認吧？」

「我深表遺憾，因為當時舞會上除去我本人之外，一位女士我都不認識。」

「是的，舞會上哪能請人家介紹女朋友呢？——好了，費茨威廉上校，我下面再彈什麼呢？我的手指頭聽你的吩咐。」

達西說：「或許我當初應當請人介紹一下，但是我又不喜歡對陌生人介紹自己。」

「我們用不用問問你表兄，這究竟為何？」伊莉莎白仍然對著費茨威廉上校說，「我們用不用請教他，見多識廣而又頗有涵養的人，為什麼就不喜歡向陌生人介紹自己？」

費茨威廉說：「不必向他請教，我可以回答你的問題。那是因為他怕麻煩。」

達西說：「我的確不像有些人天生那麼有本事，和素不相識的人也能輕鬆自如地大談特談。也不能輕易對別人說的話隨聲附和，假裝關心。」

伊莉莎白說：「我彈奏鋼琴，手指不像有些女士那樣嫻熟自如，也不像她們那樣有力度和速度，所以彈不出什麼有表現的韻味來。我總感到這些缺點，是我自己沒有勤奮練習的結果。我不相信我的手指不及那些比我彈奏得好的女人。」

達西笑著說：「你說得很對。你時間利用得很好。只要是有幸地聽到你彈奏的人，都認為你沒什麼欠妥之處。我們倆都不願意在陌生人面前表演。」

正在這時，凱薩琳夫人把他們的談話打斷了，大聲喊著問他們在說什麼。伊莉莎白馬上再次彈奏起來。凱薩琳夫人走到近前，聽了幾分鐘，接著就對達西說：

「如果班內特小姐能在倫敦名師指導下勤加練習，根本不會彈得跑調的。雖然她的情趣不能同安妮相比，不過她對指法掌握得相當不錯。安妮如果身體很好的話，肯定會成為一位極受歡迎的演奏家。」

伊莉莎白盯著達西，想看一下他聽完夫人對表妹的這番讚揚，是不是竭力贊成，但是不管當場還是事後她都看不出他對她有一點兒愛慕的表現。從他對德．德伯格小姐的整個言談舉止上看，她不禁為賓利小姐感到高興，如果他們是親戚，達西或許一樣會娶她的。

凱薩琳夫人繼續對伊莉莎白的演奏發表看法，還時不時地夾雜上一些有關彈奏效果和欣賞情趣的指導。伊莉莎白出於禮貌，不得不謙虛地領教了，並且在先生們的要求下，她一直坐在鋼琴邊彈奏到夫人命下人準備馬車，把大家送回去為止。

chapter 32

讓人費解的拜訪

第二天上午，柯林斯太太和瑪麗亞有事去村子裡，伊莉莎白獨自在家給珍寫信，忽然門鈴響起來，她猛然一驚。肯定是有客人拜訪，她想。既然沒聽見有馬車的動靜，那麼來人也許就是凱薩琳夫人，慌忙之中她快速收起寫了半截的信，省得她再提些冒失的問題。正在這個時候，門開了，她極為驚訝，萬萬沒想到進入房間的居然是達西先生，並且是達西先生獨自一人。

達西看到只有她一個人在屋子裡，也感到非常吃驚，連忙為自己貿然闖進來表示歉意，他原想太太小姐們全都在家，所以才冒昧前來拜訪。

於是兩個人坐下來，她向他問了幾句有關羅辛斯的情況以後，好像沒什麼可說的了，大有陷入僵局的趨勢，因此完全有必要找點兒話題說說。她忽然想起，最後一次在哈福德郡跟他相見的情形，頓時感到好奇，想聽一下他對那次匆匆離去到底有什麼話要說，於是她就問：

「去年十一月份你們離開內瑟菲爾德莊園是多麼匆忙啊，達西先生！賓利先生看見你們大家都一起跟著他走，一定會感到非常驚喜吧！我好像記得他比你們早一天離開。我認為，在你和他分手時，他同他的姐妹們身體一定都不錯吧？」

「好極了，多謝。」

她發現很難讓對方有什麼別的話再來回答她，隔了一會兒又繼續說：

「也許，賓利先生已不想重新回到內瑟菲爾德莊園來了吧？」

「他從來都沒這樣說過；也許，可能他沒想在那裡消磨太多時間。他有很多朋友，交際應酬與日俱增，特別是像他這個年紀的人。」

「如果他不想在內瑟菲爾德莊園久住，那麼為鄰居著想，他最好乾脆退出那裡，我們就可能會有一個固定的鄰居。也許賓利先生租下那所房子，僅僅是為了自己的方便，而沒想到鄰居的方便，我們一定得指望他根據相同的原則行事。」

達西先生說：「我料定他假如買下了稱心的房子，馬上就會退出那裡的。」

伊莉莎白沒回答。她不敢再說起他的那個朋友，既然沒有其他事可說，她就想讓他動動腦筋，另尋話題。

他明白了她的意思，一會兒就說：「柯林斯先生這座房子好像很愜意呢。我相信他剛到哈福德的時候，凱薩琳夫人一定花了很大力氣整修了一番。」

「我也堅信她花了很大的力氣，而且她的善心真是施捨得恰逢其人，天下還有哪個人能比他更知道感恩圖報呢？」

「柯林斯先生看起來很幸運，娶了這麼一位好妻子。」

「確實幸運。他的那些朋友可能很為他開心，因為有頭腦的女人願意嫁給他，或者嫁給他並給他帶來幸福。我這個女朋友真是個極其聰明的人——雖然我一直覺得她嫁給柯林斯先生未必是上策。可是她看起來倒也像是非常幸福，而且若謹慎考慮便可知，這對她而言也算是一樁很好的婚姻。」

「婆家住得距娘家及朋友們都這麼近，她肯定也心滿意足了。」

「這麼遠還能說近嗎？都快五十英里了。」

「只要路好走，五十英里算得上什麼？也就是半天多一點兒的路。當然，我認為非常近。」

「我可從來都沒覺得道路的遠近是這門婚姻的一個有利條件。」伊莉莎白高聲說，「我絕對不會說柯林斯太太住得距娘家很近。」

「這證明你太依戀哈福德郡。除非和朗博恩村做鄰居，我認為再近你還是覺得遠。」

達西說這些話的時候面帶笑容，伊莉莎白領會了這笑的深意。他肯定認為她想起了珍和內瑟菲爾德，於是她漲紅了臉回答說：

「一個女人就不可嫁得離家太近。遠和近是相對的，要看情況而定。只要家裡富有花點旅費無所謂，遠一點距離也並非壞事。不過我們所談的並非這事。柯林斯夫婦儘管說收益還好，但也經不起總是跑來跑去的啊——並且我深信，就算離娘家比現在再減一半的路，我的朋友也決不會認為自己離家近的。」

達西先生把椅子向她靠近了些，說：「你千萬別這樣依戀鄉土。你總不會永遠待在朗博恩村吧。」

伊莉莎白聽後露出驚訝的神色。達西的感情發生了某種變化，他就把椅子向後挪了挪，從桌子上拿起了一張報紙，漫不經心地瞟了瞟，接著用較為冷淡的口氣說：

「你喜歡肯特嗎？」

接著他們對這個地方談論了幾句，雙方都很冷靜，言辭很短。不久夏洛蒂同她的妹妹從外邊散步回來了，談論到此為止。姐妹二人見他倆傾心交談，都深感詫異。達西先生解釋他完全是誤闖進來打攪了班內特小姐，然後，稍微坐了幾分鐘，再也沒有和別人談點兒什麼，就走了。

達西先生一離開，夏洛蒂便說：「他這是什麼意思？親愛的伊莉莎白，他肯定是愛上你了，要不然他是不會輕易來看望我們的。」

伊莉莎白對她說了他剛才沉默寡言的情況，夏洛蒂就感到自己的這一片好心，看來又不像是那麼回事。彼此猜來猜去，結果她們只得看成他此次拜訪純屬無事可幹。從季節來看，這樣倒是很有可能，野外的一切活動都結束了，待在家中雖然能和凱薩琳夫人談天、讀書，還可以打一打檯球，可是先生們卻不能總是這樣不出房門，既然牧師住宅離得這麼近，到外面去散散步順路來這兒看看，同樣也讓人神清氣爽，再說那一家又是那麼可愛。所以兩個表兄弟在做客的這一段時間裡，忍不住幾乎天天來這裡走一趟。

他們總是上午來，可能晚一點兒，有時一個人來，有時結伴同來，有時姨母也一塊兒結伴而來。女眷們都看得明白，費茨威廉來訪，是因為他喜歡和她們交往——這當然令她們更加愛慕他，伊莉莎白和他在一起感到很高興，他顯然也很喜歡伊莉莎白，這就不禁讓伊莉莎白回想起了她以前的心上人喬治・威克，雖然二人比較起來，她覺得費茨威廉不如威克有魅力，但她相信他更見多識廣。

要說達西先生為何常來牧師住宅，這讓人費解。他不可能為了交際應酬，因為他常常一坐在那兒就是十幾分鐘沉默無言。就算說了，也是迫不得已，而非情願——與其說是真心感到高興，不如說是為了禮貌做出犧牲而委曲求全，而非內心感到愉悅。柯林斯太太搞不明白他到底是怎麼回事。費茨威廉上校有時候也會嘲弄他傻腦筋，可見他並非一直如此。柯林斯太太僅靠自己對他的瞭解，理解不了此點。她希望這是因為愛情所致，而他的愛慕者又是她的朋友伊莉莎，她就開始鄭重其事地留意起來，決定探個究竟——每一次無論是他們到羅辛斯底去，還是達西到哈福德來，她總是對他尤其留意，可是一無所獲。達西先生確實經常盯著她的朋友，但那目光中究竟包含著多少情意，還應該琢磨一番。儘管那是一種真摯且認真的目光，可是她也經常懷疑，這裡面未必包含著多少傾慕的意思，有時看起來只是漫不經心地看一眼罷了。

她曾經在伊莉莎白面前提起過一兩次，說達西先生也許對她有傾慕之心，但伊莉莎白卻總是付之一笑。柯林斯太太覺得此事不能追得過緊，以免燃起伊莉莎白的希望，到最後卻只落得個水中撈月，因為照她看來，確定無疑的是只要她的朋友確定自己已經把達西握在了手中，那麼，對他所有討厭的情緒都會煙消雲散的。

她出於好心為伊莉莎白考慮，有時也想過把她嫁給費茨威廉上校。他是個非常幽默的人，當然也非常傾慕伊莉莎白，從社會地位說也比較般配，但是有一個缺點卻把他的這一切優點抵消了。達西先生在教會中權勢極高，可是他的表弟卻一點兒都沒有，這一點把他的所有長處都抵消了。

chapter 33 陰謀

伊莉莎白在花園裡散步時，曾經幾次不經意間碰到達西先生。別人到不了的地方他偏偏會來，這也真是倒楣，覺得命運好像在故意跟她作對。她第一次就對他說，她喜歡一個人到這裡散步，那時候的目的就是希望以後這事不要再發生。如果真的再發生，那真是見鬼了。可還是接二連三地發生了。

這麼看來達西可能是故意和她過不去，否則就是有心要來道歉，因為後來有幾次他既不是和她敷衍幾句就沉默無語，也不是見面以後一會兒就走開，而是真掉過頭來同她一起散步。他說話從來很少，她也懶得多講，懶得多聽。

可是第三次相見，她沒料到他向她提了幾個莫名其妙、彼此沒有關聯的問題。他問她待在哈福德是否高興，問她為什麼願意獨自散步，又問她是不是覺得柯林斯夫婦很幸福。提到羅辛斯，她說她對於他家瞭解得太少，他倒好像希望她以後要是有時間再到肯特來的時候，也能在那裡住上一陣子。從他的談吐中能聽出他有這種目的。難道他是在替費茨威廉上校著想嗎？她心裡思忖著，如果他真的弦外有音，那他一定是暗示那個人有些傾心於她。這令她有些苦悶，不過幸好發現已到牧師住宅對面的柵欄門前。

有一天，伊莉莎白一邊散步，一邊再次細看珍上次的來信，把珍情緒不好的時候寫的那幾段認真地咀嚼著，沒想到又被人嚇了一跳，她抬起頭來一看，從正面走過來的並不是達西，而是費茨威廉上校。她趕忙收好那封信，勉強微笑，說：

「沒料到你也到這兒來了。」

費茨威廉回答說：「我每年都會如此，在走以前總要來花園裡到處轉一圈，然後我還得去牧師家拜望一下。你還想繼續往前走嗎？」

「不，我這就要回去了。」

她真轉過身來，兩個人一塊兒朝牧師家走去。

「你們星期六確實要離開肯特嗎？」她問。

「是的，如果達西不再推遲的話。可一切隨他的便。他願意怎樣安排就怎樣安排。」

「並且即使他的安排自己也不同意，至少他還從掌握去留的決定中享受權利的樂趣。我從來沒碰到過哪個人，像達西先生那樣喜歡自作主張，我行我素。」

「他的確喜歡自作主張，」費茨威廉上校回答說，「可我們都是如此。唯一的不同是他比一般人有條件，能那樣做，只因為他富有，一般人貧窮。我講的都是心裡話。你知道，家裡的小兒子不得不克制自己，依靠別人[35]。」

35 十八世紀的英國，仍沿用了封建社會的一些法律習俗。當時規定財產、官爵只能由長子繼承，而其他兒子得不到分毫，因此其他兒子既無職業、亦無財產，只能靠長兄資助生活。

「依我看，一位伯爵的小兒子，對這兩方面就會一竅不通。此外，我要認真地給你提一個問題，你知道什麼叫克制自己和依靠別人嗎？你是不是由於哪一次缺錢，打算到某個地方去卻去不了，喜歡某件東西卻沒買成？」

「這些問題真是直擊要害，也許我說不上吃過多少此類苦頭。可是在更重大的事情上，我可能就會因為貧窮而受罪了。小兒子是不能隨便想和誰結婚就和誰結婚的。」

「除非是和有錢的女人結婚，我認為這個情況他們會經常遇到。」

「我們花錢一向奢侈無度，使我們不得不仰仗別人，像我這種身分的人，找不到幾個結婚不考慮錢的。」

「這番話都是對我說的嗎？」伊莉莎白這麼思忖著，臉不禁變得緋紅。然後立即恢復如初，用活潑的語調說：「那，請准許我提一個問題，一位伯爵的小兒子，通常的身價是多少錢？我想，除去哥哥身體狀況太壞，我想你開價也不會超過五萬英鎊吧。」

費茨威廉上校也用同樣的口氣回答了她，這個話頭就此打住了。但是她害怕這樣沉默下去，會使他認為是剛才的談話令她感到難過，因此等了片刻，她又繼續說：

「依我看，你表兄帶你到此地，不過為了能有個人任他擺佈。我不懂他怎麼還不結婚，結婚以後就能永遠有人聽他指使了。也許，如今他有一個妹妹就足矣了，她既然完全讓他一人照顧，那麼他就可以對她隨心所欲了。」

「不，」費茨威廉上校說，「這份好處他必須和我一同分享。我也是達西小姐的保護人。」

「你真的也是嗎？噢，那請告訴我你們監護些什麼？達西小姐不好伺候吧？像這個年齡的小姐，有時是不好對付的，假如她承襲了達西家族的性格，她一樣也會凡事都憑她個人興趣來做。」

伊莉莎白在說這些話的時候，發現費茨威廉上校在深情地盯著她。他立即就問她，她怎麼會覺得達西小姐會帶來很多不安。看到他那問話的神情，伊莉莎白堅信，她自己的猜測幾乎已經接近事實了，於是趕緊回答：

「你用不著害怕。我從沒聽到過對她不利的事。並且我還確信她是世上最溫順的女孩。有兩位我熟悉的女士，赫斯特太太和賓利小姐，就非常喜歡她。我似乎聽你提起過，你也是認識她們的。」

「我同她們不太熟悉。她們的兄弟是一位很有紳士風度的人——他是達西先生的好朋友。」

「哦，就是嘛！」伊莉莎白冷冰冰地說。「達西先生對賓利先生好極了，對他的照顧可以說是細心周到。」

「照顧他！——是的，我真相信，在他最需要照顧的時候，達西的確關心他了。我們到這裡來的途中，達西好像對我提起過許多事情，從中足以看出賓利幸虧得到了他的幫助。但是我要請他原諒，因為我沒有權利猜測他指的那個人就是賓利，那純粹是胡亂猜想罷了。」

「你指的是什麼？」

「此事達西不願意讓人們知道，以免傳到那個小姐家，弄得大家都不愉快。」

「你大可放心，我不會透露半點的。」

「請記住，我並沒有充分的理由猜想他所提到的那個人就是賓利。他只不過對我說，他近來幫著一個朋友擺脫了一樁由於浮躁造成的婚姻糾紛，他感到很幸運，可是他並沒有提名道姓說出其中的詳情。我只是懷疑到了賓利身上，第一是因為我覺得像他那種年輕人，很輕易就能招來這種麻煩；第二則因為我知道，他們兩個人整個夏天都待在一塊兒。」

「達西先生對你說過他為什麼要管人家的閒事嗎？」

「我聽說那個小姐有些條件不夠資格。」

「他用什麼辦法拆開他們的？」

費茨威廉笑著說：「他並沒說他用的是什麼辦法，他對我說的，也只有我剛才告訴你的那番話。」

伊莉莎白沒有回答，繼續往前走，心中怒火中燒。費茨威廉看了看她，問她為什麼要這麼緊皺眉頭。

她說：「我在想你剛才告訴我的這件事，我覺得你那個表兄的行為不好。為什麼要由他來做主？」

「你認為他的干涉是多管閒事嗎？」

「我實在弄不明白，達西先生有什麼權利決定他朋友所傾心的女子是否合適；僅憑他個人的觀點，他怎能自作主張地去指導他的朋友如何才能得到幸福。」她說到這兒，就靜了靜心，然後接著說，「不過，既然我們不知其中原委，所以，我們要指責他，或許不公平。也許那兩個人之間根本就沒有什麼愛情。」

「這種推論當然不是沒有道理。」費茨威廉說，「但我表兄原本非常高興，被你這樣一說，不是讓他的功勳大打折扣了嗎？」

這原本是句打趣的話，但伊莉莎白聽起來卻恰恰是達西先生的真實寫照，所以她不便回答，立刻轉換了話題，說了一些無關緊要的事，一直走到了牧師住宅。客人剛辭別，她就回到了自己的臥室，獨自認認真真地回想著方才聽到的一番話。費茨威廉談起的那對男女肯定與她有關係。達西先生能這麼容易操縱的人，世上哪兒能找到第二個！

伊莉莎白從來都沒有懷疑過，他必定是參加了拆散賓利先生和珍的陰謀。然而她還一直把賓利小姐當成主要策劃者，統統都是她出的主意。假如達西自己沒被虛榮心衝昏頭腦，那麼事情就不會這樣。珍如今所受到的各種痛苦，還有繼續要承受的痛苦，一切都在於他的過錯，都是他的高傲和一意孤行所致。天下最善良最仁慈的一顆心對幸福所懷著的一切希望，都毀於他的手下。而且，沒有人敢確定，他造成的這等罪孽到哪年哪月才會終止。

「那位小姐有一部分條件不太夠格。」這出自費茨威廉上校口中的話，這一切夠不上格的條件，她有位姨父擔任鄉下的律師，還有位舅舅在倫敦做生意。

「要說珍自己，」想到這裡她不禁大聲喊道，「是決不會有哪一方面夠不上格的。她是多麼可愛，多麼善良！她天生聰慧，智力超人，風度迷人。我父親也無可指責，雖然他有點兒乖戾，可是他各方面的能力達西先生卻不能藐視，他那高尚的品格，達西恐怕一輩子都不能相比！」當她想起母親的時候，她的自信不禁有些動搖，但她並不覺得這些缺陷會對達西先生有很大的影響。她堅信，照達西先生的看法，最能使他的自尊心受到傷害的，是他的朋友和門戶卑微的人家聯姻，要說這一家人是否有見識他並不會斤斤計較。最後，伊莉莎白確信，達西這樣做有一點是被這種扭曲的自尊心所驅使，另一點是希望把賓利先生許配給他的妹妹。

這件事她愈想愈生氣，不禁號啕大哭起來，引起頭痛，到晚上，痛得越來越厲害，還因為她不想看到達西先生，就決計不和她的表兄表嫂一同去羅辛斯吃茶點了。柯林斯太太看到她確實不舒服，也就不便強求她去，也盡力不叫丈夫強求她，可是柯林斯先生不禁有點兒害怕，擔心她待在家裡會使凱薩琳夫人不快。

chapter 34

突如其來的表白

他們走了以後，伊莉莎白便拿出她來到肯特後珍給她寫來的信，一封封地仔細品味起來，好像是想竭力和達西冤家做到底一樣。信裡並沒有什麼真正抱怨的話，既沒有提起舊事，也沒有傾訴眼前的煩惱。她文靜和藹，為人寬厚，所以她寫信從來都沒有半點兒黯淡的色調，總是以非常歡愉的心情躍然紙上，可是現在，認真讀遍了她全部的信，甚至都讀遍了她每封信的字裡行間，也找不到這種情緒了。

伊莉莎白覺得信上每一句話都流露著不安，因為她這一次是用心閱讀的，比上一次可要仔細得多。達西先生大言不慚地誇口說，讓人們受罪是他的特長，這讓她更加深刻地體會到姐姐的痛苦。能讓她得到一絲安慰的是，達西後天就會離開羅辛斯，這讓她的心情稍微舒暢了一點兒。更讓她欣慰的是，不到兩個星期，她就能和珍再次重逢了，並且儘量用一切感情的力量幫她重新振作精神。

只要一想到達西很快就要離開肯特，就不免想起他表弟也將和他一塊兒走，可是費茨威廉已經表明他對她並沒有任何想法，因此，雖然他很可愛，她卻不願因為他而不高興。

剛想到這裡，她忽然聽見門鈴響了起來。她有點兒慌張，心想或許是費茨威廉上校來了，有一天他也曾經在很晚的時候來過，這次可能是特意來探望她的。可是這個念頭馬上就被打消了。她想不到的是，走進屋裡的居然是達西先生。猛然間她的心裡湧起了一種莫名的感覺。達西急忙詢問她的身體狀況，說他這一次來是想知道她的身體是不是好些了。她禮貌地應付了幾句。他靜靜地坐了幾分鐘，然後就站起身來，在房間裡踱來踱去。伊莉莎白感到莫名其妙，但是嘴裡什麼也沒說。達西沉默了幾分鐘以後，忽然帶著一種激動的神情走到她面前，說：「我盡力抑制自己，但是沒用，純粹是白費力氣。我的感情再也控制不住了，你必須讓我對你說：我是多麼傾慕你、愛你。」

伊莉莎白驚訝得無以言表。她目光呆滯，滿臉通紅，滿腹狐疑，默然不語。他看到這情形，就認為她是在鼓勵他繼續說，所以馬上把目前和往日對她的好感全都傾訴而出。他講得很感人，除去傾吐愛情以外，還把別的各種感想也一五一十地說了出來。他一方面滔滔不絕地表達了愛意，而另一方面卻又說了許多高傲無禮的話。他感到她身世卑微，感到自己是紆尊降貴相求，而且家庭方面的各種阻礙，往往使得他的理智與感情相互矛盾——他熱情地傾訴著，這雖然顯得他自貶身價，且對他的求婚可能不利。

儘管她對他深惡痛絕，可是得到這樣一個男人的青睞，她卻不能無動於衷。雖然她的意志始終沒有動搖，但是她開始體會到他將會遭受的痛苦，因此還有點兒不安，然而他後面的那番話卻引起了她的義憤，接下來怨恨取代了憐惜。不過，她仍然盡力壓住自己，盡可能地讓他把話說完，然後耐心地回答他。最後，他告訴她，他對她的感情是那麼強烈，不管怎樣也克制不住，雖然他想控制住自己。他還對她表明了自己的希望，極其希望她肯接受他的求婚。她立即看出他說這番話時，很明顯滿以為她肯定會給他一個滿意的答覆。他嘴裡說著擔心和憂慮，面部卻流露著一種勝券在握的神氣，這只會使得她愈發憤恨。所以，當他剛停下來，她就紅著臉說：

「在這種情況下，通常此事的常規：別人對你坦白了情意，你就算不能給以同樣的回報，也要表達一下感謝之情。心生感激，這也是理所當然的，要是我真的感激，我現在就會向你表達謝意。遺憾的是我卻沒有這種感覺。但我從來都沒有奢望得到你的美意，何況你抬舉我也是十分牽強的。我若給什麼人帶來痛苦，我會感到抱歉。然而這完全是出於無意，而且我希望不久就會事過境遷。你告訴我說，以前你顧慮到各種方面，因此沒能向我坦白你對我的好感，然而，此刻通過我的這一番解釋以後，你一定會輕易地把這種好感控制住。」

達西先生斜倚在壁爐架上，目不轉睛地注視著她的臉，聽著她講話，他的憤慨不亞於驚訝。他氣憤得面色發白，五官都表明他心煩意亂。他盡力裝作一副冷靜的模樣，否則他是不會開口的。這一時的沉默使伊莉莎白非常害怕。最後，他才勉強用一種若無其事的聲調說：

「我很榮幸能得到如此的答覆！也許我可以請教請教你，為什麼我居然受到了這樣無禮的拒絕？但是，這並沒什麼大不了的。」

「我可以有幸問一下，」伊莉莎白回答說，「為什麼你分明是成心想觸犯我、羞辱我，存心說你愛我，竟然這樣背叛了自己的意志、背叛了自己的理性，甚至背叛自己的性格？要是我真是無禮的話，難道這一切還不足以作為我無禮的原因嗎？另外，讓我氣憤的事情還不光這件。

這你也是知道的。即使我從來都沒討厭過你，即使我毫無芥蒂，保守地說，即使我對你一直存有好感，你就真的認為我會那麼糊塗，明明知道這個男人一手斷送了我最親愛的姐姐的幸福、甚至永遠斷送了她的幸福，竟然還能接受他的愛？」

達西先生聽完這一席話臉色驟變，然而馬上冷靜下來。他不想去打岔，只是默默地聽著她繼續說下去：

「我有充分的理由認為你壞。你對那件事情完全無情無義，不管你到底出於什麼目的，都不能以任何藉口得到寬恕。你活生生地把他們兩個拆開，使得一個人因三心二意而受人指責，另外一個則因愛情落空而遭人嘲笑，你讓他們兩個人遭到了沉重的打擊。這等寃孽就算不是你一個人引起的，起碼你也是主謀。對這一切我認為你不敢予以否認，也不能否認。」

她停了停，一看到達西那種神情，絲毫沒有悔恨的意思，這使她怒不可遏。他甚至還裝成一副懷疑的神色面帶笑容。

「你敢保證你沒這樣做過嗎？」她逼問道。

他故意裝出鎮靜的態度回答：「我不想否認。我的確想盡一切辦法，結束你姐姐和我的朋友的一段姻緣，我也不否認，我為自己取得的成績頗為得意。我對他一直都比對我自己更好。」

伊莉莎白聽到他這一席自得的辭令，並不想表露出很在意的模樣。但是她卻明白此話所指，所以心裡的氣憤也就無法平息。

「不過，不止此事讓我討厭你，」她繼續說，「在此以前我就討厭你，對你有成見。在幾個月之前我在威克先生那兒已經聽說了，你的為人怎樣已經很清楚了。你在這件事上還能說些什麼呢？看你還怎樣來為你自己辯護，將這件事情也胡編亂造地說成是為了保護朋友？你又要怎樣來混淆是非，欺世盜名？」

達西先生聽到這番話，臉色頓時漲得更紅了，聲音已經不如方才鎮定，他說：「你倒是的確十分關心那位先生的事情。」

「知道他那不幸遭遇的人，誰能不自然而然地關心他呢？」

「他遭受不幸！」達西蔑視地重複了一遍。「是的，他那慘痛的命運確實不幸。」

「而且都是你造成的，」伊莉莎白大聲叫道，「你把他害到這樣貧窮的境地，當然是相對而言的貧困。只要應當是他享有的權利，你分明知道，卻不願給他。他正值年輕力壯，應當獨享那些財產，你卻奪走了他的生活收入，而那是他受之無愧的。這都是你幹的好事，可是別人只要一說起他的不幸，你還會加以輕蔑和嘲笑。」

「這就是你對我的看法！」達西在屋裡一邊走一邊喊。「原來這就是你對我的評價！非常感謝你解說得這麼詳細。這麼說，我的確罪孽深重！可能，」他停下腳步，回過頭來對她說，「只怪我老老實實地把我過去一拖再拖、遲疑不定的原因講了出來，所以使你的自尊心受到了傷害，要不然你也許不會斤斤計較我冒犯你的那些事情了。假如我耍些手段，把我心裡的矛盾掩藏起來，一味恭維你，讓你相信我不管是理智、思想，還是其他各個方面，都對你懷著無條件的、純潔的愛，那麼一來，也許你就會控制住這番刻薄的責罵了。遺憾的是無論是哪種做作行為，我都痛恨。剛才我說的的確是心裡的顧忌，而且也並不感到羞恥。它們是非常正常的，也是十分正確的。難道你指望我會為你那些地位低賤的親戚而大感快慰嗎？難道你以為，我要是結上了這麼多地位遠遠不如我的親戚，倒會為了自己而慶幸嗎？」

伊莉莎白愈聽愈氣憤，然而她仍然儘量控制著自己，心平氣和地說：

「你想得不對，達西先生。如果你有紳士風度的話，可能我拒絕你會感到有點兒難過，另外，難道你覺得你表白的方式能在我身上有影響嗎？」

他聽了這些話大吃一驚，但是沒吭聲，於是她又繼續說：

「任憑你用盡所有的手段向我求愛，也沒法讓我答應你的求婚。」

達西顯得很驚訝，他帶著詫異和惱怒混雜的神情盯著她。她接著往下說：

「從我認識你的那天起，幾乎可以說是從認識你的那一剎那開始，你的舉止行動就給我留下了深刻印象，你為人傲慢、自私自利，鄙視其他人的感情。這一切都是我心存不滿的原因。接下來的一連串的事更是在這上面建起了根深蒂固的厭惡的圍牆。認識你還不到一個月的時間，我就感到，哪怕世界上沒了其他的男人，也別想說服我嫁給你。」

「你說得夠多了，小姐。我非常理解你的心情，現在我只為自己過去的種種行為而感到羞恥。很抱歉耽誤了你這麼長時間，還請准許我祝你終生健康幸福。」

說完，他急急忙忙地走出了屋子，等了一會兒，伊莉莎白聽到他打開了前門，離開了宅子。

她覺得心裡亂糟糟的，十分痛苦。她不知道怎樣來支撐自己，感到確實軟弱無力，就坐在那兒整整抽泣了半小時。她每回想先前的那一幕，她的驚訝就增加一分。達西先生居然會向她求婚，而且竟然已經愛上她幾個月了！而且還竟然那麼愛她，想和她結婚，無論她有多少缺點，而開始她自己的姐姐正是出於這些缺點而遭到了他的阻撓，阻撓姐姐嫁給他的朋友，並且這些缺點對他起碼有著同樣的影響——這真是令人難以置信的事！一個人能在不知不覺中觸動了別人這樣強烈的愛戀，這真是愉悅無比。可是他的傲慢，他那可惡的傲慢，他居然大言不慚地承認他自己是怎樣斷送了珍的美好生活，他招認時雖然無法為自己辯白，可是使人不能原諒的是他那厚顏無恥的神氣，而且他說到威克先生時的那種無動於衷的神情，他並沒有不去承認對威克的冷酷——想到這些事，她曾一時體諒到他一番愛慕而觸動起來的同情心，早就被氣憤衝擊得煙消雲散了。

她這樣心潮起伏地左思右想，一直到聽見了凱薩琳夫人的馬車聲，她才感到自己不能這樣見夏洛蒂，於是慌忙回她自己的房間裡去了。

chapter 35

達西的長信

第二天清晨，伊莉莎白睡醒以後就再一次陷入了昨晚讓她輾轉反側難以合眼的那些沉思默想之中。這件事太不可思議了，她到現在還沒有醒過神兒來，她完全無心考慮其他的事，更沒心思做事。因此早餐後，她就決定去外面透透氣，於是直接走向她最喜歡的那條小路，走著走著，猛然想起達西先生偶爾也會走到那裡截她，就止住了腳步，她沒走進花園，卻從莊園門口拐上了一條小徑，小徑的一邊依然是莊園的柵欄。她依然順著柵欄往前走，距公路愈來愈遠，不久便經過了一道柵欄門，到了曠野上。

她沿著這一段小徑來回轉了兩三遍，清晨宜人，只要她走進一個莊園的門口，就禁不住停住腳步，往裡邊看一眼。她來肯特郡五個星期了，鄉村的變化相當大，初春的樹木日漸綠了起來。她正想不停地往下走，忽然瞟見莊園一邊的小樹林裡有個男人，正向她這裡走來。她怕那個人是達西先生，就回轉身子往回走。可是那個人已經來到了近前，能夠完全地看見她了。他大步流星往前走，同時還喊著她的名字。她原本已經掉轉身子走開了，聽見有人叫她，儘管一聽聲音就知道是達西先生，可是也不得不往回走到了莊園門口。此時達西剛好也來到了莊園門口。他取出一封信遞到她面前——伊莉莎白不由自主地收下了——他帶著傲慢而鎮靜的神情說：「我已經在樹林裡蹓躂了好長時間，希望能夠遇上你。請你看一下這封信，行嗎？」說完他稍微欠了欠身，轉身走進了茂密的樹林裡，一會兒就看不到了。

伊莉莎白並沒有指望有什麼好事，只是在強烈的好奇心地驅使下，才打開了信。只見信封裡塞著寫得密密麻麻的兩張信紙——信封上的字也是寫得滿滿的——她的好奇心愈發強烈了。她一邊順著小路摸索著往前走，一邊開始看信。信的右上角寫著，信是上午八點在羅辛斯邸寫的。內容是這樣的：

小姐：

收到此信時請不要慌張，既不必害怕我會重訴苦衷，也不必擔心我會重新向你求愛，既然我昨天晚上的舉動使你那樣討厭。我極其不願讓你陷入悲痛中，更不想低三下四、自討沒趣，因此我絕對不會舊事重提。並且為了雙方的幸福，那些意願應該忘得越早越好。我寫這封信的原因，而且要麻煩你讀一讀，無非是由於事情關係到我的聲望，被逼無奈罷了。要不然，不但不用我費筆傷神，又免去了你讀信的麻煩，彼此不用費力了。所以，務必請寬恕我冒昧地勞你費神。我知道，你是決不想費神的，然而我仍然請你平心靜氣地讀一讀。

昨晚，你把兩條性質不同、輕重各異的罪名扣在我的頭上。你斥責我的第一個罪過，是說我根本不考慮賓利先生和你姐姐二人的愛情，活生生地毀了他們的幸福；另一個罪過是說，我輕視別人的權利，無視名譽和喪盡天良，毀掉了威克先生指日可待的富貴，毀掉了他的大好前途。我居然蠻橫無理、毫無情義地拋棄了自己兒時的朋友、父親生前的寵兒、一個沒有依託的年輕人，全靠我們照顧為他謀得了一個牧師的職位，並且從小就盼望能得到這個職位的年輕人，這真是我的一個遺憾！分開一對戀愛只有幾個星期的年輕男女，相比之下，又怎麼能夠同日而語！不過，就這兩件事，我昨天晚上遭到了不合情理的嚴厲斥責，下邊我將敘述我的行為和目的，希望你在知道後，能使我以後免受這種嚴厲斥責。

在我自己不得不對這件事做出必要的解釋時，假如我不由自主地說出一些或許會得罪你的見解，我不得不先向你道歉——無可奈何的事情總得做——過多的道歉就屬荒唐無聊了。——我來哈福德郡後不久，同其他人一樣，也看出了賓利先生對你姐姐的好感超出任何本地的其他女子。——但是，一直到內瑟菲爾德舉行舞會的那一夜，我才想到他的好感也許會發展成戀愛——此前我也經常看到他陷入愛河。

在那個舞會上，我榮幸地同你跳舞的時候，偶然間從威廉・盧卡斯爵士嘴裡得知，賓利對你姐姐的殷勤已經弄得盡人皆知，以至於到了人們都認為他們到了談婚論嫁的程度。威廉爵士說這是必然的事，就差沒定婚期了。從那天開始，我開始密切觀察我朋友的行動，結果發現他對班內特小姐確實情真意切，我過去從來都沒見到他這樣真誠地愛過。我也觀察過你姐姐——她的神態舉動依然開朗愉快，惹人喜歡，卻一點兒都沒有垂青於誰的跡象。經過那天晚上仔細觀察，我一直堅信，班內特小姐雖然很願意接受傾慕於她的賓利獻上的殷勤，可是她自己並沒有回報以濃濃真情——在這件事上，如果你沒弄錯的話，那肯定是我搞錯了。你對自己姐姐的瞭解更高一籌，所以後者料想可能性更大——如果真是這樣，真是由於我犯了這種錯誤導致你姐姐遭受到痛苦，你的怨恨也就不無道理了。

但我冒昧提一句：你姐姐神情舉止那麼平靜，就連目光最銳利的觀察者也會堅信，無論她多麼溫柔親切，她的心決不會輕易被打動的。我真的覺得她心不在焉，並且當然這也是我的初衷。但是我確信，我的洞察力和判斷力往往不會被自己主觀的意願和顧忌所影響。我並非因為有此願望才覺得她心不在焉。我相信此點處於毫無偏見的信念，正如我的想法確實是出於理智一樣真實。我之所以不同意這門婚事，並不只是因為我自己昨夜向你承認的那些原因——因為地位低微這個缺陷對我的朋友而言並不像對我那樣有重大的干係——而是因為這樁姻緣還有別的令人厭惡的原因。

這種種原因儘管依然存在，並且對兩門婚姻而言它的影響有同樣的分量，可是對我而言並非迫在眉睫，所以我總是想儘量忘記它們。可是這種種原因務必要說明，即使簡單地說說也可以。你外婆家的門第，雖然不夠好，可是與你的母親、你的三個妹妹，有時候甚至包括你的父親，一向表現得完全不成體統的事情，的確是無足輕重——寬恕我——我確實無心得罪你。但是，在你為家人的不足而感到心痛，對我上面列出的這些缺點感到不悅的同時，或許考慮一下以下事實你將會感到高興點兒：因為你和你姐姐的行為舉止優雅，所以不僅沒有受到諸如此類的種種責難，反倒是獲得了廣泛的讚揚，人們對於你們的見識和個性大加稱讚。我還是把剛才的話題繼續說下去。

那天夜裡出的事，更確定了我對此事的看法，於是我想勸朋友的意願也愈發強烈了，這令我不久便開始插手阻撓他結下這樁我覺得非常不幸的婚姻了。我想可能你沒忘，第二天，他就離開內瑟菲爾德到倫敦去了，而且預定馬上就返回。我下面就說一下我當初所扮演的角色。他的兩個姐妹像我一樣都為這件事焦躁不安，我們都有同感，都認為應當藉此機會馬上把她們的兄弟隔開，然後我們當即打算直接去倫敦找他。於是，我們便這麼做了——到了那裡，我當即執行自己的任務，向我的朋友說明了這樁婚姻的各種壞處。

我言真意切，既解釋又壓制。可是，雖然我良言相勸，他仍然遲疑不決，此時我立刻亮出了第二張王牌，開門見山地道明了你姐姐的冷淡態度。賓利本來想的是你姐姐也完全傾心於他，那種程度即使不相等起碼也算真誠。但是，他這個人天性謙和，相信我的觀點多於自己的觀點。所以，勸說他是在欺騙自己是輕而易舉的。

在他相信了這件事以後，不費吹灰之力就能說服他別再回哈福德郡去了。我並不覺得自己做得出格。在整件事上，唯一一點使我感到不安心的就是我耍了小手段，將你姐姐在倫敦的事情隱瞞了他。這件事我自己和賓利小姐全都知道，但他到現在依然一無所知。固然，讓他們相見可能也沒有什麼危險，但是我見他似乎還沒有徹底死心，見到她以後不能保證沒有危險。這種隱瞞行為可能使我的身分受損，但我終歸做了，而且純粹出於一片好意。有關此事，我沒什麼可說的了，也不想再過多地道歉了。假如我一不留神傷害了你姐姐的感情，也並非故意的。要說我做這件事的目的，你聽後難免會感到理由不足，可是我到現在也不覺得這有什麼不妥之處。

要說起另外一個更重的罪過：斷送了威克先生的前途。有關此事，我唯一的一個駁斥的辦法，就是把他和我家的關係向你和盤托出，請你說說事實的對與錯。我不知道他特別斥責我的是什麼，可是我要在這兒講述的事實，能夠找到不止一位名望頗高的人站出來當見證人。

威克先生的父親是一位值得尊敬的人。他許多年來一直管理著彭貝利的所有產業，盡職盡責，這令先父由衷地喜歡幫助他，喬治・威克是他的兒子，因此先父收養他當養子，對他寵愛有加。先父供他讀書，一直到最後他進了劍橋大學——這是一項極為重要的幫助，因為他父親被他母親的揮霍無度導致變窮，沒有錢讓他接受高等教育。先父不但因為這個青年人頗有氣質而願意和他來往，並且非常器重他，打算在教會中給他找一份職業，希望他將來從事聖職。

要說起我自己對他的印象變壞的原因，那已是許多年以前的事情了。他沾染種種惡習，毫無原則，雖然他十分謹慎地把這種種惡習遮掩起來，希望躲過他好朋友的眼睛，可是到底躲不過一個同他年紀相仿的年輕人的眼睛，這個年輕人有種種機會在他放鬆戒備的瞬間得知他的本質，機會有的是——當然達西先生卻決不會有這種機會的。

在這件事上看來未免又會使你感到痛苦了，要說痛苦到什麼地步，只有你最清楚。不管威克先生引起了你什麼樣的感情，我卻不相信這種感情的本質，所以我必須向你指明他真正的為人。這裡面甚至難免別有用心。

我敬愛的父親大概在五年前逝世，他看重威克先生至死不渝，甚至遺囑上還特意囑咐我，讓我注重他的事業狀況，在我職業許可的範圍內儘量幫助他，假如他接受了聖職[36]，只要俸祿優厚的職位空缺，希望他馬上替補上去。此外，還為他遺留下了一千鎊的財產。老威克先生沒多久也逝世了，發生這兩件事後還不到半年，威克先生便寫信告訴我，說他已經做出最後的決定，不想接受聖職，所以他不會得到那個職位的俸祿，並希望我能給他一些資金，而且別認為他這個理由不合情理。他又說，他有些願意學法律，他說我應當明白，憑著他一千鎊的利息去攻讀法律，當然差得多。我與其說相信他的真誠不如說希望他是真誠的。可是，無論如何我仍然接受了他的提議。

我知道威克先生並不適合做牧師。因此這件事馬上就解決了，條件是我給他三千鎊，他不再請求教會幫助他得到聖職，也就相當於主動棄權，就算以後他有了受任聖職的資格，也不會再請求受任。從此以後我們之間好像再也不聯繫。我很輕視他，也不再邀請他來彭貝利做客，而且不想在城裡同他來往。在我看來他大部分時間待在城裡，可是他所說的學習法律，也只不過是個藉口而已，如今他已擺脫了所有的障礙，所以一天天地過著無所事事的日子。

差不多有三年的時間他一直杳無音信，可是沒多久有一位牧師去世了，這個職位本來他是可以受任的，所以他再次給我寫信讓我推薦他，而且還說他的境況很困窘，正如我所料。他還說學習法律沒什麼用，如今已經橫下心來做牧師，只要我肯推薦他去接任就可以

36 接受聖職是一種宗教儀式，即宣誓終身服務上帝。

了。他本來猜想我一定會舉薦他，那是他摸準了我沒有其他能夠舉薦的人，何況我又不能忘記先父臨終前對他的一片好心。但我拒絕了他的請求，他再三懇求，我依舊不答應，我認為你肯定不會責怪我吧。他的處境越艱難，怨恨就越深。無疑，他無論背地裡還是當面咒罵我，全都一樣的惡毒。從此之後，就連僅存的面子上的關係都結束了。

我不知道他是怎樣生活的，可是說起來很難受，去年夏天他又使我留意上了他。我不得不說我本人並不想回顧的往事。此事我本是不願讓別人知道的，可是這次卻非說不可。寫到這裡，我深信你會保守秘密的。我妹妹比我小十幾歲，由我母親的外甥費茨威廉上校和我當她的保護人。大約在一年前，我們把她從學校接回，在倫敦給她安排了住處，去年夏天，她和管家楊太太到拉姆斯蓋特[37]去了。威克先生緊跟著也去了那兒，明顯是別有用意的，原來他同楊太太早就認識，我們非常不幸，隨隨便便地就相信了她，把她錯當成了好人。靠著楊太太的慫恿和幫忙，他向喬治安娜討好。喬治安娜心地善良，仍然記著兒時他對她的溫和，因此居然被他感動了，自以為愛上了他，同意跟他私奔。她那時候正處在十五歲年幼無知的年齡，這當然情有可原。儘管她糊塗膽大，可還是親自把這件事告訴了我。

當時是在他們私奔以前，我出其不意地去了他們那兒，喬治安娜幾乎把我這個當哥哥的視為父親，她對我將要承受傷心感到於心不忍，於是把此事一五一十地告訴了我。你可能想像得出，我那時候的感受怎樣，又採取了怎樣的行動。出於保全妹妹的名聲和心情，

37 港口名，位於英格蘭肯特郡。

我沒有把這事揭露出來，可是我寫給了威克先生一封信，叫他立刻離開那裡，楊太太當然也被打發了。

毫無疑問，威克先生的目標是看準了我妹妹的那價值三萬鎊的財產，可我又想到了，他是想藉機會給我致命一擊。他的目的險些得逞。小姐，我在這兒已經把我們之間的恩恩怨怨，都老老實實地講過了；假如你覺得我講的都是實話，那麼，我希望從今以後，你別再責備我對威克先生的冷酷殘忍。

我不知道他是用何種謊話和手段欺騙了你，只是，你以前對我們兩人的事一概不知，所以，他騙得了你的信任，也就沒什麼好奇怪的了。你既無從觀察，又不喜歡猜疑。你也許會奇怪為什麼我昨天晚上不把這些事當著你的面說出來。可是那時候我掌握不好自己，不知道什麼該說什麼不該說。這封信裡寫的所有的事，是真是假，你可以問問費茨威廉上校，他既是我們的近親和至交，還是先父的一個遺囑執行人，當然對其底細都清清楚楚，他完全可以作證。假如說，你因為討厭我，居然把我的辯白看得毫無價值，你可以把你的意見告訴我的表弟，我之所以要費盡心機地大清早就把這封信交到你手上，就是為了能讓你去和他交談一下。在最後請接受我的祝福，願上帝保佑你。

費茨威廉・達西

chapter 36

偏見和無知

達西先生在把那封信交給伊萊莎的時候，並沒有奢望信中會再次提起求婚的事，可是她也完全猜不出信中所寫的事情。只是一得知是這兩件事，你完全能夠想像得到，她當時是以何等迫切的心情看完這封信的，並且這些內容在感情上又引起了多麼大的波動。她看信時的那種心情，真是無以言表。

起初，看到達西先生居然還自認為能夠解釋一番，她感到很驚訝，接著她確信，達西是很難對此自圓其說的，如果他還有一丁點兒的羞慚之心，也不會對此加以掩飾。抱著一種任憑你說什麼我絕對不相信的極大偏見，她現在讀到了他所寫的有關那天發生在內瑟菲爾德的那段事情的描寫。她急不可耐地看下去，幾乎沒有時間去仔細咀嚼信的內容，因為看著這一句就迫切地想看到下一句，所以往往把前一句話的意思也給忽略了。

當她看到達西覺得她姐姐對賓利的情意一無所動，她立刻否定說那是假話，他對這門婚事的的確確有著某種不好的缺陷所做的陳述，這氣得她真是不願意再接著往下看了。他對自己所做的一切沒有表示丁點兒悔恨之意，這當然令她非常不滿。他的口氣不僅沒有絲毫的悔改之意，反而傲氣十足，真是太無禮太放肆了！

達西先生接著說起了威克先生的事情，伊莉莎白讀的時候頭腦也比剛才清醒了一些，她這才看清楚了事情的真相。其中很多事情和威克親自所述的身世基本相符，如果這些都是真的，肯定會徹底推翻她對威克先生所產生的一切好感。她也因此更加難過和煩亂。她感到非常驚訝、憂慮，甚至還有一點兒害怕。她真希望這一切都是達西編造的謊言，於是一次次對自己喊道：「這肯定是他在撒謊！這是絕對不可能的！真是太可笑了！」──她把信看完以後，甚至連對最後一兩頁講什麼都忘了，急忙把信收好，而且還信誓旦旦地說，決不再去想它，也決不會再去讀它。

她就這樣心煩意亂地朝前走，真是思緒紛紜，無法集中。但是過了不到半分鐘的時間，她按捺不住又展開那封信，聚精會神地強忍著看著有關威克的那幾段，逼著自己去思考每一句話的含義。裡面提到威克和彭貝利的關係的那一部分，簡直跟威克親口所講的如出一轍，已過世的達西先生活著的時候對他的慈愛，信上寫的也和威克親口敘述的完全一致，儘管她並不太瞭解達西先生到底對他有多好。到現在為止，雙方所講述的情況都可以相互印證，但是在她看到關於遺囑問題的時候，二人的話卻有很大的差異。

威克提起牧師職位的那番話，她還記憶猶新，她回憶起他說的那番話，就難免覺得，他們兩個人當中總有一個人在撒謊，所以想到這些不禁又得意起來，認為自己這一想法應該是不會有錯的。然後她又認真地看著信，不過在看到威克示意放棄接替牧師職務而得到了三千鎊鉅款等具體情節的時候，她又開始躊躇起來了。她把信收好，把每一個情節毫無偏見地推敲了一遍，把信裡每一句話都認認真真地琢磨了一下，看看是否確有其事，但是這也毫無所獲。兩者各執一詞。她不得不接著讀下去。但是越往下越糊塗：她本以為在這件事情上不管達西先生怎樣巧舌如簧，顛倒是非，也無法改變他自己醜惡行為的性質，誰料卻節外生枝，這件事如果有所轉變，達西先生就可以把責任推得乾乾淨淨。

達西居然毫不遲疑地把放蕩墮落的罪責加於威克先生身上，這讓她極為驚訝——何況她也拿不出反對的證據，所以越發驚訝。在威克先生去參加某某郡的民團以前，伊莉莎白從來沒有聽說過他這個人。至於他之所以去參加民團，也是因為意外地在鎮上和一個稍有交情的朋友偶然相逢，讓他加入的。而他過去的人品如何，除去他親口講到的以外，別的她就一無所知了。說起他真正的人品，她就算能打聽到，也並沒有想去刨根問底。他的音容舉止，叫人一見就覺得他身上具備了所有的美德。

她努力地回想著能夠表明他人品優良的事情，回憶起他一些做人誠實仁愛的特性，起碼能使達西先生對他的誹謗自行暴露，起碼也可以讓他品德的優點遮蓋住他偶然的過失。她所說的他偶然的失誤，指的是達西先生責怪的近年來威克的遊手好閒和道德敗壞來說的，但是她記不起他有什麼優點來。她轉瞬間就可以看見他站在她跟前，風度翩翩，溫文爾雅，但是，除去鄰里的褒獎以外，除去他用交際手腕替他在朋友之間博得的敬仰外，她卻想不出他有哪些更具體的優點。

她反反覆覆地思考著，又繼續看信。天哪！最後看到他對達西小姐心懷不軌，這只需想一想前一天上午她和費茨威廉上校聊天時，就已經得到了證實。最後，信上提到她可以針對每個具體情節去問問費茨威廉上校本人，核實一下是不是屬實。在這以前她就聽費茨威廉上校提到過，他對他表兄達西的每一件事情都知道得非常清楚，而且她也毫無理由去懷疑費茨威廉的品德。她有一段時間幾乎已經下定決心去問他，但問起這件事難免會有些尷尬，所以，她就把這個念頭擱下了。因為她認為，要是達西先生無法確定他表弟說的會和他自己說的完全一樣，那他怎麼敢貿然提出這種意見，因此她就乾脆徹底打消了這個念頭。

她還清清楚楚地記得當天晚上她與威克在菲力浦斯先生家初次相見的時候，所談過的每句話和經歷的每件事情。他講過的很多話，現在還活靈活現地浮現在她的腦海裡。她突然想到，威克和一個陌生人說這話有多麼唐突和冒昧！於是她心生奇怪，自己過去怎麼沒有這種感覺。她愈發覺得，他那麼自我吹捧的確是有失體統，而且他的言行又自相矛盾。她還想起了，他曾經誇口說自己一點兒也不怕和達西先生見面——說什麼達西先生可能要走就走，而他威克卻是絕對不會退卻的，但是就在第二個星期，他卻拒絕了內瑟菲爾德舞會。她還記得，一直到內瑟菲爾德全家搬走以前，他只跟她一個人談起過自己的「悲慘遭遇」。但是他們離開以後，到處都在議論此事。當時，他費盡心機、無所顧忌地詆毀達西先生的人格，雖然他以前對她嚴肅認真地反覆強調過，由於對那位父親的敬重和尊崇，他一輩子也不會揭示他兒子的過錯。

關於威克的種種事情如今看來和先前是多麼的懸殊啊！他極力討好金小姐，原來一切都是為了貪圖富貴，這實在是太可惡了。金小姐財產不豐，不過這並不表示他追求欲低，卻恰好表明他見錢眼開，只要是錢就抓緊不放。威克對她自己的舉止行為，到底是出於什麼目的，如今看起來，不是錯當成她很富有，就是打算通過贏得她的歡心使自己的虛榮心得到滿足。

伊莉莎白斷定，威克勢必是看出了她對他產生了好感，直埋怨自己那時候太不小心。她也希望把他往好的方面想，但是愈想愈覺得他一無可取之處，於是她感覺達西先生更有道理了，這讓她不禁記起了賓利先生以前在珍詢問他的時候，就肯定地說達西在此事上毫無過錯。

達西先生雖然為人傲慢自負、讓人厭煩，不過自從他們認識以來——特別是近些日子他們兩個還經常在一起，她對他的行為作風因此有了更深的瞭解——她從來沒有發現過他有什麼品行不正、傷風敗俗的地方，也從來沒有聽說過他有什麼違反教義或惡劣的習氣。他的親朋好友們都十分尊重他、器重他，甚至連威克自己也承認他不愧為他的兄長，她總是聽到達西滿懷深情地談論自己的妹妹，這足以表明他還是具有一些親切情感的。假使他所做的一切真的像威克所說的那樣，那麼胡作非為的做法自難掩世人的耳目。這樣為非作歹的一個人，竟然能跟賓利先生這樣善良誠懇的紳士成為朋友，真是難以想像！

她愈想愈羞愧得無地自容。不管是想起達西也好，還是想起威克也罷，她都覺得自己從前未免太偏心、太盲目了，真是心存偏見，不近人情。

「我做得多麼可恥啊！」她不由自主地高聲喊道，「我還一向覺得自己能分辨是非，覺得自己很了不起呢！還總是輕視姐姐的寬宏大量，為了使自己的虛榮心得到滿足，卻毫無理由地猜疑，這事抖出來真是太丟臉了！但是，這也是自找的！就算真的喜歡上了人家，我也不應當盲目到這種可恥的地步呀！但是我的愚昧並不在於墮入情網，而是虛榮心作怪。開始剛認識他們兩個的時候，一個愛慕我，我就得意洋洋；另一個冷落我，我就生氣。自從我們認識以來，我就抱著偏見和無知並喪失了理智，不管是對哪一方失去了理智。至今為止我才算是有了一些自知之明。」

她從自己身上聯想到珍的事情上，又從珍的身上聯想到賓利身上，她的思想連成了一條直線，不久她就覺得達西先生對這事說得還不夠清楚，所以她重看了一遍信。再看時效果就截然不同了。她既然在一件事情上不得不信任他，在另外一件事情上又怎能不信任他呢？他說他真的沒有想到她姐姐對賓利先生有意思，所以她不禁回想起以前夏洛蒂通常的想法。她也不能否認他把珍描述得很恰當。她認為珍雖然感情熱烈，但是卻很少外顯，她平日那種安然自得的表情，確實叫人很難看出她的豐富感情。

在她讀到他提起她家人的那部分時，措辭當然讓人傷心，然而那各種指責卻是合情合理的，所以她更加感到無地自容。他的責備也直擊要害，她不能否認；他尤其提到內瑟菲爾德莊園那場舞會上的各種情節，是首先促使他反對這門婚姻的原因——坦白地說，舞會的情形不但在他心裡留下了深刻的印象，就連她自己也無法忘記。信裡對姐姐和她自己的恭維，她看了並非沒有感覺，她聽了很高興。但是她並沒有因此而感到滿足，因為她家人的言行舉止，招來了他的議論，所以並不能從讚揚中得到補償。她認為珍的失望全都是自己的家人造成的，她由此想到，親人們的行為失檢給她們兩個的名聲帶來了很大的影響，思忖至此，她感到從來沒有過的懊惱。

她沿著小徑步行了兩個鐘頭，腦子裡不停地思索著，又把很多事情想了一次，辨別其正誤。這一次意料不到的變化，確實事關重大，她不得不正視現實。她覺得很疲憊，又記起自己已外出許久，應該回家了。她希望返回屋子那會兒表情能跟往常一樣愉快，又決計把那些心思克制一下，免得和其他人聊起天來態度顯得不自然。

回到家後，那家人立即對她說，當她外出時，羅辛斯邸的兩位先生陸續前來找過她。達西先生是來告別的，只待了一會兒就離開了。費茨威廉上校卻同她們一起整整待了一個鐘頭，希望能等著她回來，還差點兒跑出去找她。伊莉莎白得知人家空等了很長時間，臉上顯出一副遺憾的模樣，內心中卻因為沒有看到這位拜客而感到萬分欣喜。費茨威廉上校在她心裡再也不占重要的位置了，她心裡只惦記著那封信。

chapter 37

一個人的心事

第二天早晨，那兩位先生就離開了羅辛斯邸。柯林斯先生很早就到門房附近來了，等著向他們送行告別，告別以後就把一個讓人興奮的好消息帶回來了，說是儘管兩位先生不久前才在羅辛斯邸經歷了一番離別，不過看起來身體強健，精神很好。然後他又匆忙返回羅辛斯邸，去寬慰凱薩琳夫人母女二人，回到家裡的時候又欣喜異常地帶回了夫人閣下的話，說她自己感到心情鬱悶，很希望請大家前去和她一起吃頓飯。

看到凱薩琳夫人，伊莉莎白就情不自禁地想起，起初她如果同意，現在說不定就成了夫人沒有過門的外甥媳了。接著又想到倘若事情果真如此的話，夫人那時將會被氣成什麼樣兒呢，她又不禁感到好笑。「如果真是那樣她會怎麼說呢？她會怎麼做呢？」她不斷地暗暗想著，感覺非常好玩。

他們第一個話題就談起了羅辛斯少了兩位貴客。凱薩琳夫人說：「老實說，我是十分傷心。我覺得，無論是誰都不會像我這樣，看著朋友離開會感到這麼難過。這兩個年輕人很討人喜歡，我知道他們也非常眷戀我。他們臨走的時候真是不捨得離開。他們一向如此，那位可敬的上校直到最後的時候才強打起了精神，而達西好像特別傷心，他看起來比去年更難過，他對羅辛斯的感情真是一年深過一年。」

剛說到這裡，柯林斯先生急忙插進了一句奉承話，又趁機暗示了一下原因，母女兩個聽了，都粲然一笑。

午飯過後，凱薩琳夫人看到班內特小姐好像情緒不好。她想，她一定是不想立即回家去，於是又說道：「你要是不想回家的話，應當寫封信告訴你母親，請求她讓你在這裡多住些日子。我敢肯定柯林斯太太一定非常願意同你在一塊兒。」「謝謝夫人的盛情挽留，」伊莉莎白回答說，「但是我難以接受您的好意，下個禮拜六我必須到城裡去。」

「怎麼，照你所說，你在這裡只能住六個星期啦。我原本想讓你待上兩個月的。在你來以前，我就這樣告訴過柯林斯太太。用不著這麼急著走。班內特太太一定會讓你多待兩個星期的。」

「可我父親不會同意的。他上周就寫信來讓我回家。」

「唔，如果你母親同意，父親自然會願意的。當父親的肯定不會像母親那樣，把女兒當成寶貝看待。我六月初打算去倫敦待一個星期；要是你住一個月再走，我就可以從你們兩個中順路捎走一個，道森[38]要是同意駕四輪馬車，那當然會很富裕地捎上你們一個；倘若天氣涼快，那我不妨把你們兩個都帶走，好在你們個子都很小。」

38道森為凱薩琳夫人的男僕。

「你的心真是太好啦，夫人，我覺得還是按照原先的計畫辦。」

凱薩琳夫人不好再說什麼了。

「柯林斯太太，你得派個人陪送她們。你知道，我這個人向來表裡如一，讓兩位年輕小姐孤零零地坐驛車趕那麼遠的路，這太不合適了，我最無法忍受的就是這種事情。你必須得找個什麼人送送她們。對年輕的女子們，應根據她們的身分地位予以相應的保護和照料的。我的外甥女喬治安娜前一年夏季到拉姆斯蓋特去的時候，我就執意讓她帶上兩個男僕一起去。作為彭貝利達西先生和安妮夫人家的千金小姐，要是不那麼做好像就有失體統。我是很注重這種事情的。你必須得派約翰去送兩位小姐，柯林斯太太。多虧我發覺了告訴你這件事，否則的話，讓她們孤零零地回去，那可真有損你的體面。」

「我舅舅會派人來接我們的。」

「哦，你舅舅！他真有男傭人，對嗎？我聽了很高興，多虧還是有人為你想到了這件事。你們準備在什麼地方換馬呢？哦，當然是在布隆利了。在貝爾旅店你只要一提我的姓名，便會有人來招呼你們的。」

說起她們的行程，凱薩琳夫人好像還有很多話想問，並且她也並不完全是自問自答，所以還必須得注意聆聽才行。伊莉莎白卻認為這是她的運氣，否則，像她這樣一直在想心事，一定會弄得不知身在何處了。心事嘛，應當等到只有一個人的時候再想。每逢沒有他人在場時，她就會逕自思考自己的心事，把它當成最大的樂趣。她每天都獨自一人外出散步，並且常常是一面走著一面回憶著以前令人不快的事情。

達西先生寫的那封信，幾乎全部能記在心裡。她把每一句話都再三思考過，對於這個寫信人的態度，時好時壞。想到他那封信裡的語氣，她到現在依舊憤怒不已，但是只要想起過去怎樣冤枉了他，不公平地罵了他，她的滿腔怒火就湧上心頭來。他的灰心失望引起了她的憐憫之心。他對她的眷戀之情引起了她的感激，他的品格引起了她的敬重，可是難以對他產生興趣。她拒絕他後，從沒有絲毫後悔之意，她根本就不願意再看到他。她總是為自己以往的舉止感到苦惱和懊悔，家人的這些不上檯面的缺陷更令她苦惱不堪，更何況這些缺陷是難以補救的。她父親只是把這些缺陷當成笑料而已，無心去約束他那幾個小女兒狂妄輕率的作風；至於她的母親，她自己就有失體統，對這種利害關係更是全然不知。伊莉莎白總是同珍齊心協力，企圖規勸阻止她們的輕佻行為，可是，既然母親那麼放縱她們，她們怎麼還會有改進的機會？基蒂天生性情薄弱，脾氣暴躁，她完全聽從莉蒂亞的吩咐，一聽到珍和伊莉莎白規勸就會生氣；莉蒂亞卻非常任性，不拘小節，她更不肯聽她們的勸導。這兩個妹妹又愚笨，又懶惰，並且虛榮心極強，如果某位軍官到布萊頓來了，她們就要去賣弄風情。布萊頓與朗博恩相隔本來就很近，她們兩個就一天到晚往那裡跑。

伊莉莎白還有另一件心事，那就是為珍擔心。達西先生信中的一些解釋，固然讓她徹底恢復了對賓利先生以前的感情，並且也越發讓她體會到珍的損失很大。事實表明，賓利對她是真心真意的，他的行為不應該受到責怪，頂多也只能責備他不應當過分相信自己的朋友。這對珍而言原本是那麼理想的婚事啊，各方面都那麼稱心如意，既有許多優越條件，又大有獲得一生幸福的希望，卻因為自己家人的愚笨無知、缺乏教養而把這個大好機會斷送了！這讓人想起來怎能不傷心！

每當回憶起種種往事本來已經讓人痛心，更何況想起慢慢看清了威克的真正品質，於是她這個很難有沮喪時候的、向來性情開朗的樂天派現在連強顏歡笑也難以辦到了。可想而知，她遭受了多麼大的打擊。

她臨走前的最後一個星期中，羅辛斯的宴會依然像她們剛到的時候那麼頻繁。最後一個夜晚也同樣在那裡度過的，那位夫人再次嘮嘮叨叨問起她們行程的細節，告訴她們怎樣收拾行李，然後又再三叮囑禮服應該怎樣擺放。瑪麗亞聽完這番教導以後，一回屋就把早上收拾好的箱子倒出來，重新整理了一遍。

兩人道別時，凱薩琳夫人紆尊降貴地祝她們一路順風，又邀請她們明年再來哈福德玩。德・德伯格小姐竟然還向她們行了個屈膝禮，並伸出手來同她們逐一握手道別。

chapter 38

道別

在星期六用早餐時，伊莉莎白同柯林斯先生在餐廳中偶然相遇。原來他們比其他人早來了一會兒，柯林斯先生急忙利用這個機會跟她鄭重告別，他覺得這是不可或缺的禮貌。

「伊莉莎白小姐，」他說，「此次承蒙駕臨敝舍，我不知道內人有沒有對你表示過感謝。但是，我很有把握，她在你臨走前會向你表示謝意的。說實話，你這次能賞光來做客我們都非常領情。我們知道，敝舍寒磣簡陋，無人願意駕臨。我們生活清貧，屋舍擁擠，侍從寥無數人，另外我們淺薄無識，所以像你這種年輕小姐，肯定感到哈福德非常枯燥無味。但是請你相信，對你的紆尊駕臨，我們深表感激，並且為使你在這裡儘量不感覺生活得無聊乏味，我們也已經竭盡了綿薄之力。」

伊莉莎白急忙道謝不迭，連連表示這次做客她感到非常快樂。六個星期以來，她生活得很高興。她和夏洛蒂共同度過了這麼多快樂的時光，又受到了這麼盛情的招待，應當表示感謝的是她。柯林斯先生聽到這些話極其高興，於是滿面春風而又一絲不苟地說道：

「聽說你生活得不錯，我真是深感欣慰。我們確實竭盡全力，並且幸運的是，可以介紹你和上流社會的人士相識。倚仗我們同羅辛斯邸的友情，才讓你能夠經常離開敝舍去那裡跟他們交流，換個環境。所以我認為你此次到哈福德來做客，也許還不至於生活得太單調煩悶吧！我們同凱薩琳夫人府上的關係確實是個得天獨厚的條件，這種良機是沒有幾個人可以擁有的。你也能夠看出了，我們的關係是多麼親切；你也可以看出來，我們幾乎每時每刻都在他們那裡做客。老實說，這個寒磣的牧師住宅雖然不太方便，但是無論誰過來做客，都能與我們一起享受羅辛斯邸的深厚情誼，那也就不能說沒有福分了吧！」

他那激動心情難以言表，恰好就在此時伊莉莎白盡可能既體面又實在地簡單恭維了他幾句，柯林斯先生聽了更加喜不自禁了，簡直快樂得在房間裡轉起圈來。

「親愛的伊莉莎白，你的確應當去哈福德郡為我們傳播好消息。我覺得你一定能完成此事。凱薩琳夫人對內人的照顧確實細緻入微，這你是親眼目睹的。總而言之，我堅信你這位朋友並沒有做出失體面的事——但是這一點最好還是緘口不言。希望你能相信我，親愛的表妹，我衷心地希望你將來的婚姻也能夠同樣幸福快樂。我親愛的夏洛蒂和我真是心心相印，無論在哪件事情上我們都意氣相投，志同道合。我們兩個就彷彿是天造地設的一對。」

伊莉莎白原本可以毫無顧忌地說，夫妻兩個相處如此的融洽，的確是人生的一大幸福，而且她還可以用這樣真誠的語氣繼續說下去，她完全相信在他們家中生活得很快樂，她為此而感到十分滿意。但是話剛說到一半，正被提到的那位女主人走進屋來，打斷了她的話。不過伊莉莎白並不因此而感到惋惜。真令人喪氣！她居然和這種男人生活在一塊兒，的確是一種痛苦。但是這終歸是她自己選擇的。夏洛蒂眼見客人們即將要走，顯然有些依依不捨，但是她好像並不想讓其他人安慰。操持家務，餵養牲畜家禽，教區內的各種各樣、大大小小附帶的事情，對她來說仍然沒有失去吸引力。

馬車總算來了，箱子捆到車頂上，包裹放到車廂裡，一切都準備就緒了，只等著起程。兩位朋友依依不捨地道別以後，便由柯林斯先生送伊莉莎白上車。從花園內朝外面走的時候，他一路上囑咐她回去替他向她一家人問好，而且還沒有忘記對他前一年冬天在朗博恩受到的款待表示謝意，還請她代他向加德納夫婦問好，雖然他和他們素昧平生。然後他攙著她上車，隨後瑪麗亞也坐到了車上，正想關車門的時候，他突然驚恐萬分地告訴她們說，她們還沒有給羅辛斯的夫人和小姐留言道別呢。

「恕我冒昧，」他又說，「你們當然想要給她們捎話問好了，並且還要對她們這些天以來對你們的熱情招待表示謝意。」

伊莉莎白也沒有表示不同意，這樣車門才關好。馬車便駛走了。

沉默了一會兒以後瑪麗亞高聲喊道：「天哪！我們好像到這裡來才不過一兩天，可是卻發生了那麼多的事情！」

「確實很多。」她的同伴歎息了一聲說道。

「我們一共去羅辛斯府吃過九次飯，此外還去吃過兩次茶點！我回家後有多少事需要說啊！」

伊莉莎白暗暗思忖著：「但是我要隱瞞多少事情啊！」

她們沿途中幾乎沒怎麼說話，也沒有遭到什麼意外的事。走出赫特福德沒過四個鐘頭，她們就來到了加德納先生家。她們還得在那裡耽擱一些時日。

珍看起來臉色很紅潤，只可惜伊莉莎白沒有機會好好研究一下她的心情，因為舅媽一片好意，早已替她們安排好了各種集體活動。幸虧珍將要同她一塊兒回去，回到朗博恩村後，有的是空閒，到那時候再好好觀察她的情緒也不晚。

不過，在回到朗博恩村以前，她費了好大的勁兒才忍住，沒有把達西先生向她求婚的事透露給姐姐。她知道，只要她一講出此事，肯定會讓珍大吃一驚，並且還能大大滿足一下她那種無法從理性上加以控制的虛榮心。這是多麼大的引誘啊，她真想把此事情公之於眾，只是還沒有下定決心，究竟該把它說到什麼程度。再者說她也害怕，如果提起這個話題，多多少少免不了會涉及賓利，那樣也只會徒增姐姐的悲傷。

chapter 39 重大的消息

現在已是五月份的第二周了，三位小姐一同從承恩寺大街起程，到哈福德郡的某鎮去了，班內特先生在她們走以前就替她們預定好了一家旅店，打發馬車去那裡接她們，剛到那兒不久，她們就看到基蒂和莉蒂亞從樓上的餐廳裡向外觀望，由此可見車夫已經按時到了。兩位小姐早已經到了一個多小時，興味十足地光顧過街對面的女帽店，看了一會兒站崗的哨兵，還調配了一些黃瓜沙拉。

熱烈迎接了兩位姐姐以後，她們就興致勃勃地端上來幾樣小旅店常備的冷食，然後叫道，「覺得怎麼樣？這可真讓人驚喜交加吧？」

莉蒂亞又說：「我們有心想招待大家一下，只是你們必須借給我們錢，我們的錢剛剛在那個店裡花完了。」說著，她就把買來的那些東西拿出來讓她們看。「瞧，我買了這個帽子。我並不覺得好看，但是我覺得，買一頂也無所謂。等回去以後我就把它拆掉重新改造，你們覺得我能不能把它弄得更漂亮一點兒？」

姐姐們都說她買的帽子很難看，她卻毫不在意地說：「嘿，那家店內還剩下兩三頂，還沒有我這一頂好看呢，待會兒我去買些顏色鮮亮點兒的緞子來給它再重滾道邊兒，那就會好看多了。再說，郡民團在兩個星期以後就要拔營離開了，等他們一走，夏季無論你怎麼穿衣打扮都沒有意義了。」

「他們確實要開走了嗎，真的嗎？」伊莉莎白極為激動地喊道，心裡覺得非常滿意。

「他們即將要到布萊頓[39]防守，我多希望父親能領著我們大家去那裡消暑！真是個好主意，可能還不用破費。母親肯定也非去不可！試想一下，否則我們這整個夏季將會多苦悶呀！」

「說得沒錯，」伊莉莎白暗自思忖，「這的確是個好主意，很快會把我們大家全都毀掉的。天哪！布萊頓，只是那整個軍營的士兵，我們又怎麼能承受得住呢。在布萊頓，不過就只有一個小小的民團，每個月才只有幾次舞會，就已經把我們弄得神魂顛倒啦！」

「此時我有一些消息要向大家宣佈。」待大家都坐好以後，莉蒂亞說，「你們想想是什麼？這是個特別好的消息，非常重大的消息，是有關我們每個人都很喜歡的某個人的。」

珍和伊莉莎白相互看了看，就打發那個招待走了。於是莉蒂亞放聲大笑起來，說道：「看看你們那副一本正經，謹小慎微的樣子。你們覺得不能讓招待聽見，彷彿他成心想聽一樣！他往常聽見的話，說不定比我在這裡所說的還要不堪入耳呢！但他是一個長得很難看的傢伙！他走開我反而覺得很好。我平生還沒有遇到過像他那樣長的下巴頦兒。好啦，這會兒就講講我的新聞吧。這是和可愛的威克有關的。招待沒資格聽，對不對？威克要娶瑪麗・金為妻的危險已經

39為於英格蘭的一個位於海濱的療養勝地，雖然偏僻，但風景優美。

沒有了。你們說這是多麼令人驚喜的事情啊！瑪麗・金去了利物浦[40]她叔叔那裡，永遠不再回來了。威克脫險了。」

「正確的說法是瑪麗・金脫險了。」伊莉莎白插嘴說，「她終於逃脫了一段只為金錢的魯莽的婚姻。」

「她如果愛他，又這樣離開，那才是個不折不扣的大笨蛋呢。」

「我希望他們兩個墜入情網都還不很深。」珍說。

「我敢保證威克的感情絕對不會深。事實上他並沒有把她當回事兒。誰會愛上這樣一個雀斑爬滿臉的醜陋傢伙呢？」

伊莉莎白很驚愕，心裡想：雖然自己決不會這樣談吐粗魯，可是她的內心不是也始終保持著這樣粗俗的想法嗎？並且那時候還覺得自己胸襟寬廣呢！

大家吃完飯，姐姐們結了賬，就吩咐準備馬車；經過了一番巧妙的安排，幾位小姐才上車坐好，她們的箱子、針線袋、包裹，還有基蒂和莉蒂亞新買的那部分不受歡迎的物品，總算都裝進了車裡。

「這麼緊湊在一塊兒多好玩啊！」莉蒂亞叫著，「我買了這個帽子，真是高興極了，縱使只添置了一個帽盒，也很有趣呀！行了，就讓我們暖暖和和、有說有笑地回家吧。首先要說的，就是你們走了之後發生了什麼事，有沒有遇到喜歡的男人？和人家賣弄風情了嗎？我真希望你

40英國的大型港口城市，在奧斯汀生活的時代雖然居民較少，但港口已經頗具規模。

們當中的一位領個丈夫回來呢！真是的，珍都快成為一個老處女了。她馬上就要二十三歲啦！天呀！我要是在二十一二歲以前沒嫁掉的話，那簡直太丟臉了！菲力浦斯姨媽急切地期望著你們找個丈夫，這讓你們感到很意外吧！她說，麗琪如果是跟了柯林斯先生就好了，不過，我並不覺得那會有多少快樂。噢！我真恨不得比你們誰都早早結婚！我就可以領著你們去參加各種各樣的舞會。

「我的天啊！前幾天在福斯特上校家裡，我們玩得真是太痛快啦！基蒂和我那天都準備在他家裡玩一整天，福斯特太太答應晚上舉辦一個小型舞會（捎帶說明一下，福斯特太太和我是十分親密的朋友），於是她邀請兩位哈林頓小姐一同來參加。不巧海麗生病了，因而潘只能一人前來參加。在這時，你們想想我們做了什麼？我們給張伯倫穿上女人的衣服，把他打扮成女人。你們想一下這會多有趣啊！除了上校、福斯特太太、基蒂和我、姨媽等人以外，其他人誰也不知道這回事，說到姨媽，那是因為必須得向她借件長禮服，她是這樣才知道的。你們難以想像他裝得有多麼像！丹尼、威克、普拉特和其他幾個人走到屋裡來的時候，一點也認不出他來。天哪！我簡直笑得快要喘不過氣來了，福斯特太太也笑得很厲害。我真是快要笑死了。這才讓那些男士們產生了懷疑，才被他們識破了。」

莉蒂亞在回朗博恩的路上，講述著舞會上的趣事，說著笑話，還有那兩位妹妹在旁邊添枝加葉，竭力使大家高興。伊莉莎白盡可能不去聽它，可是卻總免不了聽見一次次地說到威克這個名字。

家人非常親切地歡迎了她們。班內特太太看到珍容顏未退，非常快活。吃飯時，班內特先生禁不住一次又一次地對伊莉莎白說：

「你回家了，我太高興了，麗琪。」

餐廳裡真是齊聚一堂，盧卡斯府上的人基本上全都來接瑪麗亞，順便再打聽一些消息，還提了許多問題。盧卡斯夫人隔著桌子問瑪麗亞，大女兒生活得好不好，家禽餵得多不多。班內特太太忙得很，她不住地向坐在她下首不遠處的珍詢問一些眼下最流行的服裝樣式，又不住地把這些告訴盧卡斯府上的幾位年輕小姐。莉蒂亞的聲音最大，她正在把早晨遇到的一件件趣聞講給喜歡聽的人聽。

「噢！瑪麗，」她說，「你要是和我們一同去該多好，可好玩兒啦！去的時候，我和基蒂把所有的簾子都放下來，假裝車裡沒有坐人。如果不是基蒂有些暈車，我真希望就這樣一直到達目的地。來到喬治旅店，我覺得我們表現得慷慨大方，我們預定了世上最美的冷盤招待她們三位。你要是去了，我們同樣也會款待你的。後來在我們臨走的時候，又是那麼有意思！我原來認為車子無論如何也容不下呢！我簡直快笑得喘不過氣來了。返回的途中依然那麼高興！我們一路上說說笑笑，那聲音都能傳到十英里以外了！」

瑪麗聽完這些話鄭重其事地說道：「親愛的妹妹，我並不是存心想掃你的興。這種趣事無疑能夠迎合一般女孩的喜好，但是對於我卻沒有絲毫的吸引力。我反而認為讀書更有趣。」

但是，瑪麗說的這些話，莉蒂亞一句也沒有聽進去。不管是誰講話，她很少能聽上半分鐘，至於瑪麗的話就從來沒有好好聽過。

下午，莉蒂亞非叫姐姐們跟她一塊兒到布萊頓去，探望一下那裡的朋友。伊莉莎白堅決不同意這個計畫。原因是不讓別人有什麼閒言碎語，說什麼班內特家的幾位小姐剛回來還沒有半天，就又跑去追軍官們了。她之所以不同意，實際上另外有理由。她恐怕再看到威克，所以決定儘量避開他。民團不久便會調離了，對她來講，確實是一種無法形容的寬慰。在兩周之內，他們就要拔營了，他們一走，她希望心裡能夠平靜下來，從此不再因為威克的事情而煩惱。

她回來才幾個小時，就發覺父母親經常在談論莉蒂亞在旅店的時候稍微透露過的到布萊頓去玩的事情，伊莉莎白馬上發覺父親絲毫沒有同意的念頭，但是他又說得模棱兩可、滿不在乎，這常常讓母親灰心失望，但是這一次卻並沒有死心，一心希望最後能夠如她所願。

chapter 40 情深依舊

伊莉莎白必須要把那件事告訴珍了，她再也憋不住了，於是她決意把牽涉到珍的事情，一概放下不說。第二天上午她就把達西先生向她求婚的那一情景，挑選著主要部分說了出來。她認為珍聽說以後，一定會萬分詫異的。

班內特小姐和伊莉莎白手足情深，使她覺得她妹妹被別人愛上了是理所當然的事情，起初大為吃驚，但是她所有的驚訝很快就淹沒在別的感情裡了。她替達西先生感到惋惜，覺得他不應該採用那種很不適宜表達感情的方式來表露自己的心聲，可是更讓她難過的是，妹妹的拒絕肯定讓他非常痛苦。

她說：「他那種自信和急切成功的樣子是不對的，至少他應當竭力對你隱瞞這種態度，但是，你倒想想看，這樣一來他會感到多麼失望啊！」

伊莉莎白回答說：「這一點確實也令我非常難過，可是，他既然那麼顧慮重重，那他對我的思念極有可能很快就會被驅散。你總不會在指責我拒絕了他吧？」

「指責你！哦，不會的。」

「但是我那麼拚命地幫威克說話，你會責怪我嗎？」

「不怪你，我並不認為你那麼說有什麼錯。」

「等我將第二天的事情對你說了以後，你就會知道是怎麼回事了。」

於是伊莉莎白就提到了那封信，把關於喬治・威克的全部內容重複了一遍。對於可憐的珍，這是多麼出乎意料的事啊！她就算走遍全世界也難以相信，世界上居然有這麼多的罪惡，而如今這些罪惡居然全都集中在一個人身上！雖然說達西的一番表白，讓她感到很滿意，但是既然知道了當中有這樣一個秘密，就難以使她感到欣慰了。她非常誠懇地想辯明，這或許和實情有差別，她極力想洗刷一個人的冤屈，而又不希望讓另外一個人受過。

「這是不可能的。」伊莉莎白說，「你絕對沒有兩全其美的辦法。假如是這個好，那肯定另一個就不好，兩個裡面你選擇吧。他們之間總共只有一定數量的優點，湊合著能稱得上一個好人。該選擇誰，近來這些優點一直在來回晃蕩。依我看呀，我比較偏向於達西先生，認為這些優點應當歸結到他身上，你覺得呢，隨你自己的意思。」

過了好長時間，珍的臉上才勉強露出了一些笑意。

「我從小到大還從來沒有感到這樣震驚，」她說，「威克原來這麼不可救藥！幾乎令人難以置信。還有那不幸的達西先生！我親愛的麗琪，你倒想想，他會感到多麼難過啊！會多麼失望啊！並且又得知原來你是那麼輕視他！這簡直讓他太傷心了。你肯定也會有這種感受吧。」

「噢，沒有的事！看到你對他這麼惋惜與同情，我自己的這種感情也就完全消失了。我就知道你會極力為他說好話的，因此我自己反而愈來愈淡然，愈來愈不在乎它了。你的寬宏大量讓我的感情變得吝嗇了，如果你再為他感慨下去，我的心就會輕鬆愉快得要飛出去了。」

「可憐的威克！他的相貌顯得那樣的和善，他的舉止又顯得那樣文雅。」

「毋庸置疑，那兩個年輕人在教養方面一定都有重大的缺陷。一個人的好處是深藏不露，另一個則是到處顯耀。」

「我可不是這樣想的，我從來不覺得達西先生在儀表上有什麼欠缺。」

「而且我原來還以為，起初那樣沒緣由地厭惡他，卻是極為明智的。這種憎惡，足以激勵人的才能，啟發人的智慧。一個人也許能夠不停地罵人，卻沒有一句是好話；假如常常取笑一個人，倒是很有可能在不經意間會妙語連珠。」

「麗琪，你第一次看那封信時，只怕沒有此時這樣心平氣和吧。」

「當然不一樣。那時候我非常難過，特別地難過，不如說很不高興。心裡有很多感觸卻沒法傾訴，誰也不來安慰我，對我說我並不是我自己想像的那麼懦弱、虛榮，那麼荒誕！噢，我那時候多麼希望你在我身邊呀！」

「真不幸，你在達西先生面前談起威克的時候，口氣那麼尖刻激烈，這該是多麼令人遺憾啊。如今看來，那番話簡直太過分了。」

「你說得沒錯。但是既然我一向都存有偏見，說話尖酸刻薄也就在所難免了。可是有件事情我想請教你一下。你說我應不應該讓所有的朋友都知道威克的人品？」

班內特小姐沉默了片刻才回答道：「當然用不著叫他太難堪。你覺得呢？」

「我也覺得這大可不必。達西先生並沒有同意我將他所講的話公開向外界宣揚。恰與此相反，所有關於他妹妹的事情，都儘量不要外傳；還有有關威克別的方面的品德，我就算想告訴人家實情，可又有誰會信呢？人們對達西先生都心存那麼大的成見，假如要使別人對他有好感，布萊頓有一部分人寧可去死都不願意。我可沒有這種本事。好在威克不久就要離開了，所以他究竟是一個什麼樣的人，在這裡對誰都無關緊要。總有一天會大白於天下的，到時候我們就可以譏笑人們怎麼那樣愚昧，沒有早點兒知道。現在我暫時閉口不談。」

「你說得沒錯。把他的錯誤公之於眾會毀了他一生。也許他此時已經知錯，下定決心，痛改前非，重新做人了。我們千萬不要逼得他無路可走。」

經過此番談話，伊莉莎白煩亂的心境平靜了一些。兩周以來，這兩樁事情始終困擾著她，如今終於如釋重負了，她今後不論什麼時候再談起這兩樁事情來，無論是哪一件，珍肯定都願意聽。但是這其中有些蹊蹺，為了謹慎起見，她不敢說出來。她不能說出達西先生那封信的另外一半，也不能向姐姐說明：達西的朋友是那麼真誠地看重姐姐。此事儘量別讓人知道，她覺得只有把這方面的事情全搞清楚了，這最後的一點秘密才能揭露。她心裡思忖著：「這麼看來，只有那件沒多大指望的事情一旦成為了事實，我才可以將這個秘密公之於眾，但到那時，賓利先生自己或許講述更加動聽。要說出這些隱情，不過得等到事後，才能輪到我！」

她現在回家了，就有空閒的時間來看一看姐姐的心情。珍並不高興。對賓利先生依然念念不忘。在這之前她從來沒有想到過自己會墜入情網，所以她的鍾情如今仍帶有初戀那般熱烈，而且由於她的年齡和品性的關係，她比初戀的人們還要忠貞不渝。她癡情地期盼他會想念她，在她眼裡他是天下最優秀的男人。幸好她很識時務，處處替自己的親朋好友考慮，所以才沒有沉溺於惋惜悲傷之中，否則肯定會損害她的健康，擾亂他們的安寧。

一天，班內特太太說：「嘿，麗琪，如今你對珍這件不幸的事有什麼看法呢？依我看，最好是別對任何人談起這件事。我前一天就是這樣囑咐菲力浦斯妹妹的。但我看，珍在倫敦連賓利的影子也沒有看到過。行啦，他是一個不值得她鍾情的青年，我看珍這一生都別嫁給他了。也沒有聽人談起他今年夏季還會到內瑟菲爾德來，所有可能瞭解情況的人，我都逐個打聽過了。」

「依我看，他再也不會到內瑟菲爾德來了。」

「哼！隨他的便吧，誰也沒有叫他來。但是有句話我不知道該不該說，他太讓我女兒受委屈了。假如我是珍我才受不了這口惡氣呢，行了，我也總算有了個慰藉。他那樣無情，珍一定會難過得把命也送掉，到那時，他就會悔不當初了！」

伊莉莎白從這種想法中得不到任何慰藉，也就沒有理她。

「唉，麗琪，」她母親又接著說道，「照這麼說，柯林斯一家過得很舒適了，對吧？哼，祝他們白頭偕老！他們每天的飯菜怎麼樣？夏洛蒂肯定是個治家能手吧。她只要繼承了她母親的一半聰明，就夠節儉了。讓她們兩個治家，一定不會有任何鋪張浪費的。」

「當然，絲毫也不浪費。」

「肯定是精打細算，分斤掰兩。是的，是的，她們一定會處處小心，才不會入不敷出呢。她們無論什麼時候都不會為錢發愁。行啦，希望這可以讓他們受益多多！另外呢，他們肯定經常說到你父親去世以後就來接管朗博恩村吧？要是那一天到了，我看他們肯定會立即將它視為己有呢。」

「這件事，在我面前他們當然不方便說了。」

「那是當然，如果在你面前說了，那才稱奇呢！但是，我敢肯定，他們兩個一定常常議論此事。嗯，如果他們拿了這份非法的財產能夠心安理得，那就太好了。如果讓我繼承這份法庭強加給他的產業，我才沒臉呢。」

chapter 41 上校妻子的邀請

她們到家以後，轉眼一周過去了，現在已是第二周了。過了這個星期以後，駐防在布萊頓的那個民團馬上就拔營了，在這一帶居住的年輕小姐們一個個都蔫了。整個地區幾乎到處都是心灰意冷的樣子。只有班內特家的兩位大小姐生活起居依然如故，各做各的事。但是基蒂和莉蒂亞卻傷心得要死，便不由得總是責怪兩個姐姐冷漠無情。她們真不明白，家裡怎麼居然會有這種沒心沒肺的人！

她們常常無限悲憤地喊道：「天哪！我們接下來還會變成什麼樣子啊？我們該怎麼辦呢？你居然還好意思笑出來，麗琪？」

她們那位慈祥的母親也和她們一起難過起來，她回憶起二十五年以前，自己就是因為類似的事情，經受了同樣的痛苦。

她說：「我記得很清楚，當時米勒上校那一團人離開的時候，我整整痛哭了兩天。我的心都要碎了。」

「我覺得我的心也快要碎了！」莉蒂亞說道。

「要是我們能夠去一趟布萊頓，那該有多好啊！」班內特太太說。

「是啊——如果能夠到布萊頓去一趟該有多好呀！但爸爸不肯點頭。」

「洗洗海水浴可以讓我健康一生。」

「以前菲力浦斯姨母有把握，說海水浴對我的健康一定大有益處。」基蒂接著說。

朗博恩家裡的兩位小姐，常常這樣無休無止地長吁短歎。伊莉莎白打算捉弄她們一下，但是她所有的情趣都被羞愧感給破滅了。她又想到達西先生確實沒有錯怪她們，她們的那種種缺點的確如此，她深有體會，難怪他不同意他的朋友同珍的婚事。

但是莉蒂亞心裡的憂愁不久就消失殆盡了。因為她受到民團上校福斯特妻子的邀請，和她一起到布萊頓去。這位尊貴的朋友是位很年輕的女人，剛結婚不久。她的性情和莉蒂亞非常相近，都是好精神、好興致，所以兩個人趣味相投，雖然認識僅三個月，卻有兩個月都在促膝交談。

莉蒂亞這時候欣喜若狂，她對福斯特太太推崇備至，班內特太太的高興，基蒂的痛苦，這所有的一切難以用言辭形容。莉蒂亞欣喜萬分，根本沒有注意到姐姐的情緒，興奮得在房間裡跑來跑去，一面喊著讓大家向她祝賀，一面歡呼雀躍，比以往鬧得更肆無忌憚。就在這時，不幸的基蒂卻只好繼續在客廳內怨天尤人，她說話的語調激憤不平。

「我真不明白，福斯特太太怎麼不讓我和莉蒂亞一塊兒去。」她抱怨道，「即便我不是她最要好的朋友，邀請我一塊兒去，又有何妨呢?何況我更有資格，按說我年長兩歲。」

伊莉莎白想把道理給她講清楚，珍也安慰她用不著惱怒，可毫無用處。再者說伊莉莎白，她根本就沒有母親和莉蒂亞那麼興致高昂，不過她認為這個邀請幾乎會宣告莉蒂亞連一點兒基本的常識都不懂。於是她也顧不上此事揭穿後會招來什麼樣的抱怨，禁不住暗地裡讓父親去阻止莉蒂亞。她把莉蒂亞平常舉止不得體的地方逐一告訴了父親，說妹妹和福斯特太太這種女人交往不會有什麼好處，去了布萊頓和這樣的人在一塊兒說不定會做出更加有失檢點的事來，因為那裡的誘惑力遠大於家裡。父親專心致志地聽完以後，說道：

「莉蒂亞不在公眾場合或是其他什麼地方出醜是不會安分的。如今這正好是一個出醜的機會，既用不著家裡破費，也不會為家裡帶來什麼麻煩，這次機會難得呀。」

「但是你要知道，」伊莉莎白說道，「莉蒂亞行為不檢，處世輕率而惹人注意，勢必會在人們心裡給我們大家造成不好的影響，實際上已經造成極壞的影響了。你要是想到了這些，我認為你對這件事情的看法就會完全不一樣了。」

「已經影響到你們了！」班內特先生又說了一次，「怎麼，她嚇跑了你的心上人？不幸的麗琪！不用灰心喪氣。這種經不起小小風波的挑三揀四的年輕人，連個放肆些的親戚都不能容忍，你根本用不著去憐惜他們。好啦，聽我說，被莉蒂亞放蕩行為嚇跑的全是些怎樣的可憐蟲呀，讓我看看名單吧。」

「你全都搞錯了。我並非因吃了虧才表示憤恨。我也說不清楚我到底是在抱怨哪一種具體的傷害，只覺得害處很多。莉蒂亞的性情輕浮多變，不知自重，肆無忌憚，確實有損我們的體面，肯定會損害到我們在社會上的地位，我說話口無遮攔，請一定見諒。親愛的父親，你必須花點力氣壓壓她那興高采烈的勁兒，讓她知道，絕對不可以一生都這麼四處追逐，否則她會很快變得無藥可救了。只要她的性情一定型，就不容易改掉了。她才十六歲，就變成了一個最固執的花俏女子，弄得家庭和她本人都招人嘲笑，而且她還輕佻到極為卑劣下賤的程度。她不但年輕，而且還略有幾分姿色，別的則沒有任何可取的。她幼稚無知，頭腦糊塗，一心只想博得其他人的愛慕，到最後只能遭到他人的唾棄！基蒂也往這一方面發展。莉蒂亞叫她幹什麼她就幹什麼。同樣的愚昧無知，愛慕虛榮，性情懶惰，毫無教養！噢，我親愛的父親呀，無論她們到哪裡，只要人們知道她們的事情，她們就會遭到他人的斥責、鄙視，還常常連累她們的幾位姐姐，難道你不這麼認為嗎？」

班內特先生眼見女兒對這些那麼在乎，就和藹地拉著她的手說：

「親愛的，不用擔心。你和珍兩個人，無論在哪裡，只要別人瞭解你們，你們都會受到尊重和器重，你們不會因為有兩個——或者可以說，有三個愚蠢的妹妹，而顯得不好。這次要是不叫莉蒂亞到布萊頓去的話，我們在朗博恩就別想過安寧的日子。還是由她去吧。福斯特上校是個明白事理的人，不會讓她肆意妄為的，幸虧她太窮了，沒有人會追求她。布萊頓和這裡的情況不同，她就算想去做一個平平常常的輕佻女子，也沒有那個資格。軍官們會找著更值得追求的人。因此，我希望她去了後，可以得到一點兒教訓，叫她正視自己的無足輕重。無論怎麼說，她還沒有壞到無藥可救的地步，我們總不能把她一輩子困在家裡。」

伊莉莎白聽完父親的話，儘管原來的想法沒變，可是也只能表示滿意，而心事重重地走出了房間。因為她那種脾氣的人，不會總惦記著這種事情而自尋煩惱。她覺得已竭盡全力，而讓她為這種難以改變的事實去悲傷，或者是萬分焦慮，那可不是她的性格所能做到的。

要是莉蒂亞和她母親知道了伊莉莎白同父親的談話，勢必會怒氣沖天，就算兩張嘴能說會道地一唱一和，也難以消除她們的心頭之恨。在莉蒂亞的腦海裡，這次去布萊頓就意味將會安享世上的萬般幸福。她想像著在那個熱鬧非凡的海濱聖地，在街頭巷尾到處擠滿了軍官；想像著十幾個或者幾十個素不相識的軍官競相對她表示愛慕；想像著營地是那麼的富麗堂皇，一行行的營帳齊齊整整地聳立在那裡，煞是好看；營帳當中擠滿了血氣方剛的軍人，身穿光彩耀眼的紅色制服。還有一幅最美好的景象，她想像著自己坐在帳篷裡，並同時跟至少六名軍官在一起柔情蜜意地眉目傳情。

如果她聽說了她姐姐居然費盡心思，竭力想打破這樣美好的嚮往和夢想，那讓她怎麼能承受得住呢？只有母親才能理解，並且母親的心裡可能也深有同感。她敢肯定丈夫絕對不會到布萊頓去，她一直怏怏不樂，唯一能讓她稍微感到安慰的，就是莉蒂亞能有機會去一次。

但是她們倆對此事卻一無所知，所以直到莉蒂亞離家動身的那一天為止，她還一直都是那麼高高興興的，沒有受到一點兒非難。

伊莉莎白這次準備去和威克見最後一次面，從哈福德返回以後，他們兩個常常見面，所以那種焦躁不安的情緒早已消失。她從前傾慕而不安的情緒早已煙消雲散了。她甚至還越來越覺得，開始時他以文雅的風度而獲取過她的歡心，居然隱伏著一些做作和單調的俗套，難免感到厭煩和乏味。再說，威克現在對待她的態度，又成為她憂傷的一個新的來源，因為他沒過多久就流露出了想跟她重修舊情的意思。

既然經過了那一番風波以後，這只會令她更加氣惱。當她發覺他對自己的一切愛慕原來竟是那麼隨便、輕浮，難免會對他失去信心。雖然她始終忍耐著沒有表露，卻不禁暗暗責備他還如此的自以為是，認為不管他已有多長時間沒有討過她的歡心，也無論是由於什麼緣故，只消他說想重修舊好，終究可以滿足她的虛榮心，並且肯定可以贏得她的歡心。

民團撤出布萊頓的前一天，他和另外幾名軍官一塊兒到朗博恩來進餐，他問起伊莉莎白在哈福德那一陣子是怎樣生活的，伊莉莎白誠心不願意與他好聲好氣地分手，就趁機說費茨威廉上校和達西先生兩人都在羅辛斯遊玩了三個星期，並問他是不是想結識剛才說到的第一位先生。

他立即臉色大變，怒不可遏，而且驚慌失措，但是稍微定了定神以後，他就笑盈盈地回答，以前常常碰到他的。他說費茨威廉是一位氣度非凡的紳士，還問她是否喜歡他。

伊莉莎白非常快活地說，他很惹人愛。

他臉上立刻顯出一副滿不在乎的樣子說：「你方才說他在羅辛斯待了多長時間？」

「接近三個星期。」

「你總是和他相見嗎？」

「沒錯，可以說每天都見。」

「他的舉止行為和他表兄真有天壤之別。」

「的確不相同，可是我認為，達西先生和別人混熟了也就好了。」

只看到威克頓時露出十分驚訝的樣子，高聲喊道：「簡直太奇怪了，噢，我能不能問一下——」他沉默了，又鎮靜了一下，把說話的語氣變得快樂點兒，然後又繼續說道，「他和人們講話的時候，聲調是不是溫柔了點兒？他對待其他人是否比以前變得禮貌點兒？因為我確實不敢指望他——」他放低了聲音，用更加嚴厲的聲音說，「指望他從根本上改變過來。」

「噢，那是沒有的事！」伊莉莎白說，「我相信他的本質和以前沒有什麼區別。」

威克聽完她這些話，不知應該高興還是該持以懷疑的態度。但是，威克發現她講話的時候面部顯出難以形容的神情，心裡未免有點兒擔心和迷惑。此時她接著說：

「我所謂達西和別人混熟也就好了，並非說他的本質和作風會有所好轉，而是說，你接觸他時間長了就會瞭解他的脾性的。」

威克聽到這番話，立刻面容失色，表情也變得異常緊張。他靜默了好長時間，才慢慢收起了那副窘相，再次轉過頭來，用極其溫柔的聲音說：

「你應該很瞭解我內心對達西先生的感情怎樣，因此你也不難明白：當我聽說達西先生言談舉止變得禮貌些了，這叫我有多麼的快樂。這種進步就算對他沒有什麼好處，說不定對別人會大有益處，要是他不自以為是，就會克制那些卑劣的行為，那我就不會吃那麼多苦了。不過我覺得他儘管收斂了不少（你可能就是想說他多少收斂了一些吧），而事實上僅僅是在他姨母跟前裝裝樣子罷了，希望他姨母改變對他的看法，幫他美言幾句。我很瞭解他，每當他和他姨母在一塊兒時，就顯得畏畏縮縮，其目的只是為了想娶德伯格小姐為妻，我覺得，他對此一直是念念不忘。」

伊莉莎白聽完這番話，不由嫣然一笑，她只是輕輕地點了一下頭，並不開口。她知道他又打算在她面前舊事重提來發洩一番，可是她沒有興趣去鼓動他。晚上剩下的時光，他外表上看起來依然是那麼快樂，可是沒有再打算討好伊莉莎白，到後來他們客客氣氣地分手了，可能他們心裡都想著永遠不再相見了。

聚會結束以後，莉蒂亞就跟著福斯特太太返回了布萊頓，她們計畫明天一大早從那兒動身。莉蒂亞和家人告別時的情景，與其說哀戚動人，還不如說是熱鬧非凡。只有基蒂痛哭了一場，不過她是因為煩悶和嫉妒才流淚的，而非因為離別。班內特太太一口一個祝女兒幸福，祝女兒幸福，又對女兒反覆叮嚀囑咐，讓她千萬不要錯過及時行樂的時機，必須得快樂時且快樂。這種囑咐，不消說女兒肯定會遵命照辦的。莉蒂亞異常興奮，高聲喊著「再見，再見」，這時候姐姐們柔聲細氣地和她告別，祝她一路順風，她一句也沒有聽到。

chapter 42
旅行

如果讓伊莉莎白按照自己家庭的真實情況，來說一說什麼是幸福婚姻，講述一下家庭和平共處的圖景，那她絕不可能給出滿意的答案。父親當年因迷惑年輕俊美，並為青春美色的外表所賦予的情趣而癡迷，所以娶了這樣一個頭腦遲鈍而見識短淺的女人，以至於婚後不久，就熄滅了對他夫人的滿腔熱情，互敬互愛、彼此信任從此沒了蹤影，他對家庭幸福的理想化為烏有。

倘若換了其他人，凡是因為自己的草率而招致了痛苦，總是會變得放蕩不羈或者用非正當的快樂來寬解自己的不幸，但是班內特先生並非如此。他喜歡鄉村景色和愛好讀書，並從中得到了樂趣。提起他的太太，除去她的愚笨和膚淺可以讓他尋開心以外，再也沒有別的情誼可言了。一個普通的男人照理並不希望在妻子身上得到這樣的快樂，可是大智慧的人既然無法去尋找別的樂趣，那也只好就地取材而自得其樂了。

但是，伊莉莎白對她父親作為丈夫的不好言行，並未視而不見，而是覺得異常難過。但是她尊敬他的才華，又感激他對自己寵愛有加，所以就盡可能忘記她不能忽視的事情，盡力不想他經常擾亂婚姻義務和禮儀的行動，並且，父親不應該叫孩子們輕視母親，以至於他們夫婦兩個一天比一天不能相互敬重相互和睦地生活，她也極力不去想它。但是，提到有關不美滿的婚姻給兒女們造成的不幸，她也從來沒有像此時這樣強烈地感受到；此外，父親的才能沒有發揮在適當的地方而招致的種種禍害，也從來沒有這樣充分領悟到。要是父親的才能運用得當的話，就算無法擴展母親的見聞，起碼也可以保住女兒們的顏面。

威克的離開自然會使伊麗莎感到高興，但是，這個民團的調離，她沒看到有什麼讓人高興的地方。外邊的聚會不如以前千變萬化，在家裡老是聽見母親和妹妹喋喋不休地抱怨生活單調乏味，以至於給家裡的生活罩上了一層愁雲；儘管基蒂因為前一段時間的事情弄得六神無主，不過用不了多長時間就會恢復正常；但是還有另外一位妹妹，秉性原本就很輕浮，再加上現在又置身於那兵營和浴場的雙重險境當中，自然會更加放肆輕狂，說不定會幹出什麼丟人的事情來。

所以總體來說，她感覺到（事實上在這以前她早已察覺到了）她心裡迫切期盼著到來的事情，等到事到臨頭，卻不像她所希望的那樣心滿意足。因此她不得不把真正幸福的開始放到明天，並且把自己的願望和期待另外寄託在其他的東西上，在等待的心情中自我撫慰一番，暫時放鬆一下，為迎接新的挑戰而準備。她現在最想做的事就是馬上去湖區旅行，因為母親和基蒂心裡不高興，弄得家裡雞犬不寧，當然一想起外出就讓她得到最大的安慰，如果珍也能來加入此次旅行，那就更完美無缺了。

她心裡思忖道：「不過還算幸運，我還有個盼頭。如果哪裡都安排得很全面，我定會感到失望。儘管姐姐不去，那我當然會無時無刻不感到遺憾，可是我也有愉快的心願，我嚮往的愉快是可以實現的。太完美的計畫往往是難以成功的；也許只有帶點個別的煩惱才能避免整體煩惱。」

莉蒂亞臨走時，答應會經常給母親與基蒂寫信的，具體地告訴她們途中的情形。可是她的信卻往往是讓人盼望很久才到，並且每次寫信總是只有簡短的幾行。寄給母親的信無非也就只有以下內容：他們剛剛從圖書館回來，有很多軍官和她們一塊兒去的，她在那裡見到了很多精緻的裝飾物，看得她欣喜若狂；她新近剛買了一件長禮服和一把太陽傘，原本打算具體地描寫一下，但是福斯特太太在那裡招呼她，只好就此結束了；她們即將要去軍營等等。至於她寫給姐姐的信中，能夠得知的事就更少得可憐了，因為雖然她寫給基蒂的信每一封都冗長無邊，但是內容隱藏著許多的隱私，都是不便外洩的。

莉蒂亞離開兩三個星期以後，朗博恩村一家人又重新出現了健康融洽的氣氛。到處都充滿了歡樂。到城裡過冬的人家陸續地都遷回來了；人們又再次換上夏季的新衣，到處都是夏天的應酬約會。班內特太太又像平時那樣動不動就大發脾氣。等到六月中旬，基蒂也徹底恢復正常，去布萊頓的時候再也不是淚水滿面了。這可是個不錯的兆頭，伊莉莎白看到後，欣喜地暗暗思忖，耶誕節過後基蒂或許就會有足夠的理性，起碼不會天天都要無休止地談到軍官，除非陸軍部不在乎別人的生死，有意搞惡作劇，再重新調一個民團到布萊頓來駐防。

原先計畫去北方旅行的時間迅速接近了，只有最後的兩個星期了。沒想到這時候忽然收到加德納太太寄來的一封信，信上講旅行期暫時擱後，旅行範圍也要有所縮小。信上提到加德納先生目前事務繁忙，必須推後兩個星期，在七月裡才能動身，並且一個月以後又必須趕往倫敦。既然日期如此短暫，也就沒有時間如她們原來計畫的那樣，做長途旅行，參觀那麼多山川景色了，起碼不能像原來所期待的那樣悠閒安逸地去遊覽，所以就必須放棄湖區取而代之的是路程較近的旅遊，只能北上至德比郡為止。事實上德比郡也有很多供遊覽的優美景區，已經足以讓他們觀賞三個星期了。而且那裡是加德納太太盼望已久的地方。德比郡，她從前曾經在那個地方居住了好多年，現在想再去逗留幾天，它說不定也會像馬特洛克[41]、恰茨沃斯[42]、多伏谷[43]或是皮克山區[44]等風景特區一樣，令她心馳神往。

這封信使伊莉莎白失望極了。她本來一心想去遊覽湖區風光，到目前依然覺得有充裕的時間。可是，她既然沒有反對的餘地，再加上生性開朗灑脫，所以不一會兒，就又恢復了原樣。

說到德比郡，就難免會勾起她的聯翩遐想。她看到它的名字，就禁不住回憶起彭貝利和它的主人。她思忖著：「我肯定能夠若無其事地走到他的家鄉，在他不知不覺的時候，偷走幾塊透明螢石[45]。」

行期再次推遲。舅舅舅媽還得再等到四個星期以後才能到。這段時間終於過去了，加德納夫婦總算領著他們的四個孩子到朗博恩來了。這四個孩子，其中兩個是女孩，一個六歲，一個八歲，另外的兩個男孩子年齡更小，是她們的弟弟。孩子們都將被留在這裡，交給他們的表姐珍照顧，他們無論是誰都很喜歡珍，因為珍舉止穩重，性情溫柔，無論是指導孩子們讀書，或

41 位於德比郡的一個教區，以眾多溫泉和鐘乳石洞穴而聞名。
42 德比郡的名勝風景區，多美術品、雕刻、圖書館，擁有僅次於凡爾賽宮的美麗花園。
43 位於恰茨沃斯近旁的小山谷，內有造型複雜美麗的岩石和林木。
44 位於德比郡西北部丘陵中，多伏谷中的流水也經過此地，擁有一處幽深的洞穴。
45 又稱「德比郡螢石」，為當地著名礦產。

者陪他們玩遊戲，或者照看他們，都非常合適。

加德納夫婦只在朗博恩居住了一晚，第二天清晨就帶上伊莉莎白去探新求異，遊逸玩樂去了。這幾個旅伴在一起實在很合適，所說的合適指大家身體強壯，性格隨和，能承受得住旅途帶來的不便，這確實令人欣慰。他們個個活力十足，相處得自然融洽，而且他們感情豐富，天資聰穎，萬一在外面碰到了什麼難以解決的事，彼此依然愉快得很。

在此不準備具體描述德比郡的優美風景，而他們沿途中走過的名勝地區，包括：牛津、布萊尼姆[46]、沃里克[47]、凱尼沃思[48]、伯明罕[49]等，都是大家熟知的地方，不必詳述。此時來描述一下德比郡的一小部分。且說有一個小鎮，被稱為蘭頓，加德納夫人那時候曾經在那裡居住，她不久前聽說有幾個熟人住在那裡，於是觀賞完鄉間所有著名的風景區後，就繞行到那裡去轉了轉。伊莉莎白聽到舅媽說，彭貝利距蘭頓不到五英里路，儘管並不是必經之處，也只不過多繞行了一兩英里地的彎兒。前天夜裡談論旅程的時候，加德納太太說還希望到那裡去走走。加德納先生也說願意一同去看看，於是舅媽就來詢問伊莉莎白的意見。

「親愛的，那個地方百聞不如一見，難道你不想去看看嗎？」舅媽問道，「而且，你的很多朋友都和那裡有關。威克的整個少年時代就是在那個地方度過的，這點你也是知道的。」

---

46 此名原為德國巴伐利亞地區的一個村莊名，英國安妮女王為紀念在此地擊敗了巴伐利亞人，建造了一座城堡，此地因此得名。

47 位於英格蘭中部的一個郡，其中森林風景非常優美。

48 沃里克郡的一座城鎮，擁有著名的凱尼爾沃斯城堡。

49 沃里克郡的一座城鎮，鋼鐵及五金業十分發達。

伊莉莎白感到左右為難，她認為自己沒有必要到彭貝利去，只好表示不願意去。她只說高樓大廈，因為已經看得厭煩了，對錦氈繡帖也沒啥興趣。

加德納太太責怪她犯傻。「如果只有一座豪華漂亮的房屋，」她說，「再好看我也是不會把它放在心上的，但是那裡的庭園景色簡直太美了，那裡的樹林是整個英格蘭最最美麗的。」

伊莉莎白沒有再多說什麼——但她並不默許。她立刻想起，要是到那裡去遊覽，就很有可能會碰到達西先生。那可就太倒楣了！思忖至此，她的臉上不禁湧起了一片紅暈，自以為還不如趁此時就坦誠地向舅媽講清楚，以免冒這麼大的風險。不過她感覺這樣做也有點兒不合適，經過再三思考最後決意：不如先私下打聽一下達西先生家裡的人有沒有出門，如果答覆在家，再使出這最後一招也為時不晚。

所以，晚上臨睡前，她就問侍女，彭貝利那個地方怎麼樣，主人是誰，又提心吊膽地詢問起那家人是不是要從京城回來度夏了。她最後的問題居然得到了讓人稱心如意的否定回答——她的不安立刻消失得沒影了，深深地吸了一口氣，但在她強烈的好奇心驅使下，很想親眼去參觀一下那所房子。翌日清晨，當舅媽舊話重提，又來詢問她的意見時，她便毫不遲疑地帶著一副滿不在乎的神氣說道，她關於這一提議沒有什麼異議。

於是，他們決定到彭貝利去。

第三部

彭貝利莊園

chapter 43 巨大的變化

他們坐著馬車一直向前駛。伊莉莎白心神不安地等待著彭貝利樹林的出現，等到走進了莊園，她更加心煩意亂。

花園很大，地勢錯落有致，景色絢麗壯觀。馬車選一個最低的地方駛進了莊園，在一個深邃寬闊的漂亮樹林裡行進了很長一段時間。

伊莉莎白滿懷感觸，沒有心情說話，不過每當看見一處風景秀麗的地方，每當走過一處妙境，她都歎賞不止。他們順著坡路緩緩行進了半英里光景，最終馬車來到了一個高坡頂端，在連綿不斷的樹林盡頭的地方，彭貝利城堡立即進入視野。房屋坐落在山谷那邊，有一條十分陡斜的山道蜿蜒曲折地通往谷中。這是一座高大宏偉的石頭建築物，矗立在一塊高地上，後面靠著一道山岡，其上高聳雲端的樹木鬱鬱蔥蔥，房屋前面一泓比較有天然情趣的小河正在漲潮，卻觀察不出一點兒人工的痕跡。溪流兩岸的裝飾既不拘束呆板，也不那麼故意做作。伊莉莎白興高采烈。她從沒有見過這麼妙趣盎然的地方，也沒有看到過什麼地方的自然之美能像這個地方一樣不受低俗情趣的玷污。人們全都稱讚不已，伊莉莎白立刻情不自禁地想：在彭貝利裡當一位女主人也許挺好的吧。

他們沿著山路過了橋，一直駛到大廈門口，欣賞那臨近一帶的景色，伊莉莎白的憂慮重新湧上心頭，生怕碰到主人。她擔心旅館裡的侍女是否搞錯了。他們請求到裡面去參觀一下，立刻便被請到了客廳裡，大家在等待女管家時，這個時候伊莉莎白才想起自己身在哪裡。

女管家進來了——是一位態度端莊的婦人，雖比不上她想像中的那樣有風姿，卻比她想像中的要有禮貌。大家跟隨著她走進餐廳。那是一個寬闊舒服的大房間，裝飾優雅，十分得體。伊莉莎白稍許觀看了一下，便走到窗戶旁邊觀賞外邊的景色。窗戶外面就是他們剛才下來的那個鬱鬱蔥蔥的小山，從遠處看去，更增添了幾分險峻陡峭，簡直是一處風景如畫的地方。莊園中每一個角落裡都收拾得非常美觀。她舉目四望，看到美麗的風景，山谷蜿蜒曲折，一彎河道夾在兩岸的林木當中延伸到遠處，看得她極其賞心悅目。他們走進其他的屋子，只看到這些景物也跟隨不同的角度轉變著各自的姿態，真是物隨人移，不管來到哪個房間的窗戶望去，都是美不勝收。每個屋子都高大漂亮，屋裡傢俱的擺設與主人的身分很相符，在伊莉莎白眼裡，既不庸俗，又不過於奢華，比起羅辛斯，少了幾分豪華，多了真正的高貴風雅，她不禁非常佩服主人的情趣。

「這裡，」她心裡想，「我差點兒當了它的女主人呢！這些屋子，我或許早就應當十分熟悉了！這時候我可以視為己有，自己使用，並且把舅舅與舅媽當作貴賓接待。但是不行，」——她突然想起來，「那是萬萬做不到的事！那麼一來我也就相當於失去舅舅和舅媽了。他決不會答應我請他們來。」她多虧記起了這一點，才沒有為當初的事情感到遺憾。

她很想問問管家，主人是不是真不在家，可是她沒有勇氣向她詢問。但是舅舅立刻替她問出了這一句話，讓她感到慌張，趕緊轉過頭去，此時雷諾茲太太回答說，主人真的出門了。隨後又說：「但是他明天就會回來，還要領來許多朋友。」伊莉莎白聽到之後覺得十分高興，幸虧他們的行程沒有遲一天到達這裡。

她的舅媽召喚她去看一張畫像。她來到跟前，看見那是威克的肖像，和另外幾張小型畫像夾在一起，鑲掛在壁爐架的上方。舅媽笑容滿面地問她覺得如何。管家太太來到跟前說，畫像上這個年輕人是老主人管家的兒子，是由去世的老主人一手把他撫養大的。她又說道：「他現在到軍隊裡去了，我感覺他已經變成一個放蕩不羈的人了吧。」

加德納太太笑吟吟地向她外甥女兒看了看，但是伊莉莎白卻笑不出來。

「那位，」雷諾茲太太手指向另外一張畫像，「就是我家的小主人，畫得太像了。跟那一張是一起畫的，大概八年以前。」

加德納太太端詳著那張畫像說：「我經常聽人家談論起，你的主人儀表非凡，這張臉長得確實英俊——但是，麗琪，你來說說，畫得像不像？」

雷諾茲太太聽到伊莉莎白和她的主人很熟悉，對她的尊敬好像增添了很多。

「這位小姐原來和達西先生認識呀？」

伊莉莎白臉刷地變得通紅說道：「不算太熟悉。」

「你覺得他是一位英俊瀟灑的少爺嗎，小姐？」

「不錯，十分瀟灑。」

「我敢說，我從來沒有看到過這樣瀟灑的人，樓上的畫室裡面還有一張他的畫像，比這張大得多，畫得也比這張好。老主人生前最喜歡這個房間，畫像還是按照從前的老樣子擺放著。他特別喜歡這些畫像。」

伊莉莎白這才搞明白為什麼威克先生的畫像也鑲掛在裡面。

雷諾茲太太然後又叫大家觀看達西小姐的一張畫像，這是一張她八歲時候的畫像。

「達西小姐也和她哥哥一樣漂亮嗎？」加德納先生詢問道。

「唔，是的——世界上很難看到這麼美麗的小姐，又那麼技藝超群！達西小姐很喜歡彈琴與唱歌。隔壁屋子裡就有架剛運到的新鋼琴——我主人送給她的禮物，她明天和哥哥一塊兒回來。」

管家太太看到加德納先生平易近人，和藹可親，於是兩人時而詢問時而談論，說個沒完沒了。她或是出於驕傲，或是出於情深意濃，不過很容易看出她特別喜歡談起她主人兄妹倆。

「你主人每年居住在彭貝利的時間長嗎？」

「沒有我所希望的那麼多，先生。他每年大約有一半的時間是在這兒度過的。達西小姐經常到這裡消夏。」

「也有特殊的情況，」伊莉莎白心裡想，「有的時候她也會去拉姆斯蓋特消夏呢。」

「如果你主人結婚了，或許你看到他的時候就會多一點兒。」

「不錯，先生。但是我不知道那要等到幾時才能如願以償。我真不知道誰有那麼好能與他般配。」

加德納夫婦都不由得笑了出來，伊莉莎白按捺不住地說：「你能這樣想，是他的榮幸。」

「我所講的全都是真話，和他認識的人都是這樣說的。」管家太太回答說。伊莉莎白認為她說的這句話有些過分，只聽到那管家太太又說道：「我這一生從來沒有聽到他惡語傷人，從他四歲開始，我就一直在他身邊。」伊莉莎白聽得更加吃驚。

這句誇獎人的話用在達西身上，這與伊莉莎白的想法簡直相差太大了。她早已斷定達西並不是性格溫順的人，這句話不由得引起了她深切的注意，她特別想再多聽一點兒，多虧這個時候舅舅張嘴說道：

「值得得到這種褒獎的人真是沒有幾個。你簡直太走運了，遇到了這樣一位善良的主人。」

「你說得很對，先生，我確實非常走運。哪怕我闖遍大江南北，都不會遇到一個比他還要善良的主人。我常常說，人如果小時候性格就很好，長大成人之後性格一定也會好。達西先生從小就是世界上最聽話最善良的孩子。」

伊莉莎白驚奇得簡直把眼睛都瞪圓了——「難道她所說的真是達西先生嗎？」她心中思忖著。

「他父親是一個特別偉大的人。」加德納太太說。

「你說得很對，夫人，他確實很偉大。我堅信他的兒子將會和他一樣有成就的——對待窮人也很是體貼。」

伊莉莎白聽得特別認真，首先是吃驚，然後懷疑，並且急於想再多聽到一些，可是雷諾茲太太再也想不出其他的話來引起她的興趣。這位管家太太繼續談論屋子，談論畫像，談論傢俱的費用等等，但是她都不喜歡聽。加德納先生覺得，這位管家太太之所以要過甚其詞地褒獎她自己的主人，無非是出於家庭的偏見，他倒認為十分有趣，於是立即又談起了這個話題。她一邊起勁地談論著他的許多優點，一邊帶著他們走向樓梯。

「他是一位開明的地主，而且是一位最善良的主人，」她說，「不像現在一些放蕩不羈的小夥子，心裡只想著為自己打算。沒有一個佃戶或者是僕人不褒獎他的。有些人說他高傲，但我從來不覺得他哪方面傲慢。據我猜測，這只是由於他不像一般年輕人那樣愛誇大其詞罷了。」

「他被你形容得那麼可愛！」伊莉莎白心裡想。

她舅媽低聲說道：「把他形容得那麼好，可是他對待我們那個不幸的朋友的所作所為可不大相符。」

「我們可能受騙了。」

「絕不可能，我們的根據是非常可靠的。」

他們走到樓上那個寬敞明亮的門廳，來到一個佈置得特別精緻的屋子，這個房間最近才裝飾起來，比樓下的很多屋子都要雅致和清新，這是專門給達西小姐準備的，因為上一回她到彭貝利來的時候覺得這個屋子挺不錯的。

「他確實是一位好哥哥。」伊莉莎白一邊說著，一邊來到一扇窗戶旁邊。

雷諾茲太太猜想如果達西小姐走進這個房間的時候，絕對會非常高興。她說：「他一直都如此，只要能使他妹妹快樂的事，他馬上就去做。為他妹妹，做什麼他都在所不辭。」

接著領客人看的是畫廊和兩三間主要的寢室了。畫廊裡有許多漂亮的油畫作品，但是伊莉莎白對美術一竅不通，她不願意再瞧在樓下已經看見過的那種作品了，反倒十分願意觀看達西小姐的幾張蠟筆畫。這些畫的題材一般都值得人們細細琢磨，並且也更有趣更易看懂。

畫廊裡擺著很多幅家庭成員的畫像，不過陌生人不會專心致志地看。伊莉莎白看了看便朝前走去，仔細尋找著她熟悉的那張面孔。最後她總算尋找到了——她發現有一張畫像與達西先生特別相像，臉上的笑容很熟悉。想到從前，達西先生在觀察她的時候，有時臉上就帶著這樣的微笑。她在畫像面前端詳了很久，陷入了沉思，在快要離開畫廊之前，她又禁不住轉過頭望瞭望。雷諾茲太太對他們說，這張畫像還是他父親活著的時候請別人畫的。

就在此刻，伊莉莎白的心裡不由得對畫裡的那個人產生了一陣親切感，這樣的感覺，在過去和他接觸得最多的時候也從來沒有過。絕不能忽視雷諾茲太太對他的這種稱讚，什麼樣的稱讚能比一個很有見聞的僕人的稱讚來得寶貴呢？她心裡想：作為一個兄長、一位東家、一個主人的他，一手操縱著多少人的幸福啊——他能給這些人帶來多少快樂，又能給這些人帶來多少悲痛啊！他可以積多少德，又可以做多少惡啊！管家太太提起的所有的事，都說明他品格優良。她站在他畫像跟前，望著畫裡的他在注視著她，又不由得想起了他對她的一見鍾情，心裡不禁有無限感激之情。她一想起他的鍾情是那麼的殷切，便不再計較他言辭的唐突了。

房間裡每一處可以公開參觀的地方都看遍了，回到樓下，向管家辭別，碰巧在廳堂門外遇到了園丁，於是管家太太便吩咐他把客人送出去。

他們經過草地向河邊走去，伊莉莎白這時轉過頭來看，舅舅和舅媽也全都停下了腳步，舅舅正打算估計一下這座房屋的建築年代。就在這時，突然看到大廈的主人從一條通向房屋後面馬廄的道路上向這邊走來。

他們只相差二十碼遠，他這突如其來的出現，真叫人猝不及防。剎那間他們的眼神正好相遇，彼此的臉頰頓時變紅。達西先生大吃一驚，猛地愣在那裡一動不動，不過他立即定了定心，向他們這邊走來，跟伊莉莎白說話，語氣即使不能算是很鎮靜，但起碼可以說是很客氣。

伊莉莎白馬上情不自禁地掉轉過身，可見他走向前來，又停住腳步，她以狼狽不堪的神情接受了他的問候。再說舅舅舅媽，或者在見面的剎那間還辨認不出是他，或者是可能辨認出他與方才看的那張畫十分相像，卻不敢肯定他就是那位達西先生，可是看見那個園丁眼見主人回來而驚詫萬分的神情，也應該立即明白了。

舅舅舅媽看到他在與他們的外甥女兒談話，便稍稍站得遠了一點兒。他彬彬有禮地詢問她的家人可好，她卻驚慌地不願意抬起眼睛向他臉上看一眼，而且不知道跟他說些什麼。他的態度和他們兩個上回分手的時候截然不同，這使她感到詫異，因此他所說的每一句話都使她感到很為難。她腦子反覆思考著，讓他看到自己居然在這兒是不成體統的，這短暫的幾分鐘居然成了她這一輩子裡最難挨的時刻。達西先生看起來不像平日那樣從容，講話的語氣也不像過去那麼鎮定自若了。他詢問她是什麼時候從朗博恩出發，來到這兒的，在德比郡待了多久，像這樣的話反反覆覆地問，並且問得那麼心神不安，這足以說明他是怎樣地心神錯亂。

最後他好像什麼也想不起來了，默不作聲地站了片刻，突然又定了一下心，告辭而去。

舅舅舅媽這才走到她跟前，對達西先生的言談舉止稱讚了一番，伊莉莎白滿懷心事，一個字都沒有聽進去，只是不聲不響地跟隨在他們身後。伊莉莎白既羞愧又苦惱。來這裡，真是最倒楣最失算的事。他肯定會覺得非常奇怪！他是一個這樣高傲的人，肯定會看不起她的！她這回好像是重新把自己送上門來。哎，她為何要來這兒呢？或者說，他怎麼偏偏就讓人沒有想到的早一天返回家呢？他們假如早離開十分鐘，彼此就不會相見了。很明顯他那個時候，正好是剛跳下馬背或者是剛離開馬車。想到剛才見面時的尷尬場面，她臉上不由得又紅了起來。他的態度和過去截然不同——這是為何？他居然還走上前來和她打招呼，光憑這一點，就叫人十分驚訝了。況且他的談吐，以及詢問她家人的時候是多麼地客氣！這次邂逅，他的態度竟這般謙恭，說話這般柔和，是她想像不到的。上一回他在羅辛斯花園裡把信交給她的時候，他那種措辭跟今天形成了多麼鮮明的對比！她不知道應當怎樣想才好，也不明白應當怎樣去說清這種情形。

這時候，他們已經來到了一條風景秀麗的河邊小路，地勢越來越低，距他們要去的那片樹林愈來愈近，並且風景也更加壯麗美觀，更加幽雅，簡直是一步一景，可是伊莉莎白卻對此視而不見。途中，舅舅舅媽時而請她望這個時而又請她看那個，儘管她滿口應和，好像還朝他們指定的方向張望一下，但很長一段時間都辨別不出一景一物。她心裡只惦記著彭貝利大廈的某一角落裡，無論是哪個角落裡，只要是達西先生如今待的地方。她真想知道他心中所想，他心中的她是什麼樣子，雖然出現了那麼一連串的事，他是不是仍然瘋狂地愛著她。他之所以對她那麼彬彬有禮，或許只是因為他心裡感到一無牽掛，但是他講話的聲調裡卻有著一種其他的東西，聽起來並非泰然自若。這次看到她，他究竟是快樂多還是痛苦多，她實在說不清。但他見到她時，其神態絕不是從容不迫的。

後來，還是兩位旅伴抱怨她漫不經心，這才提醒了她，心想千萬不能再像這樣心神不定了。

他們走進樹林，走上山坡，與這條小溪暫時分手。穿過樹林的缺口望去，可以看見山谷中景色迷人。對面的一座座山丘，樹木一片接著一片，還有彎彎曲曲的溪流若隱若現。加德納先生特別想圍繞整個園林兜一圈，但又擔心走不了那麼遠。園丁臉上帶著得意洋洋的笑容告訴他們，園子的一圈有十英里路呢，這個念頭只得作罷。他們仍然順著平常的小路繞來繞去，走了好一會兒，才在懸崖上的一個小斜坡離開了樹林，又來到小河邊，這是溪流最狹窄的地段之一。他們從一個簡陋的小橋上跨過了小河，這個小橋和周圍的風景很協調。

這個地方的人工痕跡最少，山谷延伸到這兒最窄，正好能容納這條小溪和一條小路，小路上灌木夾道，參差不齊。伊莉莎白特別想順著彎彎曲曲的小路去探幽尋勝，但是走過小橋之後，已經離住宅很遠了，不能長時間走路的加德納太太已經走不動了，心裡只想快一點兒坐上馬車。伊莉莎白不得不順從她，大家便在河對岸抄近路往住宅那邊走去。他們走得很緩慢，因為加德納先生十分愛釣魚，但很少能過癮，這時候看到河面上時不時有鱒魚露面，就又跟園丁談魚談上了癮，不覺停了下來。幾個人正在一個彎道上這樣慢慢蹓躂，誰知又吃了一驚，特別是伊莉莎白，她幾乎與方才一樣感到驚詫不已。原來看到達西先生正朝他們走來，並且馬上就要到跟前了。

這條小徑不像對岸那樣隱蔽，所以不等他們碰面就可以看得見他。可是儘管伊莉莎白十分驚詫，但起碼比剛才那次相見有準備得多，因此她心裡暗暗想道：如果他真的要來跟他們碰頭，她便乾脆放得鎮靜點，和他攀談一番。起初她覺得他可能要走上另一條小路。她之所以有這樣的想法，是因為在一個拐彎處他被遮住了，可是頃刻之間他剛拐過彎就立即在他們跟前出現了。她看了一眼，見他仍然保持著彬彬有禮的風度，於是她也模仿他那彬彬有禮的樣子，開始稱讚起如詩如畫的景色來，可是她剛剛講了幾句「動人」、「嫵媚」，心中又突然湧現出過去令人不快的回憶。她心裡暗自想道，這樣稱讚彭貝利，說不定會叫人家誤會呢，想到這裡，不禁又紅了臉，所以保持緘默。

加德納太太在後邊很近的地方站著，達西看到伊莉莎白保持了沉默，便詢問她能不能賞光把他介紹給她那兩位朋友。他這麼禮貌周到，完全出乎她的意料。想起他這時想認識的兩個人，正是開始他向她求婚時他那顆高傲的心所討厭的，伊莉莎白不禁冷笑了一下。假如他知道這兩個人是誰，不知道他會多吃驚啊！她想：「他目前還把他們看成是上流人物呢。」

可是，她還是立刻向他介紹了，她一面說明他們兩個是她的至親，一面偷偷地瞥了達西一眼，看他知道後感受如何。心想他豈願意和這種地位卑微的人交往，肯定是想逃還來不及呢。很明顯就能看出來，達西聽她講他們原來是親戚關係之後，特別吃驚，但是他以堅毅的精神強忍著，不但沒有轉身離開，反而回過身和他們一塊兒向回走，還跟加德納先生攀談起來。伊莉莎白自然又是歡快，又是洋洋得意。達西先生終於知道了她也有幾位不丟臉的親戚，這讓她覺得很欣慰。她聚精會神地聆聽著他們談話，舅舅每講一句話，每一個舉止，都表現他的足智多謀、趣味雅致、舉止得體，伊莉莎白聽到之後喜出望外。

他們兩個不久就談到了有關釣魚這個話題。伊莉莎白聽到達西先生特別有禮貌地向舅舅提出了邀請，說是他在附近暫時居住的這段時間隨時都可以到這裡釣魚，並且還答應借釣具給他，又用手指給他看哪些地方釣魚最好。加德納太太正和伊莉莎白手挽手地向前走著，這個時候向外甥女傳遞了一個眼神，表示很驚詫。伊莉莎白沒有說話，內心卻高興極了。達西先生之所以要這樣大獻殷勤，肯定是為了討得她的芳心。但是，她仍然覺得特別驚詫，反覆地問自己：「他怎麼會發生這麼大的變化？為什麼要這樣？他看上去不是為了我，不可能是看在我的面上，才將態度變成這樣溫順的。我在亨斯福特訓斥他的那一番話，不會有這樣的作用，就算能使他發生這樣的改變，我看他也不一定還在愛我。」

兩個女的走在前面，兩個男的跟隨其後，這樣走了一會兒。後來為了要認認真真觀賞一些罕見的水生植物，便各自分開了，走到河邊，等到恢復原來位置的時候，前後次序就改變了。這是由於加德納太太走了一上午感到有些勞累，覺得伊莉莎白的胳膊支持不住她的重量，所以希望丈夫來攙著她。這麼一來達西先生便與她的位置互換了，和伊莉莎白一齊走。開始兩個人都保持緘默，最後還是伊莉莎白先講了話。她打算跟他說明一下，她想讓他知道，她是提前打探好他出門了才來這兒的，因此她頭一句話就說起他這次歸來使人感到吃驚。她接下去說：「你的那位管家太太對我們說你明天回，我們離開貝克威爾的時候，就打聽到你不會馬上回到鄉下來的。」

他相信這是真的，說因為要找管家有事，所以比那些同來的人提前到了幾個小時。他接著又說：「他們明天清晨就會到的，他們中間有你熟悉的人，賓利先生和他的兩個姐妹們也會來。」

伊莉莎白只是稍稍點了一下頭，沒有答話。她馬上回想起他們兩個上一回談論賓利時的情景。從他的臉色看上去，這時他心裡也在回想著上一次的情景。

過了片刻，他又接下去說：「在他們裡面，有一個人特別想結識你，那就是我妹妹。你在蘭頓暫住期間，能不能向你介紹一下，不知道你肯不肯賞臉，也許這是我魯莽的奢求吧？」

這個要求使她受寵若驚，不知如何回答才好。她立刻感覺到，達西小姐之所以要認識她，純粹是受到了她哥哥的鼓動，不必再去多想，這也就令她滿意了。她認為他雖然對她不滿，但是看不到他對她懷著什麼厭惡感，心裡感到極其快慰。

他們兩個一聲不吭地向前走著，各人都在想著什麼。伊莉莎白心裡忐忑不安，這一切好像不太可能，不過她受到奉承，心中十分歡快。他想要把妹妹介紹給她結識，證實並沒有瞧不起她。他們兩個不一會兒就把加德納夫婦落在身後了，當他們走到馬車跟前的時候，加德納夫婦與他們還相隔很長一段距離呢。

達西先生於是請伊莉莎白進屋休息——可是伊莉莎白講她並沒有感覺累，於是兩個人便一起走到草地上。在這種時候，相互之間應當有許多話可以談，只是沉默不語就比較難堪。她特別想說些什麼，可是好像一直都找不到合適的話題。最後她終於記起了，自己正在旅行，於是兩個人便談起了馬特洛克和多伏谷的風景。即使他們儘量多找一些話題談論，可是無奈時間還是走得慢極了，她的舅媽也走得慢極了——知心的密談還沒結束，伊莉莎白的耐心早已被消磨得蕩然無存了，她挖空心思也想不起該說什麼了。一直到加德納夫婦走到了他們面前，達西先生執意要請大家到屋裡吃點兒點心歇息一下，不過客人們婉言謝絕了，相互之間辭別時還特別客氣。達西先生攙著兩位女士坐上了馬車。車子駛去了，伊莉莎白看著達西先生緩緩地向屋子裡走去。

舅舅舅媽這時候開始評頭品足了，他們兩個人都認為，達西先生的品質比他們預想的不知道要好多少。「他舉止大方，對待人又極其周到，並且一點兒也不擺架子。」舅舅說道。

「但他的確有點兒高高在上的樣子，」舅媽回答說，「但是那也只是在風度上稍微有點兒罷了，並不那麼叫人厭惡。現在我真的相信女管家所說的話了，也許有人會談論他高傲，但並不使人厭惡。」

「什麼也沒有他對我們的態度更叫我們吃驚的了，他會這樣盛情地招待我們。那可不只是客氣，而是真正的殷勤啊！他那麼殷勤招待，事實上根本不用這樣。他和伊莉莎白的交情並不很深嘛。」

「無須懷疑，麗琪，」舅媽說道，「他確實比不上威克英俊，或者更準確地講，他沒有威克那樣愛說愛笑，因為威克的相貌很端正。但是你怎麼會覺得他討人厭呢？」

伊莉莎白竭盡全力為自己辯護，她說上回在肯特郡碰上的時候，就比過去對他有好感，又講到他像今天上午這樣和藹可親她還是頭一回看到呢。

「但是，他那麼熱情而周到，也許是有點兒心血來潮。」舅舅回答說，「那些貴大人一般都這樣，所以他邀請我去釣魚的事情，我可不能相信他的話，說不定他會很快變卦，而且不讓我們進入他的領地。」

伊莉莎白覺得他們完全把他的品質理解錯了，不過她什麼都沒有說。

加德納太太接著說：「據我們觀察到的他的一些情形來說，我實在是不敢相信，他居然會這樣冷酷無情地對待不幸的威克。他看起來心地挺善良的。他說起話來，嘴角流露著一種使人歡快的神情。要說他臉上的表情，確實有些尊貴，可是也不會讓人覺得他心腸狠毒。只有領著我們去四處觀賞的那位管家太太，對他的性格講得的確有些言過其實。有幾回我幾乎按捺不住想哈哈大笑起來。可是我感覺，他一定是一位很開明慷慨的主人，在一個僕人的眼裡，一切的德行都在於此。」

伊莉莎白聽到這裡，覺得應當替達西說幾句公正的話，說明他並沒有欺負過威克，於是便一五一十地將事情的原委告訴了舅舅和舅媽。她講，從達西在肯特郡的親友對她說的情況看，應該對他的德行作截然不同的評論。他的品行根本不像哈福德郡的人們所想像的那麼荒謬，威克也根本不像哈福德郡的人們所想像的那麼心地善良。為了證實此點，她又將他們兩個彼此之間金錢往來上的事情，原原本本地敘述了一遍，儘管沒有指出這話是什麼人說出來的，可是她相信這些話特別可靠。

這些話叫加德納太太聽得既感驚詫，又極擔心，只是大家此時已經走到過去她喜歡的那個地方，所以她把所有的心思都拋置腦後了，完全沉湎於甜蜜的回憶裡面。對每處有趣的地方她都一一指給她丈夫看，也就無心想到別的事情了。雖然整個上午的行走已經讓她覺得疲憊不堪，可是剛吃完飯，就又動身去拜訪故友。與很多年沒有見面的朋友相聚，興致勃勃地談論起來，這天夜晚過得非常滿意。

至於伊莉莎白，白天裡所出現的各種事情對她而言真是有趣極了，她真是沒有心思去關心新朋友。她只是心裡在想——而且很驚訝地想——達西先生，今天怎麼那樣禮貌周全，居然還想將他妹妹介紹給她結識，更是迷惑不解。

chapter 44

達西小姐來訪

伊莉莎白敢肯定，等達西先生的妹妹一來到彭貝利，第二天他就會領著妹妹來拜訪她。所以她決定那天上午都不遠離旅館，最多去附近的地方散散步。

但是，她的預測完全錯了。就在他們自己來到蘭頓的那天上午，兩個客人就來了。當時，她和舅舅舅媽陪伴著幾個新認識的朋友在那附近蹓躂了一圈，剛剛返回旅館，正打算換一套衣服去那位朋友家裡吃飯。這時忽然聽到一陣馬車聲，他們便跑向窗戶跟前，看到一位先生和一位女士坐在一輛雙輪輕快的馬車上，從街道上向這邊駛來。

伊莉莎白立即辨認出了馬車夫的號衣，心裡知道是誰來了，於是她將自己的驚詫不已對兩個親戚說了，告訴他們一會兒就要有貴客到來，舅舅舅媽聽到之後都很驚訝。她說話的窘態，加上現在的事實與昨天出現的各種情景前前後後想了一下，他們便對這件事情產生了一種新的見解。儘管他們過去什麼都不知道，不過如今卻能下結論了。這樣的人能對他們如此地禮貌周全，只有一個原因就是他愛上了他們的外甥女，除此無法另作解釋。

就在這些新產生的想法在他們大腦中不停地轉著時，伊莉莎白自己不由得也愈來愈慌張。

她十分奇怪，自己怎麼會這樣忐忑不安。但是，她之所以心神不定，第一個原因是，她怕的就是那位哥哥因為喜歡她，會在他妹妹跟前將她稱讚得言過其實，她愈是想要惹人喜歡，自然愈是要猜測自己惹人喜歡的本事到底有沒有。

她怕被舅媽看到，便從窗戶旁邊退縮回來，一邊在屋子裡走來走去，一邊竭盡全力做出從容不迫的樣子。看到舅舅舅媽神情驚詫地要詢問的樣子，她覺得事情反倒更難辦了。

達西兄妹倆一起來到了旅館，大家鄭重其事地介紹了一番。伊莉莎白看到達西小姐也和她自己一樣顯得不好意思，不由得感到很驚奇。自從她到了蘭頓後，就聽人們講達西小姐特別高傲，可是她只觀察了幾分鐘便使她認為，她不過是極其羞怯而已。達西小姐除了簡簡單單地回答是或否的字以外，便極難聽見她說話。

達西小姐個子很高，比伊莉莎白豐滿一點兒，雖然她才十六歲，可是已經發育完全，舉止溫文爾雅，像個成年人。儘管她比不上她哥哥漂亮，不過她那張臉長得聰明有趣，儀表很謙和文雅。伊莉莎白本以為她評論起人來也像達西一樣敏銳，對人對事好做冷眼旁觀，現在看見的她並不是這樣，不禁深深地吁了一口氣。

大家相見不一會兒，達西先生便告訴伊莉莎白，賓利也要來拜訪她。她正想說一聲不勝榮幸，可是話沒出口，就聽見樓梯上響起了賓利先生焦急的腳步聲，頃刻之間，他就來到屋子裡。伊莉莎白對他的怨恨原本已經消失得無影無蹤，就算餘怒未消，不過看見他這回拜訪，態度誠懇，很是愉快，她對他的怒氣便煙消雲散了。他十分親切地與她的家人打招呼，儘管只是籠統地問候她家裡人，可是他的相貌談吐，卻和過去一樣安詳隨和。

加德納夫婦和她有同感，也認為賓利是有趣的年輕人。他們早就想見見他。現在這些人確實引起了他們極大的興趣。對達西先生與他們的外甥女的關係起了疑心，現在以既小心又熱切的眼光對他倆做著探察。他們知道這兩個人當中起碼有一位已經懂得了什麼是戀愛。小姐的心思一時還不能確定，但是那位先生的愛慕一目了然。

伊莉莎白忙於應付。她既想弄清楚每一位來客對她的看法如何，又要確定她自己對別人家的印象怎樣，還預備博得大家的好感。這原本是她極其擔心的事，但也在預料之中。因為她想討好的那些人，本來就已經對她懷有好感。賓利喜歡和她打交道，喬治安娜極想和她要好，達西決定非得討得她的芳心不可。

一見到賓利，她所有的心思自然就轉移到了自己姐姐身上。哦！她非常想知道，在他的內心是否同樣也在惦記她的姐姐！她認為，他比過去不愛說話了。但有一兩回喜出望外地感到，他注視著她的時候，她感到他在竭盡全力地從她身上搜尋和她姐姐相似的地方。這或許是她的憑空想像，但是有一點她觀察得特別真切，那就是，儘管人們始終都將達西小姐當成珍的愛情對手，可是伊莉莎白認為賓利對她並沒有什麼不同尋常的情意。他們兩個之間好像並沒有什麼特別鍾情的地方，可以證實賓利先生妹妹的願望不見得能如願以償。

關於這一點，伊莉莎白立刻感到自己這種想法比較合乎情理。他們離別之前，又發生了兩三件小事，由於伊莉莎白對姐姐太偏愛，認為這兩三件小事足以說明賓利對珍還是一往情深，遺憾的是他沒有足夠的膽量直接將話題引到珍的身上。他看其他人在一塊兒談話的時候，才用一種萬分遺憾的語氣告訴她：「我已經有很長一段時間沒有看到她了。」還沒等伊麗沙白回答，他又繼續說，「有八個多月的時間沒有見面了。自從十一月二十六日開始，我們就一直沒見過面。那回我們大家都在內瑟菲爾德跳舞。」

伊莉莎白看到他對往事記得如此準確，不禁感到非常高興。後來他又趁其他人沒有注意，向她詢問，她的幾個姐妹現在是不是全都在朗博恩村。這前後所有的話，都沒什麼含義，可是他講話時的表情態度卻值得細細品味與琢磨。

儘管她不能常常顧盼達西先生，可是只消隨時瞟他一眼，就能看見他臉上那副和藹可親的神情。他所講的每一句話，再也尋找不到一點兒傲慢的習氣或者瞧不起同伴的聲調，於是她心裡不禁想到：她前一天親眼看到他作風大有改進，這種改變即使是轉眼即逝的，起碼已超過一天了。她觀察到，他特別想認識在場的每一個人，想博得他們的好感。但是在幾個月前，即使和這些人講上一句話，他也會感到有失身分；她還觀察到，他不只是對她，幾乎對他過去蔑視過的她的所有親戚，都很殷勤周到。

她還記起了上回他在哈福德牧師住宅裡向她求婚的那個緊張的場面——所有的這一切，現在看來是多麼的不一樣啊，他前後真是判若兩人，這給她的思想衝擊太大了，她簡直難以抑制心中的驚詫。她還從來沒有看到過他像現在這樣急於想迎合別人，就算和內瑟菲爾德那些好朋友待在一起的時候，或者是在羅辛斯邸和他那些高貴的親戚在一塊兒的時候，也絕不像此時這樣虛懷若谷、有說有笑，而且即使他這麼熱情也一點兒都不能增進他自己的體面。再說他此時禮貌周全接待的這些客人，只能招惹內瑟菲爾德和羅辛斯邸那些太太小姐們的嘲諷和指責。

他們的客人和他們在一塊兒談論了有半個小時，分手時，達西先生招呼他妹妹跟他一齊向加德納夫婦和班內特小姐表示，期望他們在離開這兒之前，光臨彭貝利吃頓便飯。達西小姐雖然對於邀請客人還不大習慣，好像有點兒靦腆，可還是很樂意地照做了。這時候加德納太太注視著外甥女兒，看她願不願意去，因為這次請客主要是為了她，但是伊莉莎白卻把頭轉向了其他的地方。加德納太太認為這麼故意迴避只是一時羞怯，而非不喜歡這次邀請。她又看了看自己的丈夫，他平常就是一個善於交際的人，十分願意接受邀請，所以她就鼓起勇氣同意了，把時間定在後天。

賓利表示很歡迎，因為這樣他就可以多一次見伊莉莎白的機會。他還有很多話想告訴她，還要向她打聽哈福德郡別的朋友的情況。伊莉莎白覺得這一切全都歸於一個原因，他想聽她談談她姐姐的消息，所以心裡覺得很快活。凡此種種，儘管她當時並沒有感到怎樣的快慰，但是等客人離開以後，她一想起方才那半個鐘頭的情景，就不禁得意洋洋起來。她害怕舅舅舅媽追根究柢，打算馬上離開，所以她一聽完他們把賓利誇獎了一番，便趕緊離開去換衣服了。

不過她沒有理由害怕加德納夫婦的好奇心，她不想說的時候，他們並沒有想要逼迫她講什麼事情。她與達西先生的交情，很明顯比他們以前想的要好得多，他顯然愛上了她，舅舅舅媽發現了許多跡象，卻沒有理由去詢問。

他們現在心裡想的只有達西先生的好處。從他們和他結識到現在為止，在他身上還沒看出半點兒錯處。達西先生那麼客氣，他們不能不受感動。假如他們光憑藉著自己的感覺和那位管家太太的介紹來描述他的性格，並不參考其他人的意見的話，哈福德郡那些結識他的人，幾乎辨別不出這說的是達西先生。如今大家都毫無疑問地相信那位管家太太所說的話，因為她在達西先生四歲的那年就來到他的家，當然深知主人的為人，再加上她自己為人做事也令人敬重，那就更不應該對她的話貿然否定。而且按照蘭頓的那些朋友對他們講的情形來看，也應當覺得這位管家太太所說的話沒有什麼不可靠的地方。達西除了有點兒高傲以外，其他沒有什麼可以指責的。高傲他多少是有的，就算沒有，那座小鎮上的人們看到他全家終年足跡不至，自然也要說他高傲。可是他的慷慨大方、為窮苦的人行了不少善事，卻是大家公認的。

再說到威克，他們立刻就發現他在這個地方並不是那麼受人器重；儘管大家不太明白他和他恩主的兒子之間的關係，但是大家都知道他離開德比郡的時候曾欠了許多債務，最後都是由達西先生為他償清的。

伊莉莎白那天晚上想的都是彭貝利，比頭一天夜晚想得還多。儘管這是個漫漫長夜，但是她仍然感到不夠漫長，因為彭貝利大廈裡的那個人搞得她心中思緒萬千，她足足在床上躺了兩個小時都無法入睡，冥思苦想，還搞不清楚對他到底是愛是恨。她當然不會憎恨他，肯定不會的；憎恨早已煙消雲散了。假如說她真的一度厭惡過他，她也早已為一開始這種心情感到羞愧。她既然覺得他具有很多高貴的品格，雖然她起初是勉強承認的，自然而然就敬重起他來，實際上早已因為敬重他而不感到他有一點兒厭惡之處了。如今她又聽見有人極力稱讚他，昨天她又親眼目睹了各種情景，看到他原來是一個性情十分溫順的人，於是這種尊敬又增添了幾分，可是問題還不在於她對他尊敬和看重，只在於她心裡還懷有一片好心，這一點是萬萬不可忽略。

她對他頗有一些感激之情。她之所以感激他，不只是因為他過去愛過她，而是因為當初儘管她那麼蠻橫無理，尖酸刻薄地拒絕過他，再加上毫無道理地指責他，這一切全都得到了原諒，反倒仍然愛著她。她原本覺得他會把她當做仇深似海的敵人一樣，再也不會搭理她。但是這次的不期而遇，他卻彷彿迫不及待地想跟她和好如初。提起他們兩個人自身方面的事情，儘管他不忘舊情，但在言談舉止間沒有任何粗俗詭怪的舉動，只是竭盡全力想要博得她那些親友的好感，並且真心真意地要她認識他妹妹。

這樣高傲自大的男人，會立刻變得這麼謙卑，這不只是讓人感到吃驚，也讓人激起了感激之情，這只能歸結於愛情，熾烈的愛情；儘管她還無法真正地做出明確的說明，但是她肯定不會感到厭煩，而且還被深深地觸動了，認為應當讓這種愛情繼續延長下去。她既然敬重他，看重他，感激他，便免不了特別關心他的幸福。她問她自己到底願不願意放心大膽地來掌握他的幸福；她相信自己仍然有本事讓他再來向她求婚，問題在於她是不是應當放心大膽地利用這個本事，以便達到相互之間的幸福。

晚上她與舅媽商議，認為達西小姐那麼有禮貌，返回彭貝利已是用早餐的時間了，但是卻還當天就到這兒來看望她們。她們就算不能像她一樣做出同等的回報，起碼也應當禮尚往來，去拜訪她一回。最後她們覺得，最好是第二天清晨就去彭貝利回拜她。她們說做就做。伊莉莎白非常歡快，但是問她究竟為什麼快樂，卻又答不上來。

吃完早飯不久，加德納先生就立刻離開她們到外面去了。因為頭一天他又跟人家提到有關釣魚的事情，並且約定今天中午去彭貝利同幾位先生碰面。

chapter 45

期望與擔心

伊莉莎白如今堅信不疑，賓利小姐之所以一直都厭惡她，是出於忌妒。她既然有了這種想法，便不禁想起這回去彭貝利，賓利小姐一定不會歡迎她，但是不管怎樣，她倒想瞧瞧此次重敘舊交，那位小姐會不會表現出禮貌。

到達彭貝利大廈，僕人們就帶著她們走過廳堂，來到客廳，可以看到客廳以北的地方風景如畫，窗戶外面是一片空地，房屋背後樹林鬱鬱蔥蔥，連綿山丘，在中間的草地上栽種了高大挺拔的橡樹和西班牙栗樹，將夏季的風景裝扮得賞心悅目。

達西小姐在這間房子裡招待了她們，和她一塊兒來接待她們的還有赫斯特太太和賓利小姐，還有在倫敦陪伴達西小姐的那位太太。達西小姐招待大家非常客氣，只是有些侷促不安，顯而易見這是由於她的靦腆和唯恐有失妥當所致。可是那些感到自己地位比她較低的人便容易誤會她為人高傲冷淡，不過加德納太太和她外甥女一定不會怪她，反而會體諒同情她。

赫斯特太太與賓利小姐只向她們行了一個屈膝禮。她們坐下來，然後沉默了一會兒。這種沉默必定有些彆扭。後來還是安妮斯利太太首先打破這種場面。這位太太是一個和藹可親的女士，你只要看到她竭盡全力想提起一些話來攀談，證明她的確比其他兩位有教養得多。她和加德納太太談論起來，並且伊莉莎白偶爾插上幾句話助興，才使場面沒有冷清下來。達西小姐好像想開口講話而又缺乏勇氣，而是在人家聽不到的時候，支吾一兩聲，不過也總算難得。

伊莉莎白馬上發現，賓利小姐在認真地打量著她。伊莉莎白的一言一語，特別是跟達西小姐講話時，都特別引起她的注意。如果她不是因為自己的座位與達西小姐隔得遠，談話不方便，她決不會因為害怕賓利小姐而不敢和達西小姐攀談。但是，既然不用多談，她也不覺得惋惜。因為她自己這時正滿腹心事，時刻盼望著那幾位男客走進來。她既期望又擔心這家的主人也跟男客們一齊進來，但究竟期望多還是擔心多，連她自己也搞不清楚。伊莉莎白就這麼坐了大約十五分鐘，沒有聽到賓利小姐講過一句話，這個時候突然聽到這位小姐冷冰冰地向她詢問她的家人身體是否健康，不禁大吃一驚。於是她同樣冷冰冰地敷衍了幾句，對方也就沒有再說話。

她們到了不一會兒，傭人們就送來了冷肉和蛋糕以及各式各樣上好的應時水果，這是她們拜訪後所感到的又一份情意。開始達西小姐忘了叫人端水果上來，安妮斯利太太頻頻向達西小姐使眼色、微笑，暗示她千萬不要忘記做主人的責任，才吩咐端上來的。於是現在大家全都有事可幹了，因為儘管不是個個健談，但是個個能吃。大家一看見一堆堆新鮮的葡萄、油桃和桃子，便立刻聚攏過來圍著桌子坐下。

就在大家吃東西的時候，達西先生來到了這裡，伊莉莎白這時可算獲得了一個絕佳的好機會，可以通過自己這時候的心情來判斷一下，她到底是期望還是擔心他露面。但是他剛剛走進來一分鐘，自己覺得期望之情多於擔心之情的她，這時卻沮喪起來，認為他還是別到裡面來好。

這個時候達西本來和自己家裡的幾個人陪伴著加德納先生在河邊釣魚，後來知道加德納太太和伊莉莎白那天上午就要前來回拜他的妹妹，所以撇下釣魚的先生立刻趕到家裡。伊莉莎白一看到他走了進來，便立刻明智地決定必須從容不迫，落落大方。她有這樣的想法確實很有必要，事實上完全做到是不容易的，因為她發現在座的每一個人都對他們兩個產生了疑心。達西剛走進來，在座的人幾乎每隻眼睛都在盯著他的每一個舉動。

儘管每一個人都有好奇心，可是誰都不像賓利小姐那樣顯出那麼強烈的好奇，但是她與他們兩人中間的隨便哪一個交談起來，卻總面帶微笑，這是因為她還沒有忌妒到不顧一切的程度，並且她根本沒有停止對達西先生獻殷勤。達西小姐看到哥哥走進來，便儘量多找話說，伊莉莎白看出達西特別希望她與他妹妹相處得熟悉起來，他還儘量促使她們雙方之間的交談。賓利小姐看見這種情景，很是憤恨，也就顧不得檢點，顧不得禮貌，找到一個機會就冷言冷語地說：

「請問你，伊莉莎白小姐，布萊頓的民團開走了以後，府上一定認為這是一個巨大的損失吧。」

當著達西先生的面，她沒有勇氣明目張膽地提起威克的名字，可是伊莉莎白立刻明白她所說的就是他，因此不禁想到了以前與他的一些來往，讓她感到一剎那的難受。這種惡意的攻擊，伊莉莎白必須要好好地還她一擊不可，於是她立刻用一種滿不在乎的聲調，回答了她那句話。她一邊說，一邊情不自禁地向達西望了一眼，只見達西滿臉漲得通紅，熱烈誠摯地注視著她，達西的妹妹更是惶恐不安，默不作聲。賓利小姐如果早知道這些不三不四的話會使她自己的心上人這樣痛苦，她自然就決不會指東說西了。她心裡只想讓伊莉莎白方寸大亂，她覺得伊莉莎白以前曾傾心於那個男人，便故意說出了口，好讓她出出醜，這樣達西就會瞧不起她，幾乎還能夠讓達西回憶起她幾個妹妹過去與那個民團鬧出多少荒謬的笑話。至於達西小姐想要私奔的事情，她一點兒也不知情，因為達西先生對這件事始終當成一個秘密嚴守著，除了伊莉莎白知道之外，再沒向任何人吐露過。他對賓利的那些親友隱瞞得特別小心，因為他期望他妹妹將來和他們攀親，他這個願望伊莉莎白早已看出來了。他確實早就有了這個打算，也許就是因為這個緣由，才對賓利的幸福特別關心，但是他千方百計地去拆毀賓利與班內特小姐的好事並不受這件事的影響。

達西看到伊莉莎白從容不迫，不一會兒就安下心來。賓利小姐苦惱失望之餘，沒有勇氣再提起威克，因此喬治安娜也馬上恢復了常態，只不過有一點兒害羞，不願意說話而已。她害怕看見她哥哥的那雙眼睛，事實上達西先生根本沒有把威克與她的事情聯繫在一起。賓利小姐絞盡腦汁地想出這個計策，想使達西回心轉意，不再眷念伊莉莎白，最後卻致使他對伊莉莎白愈發癡情，甚至還更加一往情深了。

這一問一答過後不久，客人就結束了拜訪。當達西先生送她們坐上馬車時，賓利小姐借此機會大發牢騷，將伊莉莎白的容貌、舉止和衣著都批評了一番。但是喬治安娜卻沒有接嘴。因為既然哥哥那麼讚揚伊莉莎白，她無疑也就對她產生了好感，哥哥可是絕對不會看錯人的。他將伊莉莎白捧得這樣高，讓喬治安娜也覺得她親切可愛。達西先生返回客廳之後，賓利小姐按捺不住把方才告訴他妹妹的話，又一次敘述了一遍給他聽。

「達西先生，伊萊莎・班內特小姐今天上午的臉色那麼蒼白！」她高聲喊道，「自從去年冬天到現在，她彷彿徹底變了一個人似的，我這輩子從來沒見過誰像她這樣。她的皮膚變得又黑又粗，路易莎和我簡直不認識她了。」

聽到此話，達西先生雖然不愛聽，不過還是冷冰冰地答道，他根本觀察不到她有什麼變化，只是皮膚曬得黑了一點兒而已——況且夏季到戶外旅遊免不了會發生這種情況的，這根本就不足為奇。

「說真的，」她駁斥道，「我從來看不出她有什麼美麗的地方。她的臉瘦極了，皮膚黯淡無光，容貌也不漂亮。她的鼻子也不突出，線條也不明顯。她一口牙齒勉勉強強還能過得去，但是不過平常。講到她的眼睛，儘管說有人把它誇得多麼美，但我卻看不出有什麼與眾不同的地方。那雙眼睛迸射出一種殘忍、狡黠的神情，我可一點兒都不喜歡。而且拿她的整個風度來說，她看上去自命不凡，不合上流社會的潮流，簡直叫人受不了！」

賓利小姐明明知道達西愛上了伊莉莎白，卻用這種方法來博得他的喜歡，真是太愚蠢了。但是氣憤之人不是聰明人。看到達西被搞得有些神色氣惱，她自己還覺得達到目的了呢，可是達西卻咬緊牙關默不作聲。她為了逼他講話，於是接下去又說道：

「我還記得，我們在哈福德郡第一次認識她時，聽人家說她是一個出了名的大美人，我們都感到很驚奇。尤其我記得有天晚上她們在內瑟菲爾德用過晚餐之後，你說：『她也可以說是一個美人！——那我應該把她媽媽稱為才女啦！』但是以後你對她的印象慢慢好起來。我感覺你有陣子覺得她特別美麗吧！」

「不錯。」於是，他真是再也按捺不住了，回答說，「但那只是我剛剛認識她時的事情，近幾個月來我已經把她看成是我結識的女朋友裡面最美麗的一個了。」

他一說完就離開了，只留下賓利小姐獨自一人。她強迫他講出了這幾句話，原本打算給其他人帶來痛苦的，沒想到最後弄得自己碰了一鼻子灰，自己搬的石頭砸了自己的腳。

返回寓所之後，加德納太太和伊莉莎白將這次回拜發生的所有事情談論了一番，但遺憾的是沒談大家都感興趣的那件事。每一個人的神態、動作，凡是她們看到過的，都評頭品足了一番，卻唯獨沒有提起她們尤其注意的那個人。她們談論到了達西的妹妹，達西的好友，達西的房子，達西的水果——每一樣都談論到了，唯獨沒談起達西他本人。事實上，伊莉莎白特別希望知道加德納太太對他的印象怎樣，可是加德納太太也特別希望外甥女先說到這個話題上來。

chapter 46

出人意料的大事

伊莉莎白剛來到蘭頓時，由於沒有立即收到珍的來信，感覺很失望，第二天上午又是同樣大失所望。可是到了第三天，她的苦惱才算結束，她才不抱怨她的姐姐了，因為她一起接到她姐姐的兩封信，其中一封標明曾經誤投他處。伊莉莎白對這個並不感到驚奇，因為珍確實把地址寫得有誤。

信送到的時候，他們正打算外出散步，舅舅和舅媽就自己先出去了，剩下她自己來安安靜靜地讀信。誤投他處的那封信必須要先看，因為那是五天前寫的。信的開始講了一些小型的聚會和約會諸如此類的事情，接著又報導了鄉下的一些趣聞，然後一半卻報導了非常重要的消息，而且標明是第二天寫的，顯而易見寫信人提筆的時候心緒非常亂。信後半部分的內容如下：

親愛的麗琪妹妹：

信寫到一半的時候，發生了一件出人意料、性質極其嚴重的事情，但是我真害怕會嚇著你。請你千萬別擔心，家裡人都平安無事，我所說的是不幸的莉蒂亞的事。昨天晚上十二點鐘的時候，我們都上床準備睡覺了，突然收到福斯特上校一封快信。信裡面說，莉蒂亞跟他部下的一位軍官去了蘇格蘭，事實上，就是和威克私奔了！

我們知道以後特別惶恐不安。可是基蒂卻覺得這事並非完全出人意料。我簡直太傷心了。他們居然這麼魯莽地做出這等事來！可是我仍然願意把事情從好的方面想，希望人們都是誤解了他的品格。我固然認為他為人做事魯莽沒有頭腦，可是他這回的舉動未必就是居心不良（我們也只能這麼認為了）。起碼他選中莉蒂亞不是為了貪圖實利，因為他應當知道父親沒有一個錢送給她。不幸的母親簡直是難過死了。父親好一點兒總算挺住了。真該謝天謝地，我們還沒有叫兩個老人家知道大家對她的議論，對於這種議論我們也必掛在心上。

據大家猜想，他們好像是星期六夜裡十二點鐘離開的，但是一直到前天清晨八點鐘的時候，才被覺察出這兩個人失蹤了。因此福斯特上校馬上寫信告訴我們。親愛的麗琪妹妹，他們肯定是從距我們不到十英里的地方離開的。福斯特上校說，他一定會立刻前往我們這兒來。莉蒂亞給福斯特太太遺留下一封簡短的書信，將他們兩個人各自的想法對她說了。我必須要擱筆了，因為不能叫母親自己一人待得過久。我想你一定會感到摸不著頭腦吧，事實上連我自己也不清楚都寫了些什麼。

伊莉莎白讀完了這封信以後，幾乎講不出自己是什麼樣的感覺，不假思索地馬上拿起另外一封信，急不可耐地打開就讀了起來。這一封信比頭一封信遲寫了一天。

最親愛的妹妹：

我想現在你已接到我那封急急忙忙寫成的信了吧。希望這封信能將事情敘述得更清楚一點兒。但是，儘管說時間並不那麼緊張，可是我的大腦卻是迷迷糊糊的，所以不敢保證寫得連貫。最親愛的麗琪妹妹，我真不知道應當寫什麼，不過我必須要對你說一個比較糟糕的消息，並且不得延誤。

雖然威克先生和不幸的莉蒂亞兩個人之間的婚事特別荒唐可笑，但是這件事情是否真的發生了，我們還不知道，目前正心急火燎地想獲得一個確切的消息，因為我們特別擔心，他們根本就沒到蘇格蘭那兒去——福斯特上校前天寄出那封快信以後沒過幾個小時就從布萊頓出發了。昨天趕到了這兒，莉蒂亞留給福斯特太太的那封簡短的信裡儘管說他們打算到格雷特納格林[50]那兒去，可根據丹尼透露的情況，說他堅信威克從來沒有想到那兒去，也肯定不會和莉蒂亞結婚。

福斯特上校聽到後大吃一驚，立刻就從布市起身，希望能追上他們。他不久就追到了克拉法姆，這並沒有費多大事，但是再往下就不行了，因為他們到達這裡之後，便把從埃普索姆[51]雇用來的那輛輕快的馬車支應走了，而重新雇了一輛出租馬車上路了。以後的行蹤

50 蘇格蘭的一處草場，位於鄧弗里斯郡，蘇格蘭並不執行英格蘭婚姻法，而此地又規定居住此地滿三周以上即可舉行婚禮，因此從十八世紀中期開始，多有青年男女逃亡此地秘密結婚。

51 位於倫敦附近的一座小鎮，是當時著名的名勝遊覽地。

就比較難詢問出來，只是聽人們講看到他們繼續向倫敦方向走去。

我不知道應當怎樣考慮。福斯特上校在倫敦那裡盡力打聽了，便來到了哈福德郡。途中每到一個關卡，都要匆匆忙忙地再詢問一下，巴內爾和哈特菲德兩地所有的旅館都打聽過了，依然什麼也沒有詢問到，人們都講根本沒看見過這兩個人經過。他懷著好意的關心到了朗博恩村，極其真誠地把顧慮對我們說了。我真是為他和福斯特太太感到難過，但是什麼人都不能埋怨他們夫婦倆。親愛的麗琪妹妹，我們的悲痛，簡直到了極點。父母親都以為這種事情已經發展到了無能為力的地步，但是我可不想將他想得那樣糟糕透頂。也許為了種種關係他們認為在城裡結婚比較合適，而沒有按原計劃進行。退一步講，即使他認為莉蒂亞是一個出身卑微的年輕女子，而對她居心不良，難道她自己也那麼不想後果嗎？這絕對不可能！但是，聽福斯特上校說他不大相信他們兩個會結婚，我覺得十分傷心。

當我告訴他我的心願的時候，他聽到之後只是搖了搖頭，又說威克好像是一個不可靠的人。不幸的母親馬上就要病倒了，整天把自己關在屋子裡不外出。假如她能努力撐住，情況或許會好一些，遺憾的是她做不到。說到父親，我這輩子還沒有看到過他這麼傷心。不幸的基蒂也特別苦惱，她責怪她自己沒有及時把他們兩個不同尋常的關係對家裡人說，但是牽扯到彼此信任，也就不怪她沒有早說。

最親愛的麗琪妹妹，我真替你高興，說起來這些令人傷心的情景對你而言，真是眼不見為淨。但是，開頭的震驚既然已經發生了，說句心裡話，真想你能回到家裡來，你不會覺得我這是不合情理吧？如果你不方便的話，當然我也不會太自私，逼迫你回來。再見吧。剛才告訴過你，我並不願逼你回來，如今卻又要執起筆來逼你了，因為從現在的情景來看，我必須要請求你們能儘量快點回來。舅舅、舅媽為人厚道，肯定不會有什麼意見的，因此我才敢於提出這個請求，並且我還有別的事情需要請舅舅幫忙。

父親馬上就要和福斯特上校去倫敦竭盡全力尋找她。他到底想怎樣尋找我不清楚，可是他悲傷過度，所以他辦起事來決不會非常穩妥的，至於福斯特上校明天晚上就必須返回布萊頓。在這最緊要的關頭，只能請求舅舅前來助一臂之力了。我堅信他一定會體諒我此時的心情，我覺得他一定肯來幫忙。

「哦！舅舅到什麼地方去了呢？」伊莉莎白讀完信，趕緊喊道。她急忙從椅子上跳起來，急急忙忙去找舅舅。時間太寶貴了，一刻都不能耽誤。她剛剛走到門口，正好僕人把門打開，只看到達西先生走了過來。他看到她面色慘白，神情慌張，不禁大吃了一驚。在他還沒有定下心來說一句話，她卻因為心裡只想著莉蒂亞的境況，就連忙叫了起來：「很抱歉，恕我不能奉陪。我有急事必須去找加德納先生，一分鐘都不能耽誤。」

「噢！到底發生了什麼事？」達西先生心裡一急，顧不得禮節，也大嚷起來。他讓自己定了定神，隨即又說道：「我一分鐘都不想耽誤你，不過還是叫我幫你尋找加德納先生夫婦吧，或者吩咐傭人去。你的身體不大好，自己不能去。」

伊莉莎白猶豫不定，可是她已經雙膝發起抖來，確實覺得自己去尋找他們是毫無用處的。她只得叫僕人來，告訴他馬上把主人主婦找回來。她說話上氣不接下氣，好不容易才讓人家聽清楚。

僕人離開之後，她便坐下來，達西看到她的氣色非常不好，面色慘白至極，所以不敢從她身邊走開，便用了一種溫存憐惜的語氣對她說：「把你的女僕召喚來行嗎？你可以吃些東西，讓自己感到舒服一點兒。需要我給你倒一杯酒嗎？你病得不輕。」

她竭力恢復鎮靜，回答說：「不必了，多謝。我沒什麼大礙，感覺還好，只不過剛才從朗博恩傳來了一個不幸的消息，我心裡很難受。」

她一想到此事，禁不住哭了起來，好幾分鐘說不出一個字來。達西一時摸不著頭腦，只得含糊不清地說了幾句安慰的話，然後又默不作聲地注視著她，心裡充滿憐愛。最後她終於向他說出了真相：「我剛剛接到珍的一封來信，知道了這個極其可怕的消息，這件事情對誰都瞞不住。事情是這樣的，我那最小的妹妹拋卻了她全部的親友——和別人私奔了——落入了威克先生的手中。他們兩個是一起從布萊頓逃走的。你深知威克的為人，別的無須質疑了，她沒有金錢也沒有權勢，沒有一處地方能引誘他——莉蒂亞的一輩子算是被毀了。」

達西一下子驚呆了。「但是認真考慮一下，」她接著說道，聲音更加激動，「我原本可以阻止這一件事情發生的！因為我知道他的真正面目。我就算只將一部分真相——我所聽到的真相的那一部分，提前告訴給家裡人，也就不會有事的！如果家裡人知道了他的品格，也就不會搞出這一場亂子了，但現在一切都晚了。」

「我真是感到非常痛心，」達西高聲喊道，「既痛心——又驚詫，但是這個資訊靠得住嗎，完全靠得住嗎？」

「哦，完全靠得住！他們兩個是星期天夜裡一塊兒從布萊頓私奔的，有人追隨著他們的行蹤一直追到倫敦，不過無法再追蹤下去了。他們肯定沒有去蘇格蘭。」

「做了什麼事，想辦法了嗎？考慮過什麼方法去尋找她呢？」

「我父親去倫敦了。珍寫信給我懇求舅舅回去幫忙。我想半個小時以後，我們就必須要出發。但事情已到無法挽回的地步了，我覺得肯定毫無辦法了。這樣一個男人，你能怎樣對付他呢？何況又想得出什麼方法尋找到他們兩個呢？我真不敢存有一絲希望。這件事情簡直太可怕了。」

達西搖搖頭，默然贊同。

「但是我一開始就看透了他真正的人品了。哎！如果我提前知道應當怎樣做，並且提前那樣做了就不會發生現在的事了！但是我不知道——我只怕做得太過分。這簡直是誰都不怨，只怨自己，真是可悲啊！」

達西沒有應聲。他好像一點兒都沒有聽到她所說的話，只是在房間裡來回走著，兩道眉毛緊蹙著，愁眉苦臉，一副冥思苦想的模樣。伊莉莎白馬上觀察到了他這副臉色，而且立刻明白了他的心思。她迷人的魅力正在慢慢地消失，家庭這樣不爭氣，做出這樣奇恥大辱的事，什麼樣的魅力能不化為烏有呢？於是她既不覺得驚奇，也不願去責怨他人。但是雖然她信任達西能夠抑制自己的感情，可是這也無法給她的心靈帶來安慰，一點兒也不能減少她的悲痛，恰恰相反，反而使她理解了自己的願望。她從來沒有這樣真誠地感覺到她會愛上他，但很遺憾，即使情深似海，又能跟什麼人傾吐呢。

儘管她難免會想起自己，但不會不能自拔，莉蒂亞——她給他們大家帶來的恥辱，給他們大家帶來的悲痛，立刻壓倒了一切個人的思慮。伊莉莎白用手絹掩住了自己的臉，剎那間把其他一切事情都忘掉了。幾分鐘過後，突然聽見朋友的聲音，她這才清醒過來想起自己的遭遇。他的聲音儘管滿含憐憫不過也帶著一些拘束地說：「恐怕你早已期望我離開了吧，況且除了真切卻無用的關懷以外，我也沒有什麼理由懇求你同意我留在這兒。我真希望我自己能說些什麼，或做點什麼來減輕你的悲痛。但是，我可不願意用空洞的希望來折磨你，那樣做彷彿我有意想奉承你似的。既然出現了這件不幸的事情，只怕我妹妹今天不能在彭貝利看到你了。」

「哦，對呀。懇請你代我們向達西小姐表示歉意，就告訴她我們由於有十分緊急的事情，一定要立刻回家。千萬不要對她們說真實情況，這件不幸的事情，能隱瞞多長時間就隱瞞多長時間吧。但是我也知道，這是隱瞞不了多久的。」

他立刻答應她，肯定會為她嚴守秘密，又重新說他很同情她的悲痛，期望這件事的結局比現在所能預想的要好些，不會像目前所想像的這麼糟糕透頂，並且請求她替他向她的家人親友問好，然後鄭重其事地瞧了她一眼，就告辭了。

他剛離開這個房間，伊莉莎白就不禁思忖道：這一次竟能與他在德比郡相見，而且幾回會面他都那麼竭誠相待，使她感到非常驚奇。她又回顧了交往的整個過程，簡直是矛盾百出，變化莫測，她過去曾經巴不得與這種友情一刀兩斷，可是現在卻特別期望能夠長期繼續下去，就這樣冥思苦想著，她不由得吁了一口氣。

如果說感激和尊敬是愛情的堅固基礎，那麼，伊莉莎白這種感情的變化自然合乎情理，叫人無可非議。另一方面，由感激和尊敬而激起的愛情，和世界上人們所說的一見鍾情的場景，及兩者之間沒有談上幾句話就相互產生愛慕之情的場景相比之下，就好像更近人情事理，那我們就不能幫助伊莉莎白辯護了。

可是還有一點能夠幫她解釋清楚一下：一開始她對威克產生愛慕之情的時候，或許就是一見鍾情的做法，最後不能如願以償，她不得不採用第二種方法，也就是比較單調枯燥的戀愛方式。雖然這樣，她目睹著達西遠去，確實感到傷感。莉蒂亞這一丟人現眼的事情，一開頭就造成了這樣不良的後果，更增加了她的痛苦。自從念完珍寫的後一封信之後，對威克能不能和莉蒂亞結婚她就不抱有一絲希望了。她認為，只有珍一個人才會懷著這樣的希望，其他人誰都不會拿來自我安慰。關於這件事的發展趨勢，她沒有感到吃驚。在她唯讀到第一封信的時候，她確實覺得如同晴天霹靂，特別吃驚——威克怎麼會和這樣一位身無分文的女孩結婚？莉蒂亞又怎麼會愛上他？的確令人費解。可如今看來，現在這一切都十分自然了。像這樣的男女私情，莉蒂亞的風流嫵媚可能就足夠了。雖然她並不去想，莉蒂亞會故意跟人家私奔而不想結婚，但是莉蒂亞不管在人品方面或者是見識方面，確實都很欠缺，因此經受不起其他人的誘惑，這也是可以想到的。

民團在哈福德郡駐紮的時候，她並沒有發覺莉蒂亞對威克有愛慕之意，可是她卻十分清楚莉蒂亞無論什麼人勾引一下，都會上鉤。她今天喜歡這位軍官，明天又喜歡那位軍官。什麼人討好她，她就喜歡誰。她的感情一直都飄忽不定，不過也從來沒有缺少過用情的對象。因為平時家教寬鬆，放任嬌縱，最後使這樣一位女孩落得這般下場。天哪，她這時體會得太深刻了！

她急急忙忙地恨不得立刻就到家，親自瞧瞧，親自聽一聽，去為珍分憂解愁——現在家裡亂作一團，父親不在家，母親無力代勞，必須隨時需要有人侍候，整個擔子便落在了珍一個人的肩膀上。儘管她幾乎相信對莉蒂亞這件事已經無計可施了，不過舅舅出面幫助好像還是舉足輕重的。她心急火燎地等待著，直到他來到了房間裡才吁了一口氣。

至於加德納先生和太太聽到僕人的一番話，還認為是外甥女忽然生了急病，趕緊驚恐不安地趕了回來。伊莉莎白立刻解釋她沒有生病，他們才安下心來，然後急忙講出了要他們回來的原因，又將那兩封信大聲讀給他們聽，又慌慌張張地用顫抖的聲音尤其強調了第二封信「附言」裡的那些話。加德納夫婦兩個雖然從來就沒有喜歡過莉蒂亞，不過仍然不禁覺得受到很大的觸動。因為這事牽扯到的不只莉蒂亞一個人，而且還牽扯到他們大家的臉面。加德納先生開始非常吃驚，連聲慨歎，隨後就爽爽快快地答應竭盡全力幫忙。儘管伊莉莎白早想到他會這樣，不過感謝他時還是禁不住熱淚盈眶。隨後，三個人一起收拾，頃刻之間就做好了上路的一切準備。他們想即刻起程。「但是彭貝利那邊怎麼辦呢？」加德納太太大聲叫道，「約翰[52]對我們說，他去尋找我們的時候，達西先生在這裡，這是真的嗎？」

「是真的，我已經對他說了，我們不能應約赴宴了。那件事都解決了。」

「那件事已經解決了。」對方跑到房間去做收拾的時候，又說了一遍，「難道他們兩個人的交情已經好到了這種地步，她居然可以告訴他真實情況！哦，我要知道情況如何就好了！」

52加德納家的男傭。

可是希望並沒有用，充其量不過是在這急忙慌亂的一個小時裡，撫慰了一下她的心情。縱然伊莉莎白能夠偷閒與她談一談，但在這種狼狽不堪的情況下，肯定不會有什麼好心情來談這種事，而且她也和她舅媽一樣，有許多事情等著需要解決，別的暫時先不說，蘭頓所有的朋友們她必須要寫信告知，編造一些托詞，說明他們忽然離開的緣由。不過，一小時就已將事務料理妥當，加德納先生也在這段時間結清了旅館裡的賬，只等著出發了。伊莉莎白苦悶了足足一個上午，想不到在這短短的時間內，居然能乘上馬車，踏上去朗博恩的路了。

chapter 47 緊急返家

當馬車離開小鎮的時候，舅舅對伊莉莎白說道：「我把這件事的整個經過又回顧了一遍，伊莉莎白，說實在的，經過這次仔細的考慮，我倒越發覺得你的姐姐對此事的看法很對。我認為，無論哪個青年人都決不會做出這種事情，去故意傷害一位不是無親無靠、孤苦伶仃的女孩，況且這位女孩在他上司的家中做客。因此我認為還是應當往最好的方面想一想。難道他會認為她的朋友們就不會站出來嗎？難道他會以為這回得罪了福斯特上校，還好意思回到民團去嗎？他不見得癡情到非要去鋌而走險的地步。」

「你真的這樣想嗎？」伊莉莎白連忙嚷道，頓時豁然開朗。

「說實在的，」加德納太太接過話說道，「我也同意你舅舅的觀點。這件事簡直太羞恥，太不顧名譽，太有損自己的利益了，他決不會這樣胡作非為的。我覺得威克未必那樣壞。麗琪，難道你認為他就那樣壞透了，以至於做出這樣的事情？」

「他可能還沒有壞到不顧他個人的利害關係吧。但是除此之外，我相信他全都毫不顧忌。假如他能有所顧忌就好了！但是我可不敢抱這種奢望。要是真如你所想的那樣，那他們為什麼不直接跑到蘇格蘭去？」

「但是，」加德納先生回答說，「也不能完全證明他們沒有去蘇格蘭呢。」

「哦！他們把原來的輕便馬車打發走，換坐出租馬車，光憑這一點就可想而知了！而且，在到巴爾內的路上根本就找不到他們的影蹤。」

「那樣——就假定他們是在倫敦好啦。他們到那裡，可能只是想暫時躲避一下，而決不會有什麼值得非議的目的。他們兩個人也許都沒有很多的錢，可能都會想到，覺得還是在倫敦結婚省儉一些，儘管說要比在蘇格蘭麻煩。」

「但是他們為什麼要搞得這麼詭秘呢？為什麼怕被人家發現呢？為什麼要偷偷摸摸地結婚呢？哦，不，不，這種想法不現實，你從珍的信中就能看出這點，和他最知心的那位朋友也相信，他絕對不會和莉蒂亞結婚的。威克絕對不願娶一個沒有多少財產的女人當妻子。他賠不起！而且，莉蒂亞除去年輕、健壯和生性溫柔之外，又有什麼條件，又有什麼吸引力，能叫威克為了她而去放棄任何一個結婚發財的機會？而他是不是擔心這樣不光彩地和她私奔會讓他在部隊中丟盡臉面，而對自己有所約束，我就一無所知了，因為我壓根兒就搞不明白這種行為到底會帶來怎樣的結果。但是說到你們反駁我的觀點的另外一點，也不見得站得住腳。莉蒂亞沒有兄弟挺身相助，而且威克知道我父親的品質，知道他為人懶散，對家中的事情一向不聞不問，所以可能就認為對這樣的事，他也會像隨便一位當父親的一樣，儘量少管，儘量少操心。」

「但是，你難道也覺得莉蒂亞竟然會那麼毫無顧忌地愛他，而答應不結婚就和他同居嗎？」

伊莉莎白雙眼中含滿了淚水說道：「說起來確實聳人聽聞，對自己的親生妹妹居然會疑心她不顧體統和貞操！但是我確實不知道如何是好。可能是我講得有點兒太過分了。她還那麼年輕，又從來沒有人教育她思考些正經事：這半年以來——噢，是整整一年以來——她只知尋歡作樂，追求虛榮。家裡人都不管她，讓她放蕩輕浮，讓她對任何事情都是胡思亂想。自從民團進入布萊頓以後，她腦海中就只有談戀愛，賣弄風情，勾引軍官。她原本就輕浮多情，又滿腦子想著這件事，談這件事，想盡辦法胡用自己的感情——我該怎麼說呢？——更容易動情。我們也知道威克無論在外表方面還是語言方面，都有足夠的吸引力能夠迷得住一個女人。」

「可是你也明白，」她的舅媽說，「珍可不把威克想像得那樣壞，不相信他會幹出這等事。」

「珍又何嘗把其他人看成壞人？不管什麼樣的人，不管他過去行為如何，也只有在現實跟前才能證明那個人的確是壞蛋，她又有什麼證據相信其他人存著這樣的心腸？可是說到威克的底細，珍卻和我一樣清楚。我們兩人都知道他是一個不折不扣的浪蕩子，他既沒有人格，又不顧體面，盡是假情假意，柔聲媚氣。」

這番話使加德納太太起了很大的好奇心，極想弄明白外甥女兒是怎樣知道這一切的，就高聲問道：「這些事情難道你全都瞭解嗎？」

伊莉莎白紅著臉回答說：「我當然瞭解，那一天我曾把他對達西先生的無恥行為說給你聽了。他對他多麼寬宏大量，但是上回在朗博恩的時候，你也看見了而且也親自聽到過他是怎樣說他的。別的事我不好再說了，也不便講，但是他對彭貝利那家毀謗的事實不可計數。他把達西小姐說成那種人，而且讓我開頭就把她誤解成一位高傲無情、使人厭惡的小姐。但他自己明明知道事實並非如此。他很明白，達西小姐正如我們所看到的那樣和藹可親，絲毫都不裝腔作勢。」

「但是莉蒂亞居然完全不知道這一切嗎？既然你和珍對事情瞭解得那麼透徹，而她自己卻毫不知情？」

「事情就糟糕在這裡。我自己也是到了肯特郡之後，常常和達西先生以及他的親戚費茨威廉上校一塊兒談話，才知道了事情的真相。但是我回家後，某某郡的民團要在一兩周以內離開布萊頓。那時我就把事情的所有真相在珍面前和盤托出，珍同我都覺得不用向外邊聲張，因為我們身邊的人都對威克很有好感，假如叫大夥兒都改變了對他的看法，又有什麼好處呢？甚至在臨決定讓莉蒂亞和福斯特太太一塊兒走的時候，我也並不打算讓莉蒂亞看清他的品質。我當然並沒有想到她居然會被他矇騙。你應當理解，我確實沒有想到會造成這種後果。」

「那麼說，他們開拔到布萊頓去時，你還沒有想到，那個時候他們兩人已經相愛了吧。」

「確實沒有料到。他們兩個人都沒有露出絲毫相愛的跡象，你一定看得出來，假如當時發現了一點兒跡象，在我們這種家庭中將會大談特談的。他剛來民團裡的時候，她就很喜歡他，但是我們大夥兒都是那樣。在頭兩個月裡，布萊頓附近的女孩們都被他迷住了，可他對她從來都沒有另眼相待。後來那一陣瘋狂戀愛的風氣消失了，她對他的想入非非慢慢地不見了，後來看到民團裡其他的軍官們都更加看重她，所以又成了她的意中人。」

不難想像，他們一路上反覆談論著這個使人關切的話題，卻實在聊不出什麼新意來，也只是些顧慮，寄予希望，猜想，諸如此類的。可是說到其他話題都不會多久，也終歸是談不上幾句就又返回了老話題上。這件事兒始終在伊莉莎白的頭腦中轉悠，無論如何也擺脫不掉。她難受，她責怪自己，這讓她一刻都不得安寧，一刻都無法忘卻。

他們儘量快速趕路，只在路上歇了一宿，第二天用午餐時就到達了朗博恩村。伊莉莎白心裡想，終於沒有讓珍等得太心焦，不禁心生欣慰。

他們駛出圍場，加德納家的幾個孩子看到來了一輛馬車，就跑到了房子的台階上站著。當馬車剛趕到門口的時候，孩子們驚喜交加，笑顏逐開，開心得又蹦又跳。這是他們回來以後最先受到的真誠熱烈、使人愉快的歡迎。

伊莉莎白從馬車上跳下來，急急忙忙地把孩子們陸續親吻了一下，就趕快奔向門口，珍這時候正由母親的房間裡跑下來，立即在那裡迎接著她。

伊莉莎白熱情地摟抱著珍，姐妹兩人熱淚盈眶。這時，伊莉莎白迫不及待地詢問姐姐有沒有那對私奔男女的下落。

「還沒有呢，」珍回答說，「幸好親愛的舅舅回來了，我希望從此以後一切都會順利起來。」

「父親去城裡了嗎？」

「去了。他是星期二離開的，我在信上對你說過了。」

「經常從他那兒得到什麼消息嗎？」

「我們只接到過他的一封信。他星期三給我寄了一封簡短的信，信上三言兩語，說他已平安抵達，又把他的具體住址告訴了我，這是他臨走時，我特意要求他這樣做的。另外，他說當有重要消息時，才會寫信來。」

「母親在哪兒呢——她還好嗎？家裡人都還好嗎？」

「我覺得母親還行，只是精神上受到了不小的刺激。她現在在樓上，看到你們大夥兒都回來，肯定會很高興的。她現在還不想走出她的梳妝室，謝天謝地——瑪麗和基蒂——都還好。」

「但是你呢——你還好嗎？」伊莉莎白大聲問道，「你臉上毫無血色，你肯定費了不少心思吧！」

姐姐對她說完好無恙。姐妹二人藉加德納夫婦忙於應付孩子們的機會，才在一塊兒談了這幾句話，只見他們男女老幼都過來了，就不得不終止了談話。珍走到舅舅舅媽跟前又是表示歡迎又是感謝，忽而笑笑，忽而又哭起來。

大家都走進了客廳後，舅舅舅媽又把伊莉莎白已問過的那些話再問了一次，立刻就發覺珍沒有什麼消息可以告訴大家。珍因為心腸慈善，什麼事總是往樂觀的方面想，既然事已至此，她還沒有心灰意冷，她仍然指望一切會有一個圓滿的結局：總感覺哪一天早晨她會收到一封信，也許是父親寄來的，或者就是莉蒂亞寄來的，信上會把事情的整個詳細經過報導一遍，還或許會宣佈結婚的消息。

大家談了一會兒話以後，就一塊兒去班內特太太屋子裡了。果然不出所料，班內特太太一見到他們就眼淚汪汪，長吁短歎。她先把威克的卑劣行徑痛斥了一頓，然後對自己的病痛和委屈抱怨了一通，她幾乎把每個人都責怪了一遍，唯獨沒有責怪一個人，而那人恰是溺愛縱容女兒，造成這次大錯的主要責任人。

她道：「要是當時依我的想法做，叫全家人一起都去布萊頓，也就不會發生這等事了。莉蒂亞那麼可愛可是又太不幸了。問題就出在沒有人照應。福斯特夫婦怎麼能不看著她而讓她走開了呢？我覺得一定是他們怠慢了她。因為這麼一位好女孩，如果有人好生照顧，她是肯定不會做出那樣的事情來的。我一直認為他們不配照顧她，但是我始終要受到他人的支配。我可憐的莉蒂亞！班內特先生已經走了，他看到威克，非要和他決鬥，他一定會被威克活生生地打死的。到那個時候我們應該怎麼做呢？他屍骨未寒，柯林斯夫婦就必須把我們趕出去，我的好兄弟，假如你不發發慈悲我可真不知怎樣做了。」

大家一聽，就喊著不讓她把事情想得如此糟糕。加德納先生對她說他對她以及她的家裡人都會給予無微不至的關心的，接著又對她說，他準備明天就到倫敦去，極力幫助班內特先生找到莉蒂亞。

「別亂了陣腳，」他繼續說道，「儘管說做最壞的打算是對的，但也不至於把事情看得那麼壞。他們離開布萊頓才只有一個星期。再等幾天，我們可能就能打聽到有關他們的一些消息。在還沒有弄明白他們是不是準備結婚以前，我們最好還是不要認為這事了無希望。我一進城，就去姐夫那裡，同他一塊兒去承恩寺街，住到我的家裡，接著再一起商議出個辦法來，瞧瞧到底如何辦。」

「哦，我親愛的兄弟！」班內特太太回答說，「這句話說到了我的心坎上了。好，這麼說來，等你進了城，千萬要把他們找到，無論他們躲在哪裡。如果他們還沒結婚，必須讓他們結婚。講到結婚禮服，可別讓他們拖著，你只需要對莉蒂亞說，等他們結婚之後，她要多少錢買衣服都可以。而且，頭等要緊的事就是，千萬不要讓班內特先生去和他決鬥。請你告訴他我目前的狀況有多麼嚇人——幾乎被嚇得精神失常了，全身不停地這樣抽搐，走路時不住地發抖，腰部抽搐，頭疼心跳，弄得我白天黑夜片刻都無法安寧。不要忘記告訴我那個寶貝女兒，讓她看到我以前別隨便亂買衣服，因為她根本就不知道哪一家衣料店最好。噢，兄弟呀，你心眼太好了！我知道，這種事情你總會想出辦法做好的。」

儘管加德納先生重新請她放心，說他會用盡全力辦好此事，可是他依然規勸她別走極端，別過分樂觀，也別太憂愁。大夥兒就這樣始終陪著她講話，直至中午飯擺上了桌子，才離開她。總之有女管家陪著她，即使女兒們不在她跟前，也盡可以向她發牢騷。

她的弟弟和弟妹雖然都以為她根本沒有必要和家裡人分開單獨用餐，可是也不打算提出不贊成的看法。他們考慮到，她講話向來不夠謹慎，假如吃起飯來由幾個傭人一起侍候，她講起話來是決不會考慮這些的，所以最好還是只派一個傭人伺候，一個最可靠的傭人瞭解她在這件事情上的擔心和焦急也就夠了。

他們走進飯廳不久，瑪麗和基蒂一起來了。原來這姐妹倆分別在自己的屋子裡忙碌著她們各自的事情，看書的看書，打扮的打扮，因此沒有能早一點出來。兩個人的神情都顯得若無其事的安靜，看不出有絲毫的變化，但是基蒂講話的口氣比平日裡稍微急躁一點，這可能是由於她丟了一個親愛的妹妹而感到傷心，可能是此事確實讓她感到憤怒。至於瑪麗，反而自有主張，在大家坐下來以後，她就擺出深思熟慮的樣子，對伊莉莎白輕聲說：

「這真是一件極其不幸的事情，遇到這種事，也許會引起外界議論紛紛。人心惡毒，我們應當及時防備，避免鬧得一發不可收拾。我們必須用姐妹之情來安慰相互之間那顆受到創傷的心。」

她看到伊莉莎白並不想回答，便又繼續說道：「此事對於莉蒂亞誠然不幸，但可以當作我們大家的前車之鑒。大多數女人一經失去貞操就無法挽回，正所謂一時失足成千古恨。紅顏固然難以長存，名譽亦難以保全。面對世上那些輕薄的異性，女性豈可不寸步留神？」[53]

伊莉莎白抬起眼睛，詫異地看著她，可是她的心裡的確太鬱悶了，所以一句話都答不上來。但是瑪麗還在接著往下說，她要從這件倒楣的事例中引用道德的訓誡，用來聊以自慰。

下午，班內特家那兩位年紀最大的小姐總算可以一起待上半個小時。伊莉莎白不願錯過這個大好時機，急忙向珍問東問西，珍也用同樣迫切的心情儘量地給她滿意的回答。兩個人一起對此事的不幸結果感歎了一陣，伊莉莎白覺得那幾乎是在所難免的了，班內特小姐也不得不承認這樣的後果是難免的。然後，妹妹又繼續接著這個話題說：「請你再具體說說我還不知道的那些事情的具體細節吧。福斯特上校是怎樣說的？他們倆私奔以前，他們難道就連絲毫可疑的跡象都沒有瞧出來？他們總應該看見了他們兩人常常黏在一起吧。」

「福斯特上校說，他的確曾經懷疑他們兩人有點兒情感，尤其是疑心莉蒂亞，不過此事不值得大驚小怪的。我真為他感到傷心。他為人向來極其殷勤關心，非常和善。早在他還不知道他們沒到蘇格蘭以前，他就已經準備來向我們表達他對我們的關心，接下來等大家都擔心他們不會去那兒時，他就趕緊動身了。」

「那麼丹尼相信威克不準備結婚？他知道他們存心想私奔嗎？福斯特上校沒有看到過丹尼本人嗎？」

「見到的，但是他問到丹尼時，丹尼不承認他知道他們的這個計畫，也堅決不肯說出對此

53因為瑪麗具有古板的學究氣，在奧斯汀的原文中，她說的這兩段話遣詞用字都十分做作。這兩段文字引自Fanny Barney的《Evelina》一書中Mr. villars的一封信。所以譯文使用半文半白的方式，以保持原文風味。

事的真實看法。他後來再也沒有提起過他認為他們不會結婚之類的看法——如此看來，我倒想抱這種希望，先前可能是他人聽錯了他的話。」

「我想福斯特上校在登門之前，也許你們誰都懷疑過他們不會真正結婚吧？」

「我們的腦海裡怎麼會有這種想法呢！我只是覺得有點兒不安——有點兒擔心妹妹嫁給他不見得會真正幸福，因為我早就知道他品行不端。父母對這些毫不知情，他們只感覺這樁婚姻太草率。基蒂比我們大夥兒都瞭解真實情況，後來就帶著一種自然流露出來的得意洋洋的神氣，說莉蒂亞在給她寫的最後一封信中就已經模模糊糊地說到了打算離家出走這一步，看樣子，她遠在好幾個星期之前，就知道他們相愛了。」

「但是總不見得在他們去布萊頓之前吧？」

「不至於，我相信不至於。」

「福斯特上校自己是不是看不起威克？他知道威克真正的人品嗎？」

「這我承認，他不再像過去那樣看重他了。他覺得他做事輕率無禮，奢侈虛榮，自從這件使人痛苦的事情發生以後，大家都在談論他離開布萊頓的時候，欠下了許多債，但願這都是謠言。」

「唉，珍，假如我們原來不那樣保守秘密，把我們知道的事情統統說出來，也就不至於發生此事了。」

珍說：「可能會好一些，但是，無論是什麼人，在不知道他目前是怎樣想的情況下，去揭露人家的過去，不免有點兒說不過去。我們和人交往應當完全出於一片好意。」

「福斯特上校能不能把莉蒂亞寫給他太太的那封簡短的信具體地記錄下來？」

「那封信他已經一起帶來讓我們看過了。」

於是珍從衣兜裡拿出那封信，遞給了伊莉莎白。信是這麼寫的：

親愛的哈麗特[54]：

如果明天一大早你發現我已經不見了，肯定會大為驚奇，而且想像得出當你弄明白我去了哪裡以後，你一定又會笑我的。想到這裡，我自己也禁不住要笑出來了。格雷特納格林是我準備要去的地方。如果你猜不到我是和誰在一塊兒，那我可就真的把你當成一個大傻瓜了，因為世界上只有一個男人值得我去愛，他是個天使！沒有了他，我就決不會得到幸福，因此出走不會惹出什麼禍來。

如果你不想把我失蹤的消息告訴朗博恩我家裡人，那就不告訴。因為當我自己給他們寫信的時候，看見我的簽名「莉蒂亞・威克」，會讓他們更加覺得意外的。這是一個多有意思的玩笑啊！我幾乎笑得寫不下去了！請你替我向普拉特道個歉，我今天晚上不能和他一起跳舞了，因為我不能守約了。我希望他知道這一切情形以後，能夠諒解我，請你告訴他，下回在舞會上見面時，我十分樂意和他一起跳舞。我到了朗博恩以後再派人來取衣服，順便告訴莎莉一下，我有一件細洋紗的長衣服開了一條大縫，讓她幫我收拾行李以前把它補好。再見。請代向福斯特上校問好。願你為祝福我們旅途平安而乾杯。

54 哈麗特為福斯特太太的名字。

你的好朋友
莉蒂亞・班內特

伊莉莎白讀完了信以後不由得喊道：「莉蒂亞啊，你太無知了！在這種時候竟然寫得出這種信來！但是起碼可以說明，對此次離家出走，在她看來倒好像是一件正經事了。無論威克以後會引誘她走到哪一步田地，她自己可沒有故意要做出什麼丟臉的事情來。不幸的父親！他對這事有多少感觸啊！」

「我真是一輩子都沒有見過哪個人驚訝到如此程度。他整整十分鐘都說不出一句話來。母親一下子就病了，全家都被弄得心神不安！」

「噢！珍，」伊莉莎白叫道，「家中每一個傭人豈不是在那天就知道了這件事情？」

「我不清楚。希望並沒有全都知道。但是在這種時候，想小心也很難辦到了。媽媽那歇斯底里的毛病又發作了，儘管我用盡一切力量去安慰她，也許還有許多地方做得不太周全！我又擔心會出什麼意外事情，幾乎嚇得不知道怎樣做才好。」

「你這麼照顧她，也真夠你累的了。我看你臉色很差。哎！如果那時我和你在一塊兒就好了，就不必每件事情都由你一人操心費神了。」

「瑪麗和基蒂的心都非常好，願意幫我承擔疲勞，但是我認為她倆哪一個都不適宜受累。因為基蒂的身子又纖細又虛弱，瑪麗念書又那麼用功，不應該再去打擾她那幾個小時的休息時間。週二那一天父親走了以後，菲力浦斯姨媽就來到朗博恩村，她那麼好心好意，陪著我一直住到週四才回去。她幫了我們大家許多忙，還勸慰我們。盧卡斯夫人也很善良，她週三上午走著來到這兒安慰我們，還說，要是有需要她們幫忙的話，她和她的幾個女兒隨時都樂意過來效勞。」

「她最好老實地待在家裡吧，」伊莉莎白高聲喊道，「她可能是出於好意，可是遇到了這麼不體面的事，鄰里還是佯裝看不到為好。說幫助我們也不會幫得上什麼忙，說安慰我們吧，反倒使你更加難受。最好還是離我們遠一些，站在一邊幸災樂禍吧。」

然後她又詢問起父親這回進城，準備採用哪些辦法去尋找莉蒂亞。

珍回答說：「我認為他打算去埃普索姆，就是他們兩人最後在那裡換馬的地方，他打算找找那些馬車夫，試一試看是否能從他們那裡打聽到一些消息。他的主要目的就是要探查出他們在克拉普汗所乘坐的那輛出租馬車的號碼。這輛馬車原先是由倫敦拉著客人到來的。父親認為，一男一女從這輛馬車換乘到那一輛馬車，可能會引起他人留意，因此他打算去克拉普汗查問一下。他要是打聽到那個馬車夫的頭一位乘客在哪家門口下的車，他就準備先到那個地區打聽一下，或許真的能查到那輛馬車的號碼和停車的地方。而他的另外一些打算，我就不知道了。不過他走得那麼匆忙，心緒又那麼紊亂，即使叫他講出這些情況來，也是很難的。」

chapter 48

父親的懊悔

第二天早上，大家都指望能夠接到班內特先生寄來的信，可是郵差是來過了，卻沒帶來他的片紙隻字。家裡人都知道他從來都懶得寫信，總是懶散拖拉，可是在現在這種情形下，她們希望他能勤快一點兒。所以既然沒來信，她們感到他一定沒什麼讓人快樂的事情可寫，不過即便如此，她們也都願意聽到一些事。加德納先生也希望在起程以前能聽到一些消息。

加德納先生走了以後，大家信心十足，認為今後起碼能夠經常獲得那裡的音信，知道事情的進展情況了。他臨走前說肯定會勸服班內特先生馬上返家。她們的母親聽後感到極大地安慰。她覺得，這才是唯一能確保丈夫不會在決鬥中死去的方法。

加德納太太和她的孩子們還得在哈福德郡待幾天，因為她感到，待在這裡還可能幫幫外甥女們。她和她們一塊兒伺候班內特太太，在她們有空閒時，還可以安慰一下她們。那個姨媽也時常過來看望她們，並且聽她本人說，每一次來都是為了鼓勵她們，陪著她們高興一番，雖然她每一次來都會說一些威克奢侈浪費或者違法亂紀的新事例，每次走了以後都會弄得她們比她來的時候更加意氣消沉。

如今整個布萊頓的人好像都在竭力地往這個人的臉上擦灰，但是同一個人，就在三個月以前，簡直被他們捧到了天上。現在，大家一口咬定，他在本地任何一個商人那兒都欠著債，說他這種偷香竊玉（還為這冠上了誘騙的美喻）糟蹋了每個買賣人。人們異口同聲地說他是世間行為不軌的最放蕩的青年；人們忽然發現他們原本早已不相信他那副偽裝的善面。關於這種種的傳言，雖然伊莉莎白只是將信將疑，可她相信確實有的那些，足能證實她對他以前的看法——妹妹必定會被毀在他的手上。就算是珍，她對這些傳言甚至都不能說是將信將疑，幾乎覺得失望至極。特別在當下，更是愈來愈絕望，因為如果他們確實到蘇格蘭去了，她對這件事還沒有感到完全失望，那怎麼說如今也應當有他們的消息了。

加德納先生是在星期日離開朗博恩的。他太太在星期二接到了他的一封來信。信上說，他剛進城就馬上找到了姐夫，說服他住到了承恩寺街。還說，在他沒抵達倫敦以前，班內特先生曾經去過埃普索姆和克拉普汗，但是沒得到一點兒令人滿意的消息；所以班內特先生決定去每一個旅館打聽一下，他是這麼認為的，威克和莉蒂亞一到倫敦，可能先在旅館裡住下，然後再慢慢地找房子。加德納先生自己並沒有對這個想法的效果存有什麼指望，可是既然姐夫非這樣做不可，也只有幫著他這樣做了。他又說，班內特先生暫時不想離開倫敦，他說不久還會寫一封信來。信的末尾還有這樣的一段附言：

我已經給福斯特上校寫了一封信，請他在民團裡找幾個和威克要好的朋友來打聽一下，威克是不是有什麼親戚朋友知道他藏在城裡什麼地方。要是能請教到這麼一個人，得到某種線索，那是大有用處的。現在我們仍然捉摸不透。也許福斯特上校能夠儘量使我們的要求得到滿意。可是，我想，麗琪也許比任何人都更瞭解情況，會知道他如今還有什麼親戚。

伊莉莎白非常明白她為什麼能得到如此的器重，她的心裡清楚得很，遺憾的是她也不能提供出一點兒讓人滿意的線索，所以也就受不起這種恭維。

在談話裡，威克只提到過他的父母，並沒有聽他說過有任何親友，何況他的雙親都已經死去很多年了。但是，民團裡有他的一些朋友們，也許能提供一些資料，儘管她對這件事沒抱太高的期望，不過試一下也沒什麼壞處。

朗博恩全家每天都焦躁不安，最焦急的時候就是等著郵差到來的那段時間。盼信成了每天上午最迫不及待的最重要的事。無論信上寫的事情好壞，大夥兒都相互轉告，並繼續盼著第二封信的到來。

然而，加德納先生的第二封信還沒收到，她們卻收到了一封別的人給她們的父親寫來的信。原來是柯林斯先生寫的。珍由於受到了父親的託付，他在外的這段時間代他拆看一切信件，於是按照囑咐讀信。伊莉莎白知道，在柯林斯的信上，從來都是寫一些怪裡怪氣的事，就偎依在姐姐身旁一塊兒拜讀。信的內容如下：

可敬的先生：

昨日接到哈福德郡來函，得悉您正值極度痛苦之中，尤感不勝悲痛。柯林斯太太與我對您本人及府上聊表同情之意。以我的名分和職位而言，本當表達深切的慰問，何況我們之間的戚誼，更覺得責無旁貸。

的確，這次不幸之事未免令人痛心難過，通常名聲一旦汙損便難有澄洗之日，徒傷父母之心的不過於此？倘若早知如此，如她當時夭亡也未必不是好事。我只能儘量勸慰您想寬些，以此來分憂。聽夏洛蒂說，令愛這次私奔是由於平時對她嬌慣溺愛所致，則更為可悲可歎。我覺得她小小年紀竟鑄成大錯，可見秉性頑劣，故此您也不必過於自責。

我日前將此事轉告凱薩琳夫人和她的女兒，她們與我夫婦二人有同感。凱薩琳夫人覺得此次令愛失足，難免辱沒家聲而令攀親者望而卻步，禍及其姐妹的終生幸福。我不禁想起去年十一月發生的事，因此深感慶幸，否則木已成舟，我豈不自取其辱。可敬的先生，請您聽從我的勸慰，儘量自我保重，從感情上忘卻不值得你愛的孩子，令其自作愆尤，不足為惜。

某某敬上

加德納先生直至收到了福斯特上校的回信之後，才往家裡寫了第二封信，信上並沒有傳達點滴的好消息。人們都不知道威克還能有什麼親戚和他聯繫，只知道他的近親都已經離開人世了。他過去還真是朋友甚多，可是自從入了民團以後，好像和朋友們沒什麼友情了，所以無人能提供出絲毫關於他的事情。要說經濟方面的困難，他怕被莉蒂亞的親友們發現，所以千方百計要躲起來，只是新近剛剛傳言，說他欠著數目相當可觀的一筆賭債。在福斯特上校看來，要想全部償還他在布萊頓欠下的債至少得一千英鎊。他在這座城欠債相當多，可是欠下的賭債則更加驚人。加德納先生並不想把這一切實情瞞住朗博恩村的那一家人。珍聽後膽戰心驚。「這個賭棍！」她叫道，「簡直讓人難以想像！我怎麼想都不會想到。」

加德納先生信裡又說，她們的父親明天（即星期六）就會到家了。原來他們兩個人儘管竭盡全力，可是依然毫無成效，班內特先生於是垂頭喪氣地同意了內弟的懇求，馬上回家，而把這件事留給內弟做，叫他斟酌行事，繼續查下去。女兒們想到母親總是害怕父親會和人家玩命，本想她聽到這條消息定會非常高興，哪想並不儘然。

「什麼！不幸的莉蒂亞還沒有找到，他就這麼獨自回來了！」她叫道，「在尋找到他們以前，他絕對不能離開倫敦。他離開了，誰還能去和威克決鬥，逼著他和女兒結婚？」

加德納太太此時也想要回家了，因此大家決定，在班內特先生出發回朗博恩村時，她就帶上孩子們動身回倫敦。所以，馬車能夠把他們送到頭一站，然後接主人回朗博恩村。

加德納太太在走的時候，對伊莉莎白和德比郡的她那個朋友的事情，仍然是糊裡糊塗，從當初在德比郡的時候開始，就一直沒弄明白。從來沒見外甥女主動在他們面前談到那個朋友。她本想回來後，就會收到那位先生的來信，可是結果一場空。伊莉莎白一直都沒接到從彭貝利那兒寄來的信。

她看到外甥女兒情緒低落，可是，既然家裡發生了這種倒楣的事，也是不可避免的，也沒有必要再找其他的原因解釋。因此她仍然摸不著頭腦。只有伊莉莎白相當瞭解自己的心事，她暗自思忖，假如沒結識達西，莉蒂亞這件丟人的事情可能會讓她少一點兒痛苦，也能讓她減少幾個不眠之夜。

班內特先生回來以後，仍然明哲鎮靜、穩如泰山的模樣，只是仍像往常那樣寡言少語，也矢口不提他入城的事，女兒們在很久以後才敢談及。

一直到下午，他同女兒們一起喝茶時，伊莉莎白壯著膽子提起了這件事。她對父親這趟外出感到難受，父親肯定吃了很多苦頭，他答道：「不要這麼說了。我不吃這些苦頭，又應該讓誰來吃呢？我是自作自受。」

伊莉莎白勸說他：「你可別過分責怪自己。」

「就別再勸我了。人的本性就是會自怨自艾！你看，我這一生從來都沒有責備過自己，還是讓我嘗嘗這個滋味吧。別為我擔憂，此事不久就會過去的。」

「你認為他們是在倫敦嗎？」

「也許，難道還有別的地方能令他們躲得這樣好嗎？」

基蒂又在一邊插嘴說：「還有莉蒂亞經常說要去倫敦。」

父親冷冰冰地說：「那麼，她總算得意了，這可以讓她在那裡待一段時間呢。」

靜默了一會兒，他又繼續說：「麗琪，五月份你勸我的那番話真的沒勸錯，我一點不會怨你。從目前這件事上看，你真的是很有遠見呢。」

這時，班內特小姐為母親端著茶走了進來，中斷了他們的談論。

「這還真有排場呢。」他高聲說，「真可謂給不幸增添了一些高雅啊！改天我也會照辦，在書房裡坐著，頭上戴著睡帽，身上穿著寢衣，儘量給人家找些麻煩——要不就再向後延遲一下，待基蒂私奔之後再說。」

「我才不會私奔呢，爸爸。」基蒂憤憤地說，「如果我去布萊頓，行為肯定要比莉蒂亞好。」

「你去布萊頓！即使倒給我五十英鎊，就是距它很近的伊斯特布恩，我也不會叫你去的！不，基蒂，我起碼知道要小心點兒了，你會看到我這種小心翼翼的厲害的。今後，不管哪個軍官都不准邁進我家的門，甚至都別想由我們村裡走過。決不允許你去參加舞會，除非你保證只同哪個姐姐跳一會兒。也決不准你邁出家門一步，除非你答應，你每天都會老老實實地在家裡待上十分鐘。」

基蒂把這些恫嚇的話全都當真了，不由得哭了起來。

「算了，算了，」父親說，「不要難過了。要是你以後十年中能當位好女孩，到時我就領你去看閱兵式。」

chapter 49

舅舅傳來的好消息

班內特先生返回的兩天後，珍和伊莉莎白正在房子後面的灌木叢裡散步，看到管家太太向她們兩個迎面走來，她們當成是母親打發她來叫她們回家呢，就迎面走上前去。等女管家來到面前，才發現她們想錯了，原來她並不是來找她們回去的。她對珍說：「小姐，請恕我冒昧打斷了你們的談話，但是，我認為你們可能聽到了從城裡來的什麼好消息，所以我來大膽地問一下。」

「你這話什麼意思，西奧？我們並沒有得到從城裡傳來的什麼消息呀。」

西奧太太驚愕地叫道：「伊莉莎白小姐，莫非你還不知道？加德納先生派了一個專差來給主人送了一封信，他到了幾乎有半個小時啦。」

兩位小姐聽完拔腳就往家裡跑，根本沒有說話的時間。她們兩個一直跑到門廳，跑進早餐廳，又向書房跑去，但是哪兒都沒有看到父親的影子，正打算到樓上去母親那兒找他，卻迎面遇到了男管家，他說：

「小姐，你們正在找老爺吧，他到小樹林那裡散步去了。」

聽完這話，她們跑過門廳，直奔小樹林而去，去找父親。只見父親正步態穩健地朝圍場附近的一片小樹林走去。

珍沒有伊莉莎白那麼步態輕巧，往常就不如她跑得快，因而沒過多久就被甩在後面了。只見妹妹已經上氣不接下氣地站在了父親跟前，急不可耐地喊著：

「父親，得到什麼消息了嗎？什麼消息？你接到了舅舅的來信了？」

「是的，我收到了，他派專差送來的。」

「噢，信裡怎麼說——消息是好還是壞？」

「哪兒來的好消息？」他邊說著，邊從衣兜內掏出信來。「但是或許你願意看一下。」伊莉莎白迫不及待從他手中拿過信來。珍在這時也趕到了。

「大聲念吧。」父親吩咐說，「因為我簡直搞不清楚信裡面寫了些什麼。」

格雷斯丘奇街，八月二日，星期一

親愛的姐夫：

我總算可以透露給你一點關於外甥女的情況了，但願這些情況基本上還讓你滿意。還算幸運，你星期六剛走不一會兒，我就探聽到了他們在倫敦的地址。具體情況還是等見面了以後再說吧。你只要知道我已將他們找到了也就行了。我已經見到了他們倆——

「這麼看來我所期待的事情果真實現了，」珍不由自主地喊了出來，「他們結婚了吧！」

伊莉莎白繼續往下讀：

我已經見到了他們倆。他們並不曾結婚，我覺得他們也根本沒有絲毫結婚的念頭。但是，要是你同意履行我大膽向你提出的幾項條件，我認為他們用不了多久就會結婚的。我希望你能做到的只有下面這些：你要依法向這個女兒許諾，保證她在你個人與我姐姐百年以後可以平等地得到你們給女兒們留下的五千英鎊財產；另外，你還得保證，在你離世以前每年給她一百英鎊補貼。

經由反覆斟酌，我自以為有權力代你做出決定，所以經過考慮後毫不猶豫地應許了以上要求。我將吩咐專人急速把此信呈交與你，便於儘早獲得你的回復。從這些具體情況看，你很容易瞭解，威克先生並非像一般人所預料的那樣已經到了一籌莫展、舉步維艱的地步。眾人肯定都對此有所誤解。

令我感到欣慰的是，威克償還完所有的債務以後，也還有些剩餘錢留給外甥女，並且她自己已經擁有的錢財還不包括在內。要是你同意根據我說的那樣，全權讓我代表你辦理整個事務，我將馬上讓哈格斯頓去辦理一份專門契約。

你毫無必要到城裡來，大可安心住在朗博恩村，請你放心，我做事一定會既盡心又謹慎。請儘早回信，並且必須寫得詳細一些。我們覺得不妨就叫外甥女從這所房子裡嫁出去，但願你不反對。她今天就到我們家裡來。如果有別的事情需你決定，我定將隨時奉告。

您的愛德華・加德納

八月二日星期一於承恩寺街

「這件事情是真的？」伊莉莎白念完信以後問道，「他居然會娶她為妻？」

「那麼，威克倒並沒有我們想像的那麼不成材啦！」姐姐說道，「親愛的爸爸，向你道喜啦。」

「你回過信了嗎？」伊莉莎白說。

「還沒有，但是馬上就寫。」

於是她非常懇切地請求父親一定不能再拖延，立刻回家去寫。

她嚷道：「好父親，現在就回家去回信吧，試想一下，這種事情每一分鐘可都是很重要的呀！」

珍說：「要是你不想寫，那我替你寫好了。」

父親說道：「我的確不太情願寫，但是又必須得寫啊。」

他邊說著，邊轉過身來和她們一起回家去了。

伊莉莎白說：「我可以問你一下嗎？有關他所提的那些要求你一定都會同意吧？」

「全都照辦！他居然要這麼少，反倒讓我覺得不好意思。」

「他們兩個非結婚不可了！然而他卻又是那樣一個人。」

「唉！可不是嗎，他們非結婚不可了，別無選擇。但是有兩件事情我極想搞清楚——第一，你舅舅究竟拿出了多少錢，才使這件事情有了個著落；第二，我今後怎麼還他？」

「錢！舅舅的錢！」珍嚷道，「這話是什麼意思，父親？」

「我是這麼認為的，一個頭腦健全的人是決不會娶莉蒂亞為妻的。就憑她的模樣、才能和家產，誘惑力太小了。我在有生之年每年補貼她一百鎊，辭世以後總共也就只有五千鎊。」

伊莉莎白說：「那倒是真的，不過在這以前我從來沒有考慮過。他欠了那麼多債，全部償清以後怎麼還能有剩餘的錢！對，肯定是舅舅幫的忙！這麼大方慈善的人！我真擔心苦了他自己。小小一筆錢是辦不了此事的。」

父親說：「是啊，威克要是沒有一萬鎊就願意娶莉蒂亞為妻，那他就是個十足的大傻帽。我們剛同他結親，我把他看得這樣壞照理是很不應該的。」

「一萬英鎊！絕對不行！就算只有一半，又怎麼償還得清？」

班內特先生沉默不語。大家都陷入了深思。回去以後，父親到書房裡去回信，兩個女兒來到了飯廳裡。

姐妹兩個剛和父親分開，伊莉莎白就喊道：「真讓人摸不著頭腦，他們竟然真的要結婚了！不過我們也要謝天謝地，他們總算結婚了。雖然他們不一定能過上幸福的生活，他的人品是那麼糟，然而我們依然覺得欣慰。噢，莉蒂亞！」

珍說：「好好思量一下，的確應該感到欣慰，要是他不是真正地愛她，是絕對不會娶她的。善良的舅舅雖然替他償還了部分債務，不過我覺得不一定會有一萬鎊那麼一大筆錢。舅舅家的孩子也很多，說不定以後還想生兒育女。哪怕是叫他掏出一半來，只怕也難以辦到。」

「如果我們可以搞清楚威克到底有多少債務，」伊莉莎白說道，「以他的名義能夠給妹妹多少錢，那我們就能推測出加德納先生為他們花了多少錢，因為威克自己已經身無分文了。舅舅和舅媽的大恩大德今生今世都難以報答了。他們把莉蒂亞帶回去，親自護衛她，為她保住顏面，為他們做出了多大的犧牲，足以讓他們感恩戴德一生了。現在，她就在他們那兒呢！如果連這樣一種慈善之心都無法讓她覺得難為情的話，那她就一輩子都沒資格得到幸福！她一看到舅媽，該有多麼羞愧啊！」

「我們應該盡可能地忘卻雙方過去所發生的一切。」珍說，「我希望，而且還相信，他們依然會得到幸福的。威克既然答應娶莉蒂亞，我認為這就足以說明他已經慢慢改過自新了。他們既然能夠相互愛戀，自然而然也就會變得沉穩。我很高興，他們兩個從此會安下心來踏踏實實、本本分分地過日子，到那時就可以讓人們把他們以前的不得體之舉忘諸腦後了。」

「他們既然已經有過那樣有失檢點的舉動，」伊莉莎白說，「那麼不論是你、我，還是他人，都是終生難忘的。就不要白費唇舌說這樣的事啦。」

兩姐妹想到她們的母親也許到現在還絲毫不曉得這件事情，於是就來到父親那兒，問問父親願不願意把這件事告訴母親。父親正忙於寫信，無暇顧及，頭也不抬地冷冷地說道：

「隨便你們吧。」

「能不能把舅舅的信帶去給她呢？」

「願意怎麼著就怎麼著吧，希望你們馬上離開行嗎？」

伊莉莎白從他的寫字台子上拿過那封信，姐妹兩個一起到樓上去了。瑪麗和基蒂兩個人全在班內特太太房間裡，所以只用講一次，大家就全都知道了。她們只是多少對大家透露出了一點兒好消息，就開始讀那封信了。班內特太太真是喜不自禁。珍剛剛念完莉蒂亞可能會在近期結婚的那句話，她立即樂不可支，接下來的每一句話都讓她萬分欣喜。她現在快樂無比，激動萬分，只因為前一陣子那樣無限苦惱，忐忑不安。只要聽到女兒不久就要結婚，她就心滿意足了。而關於女兒婚後能不能得到幸福，她卻滿不在乎，也並不曾因為想起她的荒唐之舉而感到丟醜。

「我親愛的心肝兒莉蒂亞呀！」她高聲喊起來，「這真是太令人欣喜啦！她即將結婚了！我又可以與她見面了！她十六歲就嫁人了！我那善良的弟弟！我早已料到事情會這樣——我早已料到他會擺平這件事的。我真希望和我的女兒見一面，以及親愛的威克！但是禮服，結婚禮服呢！我必須立刻寫信和弟妹商量商量。麗琪，親愛的，趕緊到你父親那兒去，問一下他願意給她多少嫁妝。等等，等等，我得親自去。基蒂，馬上叫西奧過來。我很快就會把衣服穿好。莉蒂亞我的心肝兒呀！等我們重逢的時候，該多麼高興啊！」

大女兒看到母親這麼喜不自禁，打算讓她平靜一下情緒，然後對她說千萬別忘了怎樣報答加德納先生。

珍又繼續說：「這都是舅舅幫的忙，才會有這麼美滿的結局。我們都認為是他答應掏錢來幫助威克先生渡過難關的。」

「唔，」母親喊道，「所有這些都是合乎情理的。除了親舅舅，誰會這樣做呢。你們知道，他如果不是成了家，那麼他所有的錢將會是我跟我的孩子們的，他過去只是送幾樣小禮品給我們，這次我們才算從他那受到真正的益處。噢！我實在太興奮了。不久，我的一位女兒就將嫁人了。她即將成為威克太太了！這叫起來很順耳！她到六月份才到十六歲呢。珍，乖寶貝，我無法握筆了，因為我太高興了，索性我來說，你給我代筆吧。關於錢這一方面，我們日後再同你爸爸商量，可是所有陪嫁的物品應當馬上就去訂好。」

於是，她又一樣一樣詳細地報出了許多布來，細棉布、平紋細布和麻紗，如果不是珍竭力勸她稍候一候，她巴不得一次把所有的貨色備置齊全。珍叫她還是等父親有空時商量一下再說，反正耽擱一天也沒有關係。母親因為確實太激動了，也就沒有往常那麼固執。她腦子裡又冒出了別的花樣。

「等我穿戴好了，」她說，「就到布萊頓去轉一圈，把這個天大的喜訊告知我的妹妹菲力浦斯太太。回來時還能順便走訪盧卡斯夫人和朗太太。基蒂，趕緊到樓下去，吩咐套車。到外面去透透風會有很大的好處。孩子們，有沒有事情需要我在布萊頓為你們辦？噢，西奧到了！親愛的西奧，你知道那個大喜訊了沒有？莉蒂亞小姐即將出嫁了。她出嫁那天，我們大家都能喝到一碗五味酒[55]助興。」

西奧太太趕緊表示很高興。她向伊莉莎白家人逐一道喜。後來伊莉莎白對這樣的局面真是覺得討厭到了極點，於是躲到自己的房間裡，便於能夠自由自在地考慮一下。

可憐的莉蒂亞，她的處境往好的方面想也夠糟糕的，可是好在沒有變得不可收拾，因此她就該謝天謝地了，而她也只能這麼想。雖說縱觀今後，總感覺妹妹既盼不到理所應得的幸福婚姻，也盼不到塵世間的富貴榮華，但是，只要回想一下在兩個鐘頭以前還是那麼擔心害怕，也就覺得眼下的結局已是萬幸了。

---

55 一種使用葡萄酒、檸檬汁、糖等製成的飲料。

chapter 50

莉蒂亞的婚事

班內特先生在很久前，就經常指望著每一年的收入別都花完，而是每年都能存上一部分，以便女兒們往後的生活過得舒服一些。假如太太活得比他長，也好有個生活的依靠。目前，他這個希望比過去任何一個時間都更急切。要是他在這點上盡了自己的職責，莉蒂亞如今也就不用花她舅舅的錢，來給她挽回面子或者聲譽了，自然不必讓她舅舅去勸說整個大不列顛國那個最差勁的紈絝子弟和她確定夫妻關係了，也就會落在更合適的人肩上了。

他感到心中有愧，這本是一件對任何人都沒有好處的事，如今卻要讓內弟一個人來出錢成其好事。所以，他決定，如果有這個可能，就必須弄清內弟究竟給予了多少幫助，以便可能儘早地還清這份人情。

班內特先生剛剛結婚時覺得節衣縮食根本就沒必要，因為他們當然會生一個兒子，當這個兒子長大成人，自然而然那有關限嗣繼承產權的事情也就迎刃而解了，寡母和年少的孩子們也吃穿不愁了。但是五個女兒一個接一個地出世，一個兒子也沒來。班內特太太在生下莉蒂亞五年後，始終都覺得會生一個兒子的。後來這一希望終究落空，而節衣縮食為時已晚。班內特太太生來就沒有節約的習慣，幸虧丈夫有他自己的觀點，才不至於落到入不敷出的地步。

老夫妻倆當年在婚約[56]上約定，班內特太太和子女們應當有五千英鎊財產的享有權。但是，要說子女們怎樣分配這些財產，需要按父母遺囑來定。這個問題，起碼關係到莉蒂亞的那些一定要馬上辦理。班內特先生果斷地同意了他眼前的那個提議。他寫信給內弟，謝謝他的一番好意，只不過言辭非常簡短，然後他對內弟的所作所為都表示贊成，並且願意履行內弟代替他作出的承諾。他從沒料到，竟然這麼輕而易舉地就勸服了威克和他女兒的成婚，而且按照眼下這樣計畫，省掉了他所有不便。他儘管年年都得給他們一百英鎊，但充其量他每一年的損失不過十英鎊而已，因為莉蒂亞在家中也需要衣食皆備，還需要給她一些零用錢，另外加上她母親經常給她一些錢，仔細計算起來她的花費幾乎也不低於一百英鎊。

而且還有一件令他可喜的意外事，也就是辦這件事，他本人易如反掌，沒費多少周折。他眼下最期望這件事的困難愈少愈好。一開始他因為一時衝動，匆匆忙忙地要去找女兒，現在已經怒氣全消，當然又像以前那樣懶洋洋了。不久他就把信寄出去了。他這個人雖然做事愛拖泥帶水，可一旦肯動起手，卻完成得非常利索。他請求內弟將一切需要效勞的事情都詳盡細緻地告訴他，可他對莉蒂亞的確很生氣，就連向她問候一聲都不樂意。

喜訊不久就在全家宣傳開了，並且很快街坊鄰居們也都知道了。四鄰八舍對這件事都抱有非常脫俗的看法。當然，如果莉蒂亞・班內特小姐主動到這兒來，或者說，如果她正好相反，

56 當時英國的婚約多用來約定財產事宜，結婚的雙方在婚前簽訂，作為贈與妻子財物的依據。

脫離城市，居住在一個荒僻的鄉間，就會為人們增添一些茶餘飯後的話題。不過圍繞著她的出嫁人家依舊是紛紛議論。布萊頓那些可惡的太太小姐們，先前還裝出一片好意希望她遵循禮俗，希望她能嫁給一個好丈夫，現在儘管時過境遷，談論的士氣卻絲毫未減，因為大家聽到她嫁的居然是那樣一個人，都認為一定會遭到悲慘的下場。

班內特太太沒有下樓已有兩個星期了，在今天這個喜慶的日子，她坐上了首席，那種興高采烈的神氣讓人覺得厭煩。她根本沒有一點兒害羞的表情，當然也不會感到遺憾。自從珍滿十六歲的時候開始，把女兒嫁出去就成了她的緊要之事，現在她的心願就要實現了。她的談吐舉止都完全離不了談婚論嫁的漂亮排場：上等的平紋細布，裝扮得嶄新的馬車，還有關於傭僕一類的事兒。她還在鄰近的地方到處奔波，打算為女兒找個適當的住處，要說他們的款項能不能付給她根本不知道，也不考慮他們有多少收入。好多的房子都看不上，要麼是覺得房子太小，要麼是覺得不夠排場。

她說：「要是古爾丁家能夠遷走，哈耶莊園尚可；斯托克那幢住宅的會客室稍微大一點，還是可以將就一下的，可是阿希沃思則太遠！讓她住在距離我十英里遠的地方，我可無法忍受，要說柏維斯樓，那閣樓也實在太糟了。」

假如當著傭人面的時候，她丈夫就讓她繼續講下去，不去阻攔她。可是傭人剛出去，他就不客氣地對她說：「班內特太太，趁你還沒有為你的女兒和女婿租下房子，無論你是租一處，還是把房屋全都租下來，首先讓我們盡可能地把問題說清楚。這個地方的任何一所房屋，他們都休想住進去。他們不要想得太美，覺得我打算在朗博恩招待他們，來縱容他們無恥的行為！」

這些話剛剛說出口，兩個人就開始爭論，爭論的結果是班內特先生還是不願意就此罷手，後來他們又因為另外一件事情而爭論了起來。班內特太太發現丈夫居然不願意花一分錢來為女兒置辦衣服，禁不住又驚又怕。他發誓，莉蒂亞這次別想得到他絲毫的寵愛，這的確讓他太太難以理解。他的氣憤達到如此不可想像的恨之入骨的程度，就連結婚這種終身大事都不肯諒解女兒，幾乎把婚禮折騰得不成樣子，她萬萬沒有想到。她只想著女兒結婚的時候沒有新的嫁妝是一件丟人的事情，要說她跟著威克私奔，在結婚以前已經跟他一起居住了兩個星期，反而沒有當回事。

伊莉莎白現在真心感到懊悔，懊悔一開始不應出於一時難過而讓達西先生知道了那樁事情。因為既然妹妹很快就要結婚，那麼這次私奔也就可以很快地正當了結，要說當初那件不光彩的事情，應當不讓所有那些當時不在場的人知道。

她不是擔憂達西會向外傳揚這件事。要保密，幾乎就沒有第二個人比達西還要值得她信任，不過提到妹妹這件丟臉的事情，任何人知道了都不會比讓達西知道了更讓她難受。她並不是擔憂這會為她自己招來什麼麻煩，因為不管怎樣，她和達西之間都隔著一條無法逾越的深溝。就算莉蒂亞是體體面面地結婚，也不可能設想，達西先生與這樣一個家庭結親，這家人原本就有許多缺點，眼下又添了這樣一個為他所不值得一提的至親，那自然而然地什麼都不用說了。

達西先生對這樁婚事裹足不前，她覺得不足為奇。她在德比郡的時候就已經看出他對自己有愛意，可是他遭受了這一次打擊之後，誰還覺得他不可能改變想法呢。這讓她很慚愧，很傷心，很後悔，可是她又不知道她悔恨什麼。現在她已經不期望能受到他的敬重了，可又希望他敬重；如今她已經不希望再聽到有關他的情況，可是又一心希望能聽到他的情況；今後他們再重逢的可能性不大了，可她又希望，如果他們倆能朝夕聚首，那該多幸福啊。

她常常思忖著：也就是在四個月以前，對他的求婚她都拒絕了，現在卻又懷著滿腔的欣喜希望他能再來求婚。要是他知道了，那他該是多麼得意啊！她深信他是一個極其寬宏大度的人。不過，既然他是一個人，終歸避免不了要洋洋得意一番。

如今她開始懂得，不管他在個性上還是在才能上都合適她。就算他的見解和脾氣，同她的不完全一樣，可是卻肯定可以讓她稱心如意。他們兩人假如結合：女方直爽可愛，可以把丈夫感染得心境溫柔，作風高雅；男方精明通達，見多識廣，就能讓女方大受裨益。遺憾的是這等幸福的婚姻卻成為幻影，世界上成千上萬彼此愛慕的男女，自此以後也就錯過了一個可以學習的榜樣。她的家裡立刻就要結成另一種意味的婚事，而正是那門親事結束了這段姻緣。

威克和莉蒂亞日後怎樣去生活，她無法想像。但是從另外一個角度來說：這種依靠情欲而不去顧及道德的婚姻，確實不易得到永遠的幸福。

不久加德納先生又寫給姐夫一封信。對於班內特先生的那種感激之情，他只是簡潔地應酬了幾句，說他盼望見到姐夫全家人的幸福，最後還誠懇地請班內特先生萬萬別再向他談此事。他之所以寫這封信是因為想告訴他們，威克先生已決定離開民團。

他在信中接著這樣寫：

我很希望他婚事佈置妥當後，就馬上這樣做。不管為自己考慮，還是為外甥女考慮，他決定離開民團都是非常理智的選擇，想來你也贊成我的觀點吧。威克先生想加入正規軍。他過去的那些朋友裡，有幾個能並且也情願協助他。他完全有希望在某某將軍麾下的一個團中謀求一個少尉的位置，現在這個團紮營在北方。去略微遠些的地方工作，對於他而言倒是有好處。他的未來略有希望，希望他們去了人地生疏的地方，能顧及一些自己的名譽，行為能稍加規矩。我已給福斯特上校寫了封信，把目前我們的計畫告知於他，我又請他轉達給威克先生在布萊頓本城還有鄰近地區的每一個債主，我發誓肯定會儘快還清他們的債務。是不是也可以勞駕你把這個意思通知一下他所在布萊頓的債主們，連信附帶上一份債主們的名單，這都是他本人說的。他把欠下的一切債都說了出來，希望他起碼沒有哄騙我們。我們已經拜託哈格斯頓處理，所有這些事將會在一個星期以內辦好。假如你們不請他們提前到朗博恩村來，接著他們將徑直到他任職的部隊裡去。從內人那兒聽來，外甥女很希望在從南方離開以前能與你們大家見上一面。最近她的情況還不錯，同時請我替她問候你和她母親。

你的愛加德納

班內特先生與女兒們都同加德納先生一樣看得非常清楚，認為威克離開某郡民團大有裨益。只是班內特太太對這件事不怎麼高興。她正盼望和莉蒂亞痛痛快快、得意非凡地居住上一段時間，因為到目前為止，她依舊是想讓女兒和女婿到哈福德郡來生活，誰知莉蒂亞卻想去北方居住下來，這就讓她深感失望。何況，莉蒂亞和民團裡的每個人都很熟悉了，並且還有那麼多的人喜歡她，現在卻要走了未免太遺憾了。

「她是那麼喜歡福斯特太太，」她說，「送走她未免太糟了！並且，還有很多年輕小夥子，她也很喜歡。在某某將軍那個軍團中，軍官們也不一定能夠令她喜歡呢。」

女兒提出（事實上也正是她自己的要求）在離開去北方以前再到家裡看看的要求，不料卻立刻得到了她父親的斷然拒絕。好在珍和伊莉莎白顧全到妹妹的心情和身分，始終希望妹妹的婚姻能夠受到父母的重視，於是再三請求父親，同意妹妹和妹婿結婚以後，就到朗博恩來。真誠的語調，合情合理的話語，婉和的語氣，總算把父親說動了心，贊成了她們的想法，情願按著她們的希望去做。母親這一下很是得意：她可以趁這個嫁出去的女兒還沒充軍去北方以前，把她看成是榮耀向左鄰右舍們炫耀一下。於是班內特給內弟寫回信的時候，說同意他們兩個回家一趟，而且下定決心讓他們結婚典禮一完，就立刻上朗博恩來。不過伊莉莎白卻禁不住想到威克會不會贊成這種做法，如果照她自己的意思，除非是萬般無奈，與威克相見是她最不願意的事情。

chapter 51

厚顏的新婚小夫妻

妹妹婚期到的那天，珍和伊莉莎白都替她擔憂，也許比她自己還要擔憂。家中打發馬車去迎接這對新婚夫婦，預計在晚飯之前乘車到家。大姐和二姐都為他們的到來捏著一把汗，珍則更為擔憂。她心中思忖著：要是莉蒂亞的這件醜事出在她自己身上，她一定會很傷心。同樣，想起妹妹所遭受的痛苦，情不自禁地難過起來。

新夫婦來了，全家人團聚在早餐廳中歡迎他們的到來。當馬車在門前停下來時，班內特太太的臉上堆滿了微笑，丈夫卻板起一副臉孔，神情凜然。女兒們則是驚訝焦慮，心慌不安。

從門廳傳來莉蒂亞的聲音，只見門一下開了，莉蒂亞跑到屋子裡。母親急忙迎上前，一下子摟住她，興高采烈地迎接她，同時帶著親切的笑意，把手遞給新娘後邊的威克，祝福他們夫妻快樂。從她那副欣喜若狂的表情上看，她相信他們倆以後肯定會幸福的。

新夫婦然後回轉過身來向班內特先生走來，他對他們卻沒有他太太那樣熱誠。只見他的臉色看上去那麼嚴肅，乃至嘴也沒有張一下。這對年輕夫婦那副安然自得的樣子，著實讓他生氣。伊莉莎白覺得厭煩，就連珍都禁不住驚駭起來。莉蒂亞還是以前那樣——不安分，厚顏無恥，撒野執拗，肆無忌憚的神情。她從這個姐姐跟前走向那個姐姐跟前，讓她們一個個恭喜她。當大家全都就座後，她連忙向這個屋子環視了一番，看到裡邊稍微有些改變，就哈哈大笑說，離開這兒已經好長時間了。

威克更是沒有一點慚愧之色，但他的談吐舉止向來親切動人，要是他為人正派，婚姻正當，那麼，這次來認親，他那笑容可掬、談吐大方的模樣，一定會讓全家人高興。伊莉莎白過去還懷疑他不會這樣不顧臉面，她坐下思忖道：臉皮厚到這般地步的人還的確有。她情不自禁地臉紅了，珍也覺得臉紅，可是那兩個當事人，其他人都在替他們慚愧，他們自己卻面不改色。

這種場面的確不愁無話可說。新娘和母親絮叨不止；威克湊巧坐在伊莉莎白的身旁，就問她鄰近一帶他那些熟識人最近如何，問得那樣和顏悅色，那樣若無其事，使伊莉莎白只感到無法冷靜回答。

那小夫妻倆儼然問心無愧。以前的一切一點也不能喚起他們憂傷的回憶。莉蒂亞又不由得提起了許多事情，如果換成是她的幾個姐妹，對這些事情她們是根本不會提的。

「想一下，」她高聲說，「我已經離開三個月了；依我看，好像才剛剛兩個星期一樣；但是儘管時間短暫卻出了這麼多的事情。天啊！我離開時確實沒有料到這次會結了婚再回來！可是我倒是想過，如果能夠結婚那也是挺有意思的。」

父親瞅了她一眼。珍只感到難受，伊莉莎白哭笑不得地給莉蒂亞使了個臉色，但莉蒂亞對自己不想知道的事情，她根本不過問，還得意洋洋地繼續說：「噢！媽媽，鄰近的人們都知不知道我今天結婚？可能他們也不一定都知道吧。我們在途中趕上了古爾丁的馬車，我那個時候就決定告訴他我結婚的事情，於是我就把自己的車子挨近他那一邊的車窗玻璃放了下來，摘下手套，把手放到窗框上面，以便讓他看到我手上的戒指。我又對他點了點頭，笑了笑，簡直妙極了。」

伊莉莎白幾乎無法容忍下去了，不得不站起身來，跑到屋子外面，直到聽到他們從穿堂上走過去進入餐廳以後，才返回來。她回來得正是時候，恰巧看到莉蒂亞急不可耐而又悠然自得地來到母親右側，還聽到她對大姐說：「噢！珍，這一次我就要坐在你的位子上啦，你必須坐在下手了，因為我不再是待字閨中的小姐了。」

既然莉蒂亞起初就沒有絲毫的難為情，這時就更不在乎了。她真是愈來愈不介意，興趣愈來愈高了。她一會兒瞧瞧菲力浦斯太太，一會兒想想盧卡斯全家，還打算把鄰居們全都造訪一遍，聽聽大家叫她威克太太。中午飯剛剛吃完，她立刻把結婚戒指拿出來讓西奧太太和另外兩個女傭人看，誇耀自己已經結婚了。

大家都進入早餐室以後，她又說：「母親，你覺得我丈夫怎麼樣？難道他不是個讓人著迷的人嗎？姐姐們一定很羡慕我。假如她們的運氣有我的一半那就好啦。誰叫她們不上布萊頓去。那兒才是一個找好丈夫的地方。真遺憾，母親，我們大家沒有一起去！」

「你說得完全正確，要是依了我的意思，我們早已經一塊兒去了。可是，莉蒂亞，我的寶貝，我真的不願意讓你去那麼遠的地方。難道一定要去嗎？」

「天哪！一定要去，這有什麼關係。我真是太開心了。你和父親與姐姐們，一定要來看望我們呀。我們整整一個冬天都居住在紐卡斯爾[57]，我敢保證那兒一定會有不少舞會，如果有不錯的舞伴我一定會留給姐姐們的。」

「那我就太開心了！」母親說道。

「當你們動身回家時，你可以讓一兩個姐姐留在那兒，等不到冬季過完，我保證能夠為她們找到丈夫。」

伊莉莎白連忙說道：「謝謝你的一片好心，遺憾的是你那種找丈夫的方式，我不喜歡。」

新夫婦能和家裡的人團聚的時間只有十天。威克先生已經在離開倫敦以前接收到了委任狀，讓他兩個星期以內去團部報到。

覺得他們在家裡待得時間太短的也只有班內特太太一人，除她外誰也沒覺得可惜。所以她盡可能地好好把握這段時間，陪著女兒四處走親訪友，還經常在家裡請客。這種宴會倒是每個人都特別歡迎的——沒心思的人自然而然更情願去赴宴，而心中只想著避開家人出來解悶的人更是夢寐以求的事。

事實當真就像伊莉莎白所預料的那樣，威克對莉蒂亞的恩愛，完全抵不上莉蒂亞對他的感情那麼深。伊莉莎白幾乎不需再做觀察，就斷定他們私奔的原因是莉蒂亞熱戀著威克，而並不是威克喜歡莉蒂亞。並且只要想一下事情的前因後果，就可以斷言自己的推論是有道理的。而威克既然不是瘋狂地熱戀著莉蒂亞，為什麼偏要與她私奔，對於這件事伊莉莎白也並不覺得奇

57英格蘭的一座港口城市，當時是英國往世界各地輸出煤炭的主要港口。

怪，因為她毫不懷疑，經濟方面的困難讓他無路可走，唯一的後路就是逃跑。如果果真如此，那像他這種年輕人，有一個女人陪伴著又怎麼會錯過機會。

莉蒂亞簡直太喜歡他了。不管走到什麼地方她都不住地說著親愛的威克，就像任何人都無法與他相比一樣。不管他幹什麼事，都是無人能比的。她堅信，九月一日那天，他射下的鳥肯定比全國各地所有人的都要多。

他們上這兒來後沒過多久的一天上午，莉蒂亞正與兩位姐姐在一塊兒坐著，這個時候她對伊莉莎白說：

「麗琪，我覺得我還沒給你講過我結婚時的情況呢。我給媽媽和別的人說時，你都沒在。你難道就不願意聽一下當時怎麼辦的嗎？」

「不願意聽，當真是不願意聽。」伊莉莎白回答，「我認為這件事還是盡可能少說為妙。」

「啊呀，你這個人真是太怪了！但是我非要把事情的前因後果告訴你不可。你知道，我們結婚的地點是聖克利門教堂，因為威克就居住在那個郊區裡面。按規定我們應在十一點鐘以前到達。舅舅和舅媽還有我一塊兒去，別的人在教堂與我們見面。喔，到星期一的清晨，我簡直太緊張了！你也知道，我真擔心會發生什麼事情耽誤了婚期，要是那樣，我真的要發瘋了。當我打扮時，舅媽始終都在我旁邊不住嘴地說，好像她是在佈道似的。但是，她講十句話裡我就連一句話也沒有聽進去。因為你想像得出，那個時候我心裡正想著我親愛的威克。我只想知道，他會不會穿著那件藍色的衣服參加婚禮。」

「噢，就像平時那樣我們在十點鐘吃早飯。我覺得這頓飯總是吃不完；因此我得順便告訴你，我居住在舅媽家裡的那段時間裡，他們一直悶悶不樂。也許說了你也不信，我儘管在那裡居住了兩個星期，卻從來沒有踏出家門一步。沒有參加過一次聚會，沒有任何消遣，過得煩悶透頂。說句心裡話，倫敦一點兒也不熱鬧，不過那小劇院[58]倒是沒有關門。言歸正傳，馬車到了，舅舅卻被那個名字叫斯通先生的討厭傢伙叫走了。你想想，他們兩個湊在一起，就不容易分開。這真把我給嚇得要命，不知怎麼辦才好，因為舅舅要陪送我，要是過了鐘點，那天就結不成婚了。多虧他沒到十分鐘就回來了，於是我們大家就動身了。但是後來我又想到，要是他當真無法分身，婚期同樣不會延遲，因為達西先生是可以代辦的。」

伊莉莎白萬分驚訝，又把這些話說了一遍：「達西先生！」

「達西先生！他也要陪著威克一同去教堂呢。哦，天哪！我為什麼全都不記得了！我原本不應當提起這事的。當著他們的面我是發過誓的！不知威克將怎樣埋怨我？這件事情應當嚴守秘密！」

「這事要保密的話，」珍說，「那好，請你隻字別提。請你放心，我決不會再繼續追問你。」

「是的，那當然，」伊莉莎白儘管嘴裡這樣答應著，心中卻感到非常驚奇。「我們絕對不會再盤問你了。」

「謝謝，」莉蒂亞說，「如果你們繼續問下去，我一定會將事情的底細說給你們聽的，那樣的話威克就會發火的。」

58 此處的小劇院大概是指朱瑞巷劇院，十七世紀中期建成，俗稱小劇院。另外還有一座海馬克劇院，亦被稱為小劇院。

起。

她講這話明明是鼓動姐姐們繼續問，伊莉莎白聽到以後就匆忙跑開，叫自己想問都無從問起。

可是，對於這事絕不能蒙在鼓裡，起碼也應當去打探清楚。達西居然在她妹妹的結婚典禮上露面了。那種場合，那種人，很明顯和他毫無關聯，他沒有任何理由去參與。但他為什麼還要那樣做呢？

她反覆思索著，種種念頭同時浮現在她的腦海中，可依舊想不出滿意的答案。那些最讓她滿意的念頭，比如覺得他是在故意表示胸襟寬大，好像又不可能。

她確實無法忍受這種懸而未決的事情，就連忙拿了張紙，寫給舅媽一封簡短的信，請求她在不透露隱秘的情況下，對莉蒂亞不經意間洩露出的話做一番解釋。

她在信上繼續寫道：

誠然你不難理解，我對這人之所以那樣感興趣，是因為他與我們所有的人都不沾親帶故，並且與我們家也非常生疏，居然會與你們一同參與這次的結婚典禮。請一定要立刻回信，讓我把事情弄出個所以然來——假如莉蒂亞的說法的確讓人可信，這件事一定要嚴守秘密，如果那樣，我就只好不再去打聽了。

信寫完以後，她又喃喃自語地說道：「我絕不會甘休，我親愛的舅媽，你要是不光明正大地告訴我，我萬般無奈之下會千方百計地查它個水落石出的。」

珍特別顧及其他人的情分，斷然不會暗地裡與伊莉莎白談論起莉蒂亞的失口之言，這讓伊莉莎白極為滿意。在還無法斷定舅媽能不能給她一個滿意的答覆以前，她認為還是不向所有人透露心裡話為好。

chapter 52

伸出援手的幕後人

事遂人願，伊莉莎白很快收到回信。她剛剛收到信，就急忙跑到那個小樹林子裡，坐在一張長凳子上面，打算安安靜靜地好好讀，從信中內容的長度上可以斷定舅媽沒有拒絕回答她的請求。

親愛的外甥女：

一收到你的來信，我就決定整個上午都用來為你寫信，因為我估計隻言片語難以表達完我要說的話。我應當承認，你的請求讓我覺得詫異，我沒有想到你居然會提這樣的請求。但是，請勿認為我這是在說什麼生氣的話，我只不過是說，我沒想到你竟然還會來打聽。假如你不願意理解我的意思，那請恕我無禮了。你舅舅也與我一樣感到驚詫，我們心裡都清楚，達西之所以那麼做一切都是為了你。假如你確實一無所知，蒙在鼓裡，就讓我來詳詳細細地告訴你吧。

就在我離開朗博恩回到家裡的那一天，一位料想不到的客人來看望你舅舅。原來正是達西先生，他跟你舅舅關門秘密交談了老半天。當我進入家門的時候，事兒早說完了，我當時並沒像你現在這樣饒有興趣。因為他發現了你妹妹與威克的去向，所以才特地趕過來告訴加德納先生。說他看到過他們，還與他們說過話——跟威克交談過很多次，和莉蒂亞也談過一次。依我看，他只是比我們晚一天到達德比郡，到後就開始行動趕往城裡找他們了。他說，事已至此，他自認有罪，沒有及早揭開威克的可恥品性，要不然的話決不會有哪位正派的女子會把他當成知心，會愛上他。他當然引咎自責，認為這事都得怨他過於顧尊嚴，因為他以前覺得威克的人品早晚有一天會被其他人揭穿，不必把他的個人舉動公之於眾，讓他本人揭開有點兒不像話。他認為這都是他自己的自傲帶來的罪惡，因此他這次出來調停，設法挽救，以彌補由他本人助長的過錯。

他自己說他要參與此事的動機就是這樣。如果他真的還有其他的動機，也絕對不會讓他丟失臉面的。他在城裡找了許久才找著他們，可是他手握線索可以去查找，我們卻沒有。他也是自信有這點把握，才下定決心跟隨我們而來。據說有位楊太太，她早先在達西小姐那邊當過家庭教師，後來不用她了，好像是犯了什麼錯誤（他沒有說明），她在愛德華路上有所大住宅，依靠出租生活。達西知道這位楊太太和威克極其熟悉，於是他剛入城，便到她那兒去打聽他的情況。他花了兩三天的工夫，才得知事情的真相。我想，楊太太早就知道威克在哪兒，可是不賄賂她是不可能說出真相的。他們兩人還確實是剛到倫敦便去了她那兒。要是她能收留他們，他們一定會在她那兒住下來的。

我們心地善良的朋友總算是調查到了兩人在某某街的地址。他見到了威克，然後他又堅持一定要看到莉蒂亞。聽他說，他看到她的第一目的就是要勸說她改過自新，等到她的親友經過勸導同意留下她，就馬上回去，而且主動說祝她馬到成功，還答應自始至終都要給予幫助。但是，他發現莉蒂亞一意孤行，不肯讓步。她根本沒有把家裡人擱在心上，也不需要他幫忙，說什麼都不願意離開威克。她堅信他們總有一天會結婚的，什麼時候都無所謂。現在既然是莉蒂亞有這種念頭，他感到自己唯一可以做的，就是保證儘快讓他倆結婚，因為他在頭一次與威克談話的時候，就輕輕鬆鬆地知道他根本沒有要結婚的意思。威克自己也承認，他全都是出於賭債逼迫才由民團逃跑出來，而且無所顧忌地把莉蒂亞這次私奔所造成的所有不良結局，全都怪罪於她的蠢笨。

他說他準備馬上辭掉軍職，至於以後的形勢，他毫無設想。他應當找一個安身立足的處所，可又不知何處可去。他知道他將無法繼續生活。達西先生詢問他怎麼沒有立刻和你妹妹成親。班內特先生雖然稱不上過於富有，但他還是能夠幫他一些忙，再說結婚對他的境地還是有些好處。可是他不久就發現威克正當對這一問題做出回答的時候，還盼望能去別的地方再攀一門親事，以便可以發筆大財。可是在眼下，假如有一個補救的法子就在他眼前，他不見得不會動心的。

他們曾多次見面，因為有很多事情需要面談。威克當然是漫天要價，但最後不得不以正當的價格協定。他們兩人把所有的事情都商量好了，達西先生下一步就是把此事告訴你舅舅。於是在我回家的前一天晚上，他首次去承恩寺街上門造訪，可是沒有看到加德納先生。達西先生一打探，知道你父親依舊在這兒，但是第二天清晨就要離開。達西先生認為，你父親不如你舅舅好說話，所以當即決定延遲到你父親走後再來看他，所以打算索性等他離開以後再來找你舅舅。他沒有留下名字，一直到第二天，我們才得知有一位先生來過這裡，聽說是有什麼事。星期六他又來了。那個時候你父親已經離開了，你舅舅在家裡，而且我先前說過，他們待在一起談了很久。他們星期天再次碰面，那時我也見到他了。直到星期一事情才徹底談下來，談好以後，就馬上派專差送信往朗博恩村。

可是，我們的這位貴客確實是執拗。但是換句話說，麗琪，我覺得他性格方面唯一的缺點就是執拗。人們都紛紛埋怨他的這樣那樣的過錯，一會兒這兒不對，一會兒那兒不對，實際上這才是他真正的過錯。任何事情都非得讓他自己去做不可，雖然我堅信（我這樣說並不是要討你的歡心，所以務必不要提起這件事）你舅舅非常願意整盤包辦。為此他們爭論了好半天，事實上對於那兩個當事的男女而言，誰都不值得讓他們這樣做。最終還是你舅舅讓了步，結果不僅沒有幫上外甥女的忙，倒是只能領人家的情，這與他的意思完全背道而馳。

今天清晨接到你的來信，我覺得他肯定十分開心，這件掠人之美的事情，從此以後可以說個清清楚楚，讓那應當得到表揚的人得到表揚。只不過，麗琪，此事你知道就行了，頂多再說給珍聽。我堅信你肯定會深刻地領悟出，他在這兩個年輕人身上費了多大的心。我知道他為他償還的債肯定在一千鎊以上，並且除了以莉蒂亞的名字存的錢之外，另付給她一千鎊，而且為威克買來一個官位。有關這筆錢為什麼全部由他一人來付，原因我已在前面說明。他說這全都怪他，怨他過去考慮不周，過於自傲，所以讓人家不瞭解威克的人品，以至於使別人受了騙，把他當成好人。

這樣說也許有幾分道理，不過我卻不認為他的諱莫如深就應為此事負責。親愛的麗琪，你應該相信，雖然他的這番話說得很動聽，要不是想他另有一番苦心，你舅舅絕對不會依從他。所有事情都決定好以後，他又返回彭貝利他那些朋友那兒，但是大家說好，結婚典禮舉辦的那天，他還得再到倫敦，處理有關金錢方面的最後一些手續。如今我把事情的始末都告訴了你。我敘述了這些，正如你所說，你會萬分驚訝的，我希望起碼不會使你聽了不高興。

莉蒂亞在我們這兒住過，威克也時常上門。他依舊是我在哈福德郡見到他的那個模樣。莉蒂亞在我們這兒住著的時候，她的一言一行，著實讓我很不滿意，這點我本來不準備告訴你的，正好上個星期三收到珍的來信，知道她回家以後依然如此，所以，告訴你也不會使你有任何新的煩惱。

我曾多次一本正經地跟她說，她實在不應當做這件事情，害得全家人都痛苦悲傷。哪裡料到，我說的話她全然不聽。有幾次我非常生氣，不過我立刻想起了親愛的伊莉莎白和珍，看在她們的面上，還是忍著得了。達西先生按時來到，正如莉蒂亞跟你說的，達西先生參加了結婚典禮。到第二天，他和我們一塊兒吃飯，準備星期三或者星期四再離開城裡。

親愛的麗琪，要是我藉這個機會說一句，我多麼喜歡他（我過去從來都不敢說），你該不會生我的氣吧？他對我們從任何角度來講，都與我們在德比郡時一樣惹人喜愛。他的見識，他的言行，我都很感興趣。他幾乎是十全十美，只是機靈不足，但是這點，如果他在婚姻方面當心點兒，娶一個不錯的女孩，會使他克服這個不足的。我感到他很狡猾，原因是他幾乎從沒提到你的姓名。但是狡猾反而好像是目前的一種風氣。

如果我說得太冒昧了，就請你諒解，務必不要懲罰得我太嚴厲，以後就連彭貝利家都不想讓我去。我要把整個花園都逛遍，要不然一輩子都不會滿意的。我只要一輛矮矮的雙輪小馬車，由一對好看的小馬拉著就夠了。說到這兒我就必須停下了，孩子們嚷著要我去已經半個鐘頭了。

你的舅媽　M・加德納　九月六日寫於承恩寺街

信中所說的一切搞得伊莉莎白心神搖盪、思緒萬千，要說這種心情到底是悲還是喜，卻讓人弄不明白。她本來也模模糊糊、猶猶豫豫地猜想過，可能是達西先生成全她妹妹的結婚一事，但是又疑心他不可能善心到這般地步，就不敢再向這方面多考慮。與此同時她又害怕要是他當真這樣做了，只怕不僅無法報答那麼深重的情意，反而落得悲痛難當。

而這些揣測現在居然千真萬確地成了事實！他專門跟隨著他們去了城裡，又不顧一切煩惱和羞辱，探求處理的法子，在這其間他只好去向一個他極其憎恨的女人求情，只好去與一個他從來都加以迴避、乃至連姓名都不願意提起的男人會面，並且還屢次會見，對他講道理，勸說他，最後還只得賄賂他。他做的一切，只是為了一個他既厭煩又輕視的女子。

她確實在心中暗暗地告誡自己，他之所以那樣做全都是因為她，但是再想想其他的事情，這個想法立刻便被取消了。她馬上感覺到，即使她有點兒虛榮，但怎麼會虛榮到盼望他會愛上她，喜歡上已經拒絕過他的一個女人呢！再說了他不想與威克有親屬關係，這本來是極其自然的事情，又怎能盼望他去牽強附會呢！與威克做連襟！略有尊嚴的人怎能容忍連帶上有這種關係。毫無疑問他是出了不少力。她幾乎害羞得不敢去想他到底做了多少工作。但是，他給自己之所以打聽這件事找出了一個理由，對這個理由不必花費多少心思就可以確信無疑。他指責自己一開始就做了傻事，這也是符合情理的。他為人大方，並且也有資格這樣做。儘管伊莉莎白不想承認這次主要就是為了她，可她也許相信，達西對她還是故情未了，所以碰到這麼一件和她心境相關的事，也有可能會全力以赴為她效勞的。想到有人對她們有如此的大恩大德，而自己卻一輩子都無法報答，就情不自禁地感到傷心，真是切膚之痛啊。

莉蒂亞能回來，她的名譽能保住，這所有的一切都歸功於他。哦！想起以前她竟然那麼討厭他，竟然要對他那樣出言不遜，她感到難過極了。她為自己而感到萬分慚愧，同時也為他感到自豪。自豪的是，他在這件事上有這樣的憐憫之心，拋棄陳舊的罪惡，辦事行俠仗義。她把舅媽誇獎他的話一遍又一遍地念著，只感到這誇獎還不夠多，卻也已經讓她非常歡喜了。她甚至還感到頗為高興——雖然這高興中帶著幾分惱怒，因為她發現舅舅和舅媽都確信她和達西先生感情深厚、心心相印。

她依舊坐在那兒若有所思，正在此時突然看到有人走過來，就急忙從凳子上站了起來，她剛打算往另外一條小路上走，就見威克追趕上來。

他來到她的面前說：「我只怕是打攪了你一個人靜靜地散步了吧，親愛的姐姐。」

伊莉莎白笑了笑回答：「的確如此，可是，打攪未必就不受歡迎。」

「假如如此，我真的覺得過意不去。我們一直是要好的朋友，如今則更加親密了。」

「你說得對。別的人都出來了嗎？」

「不知道。班內特太太和莉蒂亞要坐著馬車去布萊頓了。我親愛的姐姐，我由舅舅舅媽那兒獲知，你當真到過彭貝利了。」

她回答，確實去過了。

「你這福氣，我差不多要嫉妒了，但是我可承受不起。否則，我去紐卡斯爾的路上，倒是可以順路欣賞一番。我想，你看到那位年邁的管家太太了吧？不幸的雷諾茲太太！她以前總是那麼喜歡我。可是，她當然不會在你面前提起我的名字。」

「不是，她倒是說了。」

「她說了什麼？」

「說你去了軍隊裡，只怕——只怕你的情況不太好。你知道，路離得那麼遠，話傳起來一點兒也不可靠。」

「當然。」他緊緊地咬住嘴唇回答。伊莉莎白滿以為這會兒可以讓他閉嘴了，誰想只過了一會兒，他又繼續說：

「真想不到，上個月在城裡遇到達西了。我們曾見過好幾次面。我不知道他去城裡幹什麼。」

「或許是在為與德・德伯格小姐的婚事做一些準備工作吧，」伊莉莎白答道，「他在這種季節去城裡，一定是有特別重要的事情。」

「對此我並沒有疑慮。你在蘭頓時看沒看到他呢？聽加德納夫婦說，你曾看到過他。」

「沒錯，他還把他妹妹給我們介紹了一下呢。」

「她惹人喜愛嗎？」

「當然惹人喜愛。」

「噢，我聽說她這一兩年有了長足的進步。上次看到她時，我確實認為她還沒什麼前途。我非常高興她能討得你的歡心。希望她鍛練得更有長進。」

「她一定會的，她已經不是那個容易惹禍的年齡了。」

「你們路過吉姆頓村了嗎？」

「我記得可能沒有路過那兒。」

「我之所以要提到那個地方，是因為那兒原本是我應當得到一份牧師俸祿的地方。那兒多麼令人著迷啊！那座牧師住宅真是太好了！各方面對我都很合適。」

「你對佈道感興趣嗎？」

「有濃厚的興趣。我本把它當成是我自己的職責，儘管說需要花費點兒精力，可過不了多久也就無關緊要了。人不應當滿腹牢騷，可是，這對我會是一份多麼好的差事！那悠閒自由的日子，完全合乎我的美好生活的願望！遺憾的是沒能如願以償。在肯特郡的時候，你難道沒有從達西那兒聽到此事嗎？」

「我確實聽人談論過，那個位置給你是有條件的，並且現在這位恩主[59]可以自己辦理。我覺

59指達西先生。

得這種說法是值得可信的。」

「你聽人說起過。是的，那些話也在理。我一開始就對你說過，你或許還沒有忘記吧。」

「而且我確實也聽人說過，你在以前的那些日子裡並不像如今這樣對佈道感興趣，你曾經一本正經地聲明永遠都不接受聖職，所以這件事就採取折中的辦法處理了。」

「你確實聽人說起過！這話並非空穴來風。你或許沒忘，我們首次提到這件事的時候，我就告訴過你。」

他們兩人現在走到家門前了，伊莉莎白故意走得非常快，因為她心中想的只是擺脫他，但是看在妹妹的份兒上，又不想使他發火，所以只是和顏悅色地笑了笑答道：

「得了，威克先生，你需要知道，我們如今已是姐弟關係了。還是不要為以前的事糾結了。希望今後我們同心同德。」

她將手遞了過來，威克殷勤而又多情地親了一下，儘管雙眼不知該向什麼地方看才好。接著，他們就進屋子裡了。

chapter 53

各有隱情

威克先生對此次談話很是滿意，自此以後也不再談論起此事，避免自討沒趣，同時也避免使親愛的妻姐伊莉莎白生氣。這位姐姐看到他居然給說得不再開口，也很滿意。

威克與莉蒂亞的行期在不知不覺中來到了，班內特太太只好和他們告別，這一別至少也是一年的時間，因為班內特先生一定不贊同她的計畫，不同意讓全家人都搬到紐卡斯爾去。

她哭泣著說：「噢，寶貝莉蒂亞，我們哪天才能再相見呢？」

「哎呀！我也說不好。或許兩三年都見不著了。」

「經常寫信給我呀，好寶貝。」

「我一定會經常給你寫信的。可是你知道，女人結婚以後是沒有多少工夫寫信的。姐妹們倒是可以常常寫信給我，反正她們也沒有什麼事情可做。」

威克先生告別起來，也顯得比他妻子更親切了。他笑容滿面，風流俊俏，美言不止。

「他是我看到的人中最優秀的一個，」他們剛剛走出門，班內特先生就說，「他既會假笑，也會癡笑，還會對大家很友好。我真的為他感到萬分驕傲。我敢說，即使與盧卡斯爵士這樣的人一比高下，他也未必能找出一個更出眾的女婿。」

女兒離開以後，班內特太太悶悶不樂了好多天。

她說：「我常常想，最令人心痛的事情是和親人離別了，一個人離開了親人總是覺得丟了魂似的。」

伊莉莎白說：「母親，你要明白，這正是你嫁女兒的下場，幸虧你其他的四個女兒還沒有主兒呢，這會讓你少一些憂愁。」

「完全不是這樣的。莉蒂亞離我而去並不是因為結婚，而是因為她丈夫的部隊湊巧與我們相隔甚遠。要是離得沒有那麼遠，她絕對不會走得那麼匆忙了。」

儘管說此事使得班內特太太神色頹喪，不過很快也就沒事了，因為就在這時流傳起了一條消息，讓她心中再次燃起了希望。聽說內瑟菲爾德莊園的主人在一兩天內就會回來，在這兒要狩獵幾星期，他的管家太太們正在奉命收拾一切。班內特太太聽到此話後，感覺到坐立不安。她一會兒看看珍，一會兒笑一笑，一會兒又搖搖頭。

「太棒了，這麼看來賓利先生馬上要返回來了，妹妹。」（因為菲力浦斯太太是第一個給她帶來這個消息的）「哦，這真是太棒了。不過我倒對此無所謂。你要知道，我們根本就沒把他當回事，我確實是再也不願意看到他了。但是嘛，他如果樂意回內瑟菲爾德莊園來，我們依舊是歡迎的。誰能料到會有什麼事情發生呢？但是反正與我們毫無瓜葛。你也是知道的，麗琪，我們早就已經說好了，無論如何都不能再提此事了。他真的會回來嗎？」

「你只管放心好了，」妹妹說，「尼科爾斯太太[60]昨晚去過布萊頓。我看到她路過，便特意跑出去問她打獵是否屬實，是不是有這回事，她對我說的確是這樣。賓利先生最晚星期四來，或許星期三就來。她還說，她剛想去肉店買些肉，為星期三預備菜，她還有三隻鴨子，恰好也該宰了。」

班內特小姐聽到他要來，情不自禁地臉色發生了變化。她已有多月沒當著伊莉莎白的面談論過他的名字了，但是這次，等僅有她們兩個人獨自相處的時候，她就說：「麗琪，今天姨媽給我們說這條消息時，我見你直勾勾地看著我。我知道我很苦惱。但是你無論如何都不能認為我抱有什麼壞想法。我一時間有點心慌意亂，只感到當時大家或許都在注視著我。實話跟你說吧，我聽到這條消息以後沒有任何反應，既不覺得高興，也不覺得憂傷。只是有一點令我感到開心的是這次僅他一個人來，所以我們很少會看見他。我自己並沒有任何顧忌，只是擔心其他人會說閒話。」

伊莉莎白對這件事也不知道應當怎麼想才好。如果她在德比郡時沒有看到他，她或許會認為他這次確實是因為外邊的傳言而來，並沒有其他的用意。但是她依舊覺得他對珍還不死心，只是她現在還拿不準，他到底是在那位朋友的首肯後才來的，還是他自己鼓了鼓氣就跑來了。

「這也太令人費解了，」她心中有的時候會情不自禁地這樣想著，「這個不幸的人返回自己

60賓利家的女管家，參見本書第十一章，曾提到賓利家的男管家為尼科爾斯，尼科爾斯太太應為其妻。

租定的屋子裡，卻依舊引起了人們的閒言碎語！我也不要去理睬他了吧。」

姐姐聽到賓利要來，無論她口中怎麼說，心中怎麼想，是不是希望他來，但是伊莉莎白很容易就能看出她在情緒方面發生了變化，比往常更加心神不定，惴惴不安了。

大概是在一年前，班內特夫婦曾經激烈地爭討過這一問題，現在又舊事重提了。

班內特太太又對她丈夫說：「親愛的，待賓利先生一回來，不用說你也會去拜訪他嘍。」

「不，不去，你上一年硬逼著我去造訪他，說什麼我要是去看他，他會與我們的一個女兒結婚。誰料落了一場空，我再也不聽傻瓜的指使做這等事了。」

他太太又說，賓利先生剛回內瑟菲爾德莊園，此地的先生們免不了都會去造訪他。

他說：「我厭惡此類禮節，他如果想和我們打交道，那就讓他上門好了。他並非不知道我們的住址。鄰居們每次來往，我哪兒有這種閒暇的時間每次都奉陪。」

「嗯，我就知道一點，如果你不去造訪他，那就太不懂禮節了。但是我已經決定了，無論如何我都要去請他吃頓飯，我執意要請他過來。我們很快就要請朗太太和古爾丁全家人過來做客了，同時再加上我們自己家中的人，總共有十三個人，桌上剛好還有他的位置。」

她的主意已定，就感到心中舒坦多了，隨便丈夫怎樣粗俗無禮她都能忍受。然而，這麼一來，結果或許會讓鄰居們比他們先看見賓利先生。賓利先生到來之日迫近了。

珍對她妹妹說：「我認為他最好還是別來，雖然這沒什麼要緊，我看到他還可以裝作若無其事，可是聽到人家無休無止地提到這事，我簡直受不了了。母親也是出於一片好意，可是她並不知道（誰都不知道）她的那番話使我多傷心。只希望他別在內瑟菲爾德莊園住下去，那樣的話我就會滿意了！」

伊莉莎白說：「我很希望說點什麼來安慰你，可是一句話都說不出來，這你肯定也感受到了。我不想像別的人那樣，看見其他人傷心，還一個勁兒地勸說人家要有耐心，因為你向來都具有極大的耐心。」

賓利先生總算是來了。班內特太太幸虧有傭人傳信，所以獲得消息的時間最早，所以憂慮不安的時間也是最久的。既然提前去造訪他的計畫已經化為泡影，她不得不摳著指頭計算日子，看看還需要過多少天才好發請帖。在他到哈福德郡來的第三天上午，她由化粧室的窗子裡看到他騎馬走入圍場，正向她家的方向走過來。

班內特太太異常欣喜，急不可耐地叫喊女兒們過來共同分享她的這種快樂。珍斷然地坐在桌子旁邊紋絲不動，伊莉莎白為了使得母親感到心滿意足，於是來到窗戶跟前——看了看——只見達西先生也跟隨著賓利一同過來了，於是她又返回到姐姐的身邊坐下。

「媽媽，還有一位先生跟他一塊兒來了。」基蒂說，「那是誰啊？」

「或許是他的一個朋友吧，我親愛的，我確實不知道。」

「瞧！」基蒂答道，「可能是過去經常和他在一塊兒的那個人。記不清他叫什麼了，就是那個高傲的高個子呀。」

「天哪！是達西先生！一定是他，唔，說句實在話，凡是賓利先生的朋友，我們這裡都歡迎。否則，我就得說，我一看到這人就會感到厭煩的。」

珍又驚奇又關心地注視著伊莉莎白。她完全不知道妹妹以前在德比郡的時候與達西見面的事情，因此覺得妹妹自從接收到他那封解說的信之後，這幾乎是首次跟他相見，一定會覺得難堪。姐妹兩個都感到不自在。她們彼此體貼，也各自隱衷。母親還在絮叨個不停，說她對達西先生沒有一點兒好感，可看在他是賓利先生的朋友的面子上，因此才打算彬彬有禮地招待他。但是她說的話姐妹兩個都沒有聽到。可是伊莉莎白心慌不定卻是另有原因，這是珍所沒有料想到的。伊莉莎白到今天為止還沒有膽量讓她看加德納太太的那封信，也沒有膽量來向珍講述她對達西感情轉變的前因後果。姐姐則認為他只是一個受人拒絕的求婚者，她還對他的優點有所低估，殊不知伊莉莎白的隱情絕對不僅如此。她知道他對她們一家人都有莫大的恩情，因此她對他另眼相待。她感到自己對他的感情就算還比不上珍對賓利那樣深切，起碼也是合情合理的，還算恰如其分。他這次回內瑟菲爾德莊園來，而且親自來朗博恩又一次找她，確實令她驚訝，簡直就像她上次在德比郡察覺他舉動大變的時候一樣感到驚詫。

這陣功夫她認識到，他的心願和情意始終如一，只要想起這些，原本煞白的臉上頓時泛起紅暈，使得她神采奕奕，她禁不住高興得眉開眼笑，雙眼放光。可她心中依舊放心不下。

她心中思忖著：「讓我先看看他的舉止怎樣，接著再存希望也不晚。」

她坐在那裡專心致志地做針線活兒，竭力裝得鎮靜沉著，連眼睛也不抬一下。等僕人走到房門前的時候，才抑制不住好奇，將頭抬起來望望姐姐的表情，珍看起來比平時略微慘白了一些，可比她想像的要端莊持重得多。兩位先生出現時，她的臉漲得紅彤彤的，但她還是從容不迫、體面大方地招待了他們，舉止恰到好處。既沒有表現出一點埋怨的跡象，也沒有顯得太過殷勤。

伊莉莎白出於禮貌和他們兩個人略微應酬交談，然後又坐下做起針線活來，那表情看上去極其焦急，還時有流露。她鼓起勇氣向達西瞟了一眼，只見他的神情像平時一樣嚴厲，她感到這不像她在彭貝利看到的那種神情，反而好像是他在哈福德郡時常有的那種神色了。然而，這或許是因為他當著她母親的面，無法像在她舅舅和舅媽的面前那麼不拘禮儀。這樣的揣測誠然讓人憂傷，卻並非毫無道理。

她也看了一下賓利，立即就發現他既興奮又侷促不安。班內特太太對他如此的禮貌，確實讓兩個女兒感到不好意思。而她對他的那位朋友行屈膝禮和說客套話卻是那麼一種冷漠的應酬，相形之下，兩個女兒更感到難為情了。

特別是伊莉莎白，她知道母親幸虧有達西的解救才使她那寶貝女兒沒有落到名譽掃地的境地，眼瞅著母親對人居然這麼黑白不分，簡直是痛心疾首。

達西向伊莉莎白問起加德納先生與太太最近可好，伊莉莎白回答時不免有點兒驚慌，接著達西就沒有再說什麼話。或許就是因為他沒有坐在她身旁，因此沉默寡言，上一次在德比郡，他根本不是這個樣子。那次，他不方便與她講話時，總會與她的舅舅和舅媽談話。但是這次，接連過了好幾分鐘，卻始終不見他吱聲。伊莉莎白再也無法按捺住她的好奇了，就不時地抬起頭來看看他的臉，只見他一會兒望望珍，一會兒瞅瞅她自己，絕大多數的時間則是注視著地面發愣。顯而易見，同上次相見的時候比較起來，他心事重重，並非要急切地獲取好感。她感到很失望，同時又對自己的失望不滿。

「難道我還希望事情不要這樣嗎！」她心中想著，「但他是出於什麼原因要來呢？」

除了他，她沒有興致與任何人交談，但她幾乎不敢向他開口。

她向他問候了他的妹妹以後，就沒話可講了。

「賓利先生，你好長時間沒有回來了吧。」班內特太太說。

他馬上回答說是。

「我還怕你一去不回來了呢。人們確實都在說，你準備到米迦勒節的時候退掉那個地方，我希望事情並不是這樣。你離開以後，這一帶發生了許多事情。盧卡斯小姐有了家，找到了自己的歸宿，我自己的一個女兒也結婚了。我覺得你聽說過這事了吧，你一定是在報上看見的。我知道《泰晤士報》和《信使報》這兩份報上都刊登著這條消息，但寫得很不像話。上邊只寫著：『喬治・威克先生最近將同班內特小姐結婚。』連一個字都沒有提到她的父親，她的住處，或別的什麼事情，全都沒有說。這還是我兄弟加德納寫的稿子呢，我不知道他為什麼會弄得這麼差勁兒。你看到了嗎？」

賓利說看見了，並且向她祝賀。伊莉莎白沒有勇氣抬起眼睛來，因此也不知道達西先生此時的神情怎樣。

班內特太太接著說：「說實話，女兒嫁給一個優秀的男人，是件叫人高興的事情。可是，賓利先生，把她從我身旁拉走，我心中的確很難受。他們到紐卡斯爾去了，可能在北面遙遠的地方，我也不清楚要待多久。他的部隊駐紮在那裡。他已經不在某某民團，進了正規軍，你或許也早就聽說了。謝天謝地！幸好他還有幾個朋友，就憑他的品德，他本來應該還有更多朋友的。」

伊莉莎白明白她這番話是有意說給達西先生聽的，真是慚愧極了，幾乎都坐不住了。但是她這話比一切都有效，竟然使女兒開口說話了。她開始問賓利這次是不是準備在鄉下住一陣子，他說，要住幾星期吧。

她母親說：「賓利先生，等你將你莊園中的鳥兒全都打完以後，請你到我們這兒來，在這個地方，你想打多少就打多少。我與班內特先生肯定願意讓你過來，還會把最棒的一窩鵪鶉全都給你留著。」

伊莉莎白看到母親這樣亂獻殷勤，向人討好，禁不住愈發苦不堪言！現在，即使能發生一年以前那樣讓他們興高采烈、充滿希望的好事，她堅信一轉眼的工夫也會像上一年那樣，弄得竹籃打水一場空，備感沮喪。就在此刻，她只感到她與珍即便日後能夠得到一生的幸福，也無法彌補眼前這痛苦尷尬的時刻。

「我心中最大的願望，」她心中思忖著，「就是生生世世再也不與他們兩個來往。與他們來往當然能夠讓人高興，卻也無法補償這種尷尬！希望我再也別看到他們了！」

不過，儘管一生的幸福也無法彌補眼下的痛苦，可很快就大大減弱了。事實原來是她留意到，姐姐那美麗的容貌再一次打動了先前那位情人的心。他剛進來時，簡直很少與姐姐談話。但是沒過多久，他對她好像愈來愈親熱了，後來居然發現珍依舊像去年那樣美麗，那樣性情溫和，那樣自然，只不過是不太喜歡言談。珍心中只希望其他人看不出她和以前有什麼兩樣，並且自認為和以前一樣健談。但是，她忙於東猜西想，怎會發覺自己沉默寡言呢。

就在兩位先生站起身來離別的時候，班內特太太想到了過去曾經準備設宴邀請他們那件事，於是就立即請他們過幾天來朗博恩吃頓飯。

她繼續說：「賓利先生，你還欠我一次回拜呢，你去年冬季到城裡去以前，曾許諾一回來就來我們這兒吃頓粗茶淡飯。你看，我可時時記在心間呀，你沒回來應約，真使我大失所望啊。」

聽到她說起這件事來，賓利情不自禁地呆了半天，後來才表示歉意，說當時有些重要的事給耽誤了，為此感到深深的抱歉。然後兩個人就告別而去了。

班內特太太原估計當天就邀請他們留在家裡吃飯，然而她又想到，儘管家裡的飯菜向來不錯，可是人家是一個有地位的人，一年的收入就超過一萬鎊，對一個讓她朝思暮想的先生而言，不添加兩盤正菜，哪兒能行呢？

chapter 54

興致成泡影

客人一離開，伊莉莎白就走出屋子，好讓自己緩解一下心情，也可以說，是為了安靜地琢磨那些只能讓她的心緒更沉悶的問題。達西先生的舉止叫她驚詫，同時也叫她苦惱。

「如果他這次來這兒就是想要少言寡語，冷淡地板起面孔讓人家看，那他又何必來這兒呢？」

她反覆思索，但始終未找到令她高興的答案。

「在城裡時，他對我的舅舅和舅媽還那麼友好，那麼惹人喜愛，怎麼反而對我就變樣了呢？他如果是害怕看到我，又為什麼找來這兒呢？如果是他已經不把我當回事了，又為何有話不說呢？真是一個會耍弄人的傢伙！我永遠都不會去思念他了。」

正當此時，姐姐走上前來，使得她一時間不知不覺地把這個想法擱在了一邊。姐姐神色欣然地走來，她對兩位客人的舉動比伊莉莎白較為心滿意足。

「行了，」她說，「這第一次見面過去了，我這心中也平靜了，同時對自己有多大的能耐也心知肚明了。他下次再來的時候，我一定不會窘迫的。我倒很開心，他星期二要到這裡來吃飯。到那個時候大家都能從我們兩方見面時的表情上看出，我們只是普通平淡的朋友而已。」

「對呀，真是一個非常普通的朋友。」伊莉莎白說，「噢，珍，還是小心為妙。」

「我親愛的麗琪，你可不要覺得我那麼脆弱，到今天還會招來什麼危險。」

「我認為你將有極大的危險，會讓他死心塌地地瘋狂地愛你。」

她們一直等到星期二，才又看到那兩位先生。在這期間，班內特太太總惦記著賓利先生在那半個鐘頭的訪問中看上去興致極高，並且禮儀周到，禁不住又異想天開起來。

到了星期二，朗博恩來了許多客人，大家最盼望的那兩位嘉賓都按時而來，他們真可謂是守時的狩獵者。兩個人走入飯廳之後，伊莉莎白熱切地凝望著賓利先生，看他是不是還像過去那樣，依舊坐到姐姐的身旁——那個應當是他的位置。她那位精明的母親也有同感，所以並沒有打算請他坐在她自己的身邊。只見他剛走進飯廳，好像有點兒遲疑，幸虧珍這時回轉過頭來，湊巧又嫣然一笑，於是他決定去她身旁坐下。

伊莉莎白心中感到很是得意洋洋，就向他那位朋友看了一眼，只見達西鎮靜從容，滿不在乎。要不是看見賓利先生也流露出驚喜交加的表情看著達西先生，她還認為他之所以能夠果斷地坐在她身邊，提前肯定是獲得了他朋友的准許。

其間，賓利先生的行動表現出了對她姐姐的愛戀之情。儘管這種愛戀不像從前流露得那麼明顯，可是伊莉莎白堅信，賓利只要能夠為自己做主，他與珍的幸福馬上就可以得到。雖然她不敢過分地期望什麼，可是看到他的那種神情，又感到非常愉快。她原本心裡鬱鬱不樂，這會兒卻使她的心情得到了極大的轉變。達西先生的位置同她離得很遠，他坐在母親的身邊。她知道這不管是對於達西，或者是對於她母親，都是興味索然，都是難受的。因為相隔甚遠，她當然聽不見他們在說什麼，但是她可以看出他們兩個極少談話，有時說那麼兩句，也十分拘謹冷淡。看著母親那樣輕視他，再想想他對她們家是那樣地情深義重，她自然非常難過。曾幾次她真想馬上對他說，並不是她家中沒有人知道他的優點，並不是誰都那樣知恩不報。

她但願這一晚上會有機會親密一些，希望在他造訪的這麼長時間中可以陪著他談點什麼，而不只是在他走進門的時候與他禮儀性地問候一聲。她又焦急又不安，在先生們還沒到以前，她在客廳中等得極其沉悶，就快大發脾氣了。她一心盼望著他們走進來，因為她這一晚上能否過得開心完全取決於此。

「假如這一次他依舊不來陪我，那麼，」她心中思忖著，「我就不得不永遠對他不抱任何希望了。」

兩位先生走進來了，她覺得他的神情好像不會辜負她的心意。但是，幾乎糟糕透頂了！女士們都圍坐在餐桌跟前，班內特小姐正在斟茶，伊莉莎白正倒著咖啡，大家都離得這麼近，她旁邊就連放把椅子的地方也沒有。而在這時，有一位小姐看見兩位先生走了進來，和她挨得更加近了，同時輕聲對她說：「我絕對不同意那兩個男人分開我們倆。他們那幾個，我們都不感興趣，對不對？」

達西早到房間的另一個角落裡了，她的兩隻眼睛始終都在緊緊地盯著他，無論誰同他談話，她都嫉妒人家，甚至沒有耐心再給那個客人倒咖啡了，事後又埋怨自己無能，竟然這麼蠢！

「一個我曾拒絕過的男人！我怎能蠢到這種地步，居然會指望他重新對我產生愛意？哪裡會有男人不顧忌這樣沒有志氣的事情——向一個女人第二次求婚？男人最無法忍受的羞辱，非此莫屬了！」

這時達西自己送來咖啡杯，伊莉莎白不由得高興起來，於是抓住這個機會說：

「你妹妹是不是依舊在彭貝利？」

「沒錯，在那兒她要一直住到耶誕節。」

「只有她獨自一人嗎？她的朋友們全都走光了沒有？」

「安妮斯利太太與她在一起，別的人三個星期以前就已經都去斯卡巴勒[61]了。」

伊莉莎白想不出其他的話說了，但是他如果想和她談話，他怎麼也會有法子的。誰知他卻沉默無言地站在她身邊待了片刻，後來，看到那位年輕的小姐又和伊莉莎白輕聲說話，也就離開了。

撤走茶具、放好牌桌以後，女士們都站起身來，這個時候伊莉莎白更希望達西會立刻來找她，可是事實卻正好相反。只見母親到處拉人打「惠斯特」，達西盛情難卻，頃刻間就與眾賓客一同坐在牌桌旁邊了，於是她所有的希望都落空了。她滿懷的興致一時間變成了泡影。今晚她已經毫無希望了。兩人不得不坐在自己的牌桌上，只不過達西的雙眼頻繁地向她這兒望過來，結果使兩人的牌都打輸了。

班內特太太原本打算留住內瑟菲爾德莊園的這兩位先生吃頓晚飯，不幸的是，他們吩咐套

61 位於英格蘭北部的避暑勝地，因此地發現溫泉，且環境幽靜，風景優美，又有「全英溫泉之后」的美譽。

車卻比任何人都早，因此她沒來得及挽留他們。

客人們剛走，班內特太太就說：「女孩們，你們感覺今天過得高興嗎？我相信，這所有的一切都是十分順當的。我從來沒有看到過烹調得這樣好的菜。鹿肉烤得恰到火候，大家都說，從沒見過像這樣肥美的腰肉。那湯與我們上個星期在盧卡斯家裡喝的相比而言，不知要好上幾十倍。就連達西先生也同意鷓鴣燒得真是太棒了，我覺得他起碼雇了三個法國廚子呢。我親愛的珍，我從來沒有看到你像今天這樣漂亮過。朗太太也是這麼說的，因為我當面向她詢問過你漂不漂亮。你們知道她說了些什麼嗎？她說：『噢！班內特太太，她終歸是要被嫁到內瑟菲爾德莊園裡去的。』她真的是這樣說的。我覺得朗太太是世界上罕見的大好人，她的侄女兒們都是規規矩矩的、討人喜歡的好女孩，遺憾的是個個都長得不好看。我真愛她們。」

總的來說，班內特太太真是開心極了。賓利對於珍的一舉一動她都看在眼裡，她為此相信珍最後肯定會把他搞定的。她趁著心中高興，不禁又對這樁親事會給她的全家帶來喜慶有了希望，她想得那樣不著邊，致使第二天沒有看到他上門來求婚，便感到極其失望。

「這天過得真是太愉快了。」珍對伊莉莎白說，「客人挑選得的確不錯，彼此間都那樣投機。但願今後能常常團聚。」

伊莉莎白笑了笑。

「麗琪，你可千萬別笑話我，也千萬別對我有什麼疑心。那樣的話會讓我感到難受的。請你千萬要相信，我如今之所以願意同他談話，只是因為這個年輕人溫柔可親，知書達理，並沒有非分之想。從他目前的舉止來看，我完全相信，他絲毫沒有想博得我的歡心的想法。只不過是他有福分，他談話比別的男人悅耳動人，他也比別人更能討得人們的喜歡。」

「你真夠心狠的，」當妹妹的說，「你不准我笑，卻偏偏時常要引我發笑。」

「有的事要讓人相信可太不容易了！」

「還有的事幾乎讓人無法相信啊！」

「那麼你為什麼非要我承認，我沒有把真心話都說出來呢？」

「對於這一問題真是讓我無從回答。我們每個人都喜歡教導別人，遺憾的是只能說一些不值得一聽的東西。恕我坦白相告，你要是硬說你對他不在乎，休想讓我相信。」

chapter 55

珍的幸福降臨

這一次造訪之後沒過幾天，賓利先生又來造訪了，而且是一個人來的。他的朋友已經在當天清晨準備去倫敦了，不過十天以內就會回來的。他陪著她們坐了一個多小時，心情也非常高興。班內特太太邀請他吃頓飯，他不止一次地表示歉意，說他還另有約會。

班內特太太說：「你下次再來時，希望我們的運氣好一點兒。」

他說他隨時隨刻都願意前來，只要她不覺得麻煩，他只要有時間就來看望她們。

「明天行不行？」

「行，明天恰巧沒有什麼約會。」於是他痛快地接受了她的熱情相邀。

他當真來了，並且非常早，太太小姐們都沒有打扮好。只見班內特太太身上還穿著一件晨衣，頭髮剛剛梳了一半，連忙跑到女兒的房間裡，高聲叫嚷著：「我親愛的珍，快一點兒，馬上下樓去。他過來了——賓利先生來了。他真的來了。趕快，趕快。莎拉，馬上來大小姐這裡，幫著她穿好衣服。別再去梳麗琪小姐的頭髮啦。」

「我們馬上就到樓下去，」珍說，「但是基蒂也許比我們倆都快，她半個鐘頭前就到樓上來過。」

「噢！要命的基蒂！這關她什麼事呀？麻利些，快點，快點！你的腰帶在什麼地方，我的寶貝？」

可是當母親走後，不管怎樣勸說，珍都不願意一個人下樓，堅持要一個妹妹陪伴著。傍晚的時候，班內特太太看上去又迫切地想讓他們兩人獨處。吃完了茶點，班內特先生就像平常那樣回到書房裡去了，瑪麗到樓上去彈琴了。班內特太太見五個障礙少了兩個，就對著坐在那兒的伊莉莎白和基蒂擠擠眉眼，忙碌了半天，卻不見效。伊莉莎白只是不願意看她，基蒂終於看了她一眼，於是很天真地說：「媽媽，你怎麼了？為什麼總是對我眨眼啊？你想要我做什麼？」

「沒什麼，孩子，沒什麼。我並沒有朝你眨眼。」於是，她又一言不發地坐了五分鐘，可她實在不願再錯過良機，於是猛地站起身來，對基蒂說：「跟我來一下，寶貝，我有句話想對你說。」說完就把她拉到了屋外。珍立刻看看伊莉莎白，那是說，這種把戲讓她一點兒也不好受，請求伊莉莎白別理會。很快，門被班內特夫人推搡開一道縫兒，她站在外面叫喊著：

「麗琪，好孩子，我有句話想對你說。」

伊莉莎白也不得不迴避。

「要知道，我們想讓他們兩個獨自待在一起。」她剛走進走廊，母親就說。「基蒂與我想去樓上我的梳妝室裡待會兒。」

伊莉莎白並不準備與母親爭辯，只是靜靜地站在過道裡，直到看不到她們才返回了客廳。班內特太太這一天的計畫並沒奏效。賓利每個方面都惹人喜愛，遺憾的是沒有向她女兒示愛。他安然自若，興高采烈，成為晚宴上最惹人喜愛的人。儘管班內特太太大獻殷勤，滿嘴傻話，他卻竭力忍受。雖然她毫無分寸，他也能不動聲色，耐心地聆聽著，使女兒覺得萬分歡喜。

他幾乎不需要主人的邀請，就自己留下來吃飯，告別以前，主要是讓他和班內特太太商量一下，約好明天上午他來和班內特先生一起去獵鳥。

自從這天開始，珍就再也沒有提到過對他不在乎了。事後姐妹兩個人閉口不談賓利，可是伊莉莎白上床時，心裡樂呵呵的，覺得只要達西先生不準時趕回來，所有的一切不久就會有眉目的。不過她又覺得如今這一切，肯定是獲得了達西先生批准的。

第二天清晨，賓利按時來赴約了，依照提前約定好的，和班內特先生共同度過了整整一個上午。班內特先生溫柔可親，這是在賓利先生預料之外的。事實上，賓利沒有什麼自傲或者蠢笨之處可以惹他譏笑，也不會讓他厭煩得一言不發。與上一次賓利同他會見的情形相比，他這次相當善言，不那麼古裡古怪了。當然，賓利又和他一起回來吃了中午飯，到晚上，班內特太太又千方百計地支走其他人，讓他和她女兒單獨待在一塊兒。伊莉莎白需要寫一封信，喝過茶，就去早餐室裡寫信了。何況其他人都想坐下來玩牌，她也用不著去阻礙母親的把戲了。

等她寫好信回到了客廳，一見那場面，不由得萬分驚訝，心中思忖著母親終歸還是比她神機妙算。事實是，她剛推開門，就看到姐姐和賓利坐在壁爐前面，似乎談得正帶勁兒。如果這情形還不足以令人生疑的話，那，只要看一眼那兩個人急忙回轉過頭來又慌裡慌張地分開時候的面部表情，就一切都明白了。他們兩個人的境地的確難堪極了，但她覺得她自己的立場比她們更難堪。兩人誰也沒有說什麼，伊莉莎白剛要走開，誰知賓利猛地站起身來，同她姐姐輕聲地說了幾句話，就飛跑出去。

珍只要有了快樂的事情，向來不瞞著伊莉莎白。她立刻摟住妹妹，萬分激動地承認說，她是天底下最幸福的人。

「真是太幸福了！」她繼續說，「真的是太幸福了。我幾乎有些配不上。啊，為什麼不能人人都像我這樣幸福呢？」

伊莉莎白不停地向她道賀，那麼真誠，那麼熱情，那麼歡快，是難以言表的。句句關切的慶賀，都帶給珍一分幸福。可目前她還不能與妹妹繼續糾纏下去，想說的話還有一半沒來得及說。

「我必須馬上去看媽媽了，」她高聲說，「不管怎樣我都不能有負她的一番好意，絕對不讓她從他人的嘴裡聽到這件事，我必須要親自說給她聽。他已經去我的父親那裡了。噢！麗琪，想一下吧，家裡的人知道了我這件事，該多開心啊！我這心中怎能放得下這麼大的幸福！」

說完，她就急匆匆地去了母親那兒，只見母親已經特地把牌場撤了，正和基蒂在樓上坐著。

伊莉莎白一個人待在那裡，心裡想著全家人為此事，幾個月以來既憂慮又勞神，現在事情總算是快要解決了，想到這兒，情不自禁地笑了起來。

她心中思忖著：「這就是他那位朋友處心積慮的下場！同時也是他那位妹妹自欺欺人的下場！這是一個最幸福、最圓滿、最恰當的結局！」

片刻之後，賓利就走到她跟前，因為他和班內特先生說得很簡潔很明瞭。

他剛打開門，就趕緊詢問道：「你姐姐去什麼地方了？」

「她在樓上我母親那兒，或許很快就會下來的。」

他隨手關起門，向她走來，便於接受妹妹的熱切祝賀。伊莉莎白誠心誠意地說，她為他們兩個的幸福婚姻感到欣慰。兩個人非常熱情地握手。然後，她只聽到他說他自己多麼幸福，說珍怎樣完美無缺，直到珍走下樓來才終止。雖然他是站在戀人的立場上說這番話的，但是她堅信他那幸福的心願是完全合乎情理的。因為珍聰明絕頂，性格好得更是沒有人能比得了，這些都是幸福的基礎，並且兩人相互之間的性情和志趣也非常相投。

這天晚上，大家都高興極了。班內特小姐因為心中得意，臉上也流露出歡快而甜美的神色，看上去比往常更美麗。基蒂呆呆地或者偷偷地笑著，希望這樣的好事馬上降臨到她的身上。班內特太太和賓利閒聊了半個多鐘頭，雖然言辭激烈，又是贊許，又是表揚，可她覺得沒有完全表達出自己的意思。班內特先生和大家一塊兒吃晚飯時，他的談吐舉止說明，他的確感到很快活。

但是，他整整一個晚上都沒有提起過此事，可是客人剛離開，他就回轉過身對女兒說：

「珍，向你道喜。你將要成為一個十分幸福的女人了。」

珍立刻向他走來，吻了吻他，謝謝他的一片好心。

「你是一個不錯的女孩。」他說，「一想到你的婚姻大事就這樣圓滿地辦成了，我真是非常快樂。我深信，你們一定會彼此恩愛。你們的性情很相似。而且都很隨和遷就，什麼事情都優柔寡斷，傭人們也會欺辱你們好說話。何況，你們又這麼大方，因此總會使自己入不敷出。」

「我覺得不會這樣的。我一定不能使自己在金錢方面大手大腳，馬虎大意。」

「入不敷出！親愛的班內特先生，」妻子高聲叫道，「你在瞎說些什麼呀？哎呀，他每年不總是能賺到四五千英鎊嗎，完全有可能比這還要多呢。」立刻又對女兒說：「噢，珍，我親愛的，我的寶貝，我真是太開心了！今天晚上一定又睡不著覺了。我早就知道會這樣的。我經常說，事情終歸會出現這種結局的。我心裡很清楚，你是不會白長這麼漂亮的！記得去年他剛剛來到哈福德郡時，我頭一眼看到他，就覺得你們兩個是天造地設的一對。啊！我這一生還確實沒有碰到過像他這麼英俊的小夥子！」

班內特太太早已忘了威克和莉蒂亞。事實上珍就是她最疼愛的女兒，現在愈發不把其他人放在心上了。妹妹們立刻都簇擁著姐姐，讓她許諾將來給她們什麼樣的利益。

瑪麗請求使用內瑟菲爾德莊園的書房，基蒂一再請求，每一年的冬季能在那兒舉行幾次舞會。

從此以後，賓利自然也就成了朗博恩家每天必來的客人。他時常是早飯以前趕來，一直要待到吃完晚飯才離開——除非有哪家不識大體的鄰居不怕討人厭，再三請求讓他去吃飯，才不得不去應付一下。

伊莉莎白現在幾乎找不到機會與姐姐說話了，一旦賓利來了，姐姐就根本沒有心思去和其他人說話。可是他們兩個在必須要分開的時候，珍離開時，賓利總是緊緊地跟在伊莉莎白的身邊，津津樂道地提起珍，賓利走後，珍也經常抱著相同的意圖向她傾訴衷腸。

一天晚上，珍說：「他根本不知道我今年春季也在城裡，我聽到可真是開心極了。我起初幾乎無法相信會有這樣的事。」

伊莉莎白答：「我也對此有過懷疑，但他是怎樣說明的呢？」

「那肯定是他的姐妹做的，她們一定不贊同他和我做朋友，我覺得這也沒有什麼可奇怪的，因為他完全可以找一個在許多方面比我好的人。但是當她們發現——我相信她們一定會發現的——她們的兄弟與我在一塊兒是多麼幸福，那時候她們會漸漸地恢復以前的熱情，我們也會熱情友好地共處，但是決不會再像過去那樣親熱了。」

「這是我有生以來聽你講出的最沒志氣的話。善良的女孩！說實在的，如果見你再去遭受那假仁假義的賓利小姐的騙，可真的要氣瘋我了！」

「麗琪，你相不相信？去年十一月他去城裡時，真的很愛我，後來不過是相信了別人的話，說我並不愛他，竟然再也沒有回來過！」

「是的，他犯了一個小小的錯誤，可那是他過於謙遜了。」

這些話當然會使珍對他的謙虛不停地讚揚一番，還說儘管他具備很多不可多得的品格，卻從來都是估計過低。伊莉莎白發覺賓利並沒有將他朋友從中阻擋的事情說出去，不由得十分高興。因為儘管珍是世上最大方、最能原諒人的一個人，可她知道此事非同尋常，如果讓她知道了，她一定會對達西有意見的。

「我的確是世界上運氣最好的人！」珍大聲說，「噢！麗琪，這樣一大家子人，為什麼選上的偏偏是我，偏偏是我最有福氣！假如能看到你也有同樣的幸福，那該多好啊！假如你也能夠找到這樣一個人會多好啊！」

「誠然即使給我四十個這種人，我也一定比不上你這樣幸福。除非我的脾氣性格和你一樣，有你那樣的慈悲之心，要不然我一定不會獲得你那樣的幸福。得了，得了，還是靠我自己吧。要是我幸運，或許有朝一日還能碰上一個像柯林斯先生那樣的人。」

朗博恩這戶人家的事情是隱瞞不了多長時間的。首先是班內特太太得到了批准，悄悄地告訴了菲力浦斯太太，菲力浦斯太太則在沒有經過誰批准的情況下，就大膽地宣傳到了她在布萊頓的街坊四鄰。

忘不了的事情就發生在幾個星期以前，莉蒂亞剛剛離家出走的那段時間裡，人們還都斷定他們家的運氣算是糟透了，轉眼間，班內特家居然被公認成世界上最有福氣的人家了。

chapter 56

凱薩琳夫人的恫嚇

賓利與珍訂婚之後大約一個星期，有一天上午，他正與太太小姐們坐在餐廳裡，突然聽到一陣馬車的響聲，他們個個都朝窗戶外面看去，只見一輛豪華的馬車駛到了草地上。

這麼一個大清早，理應不會有客造訪，再望望那配備，又好像不是附近人家的馬車。馬是從驛站上來的，不管馬車還是車前的僕從身上所穿的號服，他們都不熟悉。不管怎麼樣，反正是有人來了。

賓利急忙說服班內特小姐快點兒與他一起去灌木叢裡，免得被這位不請自來的客人給糾纏住。於是他們兩個就走開了，剩下的三個人依舊在那兒猜測，但怎麼猜都猜不出個所以然來。這個時候，門忽然被打開了，客人走入屋內。此人原來是凱薩琳·德·德伯格夫人。

不必說，大家早已做好了驚詫萬分的準備，但萬萬沒有想到會驚訝到這種地步。班內特太太和基蒂雖然與那婦人素不相識，可比伊莉莎白感到更驚詫。

來者表現出一副驕橫無禮的表情來到屋子裡。伊莉莎白向她問候，她也只是稍微點了一下頭，便一言不發地坐下來。凱薩琳夫人走進來的時候，儘管沒有人提出要人家做個介紹，伊莉莎白依舊把她的名字對母親說了一遍。

班內特太太極為驚異，不過，有這樣一位貴客前來造訪，又使她得意非凡，因此就極其禮貌地來招待。凱薩琳夫人靜靜地坐了片刻，接著就冷漠地對伊莉莎白說：

「但願你很好，班內特小姐。這位太太或許就是你的母親吧。」

伊莉莎白簡單地應聲道：「是的。」

「那位大概就是你的另一個女兒吧。」

班內特太太趕緊應聲答道：「沒錯，夫人，」她很願意與凱薩琳夫人攀談，真是得意。「這是我第四個女兒。我最小的一個女兒前些日子出嫁了，大女兒正與她的好友在鄰近漫步，那個小夥子很快也要成為我們家的一員了。」

凱薩琳夫人沒有答理她，過了一會兒以後才說：「你們這裡還有一個小花園呢。」

「怎能與羅辛斯相提並論呢，夫人，但是我保證，比威廉・盧卡斯爵士的花園更寬敞。」

「到了夏季，這個房間當起居室一定不合適，窗戶朝正西開著。」

班內特太太告訴過她，吃完晚飯女兒從來都不坐在那兒，接著還說：

「我能不能貿然問夫人您一聲，柯林斯夫婦還好不好？」

「好，全都很好。我前天晚上還看到他們了。」

這個時候，伊莉莎白原估計她會拿出一封夏洛蒂帶給她的信，因為看起來她這次造訪也只能是出於這個原因。但是信自始至終都沒有出現，她感到很是懷疑。

班內特太太彬彬有禮地請求夫人吃點兒點心，但凱薩琳夫人卻非常堅定而又毫無禮貌地拒絕了，說自己什麼都不願意吃。接著她從座位上站起身來，對伊莉莎白說：

「班內特小姐，你家草地的那一頭算有點野趣。我倒挺願意去那兒逛逛，只是不知道你願不願意陪我去一趟。」

「你去吧，乖孩子。」她的母親高聲說，「帶著夫人去各條小路上走走。我覺得她肯定會非常喜歡這個幽靜的地方的。」

伊莉莎白只得按照母親的話去做，跑到自己的房間裡拿了一把遮陽傘，接著陪伴著那位高貴的客人從樓梯上走了下來。

經過過道時，凱薩琳夫人打開餐廳與客廳互通的門，略微掃視了一下，說這兩個屋子看上去還算湊合，接著又繼續向前走。

她的馬車仍停在門前，伊莉莎白看到侍女坐在裡邊。她們沿著那條通往灌木叢的卵石小路，都默默無聲地往前走去。

這女人比往常還要傲慢，還要討人厭，伊莉莎白拿定主意不主動上前同她講話。

「她什麼地方像她外甥呀？」伊莉莎白打量著她的臉，心中思忖著。

她們兩個剛走進灌木叢，凱薩琳夫人就開口說：

「班內特小姐，你不會不知道我為什麼要來這兒吧。你自己心中最明白，你的良心也肯定會告訴你，我到這兒來是出於什麼原因。」

伊莉莎白極其驚訝地望著她。

「夫人，你確實想錯了，我根本就不知你這次怎麼這樣瞧得起我們，讓我們很榮幸地看見您。」

夫人聽到此話，很是生氣地說：「班內特小姐，你應當知道，任何人都別想開我的玩笑。無論你怎樣不老實，我可不是那樣的。我向來以老實直率出名，再說碰上這樣一樁大事，當然更不會有悖自己的性格。兩天以前，我聽說了一件讓人極其震驚的事情。聽說不只是你姐姐要高攀一門親事，連你，伊莉莎白．班內特小姐，很快也要高攀上我的外甥——我的親外甥——達西先生。儘管我知道這是可笑的謠言，儘管我不願意那樣輕視達西，覺得當真會有此事，我還是當機立斷，馬上到這裡來一趟，讓你明白我的意思。」

伊莉莎白既驚訝，又鄙視，臉漲得紅彤彤地回答道：「太讓人感到奇怪了，如果你覺得真的不會有這種事，那麼你又為什麼自討苦吃，跑這麼遠的路來這兒呢？請問夫人到底到這兒來有什麼目的？」

「你立刻去傳言，向大家說這件事不是真的。」

伊莉莎白冷冰冰地說：「要是外面當真有這樣的傳言，您又跑來看我與我家裡的人，豈不是讓外人信以為真了。」

「瞎說！難道你是揣著明白裝糊塗？這不都是你們拚命地傳出去的嗎？難道你不知道這條消息已經鬧得眾人皆知了嗎？」

「我還從來沒有聽說過。」

「你能說，這些話毫無依據嗎？」

「我並不願意像您老人家那樣坦白。你只管問好了，我並不願意回答你。」

「別那麼沒規矩！班內特小姐，我一定要聽你說清楚。我外甥已經向你求婚了嗎？」

「你老人家自己先前還說，絕對不會有這樣的事情。」

「應當不會。只要他還有理智，那就絕對不會的。可是，你那些讓人上圈套的手段，或許會使他一時入了迷，竟然忘了對自己還有對家人應當擔負的職責。你也可能讓他上了鉤。」

「如果我當真使他著迷了，我也一定不會告訴你的。」

「班內特小姐，你知道我是他什麼人嗎？我可不喜歡聽這樣的話。我甚至可以說是他最親近的親戚，有權管他一輩子的婚姻大事。」

「但你沒有權利來管我，並且你的這種態度也別想讓我說出真情。」

「你必須好好聽清我的話。這樁親事，也難得你竟然有膽量攀高枝，但那是癡心妄想，一定不會得逞的，沒錯，永遠不會的。達西先生早就跟我的女兒訂婚了。哼，你還有什麼話要說嗎？」

「就一句，那就是：要真的是這樣的話，那麼你就沒有絲毫的理由認為他會向我求婚。」

凱薩琳夫人猶豫了片刻，接著回答：

「他們兩個的婚事，是非同尋常的訂婚。他們自小就被看成是天生的一對。男方母親莫大的心願就是此事，同時也是女方母親的心意。他們在搖籃裡的時候，我們就給他們定了婚約。如今，兩個老姐妹的心願眼看就要變成現實了，但誰料半路卻殺出一個身世低微，門戶卑賤，並且非親非故的小妮子，居然妨礙了她！難道你絲毫都不顧及他親友的心願？不顧及他和德伯格小姐心照不宣的婚姻？難道你一點兒禮貌都不講，一點羞恥都不知嗎？難道你沒有聽我說過，他與他表妹生下來就已經私訂終身了？」

「沒錯，我以前聽說過。但那關我什麼事呢？如果沒有別的原因反對我與你外甥結婚，我當然不會因為知道他母親和姨媽讓他與德・德伯格小姐結婚，而就這樣讓步。你們兩位老姐妹給他們定了終身，真可以稱得上是煞費心機，要說能不能實現，那可由不得你們。如果達西先生既沒有那個道義又沒有那個心願，也並不是一定要娶表妹，那麼他為什麼不能另作選擇？要是他選中了我，我又為什麼不去答應他呢？」

「不管是從聲譽上說，還是從禮節規矩方面說——並且從利害關係來講，我都不同意你這麼做。不錯，班內特小姐，要是你非要如此，一定會跟大家過不去，那就別想他的親朋好友會對你講禮。只要是和他有親戚關係的人，都會斥責你，厭惡你，蔑視你的。你們的結合將會成為一種羞辱，甚至我們就連你的名字都不想提起。」

「這的確是大大的不幸，」伊莉莎白說，「可是當上達西先生的太太，必然能夠享受到莫大的幸福，因此，歸根結柢，完全不用懊喪。」

「你這小丫頭簡直不知好歹！我都為你害羞！今年春天我那樣殷勤地招待你，難道你就這樣報答我嗎？難道你就不應當有一丁點兒的感恩之心嗎？我們還是坐下好好談一談吧。你得明白，班內特小姐，我決意上這兒來，不達目的是不會就此罷手的，誰也休想攔住我。無論什麼樣的人玩花招，我都不會屈服的。我從來都不會讓自己失望的。」

「那只能讓你自己更為尷尬，而對我卻沒有任何影響。」

「我講話不准你插嘴！好好聽著。我女兒和我外甥原本就是天造地設的一對。他們的母系都是出於同一貴族之家，父系雖然沒有爵位，卻也都是地位顯赫的名門貴族。他們兩家都有巨大的財產。兩家親人都覺得他們是天生就定好的姻緣，誰能夠將他們分開？你這樣一個小妮子，其一沒有家世，其二沒有貴親，其三沒有財產，居然想攀龍附鳳？真是不像話！簡直讓人無法忍受！不行，一定不行。如果你覺得自己好，如果你還能認清你自己的話，你就不會忘記自己的身世啦！」

「我覺得，我嫁給你的外甥，並不會忘記自己的身世。你的外甥是一個紳士，我是紳士的女兒，我們也是家門相當的啊。」

「是的。你的確是紳士的女兒。可是你母親是個怎樣的人？你的姨父母與舅舅舅媽又是一些什麼樣的人？不要覺得我不知道他們的詳情。」

「無論我的親戚都是一些什麼樣的人，」伊莉莎白說道，「只要你的外甥不嫌棄，和你有什麼關係。」

「你痛痛快快地告訴我，究竟和他有沒有訂婚？」

伊莉莎白原本不肯對這個問題做出回答，因為她不想領凱薩琳夫人的情，但認真一想，又不得不說：「還沒有。」

凱薩琳夫人顯得氣憤極了。

「你能不能許諾我永遠都不和他訂婚？」

「我無法許諾這種事。」

「班內特小姐，你真的讓我感到又驚駭又奇怪。真是想像不到你居然這麼不講理。可是，你千萬別自欺欺人，覺得我會對此做出讓步。只要沒有等到你對我的要求做出許諾，我是絕對不會從這兒離開的。」

「我當然不會同意的。任何人都休想恫嚇我做那種荒謬的事情。夫人您準備讓達西先生和你女兒結婚，但是即便我像你所希望的那樣同意了，難道他們的婚姻就能靠得住嗎？假如他愛上了我，難道說我拒絕他求婚就能讓他去向他表妹求婚嗎？恕我直言，凱薩琳夫人，你這種想入非非的要求的確不合乎情理，你的這個要求更是令人發笑。你要是覺得用這番話就會說服我，那麼你就看扁我了。你外甥是否很願意讓你來干預他的事，我不知道，但是你肯定沒有權利來干預我的事。所以，我只好請求你別再為這件事來纏著我了。」

「請你別這麼急，我還沒有說完呢。我之所以不同意這門婚事，除了上邊說過的那些原因以外，我還要加上一條。你小妹妹和人家私奔的不要臉的事情，不要覺得我不曉得。我不僅知道並且知道得非常詳細。那年輕人娶她，只是你的父親和舅舅姨父們用錢買來的一塊遮羞布。這麼一個臭妮子，怎麼配得上當我外甥的小姨子呢？她丈夫原本是他先父管家的兒子，又怎能配得上當他的連襟？天哪——你到底打的什麼主意啊？彭貝利的門第難道就要被人這樣侮辱嗎？」

「你現在該講完了吧。」伊莉莎白氣憤地回答，「你已經想方設法地羞辱我了。我可得回家了。」她一邊說，一邊站起來。凱薩琳夫人跟著也站起身來，兩個人轉身向回走去。凱薩琳夫人真的被氣傻了。

「這麼說，對我外甥的榮譽和名聲你都不考慮了！真是一個沒心沒肺、極端自私的小妮子！你難道不明白，他只要與你結了婚，還有什麼人會瞧得起他呢？」

「凱薩琳夫人，我再也不想多說什麼了。你已經知道我是怎麼想的了。」

「你是死心塌地地要他不可了？」

「我並沒有說這樣的話。我只是決定，怎樣做會讓我幸福，我就執意怎樣做，你無權干涉，局外人全都無權干涉。」

「不錯。這麼說來你堅決不答應我了。你真是不安分守己，不知廉恥，沒臉沒皮。你鐵下心來要讓他的朋友們看不起他，讓世界上的人都恥笑他。」

伊莉莎白說：「目前這件事情談不上什麼安分、廉恥、面子。我和達西先生結婚，其三個原則哪一個都沒有違反。提起他要是娶我就會讓家人厭惡他，那我根本都不介意，要說世人都會侮辱他，我認為世上大多數都是明辨事非的人，根本不會蔑視他。」

「這些就是你的心裡話！這就是你堅定不移的計畫！不錯。這會兒我可知道應當如何做了。班內特小姐，不要覺得你的妄想能夠實現。我只不過是試探你，我本以為你是一個明理之人。你等著瞧吧，我一定要貫徹我的主張的。」

凱薩琳夫人就這樣滔滔不絕，一直來到馬車前。此時，她又急忙回過臉來加了幾句：「我不必和你告辭了，班內特小姐。我也不和你母親打招呼了。你們配不上這種禮節。你完全冒犯我了。」

伊莉莎白沒有理睬她，也沒有試探著請她去屋裡坐會兒，獨自一人默然無語地回到屋子裡去了。

走上樓時，她聽到馬車離開了。母親迫不及待地在梳妝室門前迎接她，問她凱薩琳夫人怎麼不到屋裡來休息一會兒。

「她不願意來。」女兒說，「她要回去。」

「她是個多好看的女人啊！還來看望我們，簡直太客套了！她或許只是來跟我們說一聲，柯林斯夫婦生活得還不錯吧。她一定是到哪兒去了，經過布萊頓，心中思忖著來看看你也未嘗不可。我認為她可能沒有跟你說什麼非同尋常的事情吧，麗琪？」

伊莉莎白在這兒不得不撒了個小謊，因為無論如何她都不能說出她們交談的內容。

chapter 57

父親的玩笑話

這突如其來的客人走後，伊莉莎白被弄得心神不定，並且不容易平靜下來。她接連好幾個小時不住地思考著這件事情。凱薩琳夫人這次竟然不怕麻煩，打羅辛斯趕來，不為別的，只是覺得她真的與達西先生已經訂了婚，所以專程要來分開他們。這個辦法倒確實不錯。

可是，有關他們訂婚的傳言，究竟有什麼依據呢？這令伊莉莎白難以猜測，後來她覺得達西是賓利的好友，她自己是珍的妹妹，現在人們都希望喜事接連不斷，因此，人們有可能產生這樣的念頭。她自己也曾考慮過，姐姐結了婚以後，她和達西先生就可常在一起。因此盧卡斯寓的人們（她認為只有他們和柯林斯夫婦通信時或許會提到這件事情，這麼一來才會讓凱薩琳夫人聽到）居然把這事當成是確確實實的事，好像就要發生在眼前，但是她自己覺得這事將來也許只有幾分希望而已。

然而仔細琢磨凱薩琳夫人那番話，她心中禁不住有點兒不安；如果她硬要參與，不知會落個什麼樣的結局。她說她一定要阻止這樁親事，從這番話中看來，伊莉莎白就想到夫人定會找她的外甥。要說達西是不是也一樣認為與她結婚沒有好處，那就不敢斷言了。她不知道達西對他姨母的感情怎麼樣，也不知道他是不是聽從他姨母的想法。可是按理說，他一定會比伊莉莎白看得起那位老夫人。只要他姨媽和他說明他們兩家門第不當，和這種身世的女子結婚會受盡磨難，那必然會攻擊到他的軟肋。凱薩琳夫人說出的那些原因，伊莉莎白當然覺得荒謬好笑，不值一駁。可是他那樣看重門第尊貴，所以有可能，會覺得觀點入情入理，無法辯解。

假如他過去就搖擺不定，這也是常見之事，現在在這樣一位至親的再三規勸下，他就會排除一切疑慮，而且下定決心：在不失尊嚴的前提下尋求幸福。那他就再也不會回來了。凱薩琳夫人路過城裡時說不定會去找他，儘管他答應過賓利會再返回內瑟菲爾德，但是也許這個許諾不得不就此作罷了。

「要是他那位朋友在幾天以內接收到他的信，托詞說他因為有事無法踐約，」她又想，「我也就一切都知道了。那樣，我就不再抱有什麼希望，不再請求他始終如一了。他本能得到我的愛，讓我與他共結連理，可他如果棄我而去，卻只是憐惜我一下就認為什麼都過去了，那樣我便不會為他感到惋惜。」

家中其他的人聽到這位客人的身分，都極其好奇。可是，他們就像班內特太太那樣，都愛用相同的假想使自己的好奇心得以滿足。也可以看做是伊莉莎白幸運，沒有為此而遭受大家的嘲笑。

第二天上午，伊莉莎白從樓梯上走下來時，剛好碰上父親從書房走出來，手中拿著一封信。

「麗琪，」他說，「我正要去找你呢，來我房間一下。」

她隨父親一起進了書房。她急不可耐地想知道父親想與她說什麼，心想或許和他手中的那封信有某種關聯，所以就更覺得好奇。她突然想到，那信說不定是凱薩琳夫人寫的，因此想到免不了要向父親好好地解說一番，就不免有些懊喪。

她跟著父親一起走到壁爐旁邊，兩人一同坐下。這時父親說：

「今天上午我接到一封信，讓我極其驚訝。因為這封信中寫的都是你的事，因此你應當知道它的內容。在這之前，還不知道我有兩個女兒同時快要結婚了。我先恭喜你情場獲勝。」

伊莉莎白立刻斷定這信出自那個外甥的手，而非他姨媽寫的，所以臉一下子漲得紅紅的。她也說不清是因為他寫信來解釋而開心，還是應當埋怨他沒有直接把信寫給她而生氣，就在這個時候班內特先生接著說：

「看起來你已經知道了。小姐們對這種事情最有預見性，但是連你這樣聰明的人，我覺得你也猜測不出你那位傾慕者姓什麼叫什麼吧。告訴你，這信是柯林斯先生寫的。」

「是柯林斯先生寫的！他能有什麼話可說？」

「那還用說一定是很中肯的話。他剛開始是祝賀我的大女兒馬上要嫁人，這個消息可能是那愛管閒事的善良的盧卡斯家說給他聽的。這事我也就不讀了，免得你著急。與你相關的在下邊呢：

在下和內人為尊府此次喜事真誠慶賀以後，另有一事略申數言。得知此事由同一方面傳來。據悉尊府大小姐出嫁後，二小姐伊莉莎白也將出嫁。且二小姐所選心上夫君，確是天下顯貴尊榮人士之一。

「麗琪，你能猜出這位貴人是誰嗎？」

貴人年輕宏福，舉凡人世希冀事物，莫不件件具有。不僅家財充裕，門第尊貴，而且佈施提拔，權力無邊。然則君盡有如是引人之處，處處能打動人心，如其向尊府求婚，切勿率爾應承，反之難免遭禍無窮。在下只好先奉勸先生和表妹伊莉莎白者也。

「麗琪，你知不知道此貴人是誰？下文即將寫明。」

在下之所以不揣貿然，坦白相告，實因考慮到貴人的姨母凱薩琳・德・德伯格夫人不會贊成結此婚事。

「你知道了吧，這位貴人就是達西先生！喂，麗琪，我已經讓你吃驚不小吧。不管是他柯林斯，還是盧卡斯全家人，為什麼偏要在我們的熟人當中挑中這樣一個人來說謊，這不是輕而易舉就能讓人家給揭發了嗎？對女人來說，達西先生看到只想著挑毛病，或許他這一生還從來沒有看到過你一眼呢！這謊也撒得太讓人佩服了！」

伊莉莎白想和父親開開玩笑，沒想到只能勉強地露出一絲笑容。父親的玩笑話從來沒有像今天這樣不惹她歡心，他找錯了打趣的對象。

「難道你不認為很滑稽嗎？」

「哎呀，沒錯。請你繼續往下讀。」

昨天夜裡鄙人曾向夫人提及此次婚姻大有成功之望，夫人聽後，本其從來之謙遜，當即將其隱衷傾訴。彼謂此門婚事有失禮節，務必不能贊成。何以至此？只因表妹一方家裡而大失所望。在下自感罪不容恕，該將此情儘早告於表妹，但願表妹與慕彼之貴人皆能深知大體，未經允許萬萬不可盲目成婚。表妹莉蒂亞之不貞之事竟隱藏得如此完美，在下深為欣喜。然彼二人尚未成婚即已同居之穢聞，恐已人人皆曉，每讀至此，仍不由為之痛心。有一駭人聽聞之事在下實不能不訴，庶乎可謂盡心盡力。獲悉彼二男女一經獲得夫婦名聲，先生即請之入尊府，此舉純屬縱使傷風敗俗之惡習矣。設若不才為朗博恩村牧師，必然堅決抗議。先生身為基督徒，理應以寬大為懷，然則拒見其人，拒聞其名，乃不至玷污先生之耳目也。

「這就是他所說的基督徒的寬恕為懷！下邊寫的都是他那親愛的夏洛蒂的一些事情，說他們馬上就要生小孩了。怎麼，麗琪，你似乎不想聽。我認為你總該不會在耍小姐脾氣吧，聽到一些風言風語就要生氣。人生在世，還不是為了讓鄰居們開開玩笑，回過頭來再將他們愚弄一頓？」

「噢！」伊莉莎白叫道，「你可將我給逗笑了。但是這件事情可實在太古怪啦！」

「的確古怪——有趣的也恰恰是此點。假如他們說的是另外一個人，那也沒什麼大不了的，但他對你完全沒有興趣，而你對他又極其生厭，這簡直是荒唐得讓人好笑！儘管我不喜歡寫信，可無論如何我都不想斷絕和柯林斯先生的書信往來。還不止如此，我每逢見他的來信，總情不自禁地對他產生愛意，乃至勝過威克，儘管我很介意我那女婿的厚顏無恥和虛情假意。請問，麗琪，凱薩琳夫人對於這一傳言有什麼看法？她是否特地上門來表示拒絕認可的？」

女兒聽到這樣發問，只是以笑示答。事實上父親問此話時毫無猜疑之意，因此他沒有再對這個問題加以追問，使女兒犯愁。伊莉莎白從來沒有像今天這樣困惑過：心裡想的是一回事，外表上卻要假裝另外一副模樣。她真的很想大哭一場，但還得強裝笑顏。父親說達西先生並沒有把她當回事，這話真令她感到難過。她只能怨父親為什麼這麼沒有眼力，或者可以說是，她現在心中又增添了一些憂慮：或許不是父親的眼力低，而是她自己夢想得過於出格。

chapter 58

表露心跡

賓利先生不但沒像伊莉莎白所預料的那樣，接收到他朋友不能履約的致歉信，反而在凱薩琳夫人來造訪以後沒過幾天，就帶上達西一同來了朗博恩。兩位先生很早就到了。麗琪坐在那兒時時刻刻都在擔憂，唯恐母親向達西談論起他姨母造訪的事情。好在班內特太太還沒有張嘴說到此事，賓利就建議大家都到外面去散步。因為他想要和珍單獨待在一塊兒。大家對這一提議沒有任何異議。班內特太太從來沒有散步的習慣，瑪麗又始終沒有工夫，於是剩下的五個人就一起出去了。賓利和珍馬上讓其他人走在前邊，自己卻落在後邊，讓伊莉莎白、基蒂和達西三人去相互談話。三個人誰的話都不太多：基蒂非常懼怕達西，因此不敢講話；伊莉莎白正在暗暗地下決心；達西可能也在做相同的準備。

他們朝著盧卡斯家的方向走去，因為基蒂想要去看望瑪麗亞。伊莉莎白發覺並不是人人都有這種雅興，就說大家不必都去。於是等基蒂離開他們以後，她就大著膽子獨自陪著達西繼續向前走。如果現在再不拿出點決心付諸實踐，還想等到什麼時候。只見她鼓起勇氣，急忙說：

「達西先生，我是一個自私自利的人，想什麼說什麼圖個爽快，也不顧及是否會傷害到你的感情。你對我那不幸妹妹的情義太重，我只得感激你了。從獲知這件事後，我就一直急著想對你說，我心中對你是多麼感謝。要是我家中其他的人也得知了這件事，那就不止是我一個人要感謝你了。」

「對不起，真是對不起，」達西以又驚詫又激動的語氣回答道，「這件事居然讓你知道了，因為萬一理解不當，肯定會讓你覺得難受。沒想到加德納太太這樣不可信賴。」

「你不應當指責我舅媽。起初是莉蒂亞不留神對我露了口風，我才知道，事實上你也牽連到這件事情裡了。固然，我打聽不出個所以然來是不肯善罷甘休的。請允許我代表我全家的人，向你深深地表示謝意，感謝你懷著慷慨同情的心，不怕吃苦，忍辱負重，想法尋找他們。」

「假如你真心感謝我，」他說，「那就只讓你一個人來謝好了。我之所以要那樣做，誠然有各種各樣的緣由，可最主要的還是想要讓你開心，這點我不想否認。要說你家中的人完全不必謝我。我雖然非常尊重他們，可是我認為，當時我想到的只有你一個人。」

伊莉莎白窘迫得一句話也說不出來。過了片刻，她的夥伴又繼續說：「你是一個寬厚大方的人，絕不會戲弄我。請你和我說句實在話，如果你的心情依舊與四月那時候一樣，請你馬上告訴我。我的心情與感情依舊如故，只要你說一句話，我便永遠不再提這事了。」

伊莉莎白看到他這樣表露心跡，更加感到不安和焦急，不得已張嘴說起話來。儘管她說得結結巴巴，說從他當初提到的那個時候到現在，她的心情已經發生了很大的變化，如今她想以愉快和感激的心態來接受他的盛情美意。這個回答幾乎讓他覺得從來沒有過的歡快，他就像一位狂戀熱愛的人似的，立刻把握住這一時機，極其溫柔、極其熱烈地向她傾訴衷腸。要是伊莉莎白此刻抬起頭來看看他的那雙眼，她就可以看到，達西臉上流露著真摯的愉悅，讓他變得更加俊美。她雖然看不到他的臉色，可她卻能聽到他的聲音。他向她傾訴心中千絲萬縷的情愛，證明她在他心裡也是有一定地位的，讓她愈聽愈感到他的情意可貴。

他們這樣向前走，根本不知是什麼方向。他們有多少心思需要去想，多少情感需要去體會，又有多少話語需要談論，沒有精力顧及其他事情。她馬上就意識到，這次兩個人之所以能夠得到這樣的諒解，全靠他姨母的那番努力。事實上他姨母經過倫敦時，真的去找過達西，把她自己去朗博恩的經過、動機，還有和伊莉莎白交談的內容，都詳詳細細地告訴了他，尤其重新敘述了伊莉莎白的言語和表情。只要是她老人家覺得狂妄執拗、卑鄙可恥的地方，都一而再，再而三地去說，還覺得這樣一來，就算伊莉莎白反對取消這樁婚事，她外甥一定也會拒絕的。但是，活該老夫人倒楣運，結果卻適得其反。

達西說：「過去我幾乎不敢奢望，這次反而使我有了希望。我很瞭解你的性格，我覺得，假如你真的萬分痛恨我，再也沒有挽回的餘地，那麼你肯定會對凱薩琳夫人照直相告，絕不隱瞞。」

伊莉莎白害羞得漲紅了臉，一邊笑，一邊答道：「沒錯，你知道我為人坦率，當然相信我會做出那樣的事情來。在你面前我都能把你深惡痛絕地罵一頓，當然也能當著你親戚的面謾罵你。」

「你罵我的那番話，有哪句不是我該受的？雖然你的指責搞錯了前提，沒有說服力，但是憑我當時對你的那種態度，更厲害的痛罵都不冤枉。那是不可諒解的，我只要想起來就情不自禁地想要自責。」

「那晚的事究竟誰該負責任，我們還是別去爭了。」伊莉莎白說。「認真想來，雙方的做法都有所不當。但是，從那以後，我想我們都變得彬彬有禮了。」

「我可不能這樣輕輕鬆鬆地寬恕自己。我當時說過的話，做過的事，所有的舉動，言語，無論是今天，還是這幾個月以內，一旦想起來就有莫名的痛苦。你指責我的那番話，都很恰當，我永遠都忘不了：『假如你做得再有點紳士氣派，』這是你說過的話。你不明白，你也根本想像不到，這番話把我折磨得有多難過。但是，我不得不承認，我也是許久才明白過來，承認那些話罵得對。」

「我可萬萬沒有料到，那話會有那麼大的感染力，也壓根兒沒有料到居然會使你那樣傷心。」

「我反而很容易就相信了。你認為，我當時沒有一絲一毫值得尊敬的情感，你當時肯定是這樣想的。你翻臉時的模樣，我一輩子都忘不了。你說隨便我用盡種種辦法向你求婚，都不會使你感動，使你答應我。」

「哦！不要重複我當時的那番話了。那種事，就連想也別去想。請你相信，我早就為那件事情真心感到慚愧了。」

達西又談論起他的那封信。「那封信，」他回答，「那封信是否很快就讓你把我想得好一些了？讀完後，你相信信裡說的那些事情嗎？」

她解釋說，那信對她的影響非常大，她過去的各種誤會就是在知道了信中的內容以後才漸漸消除了的。

「我知道，」達西說，「你看了那信一定會讓你難過，可是我也是迫不得已。希望你早把那封信毀了。信裡有些話，就是剛開始那些話，我特別怕你再去讀它。我記得有的話完全會讓你恨我的。」

「我肯定會燒毀那封信的，如果你認為只有這樣才能保住我對你的愛心，不過即使我怎樣容易變心，也不會在看了那封信以後就同你翻臉。」

達西說：「我寫那封信時，還自以為非常冷靜，頭腦清晰呢，可是事後我才明白，當時的的確確是帶著一種怨氣。」

「那信或許是以怨氣起頭，但並非以怨氣結束。結尾那話確實是大發慈悲[62]。還是不要再去談論那封信吧。無論是寫信人，還是讀信人，現在心情都與起初截然不同。因此，所有讓人不快的事，都全部拋到腦後吧。你應當學些我的人生觀。你要回想以前，就只去回想那些讓人感到愉快的往事。」

「我可不敢恭維你有這種人生觀。你回顧舊事，絕不會有什麼事會遭到譴責，於是你從中得到滿足，這與你的人生觀有聯繫，或者說，是因為你純真直率。但是我的情況卻完全不同。我的心裡總是避免不了存著一些憂傷的事情，並且不能不去想，也不應當不想。我雖然不是本質上自私的人，但是實際上卻有自私的舉動。自小父輩就教導我如何為人處事，卻沒有把我的脾性調教好。他們教我要學這樣的或者那樣的道義，但又放縱了我的自傲清高。而我又是一個獨生子（許多年，家中只有我一個孩子），打小讓父母親給慣壞了。儘管父母都是老實人（特別是父親，極其慈善，溫和可親），卻容許我自私、傲慢，或者還鼓舞我這樣，教育我這樣。他們

62參見第三十五章達西寫給伊莉莎白的長信，末尾一句為「在最後請接受我的祝福，願上帝保佑你。」其實多有怨氣，而限於教養不得發作，故有此言，伊莉莎白說達西在信的結尾「大發慈悲」，實際上是在諷刺他。

讓我除了自己家人以外，不要把別人放在眼裡，教導我輕視世人，起碼希望我去鄙視他人的觀點，鄙視他人的長處，把世界上的人都看得比不上我。我從八歲至二十八歲，接受的教育都是這樣的。親愛的伊莉莎白，可敬的伊莉莎白，幸虧有你，否則我如今依舊如此！我的每點進步都歸功於你！你給了我一次教訓，剛開始我真的感到無法忍受了，可我確實是大受裨益。你正好打消了我的囂張氣焰。我向你求婚，認為你肯定會答應。你讓我清醒過來，我既然相信一位小姐值得我去得到她的歡心，我卻始終對她表現出自命清高，那是無論如何都辦不到的。」

「那時你真覺得會博得我的歡心嗎？」

「我的確是那樣認為的。你覺得我確實是太自傲了吧？我那時還以為你在指望著我，期待著我向你求婚呢。」

「這勢必是要埋怨我的一言一行了，可是請你相信我，我可不是故意所為。我絕不是有意要騙你，只是我經常由著自己一時的興起，做一些事。而這些行為通常會造成大的失誤，那晚過後，你肯定極其痛恨我！」

「痛恨你！或許剛開始我的確很恨你，但過了不久，我就知道該氣誰了。」

「我幾乎沒有勇氣去問你，我們上次在彭貝利相見時，你對我有什麼建議。你怪我不該來嗎？」

「不，當然不會怪你；我只是感到驚訝。」

「你也許驚訝，可是我一點也沒想到你那麼客氣，確實比你更驚訝。我的良心告訴我，我不配受到這種特殊的招待。說實在的，我當時的確沒想到會受到特殊的招待。」

達西說：「我那時的心思，是想盡可能地做到禮貌周到，以讓你覺得我並不那麼吝嗇，期望你知道我已經重視了你的指責，誠心悔過，讓你諒解我，沖淡你對我的厭惡感。要說我待了多長時間又起了別的念頭，確實難說，或許是在看到你半個小時左右。」

接著，他又告訴她，喬治安娜為與她相識而感到開心，只是後來的來往忽然中斷，又感到很遺憾。然後當然又說起了來往中斷的原因。伊莉莎白這才明白，事實上達西離開旅店以前，就已經下定決心，要跟他們從德比郡出發，尋找她的妹妹。他當時之所以神色黯然，神情嚴肅，憂心忡忡，就是在冥思苦想這件事情，而不是什麼別的緣由。

伊莉莎白再次向他表示感謝，可這對他們而言都是一件很痛心的事，所以就不多談了。

他們就這樣不慌不忙地走了幾十英里的路，途中只顧著說話，完全沒有意識到居然走了這麼遠的路，最後發現應當回家了。

「賓利與珍終歸沒有讓大家失望啊！」這聲誇讚使他們談論起那兩個人的事情。達西為他們的婚事而感到高興，看起來，他那位朋友在此前已經把這條消息跟他說了。

「我必須問問你，你是不是感到很吃驚？」伊莉莎白說。

「完全沒有，我快要離開時，就感到這件事很快就會成功。」

「就是說，你早就答應他了，真被我猜著了呢。」雖然達西竭力反駁，說她用詞不當。可她發現事情的確是這樣的。

「我到倫敦去的前一天晚上，」達西說，「向他坦白，事實上我早就應該那樣做了。我把過去發生的事情都告訴他了，讓他知道我當初阻止他的婚事，實在是又荒唐又冒失。他驚訝萬分。他確實沒有想到這方面。我還對他說，我本以為你姐姐對他毫無感情，如今看來我是不對的。我很容易就發現，他對珍的情意還是那麼深厚，所以我深信，他們結婚以後一定會幸福的。」

伊莉莎白聽說他這樣易如反掌地指使他那位朋友，禁不住笑了起來。她問：「你跟他說，我姐姐喜歡他，你說這句話是憑你自己的留心觀察呢，還是只在春季聽我說過？」

「憑我自己的留心觀察。近來我去你家看過她兩次，仔細地打量了她，就發現她對他的感情深厚。」

「我想，一經你揭露，他立刻就確信無疑了吧？」

「的確如此。賓利為人非常真誠謙遜。他不夠自信，所以碰到這種令人憂心的問題，自己就猶猶豫豫，他所有的事都靠我給他拿主意，因此這次一切都很順利。有件事我只得向他承認了，我猜測他在短時期之內一定免不了為這事而發火。我實話告訴他，去年冬季你姐姐在城裡住了三個月，那時我原本知道這件事，卻故意隱瞞了他。他極其氣惱。但是我相信，他只要知道你姐姐依舊對他有情，他的惱怒自然很快就會消除。如今他已經真心實意地寬恕了我。」

伊莉莎白覺得，賓利對其他人這樣順從，的確很可貴，她禁不住想說，賓利的確是一個最討人喜歡的朋友，但這話她自然沒有表達出來。她覺得如今還不便與達西打趣，如今就和他開玩笑還太早。他繼續與她說下去，希望賓利的幸福——只不過這幸福與自己的幸福相比，稍遜一籌。兩個人一直說到家門前，接著走進門廳，就分開了。

chapter 59

幸福的滋味

「親愛的麗琪，你們散步都散到什麼地方去啦？」伊莉莎白剛走進廳屋，珍就問她，等到大家坐下剛要吃飯的時候，別的人也都是這樣問她的。她只得說，他們本來只是隨便轉轉，她不知轉到什麼地方了。說完她的臉漲得更加紅了。可是，不管是她的回答，還是她的神色，或者是別的什麼也好，都沒有使大家懷疑到那件事上面去。

晚上平平靜靜地過去了，沒有發生什麼特殊的事情。那對公之於眾的戀人有說有笑，那對沒有公開的戀人卻一言不發。達西喜歡沉默，從來都不表現出來。伊莉莎白又激動又不安，明知自己很幸福，卻領會不到幸福有什麼滋味。原因是，除了眼前的困窘，她還要迎接許多其他的困難。她在算盤，等到事情公之於眾以後，家中的人會有什麼看法。她心中明白，除珍以外，全家人都討厭達西。她甚至發愁，別的人會一直討厭他，縱然他錢勢在握，也沒有辦法去阻止他們厭惡他。

夜裡，她將自己的心事告訴了珍。儘管珍向來不多心，但是對此事根本不相信。

「你說什麼玩笑話！麗琪。同達西先生訂婚！這萬萬不可能！不，不，你別想騙我；我知道這是萬萬不可能的。」

「剛開頭就這樣不幸，可真倒楣！我唯一相信的就是你，如果連你也不願意相信我，別的人就更不可能相信我了。我絕對沒有和你開玩笑。事情確實是這樣的。他依舊愛我，我們已經訂婚了。」

珍疑惑地望著她。「噢，麗琪，不可能。我知道你有多討厭他。」

「你根本不瞭解詳情。那都該忘掉。過去的確沒有像現在這樣愛他。可在這種事上，不應當只記得以前的宿怨。從此以後，我也要把它忘得一乾二淨。」

班內特小姐看起來還是非常驚詫的模樣。於是伊莉莎白更一本正經地再次對她說，這是千真萬確的。

「天哪！真有這等事？」珍高聲叫道，「這會兒我可真的相信你了，親愛的好麗琪，好麗琪，我得向你道喜，我必須向你道喜；但是你斷定，恕我這麼問：你能夠斷定——能不能百分之百地斷定，嫁給他會得到幸福嗎？」

「這確實用不著懷疑。我們兩個都相信我們是世上最最幸福的一對。但是你高興嗎，珍？你願不願意有這樣一位妹夫呢？」

「我非常願意。沒有什麼事情讓我和賓利更開心的了。不過這事我們以前考慮過，商量過，都覺得沒有可能。你真的那麼愛他嗎？唔，麗琪，別的事情都可以隨便，可沒有愛千萬不能結婚。這麼做你覺得是應當的嗎？」

「的確是這樣的！等我把具體情況都告訴你，你就會覺得我做得還不夠呢。」

「你說這話有什麼深意？」

「噢，我得承認，我愛他要比你愛賓利還要情真意切。可能你聽了會很生氣吧。」

「我親愛的妹妹，請你正經點兒。我想與你鄭重地談談。你要告訴我的事情，請別再拖延了。立刻都跟我說。你能否告訴我：你愛他多久了？」

「這是慢慢積累起來的，我也說不清是從幾時開始的，可是我認為，應當從一開始看到彭貝利他那漂亮的花園時開始的。」

珍又讓她嚴肅點兒，這次的確有了期待的效果。伊莉莎白立刻使珍的要求得到滿足，嚴肅地說她對達西感情深厚。班內特小姐相信這點以後，也就沒有什麼其他的要求了。

「這一下我感到很幸福了，」她說，「因為你將會像我一樣幸福。我對他向來都很器重。不說其他的，只是他對你的愛，他也應當得到我永久的尊重。現在，他不但是賓利的朋友，同時還是你的未婚夫，所以除了賓利和你，他就是我最喜歡的人了。但是麗琪，你可太狡猾了，對我還保密。你到彭貝利和蘭頓去的事情，居然從來沒有對我說過！我之所以知道了一些情況，都是從另一個人那兒聽來的，而不是你說的。」

伊莉莎白把她保密的緣由告訴了姐姐。她始終都不願意談到賓利，何況她自己的感情還沒有著落，同樣也一直是避而不談她的朋友達西。但是如今，她告訴姐姐達西也為莉蒂亞的婚事盡了自己的一份力。一切都講明了，姐妹兩個一直談到深夜。

到了第二天上午，班內特太太站在窗戶跟前時忽然大聲叫喊道：「哎呀！那位討厭的達西先生又和我們的賓利到這裡來了！他為什麼這樣不知好歹，總是來這兒，他可以任意做些什麼，諸如打鳥之類的，但是不要給我們添亂。我們應當怎麼辦呢？麗琪，你還得陪他到外面去散步，避免他麻煩賓利。」

母親想的這個辦法正是她求之不得的，伊莉莎白忍不住要笑出聲來，但聽到母親總是說他討厭，她確實覺得苦惱。

他們兩人剛進門，賓利就含情脈脈地看著她，同時熱情地和她握手。見此情景，伊莉莎白就斷定他一定是得到了可靠的情報。不一會兒，他真的高聲叫喊道：「班內特太太，附近還有更多曲曲折折的小路嗎，好讓麗琪今天再去迷路嗎？」

班內特太太說：「我建議達西先生、麗琪和基蒂，今天上午都徒步到奧肯山去。那一段路走起來真是挺長挺有味的，達西先生還從來沒有看到過那兒的風景呢。」

賓利先生說：「對於他們倆當然非常合適了，但基蒂是絕對受不了的。對吧，基蒂？」基蒂表示寧願待在家裡。達西說他很想去那座山上欣賞一下四周的景色。伊莉莎白表示默許。她正想到樓上去準備，班內特太太急忙跟了上去，說：

「麗琪，太對不起你了，讓你去和那個討厭的人在一塊兒，希望你別計較。你要知道，這都是為了珍，你只需要隨便應付他一下，用不著多花心思。」

散步的路上，兩個人商量好當晚就去對班內特先生說同時請求他的同意。伊莉莎白覺得，母親那兒還是讓她自己一個人去說。她不確定母親會做出什麼樣的舉動，也不清楚達西的錢和派頭是不是能取消母親對他的憎恨。可是，有一點是可以確定的，她對這門婚事執意反對也好，十分滿意也罷，她的舉動只能是一樣不得體，讓人感到她沒有任何見識。伊莉莎白覺得，母親無論是興高采烈地表示贊同，還是不依不饒地表示抗議，第一次發洩都不能讓達西先生聽見，要不然會讓人難以忍受。

天色漸晚，班內特先生剛剛回到書房裡，就看到達西先生也站起來身來跟了進去，伊莉莎白立刻焦慮萬分。她並不是害怕父親不同意，只是害怕他會讓這件事惹得不愉快。她是父親的心肝寶貝，如果因為自己挑選的心上人不合父親的心意而讓他有所痛苦，讓他為她一輩子的大事承受無窮的憂慮，無窮的懊惱，那幾乎是可悲的恥辱。她灰心喪氣地坐在那兒，一直到達西先生回來為止。她望著他，看到他面帶笑容，這才愁眉稍鬆。不久，達西來到她和基蒂正坐著的那張桌子前面，假裝看她手中的針線活兒，輕聲說：「馬上去見你的父親，他讓你去書房裡。」她立刻去了。

父親正在書房裡走來走去，神情嚴肅又憂慮。「麗琪，」他叫道，「你究竟在幹什麼？你是瘋了嗎，居然接受這個人的求婚？你不是一直都非常討厭他的嗎？」

這個時候，她多麼誠摯也期望，假如她當初沒有那樣的偏見，而是有頭腦，那就好了。到如今就不用這樣尷尬地去解釋一切了。但就在此刻，一定難免要費些口舌，她有點兒慌張地告訴父親，她愛上達西先生了。

「意思就是，你已經決定了，非要嫁給他不可啦。他的確很富有，你可以比珍有更多華麗的衣服好看的馬車。但這些會讓你得到幸福嗎？」

伊莉莎白說：「你覺得我們之間沒有感情，此外，你還有其他反對的原因嗎？」

「絲毫都沒有了。我們都知道他是一個傲慢而讓人厭惡的人，只不過是，假如你真的愛上他，那也沒什麼大不了的。」

女兒含著淚水回答：「我的確愛他，我真的很愛他。達西傲慢自有原因，他很可愛。對於他的人品你並不真正瞭解。因此，我請求你別這麼奚落他，否則我會難過的。」

父親說：「麗琪，我答應過他了。這種人，只要他願意開口，有什麼請求，我自然不會拒絕的。假如你現在已經打算要嫁給他，我也會答應的。但是我奉勸你還是再仔細考慮一下，我瞭解你的脾氣，麗琪。我覺得，你除非真的尊重你的丈夫，認為他高你一籌，要不然的話，你就不會感到幸福，也不會感到體面。你性情開朗，天資聰明，假如婚姻結合得不般配，那是非常危險的，那你就不容易擺脫又丟人又淒慘的結局。我的孩子，不要讓我眼巴巴地看著你輕視你一生的伴侶，為你難過。你要知道，這絕非在開玩笑。」

伊莉莎白更加感動了，於是誠懇而嚴肅地回答他的話；然後她不止一次地發誓，達西先生確實是她選上的心上人，解釋她對他的尊重是慢慢積累起來的，說她堅信他的感情也絕非一日之功，而是經歷了很多個月才考驗出來的；然後又興高采烈地表揚了他各種良好的品德，最後終於排除了父親的憂慮，心安理得地同意了這樁婚事。

她剛剛講完，他就說：「好孩子，我沒有其他的要說了。情況若的確如此，那麼他真的值得你去愛。麗琪，我可忍不下心來讓你與一個不夠這種標準的人結婚。」

為了使父親對達西先生能有一個完美無缺而滿意的印象，她又立刻把他主動幫助莉蒂亞的事情告訴了父親。這讓父親極其驚奇。

「這真是一個無奇不有的夜晚呀！這所有的一切，撮合他們結婚啦，給他們賠錢啦，為了那傢伙還錢啦，給他找份差事做啦，居然全都是達西撮合的呀！再也沒有比這更好的了。這讓我省掉了多少麻煩，多少錢物。如果這些是你舅舅撮合成的，那我還需要還，而且一定要還他這個人情。但是，現在這些愛得發瘋的年輕人啊，做起事來就愛獨斷專行。明天我就提出將錢還給他，他一定會自吹自擂，說他怎麼怎麼愛你。然後一切就了結了。」

於是他回想起幾天以前讀柯林斯先生的信的時候，伊莉莎白一副困窘的神色。在開了她很久的玩笑以後，總算是讓她走了。她剛要離開屋子時，他又說了一句：「如果還有年輕人來向瑪麗或是基蒂求婚，可以讓他們大膽地走進來，我今天的閒時間不少呢。」

這下伊莉莎白心中那塊沉甸甸的石頭終於落地了。在自己的房間裡默默地想了半個鐘頭，才能保持著鎮定的神情在大家面前出現。

一切都來得那麼突然，還沒有工夫形成歡快的氣氛，但是這一晚倒是相安無事地過去了。再沒有什麼可以擔憂和焦慮的了，那種悠然自得、親密和睦的舒適感，遲早會有的。

晚上在母親走進化粧室的那段時間，伊莉莎白也跟著一起進去了，把這個至關重要的事情告訴她。

班內特太太的反應很特別。她突然聽到這個消息，只是默默地坐在那兒，一言不發，待了許久，她才聽懂女兒的話，才驚喜交加地聽清女兒馬上要嫁人了，這對於家裡來說真是有極大的好處。這個時候她才醒過神兒來弄清楚是怎麼回事，所以在椅子上坐也不是立也不是，一會兒站起身來，一會兒又坐下去，一會兒驚訝，一會兒又為自己慶幸。

「天哪！老天保佑！只要想一下！噢！達西先生！這誰能想像得到哇！這是千真萬確的

吧？麗琪，我的好寶貝，你將要享受榮華富貴了！你馬上要有多少針線[63]，有多少珍珠，多少駟馬高車啊！珍與你相比簡直是天壤之別——根本無法相提並論。我太開心——太高興了。這樣活潑的人！那樣俊美，那樣灑脫！噢，我的好孩子！我過去竟討厭他，希望他會多多見諒！請相信我。麗琪，我的好麗琪，我的寶貝。他在城裡有座寬敞的房子！什麼東西都很讓人著迷！有三個女兒結婚啦！年年都有一萬鎊的收入！哦，天哪！我太高興了。我簡直快要發瘋了！」

這番話足以證明，她無疑是同意這樁婚事的。伊莉莎白開心的是，母親這樣得意忘形地傾訴自己的心聲，幸虧只有她一人聽到了。不一會兒，她就走出了房間。可她自己在屋裡還沒待上三分鐘，母親就緊跟著一起跑了進來。

「麗琪，我最親愛的麗琪，」她高聲叫喊著，「我滿腦子都是這件事！年年一萬英鎊，完全有可能比這還要多！真是富有得超過了帝王！另加特許結婚證。你應該並且肯定會憑藉特許結婚證[64]結婚的。但是，我的好寶貝，把達西先生最愛吃的菜告訴我，我明天就為他準備。」

這可不是一個好預兆，看起來母親明天又要當著那位先生的面出洋相了。雖然伊莉莎白堅信自己的確已經博得了達西最真摯的愛，並且也得到了家人的認可，但她依舊覺得，恐怕還是難免節外生枝。可是，第二天來得倒是比她想像的還要順利。說起來也真是湊巧，事情原來是

63因為十四世紀針線十分昂貴，故結婚時夫家會給妻子一筆錢購買針線，稱「針線錢」。後來此詞沿用下來，用來代指貴族婦女購買奢侈品的錢，或丈夫給妻女的零用錢，此處班內特夫人所說針線，即指零用錢。

64當時英國的法律規定，結婚前需要進行結婚通告，連續通告三個星期，在此期間如有家長或保護人反對這樁婚姻，或者結婚雙方經披露有未成年者，則通告失效，不能結婚。而持有大主教或主教頒發的特許結婚證，則不用進行結婚通告，直接結婚，請求頒發特許結婚證的男女雙方需要有一方在當地教區居住滿十五日，並在神壇前發誓。

班內特太太對這位未來的女婿心存敬畏，居然不敢冒昧地跟他談話，除去一些必不可少地送上幾句殷勤的話，表揚一下他的見多識廣。

伊莉莎白欣慰地發現，父親正費盡心機地親近達西。班內特先生很快就告訴她，他對達西先生的尊敬之意也在慢慢增多。

「我很欣賞我的三個女婿，」他說，「我最疼愛的一個大概是威克。但是我認為，我會像賞識珍的丈夫那樣賞識你丈夫的。」

chapter 60

愛情的開端

伊莉莎白一開心，馬上又變得調皮了，她要達西先生對她說愛她的過程。她問：「這第一步你是怎樣開始的？我知道你只要走出第一步，便會一路順風地繼續向前走，可是，你最初到底怎麼會產生這個想法的？」

「我實在說不好到底是在什麼時候，什麼地方，看到了你什麼樣的姿態，聽到了你哪句話，就使我開始愛你了。那是許久以前的事情了。我是走到愛情的路上，才發覺自己已經走出一半的路程了。」

「我美麗的容貌起初並未打動你的心，講到我的言談舉止，我對你的態度起碼說不上有禮貌，每一次同你講話，都想讓你傷心一下。請你老實回答，你是不是愛我的冒昧無禮？」

「我愛你的腦子機靈。」

「你也不妨稱它是傲慢無禮。實際上就是，你對那些熱情多禮的客氣，已經感到膩煩。世界上有種女人，她們從說話，到表情，到思想，都只是為了博得你的一聲稱讚，你對這種女人開始感到討厭。我之所以能引起你的關注，讓你動心，是因為我不同於她們。如果你不是一個實在可親的人，你一定會憎恨我這一點的，可是，雖然你想盡辦法掩飾你自己，你的感情終歸是高貴的、公平的，你實際上看不起那些拚命向你獻殷勤的人。我這樣一說，你完全不必費神解釋了，我全面地考慮了一下，覺得你的愛完全符合情理。說句實在話，你完全想像不到我有哪些優點，不過，無論什麼樣的人，在談戀愛時都不會去想那事的。」

「一開始珍在內瑟菲爾德莊園裡生病時，你對她那樣溫柔體貼，難道這不是優點嗎？」

「珍真是太可愛了！誰能不好好地對她呢？但是，就暫且算是一個優點吧。我的優點承蒙你誇獎，你就盡情地說吧。作為回報，我應該盡可能地找機會來捉弄你，同你爭論。我現在就開始這樣做了，試問是什麼讓你總是不願意談到正題？你第一次拜訪，還有這以後在我家裡吃飯時，又是什麼讓你那樣不敢接近我？特別是，你拜訪的那次為什麼表現出那樣一副神氣，對我不理不睬似的？」

「因為你板著個臉，一言不發，我哪兒敢同你攀談。」

「我那是從情面上有點兒難為情呀。」

「我也這樣。」

「你來這兒吃飯的那次本可以同我多談幾句話的。」

「要是不那樣愛你，也許是可能的。」

「真不湊巧，你竟然有如此通情達理的回答，並且我偏又那樣明事理，居然還想接受！但要是我不同你談話，確實不知道你想等到什麼時候才說話。要是我不問你，幾乎無法想像你到哪天才對我開金口！我還是要謝謝你對莉蒂亞的幫助，這對促成我們當然起了很大的作用，甚至是促成得太厲害了。要是說我們目前得到了快感，是因違背當初的諾言[65]，那在道義上怎麼說得通呢？因為我根本就不應該提起此事。這實在是很大的過錯。」

「你用不著自找煩惱。這從道義上講根本站得住腳。凱薩琳夫人太不講理，花費心思要把我們拆散，就是她排除了我所有的懷疑。我如今的幸福，並不是因為你急於想要感謝我才得來的，我可不領你這份情。我當時可沒興趣等著你來表露自己的心聲。我姨媽的話令我有了新的希望，於是我立刻決定，非要把一切探出個所以然來。」

「凱薩琳夫人真是幫了不小的忙，她應該為此而高興，因為她一向愛幫忙。但是，請你告訴我，你這次來內瑟菲爾德究竟是為了何事？難道只是為了騎著馬來朗博恩村讓自己的情人為難一次？還是想做出一些別的正經的大事來呢？」

「我真正的目的，是為了看望你，假如同意，再證實一下我有沒有希望獲得你的愛。我公開的意圖，或者自認為的目的，是來看看你姐姐是否還對賓利有情，假如她依舊有，那我就直率地告訴賓利。這正是後來我所做的事情。」

「你是不是有那個勇氣，告訴凱薩琳夫人將會有什麼樣的不幸落在她的身上？」

「我倒並不是沒有勇氣，而是需要更多的時間，伊莉莎白。可是的確應當做這件事。你要是給我一張信紙，馬上就可以來做。」

「假如不是我本人也要寫一封信，我就會與另一位小姐[66]一樣坐到你的身邊，賞識你那工工

65參見第三十四章，伊莉莎白拒絕達西第一次求婚時許下諾言，「違背當初的諾言」一句十分詼諧。
66指賓利小姐。參見第十章賓利小姐窺視達西寫信之事。

整整的字跡了。只不過我也有位舅媽，再也不能不給她回信了。」

前段時間，舅媽過高地估計了伊莉莎白和達西先生的關係，伊莉莎白又不想把事情告訴舅媽，因此就一直沒有給她那封很長的信做個答覆。如今有了這一喜訊可以告訴她，心中思忖著舅媽一定很開心。但伊莉莎白又感到，讓舅舅舅媽無緣無故失去三天的快樂，真有點兒羞愧。她急忙寫下：

親愛的舅媽：

你寫來的長信，給我帶來了你親切關心和令人愉快的詳情，本應早日回覆致謝，但是怨我當時確實心情不好，因此沒有回信。你當時猜測的情況，同事實略有出入。但是如今，你可大膽地猜測，在這件事情上，任你的想像自由翱翔吧，只要你不覺得我已經結了婚——我認為你不會想得如此過分吧。你得馬上再寫封信來讚揚他一番，而且要誇獎得大大超出你的前一封信。我要特別感謝你沒有領我去湖區閒逛。我太蠢了，竟然想去湖區呢！你說要騎上小馬去遊園，這個想法倒真是別有一番情趣。日後我們天天都能在那個園子裡逛上幾圈了。我現在成了世界上最幸福的人。或許別人過去也說過類似的話，但是誰都不會像我這樣名副其實。我真的比珍更幸福，她只是滿臉微笑，我卻要開懷大笑。達西先生分出一些愛我的心最真誠地向你問候。歡迎你們一家人到彭貝利來過耶誕節。

你的外甥女

達西先生給凱薩琳夫人寫的信，卻是別有一番格調，而班內特先生給柯林斯先生寫的回信就更是同這兩封信的格調截然不同。

親愛的先生：

我得勞駕你再向我道一次喜。伊莉莎白馬上就要成為達西先生的夫人了。請你多多勸說凱薩琳夫人。但是，假如我是你的話，我會與那位外甥站在一邊。他會帶給你更多的益處。

愚……

賓利小姐對哥哥快要結婚的祝賀儘管無限親熱，可沒有一點兒誠意。她甚至還為此寫信給珍，表示高興，同時將以前那些假情假意的話又嘮叨了一遍。珍完全不信那一套，但是也的確有幾分感動。雖然在心裡不相信她，但還是情不自禁地寫了一封言辭親熱的信。珍知道，她定會受之有愧。

達西小姐獲悉這條喜訊以後，立刻就來信表示歡悅之情，她的喜悅恰恰同哥哥發出喜訊時的興奮相同，完全是真心實意的。短短信紙難以表達完她所有的歡欣，也不能徹底表達希望嫂子會關心她的熱望。

柯林斯先生的回信還沒有接到，伊莉莎白也沒有得到他妻子的祝賀，朗博恩村這家人卻打聽到，那夫婦二人已經來到了盧卡斯家裡。他這次沒有提前通知行動的緣由，不久就明白了。

事實上凱薩琳夫人接到外甥的那封信，感到很氣憤，夏洛蒂對這件婚事倒是感到歡悅，所以想避開一些日子，等過了風頭再另行決定。那位朋友能在這種緊急關頭到這兒來，伊莉莎白覺得這確實是一件大好事。但是在見面的過程中，她瞪著雙眼注視著達西先生受到柯林斯裝出來的殷勤討好，使他們吃了很多苦頭。但是，達西倒是眉開眼笑、鎮靜自若地忍著。他甚至還能接受威廉・盧卡斯爵士殷勤的話語。那爵士恭維地說，他得到了此地最寶貴的一顆明珠，並且還略有氣派地表明，他們從此以後可以經常在王宮中見面。一直等到威廉爵士走開以後，他這才迫不得已地聳了聳肩膀。

要說菲力浦斯太太，她為人鄙陋粗俗，同樣也讓達西無法容忍。菲力浦斯太太就像她姐姐似的，看見賓利先生這樣眉開眼笑，談話也就隨便起來。而對達西則免不了尊敬幾分，不敢那麼放肆。但是她的一言一行始終都那麼粗魯。雖然她因為尊敬達西而極少與達西談話，但是她並沒為此而變得舉動文雅一些。伊莉莎白為了不讓達西遭到這些人三番五次的糾纏，就竭力讓他和自己交談，或者是同她家中那些不會讓他遭罪的人談話。儘管這一切應酬在很大程度上減少了愛情的樂趣，但是卻增加了她對未來生活的希望，她心中想的只是盡可能快地擺脫這些令人生厭的人們，去彭貝利同他全家人團聚，舒舒服服地度過一生美好的日子。

chapter 61

做母親心中最愉快的一天

班內特太太在兩個最疼愛的女兒結婚那天，也恰恰是她做母親心中最愉快的一天。她今後將會帶著什麼樣的得意而驕傲的心情去拜訪賓利太太，談論達西太太，這是可想而知的。就看在她全家的面上，我倒是情願在這兒說明一下，這麼多女兒都有了歸宿，她最重要的願望實現了。所以說確實值得可喜可賀，她的後半輩子成了一個知情明理、和藹可親、頗有見識的女人，只不過偶爾還有些精神反常，而且總是傻乎乎的，這也許該她丈夫運氣好，否則他怎麼能享受到這樣不同尋常的家庭幸福呢。

班內特先生非常思念二女兒。他這個從來不肯隨隨便便出門的人，因為疼愛自己的這個二女兒，就禁不住經常出外看望她。他喜歡去彭貝利，特別喜歡在別人意料不到的時候去。

賓利先生和珍在內瑟菲爾德莊園只住了一年。雖然他們兩個一個脾氣隨和，一個生性感情真摯，可是夫婦二人都不太願意和她母親及布萊頓的親友們住得那麼近。後來他在德比郡鄰近的一個郡裡買下一所房子，於是賓利姐妹的心願也就如願以償了，而珍和伊莉莎白兩人在萬重幸福之上又添了一重，也就是說，姐妹倆從此以後相隔的距離不超過三十英里路了。

基蒂得到的好處最多，大多數時間都是在兩位姐姐那裡度過的。從此她所交往的人物都比往常高貴，所以各個方面都有了很大的長進。她本性不像莉蒂亞那樣肆意妄為，如今又擺脫了莉蒂亞對她的影響，又有人對她認真地關心和教導，於是變得不像以前那樣輕狂幼稚和無聊了。當然家中免不了要耐下心來教育她，不讓她與莉蒂亞來往，避免再受到她不良的影響，威克太太經常接她去住，說是有許多舞會，有許多年輕人，她父親卻從不允許她去。

待在家中的就只有瑪麗這個女兒了；班內特太太不甘孤獨，當然弄得她這個女兒無從探索學問。瑪麗只好更多地和外界應酬，可是她依舊可以從道德角度加以解釋。如今她再也用不著為了姐妹們的美貌而感到傷心了，所以她父親情不自禁地懷疑，她的這種改變是否出於情願。

談到威克和莉蒂亞，他們的性情並非因為兩個姐姐的婚事而有所變化。威克深深地相信，雖然伊莉莎白以前完全不知他對達西的一次又一次地知恩不報、虛偽欺騙的事情，可如今肯定了然於胸了，然而，相信是相信，他還是能夠鎮靜對待，甚至還多多少少地盼望著勸說達西助他事業成功。伊莉莎白結婚的時候，接到莉蒂亞一封祝賀信，從信中所寫的內容看得出，即便威克自己沒有那個盼頭，可起碼他太太還有那個盼頭。那封信中這樣寫道：

親愛的麗琪：

祝賀你們。你對達西的愛意只要抵得上我對威克愛意的一半，就定會非常幸福。能將你嫁到這樣富有的家庭，真讓人高興。當你閑來無事時，期望你能想到我們。我相信威克肯定非常願意，比如說在宮廷中找份差事來做。何況，我們能維持生活的錢已經所剩無幾了，如果沒有人來給予幫助的話。只要每年能有三四百英鎊的收入，什麼差事都可以。但是，要是你不願意對達西先生提起這件事，那就不必了。

你的……

正好伊莉莎白極不願意這麼做，於是當她寫回信時，讓妹妹必須打消這個想法，千萬別再提起這個要求。不過，她還是儘量幫助他們，時常給他們寄一些錢，說這是自己節省下來的零用錢。她一向都看得明白，他們只有那麼一點兒收入，兩人又一向毫無節制，只顧眼前，不想日後，當然無法維持生活。只要他們搬一次家，珍與伊莉莎白就會收到一次他們的求助信，請求寄一些錢去給他償付債務。甚至世間太平以後，他們被遣散返鄉了，其生活依舊是難以維持。他們經常東遷西徙，處處找便宜房子住，花了許多不該花的錢。不久威克對莉蒂亞的感情也就隨之淡下來，而莉蒂亞對他的感情倒還略微長了一些。雖然她很年輕，舉止放肆，可還是注意保全結婚以後應該有的聲譽。

儘管達西一再不願意讓威克去彭貝利，可是看在伊莉莎白的面子上，他還是幫他找工作。莉蒂亞每逢丈夫去倫敦或者是去巴思[67]尋求歡樂，也不住地去他們那裡做客。在賓利的家中，他們夫婦倆只要住下來就不願意離開，以至於連賓利那樣性格溫柔的人，都感到不快，甚至暗示讓他們離開。

賓利小姐看到達西結了婚，極為難過，可是她又想保住在彭貝利做客的權利，也就多多少

67英國的一處溫泉勝地。

少消了一肚子怨氣。她比從前更愛喬治安娜，對達西也好像依舊一往情深，並且一一彌補了以前對伊莉莎白的失禮之處。

喬治安娜已經長期居住在彭貝利了；姑嫂間就像達西先生所料想的那樣情投意合，彼此尊敬，甚至和睦得完全合乎她們自己的心願。喬治安娜對伊莉莎白崇敬得五體投地，只是開始見嫂嫂與哥哥那樣調皮地說話，極為驚訝，甚至還有點兒擔心，因為她一向尊敬哥哥，幾乎尊敬得超越了手足之情，如今卻發現他居然成了公開取笑的對象。她過去從不瞭解也弄不明白的事情，如今恍然大悟了。在伊莉莎白的開導下，她開始明白：妻子是可以和丈夫撒嬌的，而做哥哥的卻常常不准一個比自己小十來歲的妹妹這樣。

凱薩琳夫人對於外甥的這門婚事極其氣憤。收到那封賀喜信的時候，她氣惱極了，生性坦率暴露無遺，回信中不留一點兒情面地、狠狠地痛罵了達西一番，對伊莉莎白罵得更是厲害，雙方於是有很長一段時間斷了來往。後來，經過伊莉莎白的反覆勸解，達西才同意不與姨媽的無禮斤斤計較，答應上門和解。那姨媽稍許僵持了一下，也就不計舊怨了。這不是出於對外甥的疼愛，而是對他妻子的好奇，想看看她做人如何。因此，彭貝利因為新添了這樣一位主婦，還因為主婦的舅舅舅媽經常從城裡到這兒來做客，以至於使門戶受到了玷污，凱薩琳夫人還是屈尊前來拜訪這夫妻倆。

這夫妻倆和加德納夫婦一直有著密切的來往。達西也像伊莉莎白那樣，衷心地喜歡他們。而且夫妻二人對他們一直都深懷最為真誠的感激之情，正是因為他們把伊莉莎白帶到了德比郡，因為這才使他們結成了連理。

經典新版世界名著：30

傲慢與偏見【全新譯校】

作者：〔英〕珍・奧斯汀
譯者：翁璭璭
發行人：陳曉林
出版所：風雲時代出版股份有限公司
地址：10576台北市民生東路五段178號7樓之3
電話：(02) 2756-0949
傳真：(02) 2765-3799
執行主編：劉宇青
美術設計：吳宗潔
行銷企劃：林安莉
業務總監：張瑋鳳

初版日期：2023年1月
版權授權：鄭紅峰
ISBN：978-626-7153-72-7

風雲書網：http://www.eastbooks.com.tw
官方部落格：http://eastbooks.pixnet.net/blog
Facebook：http://www.facebook.com/h7560949
E-mail：h7560949@ms15.hinet.net
劃撥帳號：12043291
戶名：風雲時代出版股份有限公司

風雲發行所：33373桃園市龜山區公西村2鄰復興街304巷96號
電話：(03) 318-1378
傳真：(03) 318-1378
法律顧問：永然法律事務所 李永然律師
北辰著作權事務所 蕭雄淋律師

行政院新聞局局版台業字第3595號 營利事業統一編號22759935

定價：420元

國家圖書館出版品預行編目資料

傲慢與偏見 / 珍・奧斯汀著；翁璭璭譯. -- 臺北市：風雲時代出版股份有限公司, 2022.12　面；　公分
譯自：Pride and prejudice.
ISBN 978-626-7153-72-7 (平裝)

873.57　　111017875